AF280193

Peter Dornfeld

Mensch Piet!

Anmerkungen

eines Unverdrossenen

© 2025 Peter Dornfeld
Verlag: BoD · Books on Demand GmbH,
Überseering 33, 22297 Hamburg, bod@bod.de
Druck: Libri Plureos GmbH,
Friedensallee 273, 22763 Hamburg
ISBN: 978-3-7693-9827-4

Inhaltsverzeichnis

Käuze und Schrullen

Eine neue Wohnung -Nachbarn   13

Die Kur auf Borkum   18

Jutta – Seltsame Leute - Archie – Klaus Steineck   22

Im Vortrag zu Umweltproblemen – Herbert und Geli   30

Beim Arzt – Georg – Unterhaltsame Tattoos   36

Menschliche Eigenarten – Der Schnarcher und das Suppengrün - Die Reise nach Helgoland   41

Die Erfindung – Im Konzert – Im Restaurant Walden – Wahrnehmung   50

Der freie Willen – Wir feiern - Bei Archie im Hof – Anja – Regula Berg   56

Unter Menschen – Der Holst – Sieben auf einen Streich   63

Line Schneider – Briefe an mich – Die Patina des guten Geschmacks   69

In der Töpferei – Die Fernsehsendung – Lyrik - Zank   75

Beim Zahnarzt – Carla – Jakob – Mensch vs. Tier – Ich Nashorn   82

Girlsday – Jakob – Die alte Zeit – Brief an Jakob   88

Die Bauss und die Szide – Motorräder – Mit Hester-   95
loh in der Stadt

Im Restaurant Arglust – Steineck und die Lyrik -   102
Verjüngungskur

Auf dem Weihnachtsmarkt – Im Stadtwald – Innen-   107
ansichten der Menschen – Klotzen auf Krücken

Die Weihnachtsstadt– Shirley Bauers Farben – Fas-   112
saden – Doktor Bonbon

Bei Siggi Mauss – Pflanzenausstellung – Wo das   119
Gute liegt so nah

Auf unseren seltsamen Wegen

Siglindes Ahnung – Die Schuheinlage – Auf dem   125
Heidkamp – Im Schlaflabor

Vergangenheit – Die letzte Beatband – Die Liebe der   131
Bäckerei – Kopf hoch!

Unsere unbestimmten Wege – Arnold – Der Eingriff   140
– Vom Glück

Auf der Straße mit Line – Warmes Lächeln und kalte   149
Hände

Fasnet – Wintergrillen   156

Dada, frühe Werke und die Formeln - Akrobatische   162
Inklusion

Drifting in der Karibik – Courage – Wer war Blumenkamp? 171

Felix – Ein Scheißtag – An der Raucherecke – Lines Gecko - Mondfinsternis 179

Abzocker und Bettler – „Besser Essen" – Arno im Eis 188

Mein Käsekuchen - Carlas Symbol – In der Schmiede 194

Gefährliche Girlanden – Bei Maria Sommer – Wellen auf der Theke – Der Witwenerschrecker 200

Die abnehmende Welt – Gänseblümchenwiese – Lohbruch, das arme reiche Dorf 209

Kohlenklau - Pareidolie – Evolution – Die Hand 215

Das Schweigen – Im Kloster – Wir Zeitlosen - Der Multiperformator 221

Das freie Leben – Im Salon – Ecce Homo – Wo ist die Intelligenz? – Die ungerechte Welt 229

Plastikmalzeit – Müll am Bein – Auf dem Trödelmarkt 239

Unsere Stadtverwaltung – Behäbig und Wichtig – Ruben Colditz - Tanzstunde 247

Der Vortrag – Die Sprache der Tiere – Tango! – Christa Sollbeck 254

Beim Neuro – Auf dem Bolzplatz – Lustiges Reimen   260
– Licht und Lärm

Eine Geburtstagsfeier - Im Sportgeschäft   266

Vertrauen – Die Liebe - Ausritt der Schatten – Wahr-   274
nehmung und Zeit

Nikotinus – Der Watschenbaum und die Hand – Fuß-   284
ballversicherung

Im Wildniscamping – Der Friedel vom Kiosk- Wan-   291
dertag

Warten auf den Gast – Morgennebel – Verse jenseits   303
von »Das sagt man nicht«

Warten auf Noah – Der Besuch – Schweigen auf der   317
Treppe

Der Sinn des Lebens - Die geschlagene Generation -   328
Dunkle Wolken

Ein Besuch bei den Offroadern – Biotop infam –   335
Schlagende Wetter – Brötchen für alle

Chronik der Popmusik - Radau   347

Anekdoten aus dem Hamsterrad   355

Gespräche am Fluss   366

Auf dem Heimweg

In eigener Sache – Wanderjahre eines Idols - Som-   376
mernacht

Briefe an mich – Frühe Kunst – Georg liest Gottes Brief 382

Meditationshilfe gesucht – Vermenschlichung eines Idols 389

Untergänge – Ein Brief von mir an mich 397

Vorwort

Das Leben in der menschlichen Gemeinschaft fordert uns einiges ab; es bleiben wenige Gelegenheiten, um an einem stillen Platz das Verrinnen der Zeit zu empfinden.

In diesen seltenen Stunden gehen mir die vielen Leute meiner Umgebung durch den Sinn. Jeder auf seinem ruhigen, angespannten oder gefährlichen Weg. Alle hatten ihren Aufgang. Jeder war oder ist noch ein Kind mit hellen, neugierigen Augen. Alle kommen, gehen oder warten auf wen, auf was. Alle sind von unterschiedlichen Kräften bewegt, haben Wünsche, Vorlieben, Neigungen, sind interessiert oder ignorant. Diese Wege gehen die meisten nicht allein. Im Alter wird es langsam stiller und einsamer um die dem Vergessen anheimfallenden Menschen. Das Leben beginnt in Dur und endet in Moll.

Um diesen Menschen meiner Umgebung ein angemessenes Denkmal zu setzen, wollte ich eine Geschichte über sie schreiben.

Die mir nahestehenden Personen haben nicht nur die eine, mir bekannte Seite. Jede von ihnen könnte eine lange Geschichte erzählen, deren Unkenntnis mich naturgemäß nicht berührt. Doch wer mögen diese unbekannten Bekannten sein? Etwa jene Menschen, die ihr Fotografentalent auf Selfiepoints austoben? Oder jene, die »gefühlte Temperaturen« als vergleichbare Zustände wahrnehmen und mit ihrem Bauch rechnen können? Oder eilen sie voller Begeisterung an die Sonne, um sich dann mit allen Mitteln gegen die Sonnenstrahlung zu schützen? Vielleicht ähneln sie jenen parfümierten Zeitgenossen mit den vielen Ängsten? Wollte ich diese Leute befragen, blieben mir Überraschungen nicht erspart, denn deren Erinnerungsinhalte zu denselben, wie auch von mir beschriebenen Begebenheiten würden völlig anders ausfallen.

Würde ich hingegen den Text allein schreiben, wäre mit einem eingeschränkten Leserinteresse zu rechnen, denn wer interessiert sich schon für mein Leben?

Mein Leben? Dieses durch das Odium meiner lang gehegten mokanten Sicht auf die Mitmenschen angefüllte Leben könnte als äußerst verderblich für einen christlichen Menschen angesehen werden, zumal es zum Zusammentragen der stattlichen Anzahl grob besaiteter Verfehlungen nicht allein eines Großteils der Schaffenskraft eines Misanthropen bedurfte, sondern auch mit hohen Unkosten für Exkursionen in verwegene Etablissements verbunden war, in denen Studien zu frivoler Diktion absolviert wurden.

Mein Leben? Das war bisher keine Großtat der Moralität und daher einer Biografie unwürdig. Deshalb sollte ich bei einer anderen Gelegenheit meine Geschichte in einem Akzent der Beichte verfassen, der dazu geeignet wäre, den Teufel bis zur Weißglut zu ärgern. Die mir eigene atheistische Weltsicht erübrigte dann ohnehin eine Verbeugung vor dem Wolkenschieber. Letztlich mündete meine Grübelei in der Idee, einen der Anderen zu Worte kommen zu lassen. Es war eine gute Idee, zu deren Erklärung es eines kleinen Ausflugs in meinen Alltag bedarf.

Regelmäßig gehen auf unserer Straße Schulklassen, von einer oder zwei erwachsenen Personen begleitet, zu ihrer Turnhalle. Das bemerkt man an der Andersartigkeit des Geräuschpegels auf der Straße. Die kleineren Kinder sind schüchtern und still. Sie verursachen eine Art gleichmäßigen, hellen

Klangteppich, ein vielstimmiges Murmeln, das mit seinem Näherkommen zunimmt und danach abschwillt. Die älteren Jahrgänge dagegen kennen sich untereinander besser. Es gibt soziale Relationen, welche die Kinder nicht murmeln oder tuscheln, sondern laut sprechen und rufen lassen. Diese Schulklassen vernimmt man bereits aus größerer Entfernung. Den meisten Lärm erzeugen aber die noch älteren Kinder, die sogenannten Erwachsenen. Sie fahren Autos, hupen, geben Gas mit ihren Kraftfahrzeugen, schreien, rufen, streiten und palavern den ganzen Tag. Von diesen erwachsenen Kindern kann der Protagonist dieser Erzählung ein Lied singen - in Dur und in Moll.

Er ist ein gutmütiger und bisweilen unbeholfener Bürger, der die Künste kritisiert, aber auch selbst künstlerisch tätig ist. Er geht seinen Weg in den Ruhestand mit vielen sozialen Kontakten, wobei er sein Leben häufig durch die Betrachtungen seiner Vergangenheit relativiert. Sein naiver, oftmals spöttischer Blick auf die Dinge des Alltags führt häufig zu grotesken Situationen. Dabei nimmt er alles auf die Schippe, einzig die Wissenschaften nicht. Auf der Suche nach sich selbst entdeckt er eine Möglichkeit des Kontakts zu einer transzendenten Welt.

Warnung

Diese Erzählung enthält in einigen Passagen Kunstworte oder Redewendungen, die anzüglich wirken könnten. Meine derbe Weltsicht kollidiert dann bisweilen mit der empfindsamen Seele des kultivierten Lesers, die virtuos auf der

Klaviatur des guten Geschmacks tänzelnd, jeglichen Anstoß
zu vermeiden sucht. Dieser Text versteigt sich aber weder in
Obszönitäten noch in Beleidigungen oder sonstige Unflätig-
keit. Es ist das Leben, das mit seinem ungeschminkten und
mitunter robusten Charme meine Feder führte. Also, stellen
Sie sich ein Glas Mineralwasser bereit und wagen den Einstieg in meine Geschichte.

P D

Prolog

„Geht auf die Welt, dort könnt ihr was erleben", haben sie gesagt. *„Dort findet ihr alles, was die Sinne erfüllt"*, haben sie gesagt. Doch ich war skeptisch, denn es gab warnende Stimmen - und seine Eltern könne man sich auch nicht aussuchen. Die Neugier hingegen überwog alle Bedenken, und so ging ich das Risiko ein, entweder als Engel oder als Urian zurückzukehren, in den Hort der Unendlichkeit. So kam ich denn auf die Welt.

Käuze und Schrullen

Eine neue Wohnung - Nachbarn

Gestatten, mein Name ist Peter Baumann. Ich bin zweiundsechzig Jahre alt, verheiratet und befinde mich in der passiven Altersteilzeit. Mit meiner Frau Meike wohne ich in Waldhaus an der Lumme und dort haben wir auch unsere Freunde. Aufgrund meiner technischen Ausbildung und vieler Kontakte arbeite ich stundenweise bei einem Patentanwalt und zeitweise auch noch in der Patentabteilung der Firma, für die ich einige Jahrzehnte tätig war. Nichts kann mich aus der Ruhe bringen, denn ich bin Stoiker, ein Anhänger der altgriechischen stoischen Philosophie, deren wichtigste Übung die gelassene Haltung gegenüber den Umständen des Alltags ist. Die Menschen in meiner Nähe sind uns wichtig, den anderen stehen wir distanziert gegenüber. Tiere allerdings begriffen wir seit jeher als Geschwister, die unseres Schutzes bedürfen. Stets verweigerten wir Auftragsmorde an Spinnen und allen anderen Insekten. Im Falle der Mücken beriefen wir uns auf das Selbstverteidigungsrecht und auf unser laut Mietvertrag verbürgtes Recht auf nächtliche Ruhezeiten.

Mancher Ehemann könnte aus der Haut fahren, wenn er sich daran erinnert, wie er seine Braut über die Schwelle trug und danach rein gar nichts mehr mit ihr funktionierte: Er hatte vergessen, die Transportsicherung zu entfernen. Bis er dieses tat, war die Einspruchsfrist zum Ja-Wort bereits so weit überschritten, dass an eine Reklamation nicht mehr zu denken war. Im Falle unserer Eheschließung war das anders. Damals trug Meike mich über die Schwelle. Vielmehr fuhr sie mich wegen meiner hochprozentigen Durchflutung in einer Schubkarre über die Schwelle, wonach mir auch das Absingen obszöner Lieder zum Vorwurf gemacht wurde. Allein die Kenntnis einiger meiner diskreteren Qualitäten, derer ich mir bis heute nicht bewusst bin, hielt sie unbeirrt an meiner Seite.

Seit längerer Zeit achteten wir auf eine gesunde Ernährung, was nicht nur dem Leib zugutekam, sondern auch, wie wir hofften, dem Geist wohltat. Dazu verbannten wir alle Arten von alkoholischem Getränk aus unserer Umgebung. Dies hatte zur Folge, dass die mir durchaus gut anstehende Portion Verrücktheit ihre Ursache nicht in dem Genuss einer allgemein beliebten organischen chemischen Verbindung, sondern in ungetrübter Weltsicht mit aller möglichen Verspieltheit fand. Diese Einstellung passte zu meiner derzeitigen Lage wie auf den Punkt getroffen, denn es ist deprimierend, seinen Körper altern zu sehen - erbaulicher hingegen, wenn man dabei lacht.

***

Vor fünf Jahren bezogen wir eine Wohnung in einem Viertel des gehobenen Mittelstands in Waldhaus an der Lumme. Das Gebäude hatte sechs Wohnungen, von denen eine leer stand. Vor dem weißen Haus stand links und rechts des Zugangs jeweils eine Zeder von etwa acht Metern Höhe, aus deren Astwerk bisweilen ein Eichhörnchen in unsere Richtung schaute, um zu prüfen, wer denn da neu eingezogen war. Zur Straßenseite hatten wir einen Balkon, auf dem die leeren Blumenkästen zu buntem Besatz anregten. Der Eingangsbereich mit dem Klingelfeld machte einen sauberen Eindruck. Vor allem die Namensschildchen waren nicht improvisiert. Nachdem wir uns eingerichtet hatten, konnten wir sagen: Dies ist eine schöne Bleibe. Bald wollten Meike und ich, Ihr Mäuserich, zu unserer Goldenen Hochzeit mit einem feinen Gläschen Mineralwasser anstoßen und uns das „Du" anbieten. Doch auf diesem Glück lag der Schatten von mitunter auftretenden Anwandlungen und Visionen, die meinem Verhalten kurzfristig einen befremdlichen Touch verliehen. Die Last dieser Erscheinungen trug ich bereits von Kindheit an und so hatte ich mich an sie gewöhnt. Früher traten sie mehrfach in einer Woche auf, dann hatte ich monatelang keine einzige dieser Scherzeinlagen meines sonderbaren Innenlebens.

Ab und zu begegneten wir einem Nachbarn im Treppenhaus, tauschten Freundlichkeiten aus und wünschten einen guten Tag. An einem der ersten Tage hier im Haus half ich dem uns gegenüber wohnenden Herrn Hesterloh, einen riesigen Blumentopf in die zweite Etage zu schleppen. Hesterloh war ein etwa fünfzigjähriger, schmaler Mann mit grauen Schläfen und einem braunen Gesicht. Er trug eine edel anmutende Tweed-Jacke. Das rotbraune Tongefäß hatte einen Durchmesser von knapp einem Meter und wog – mein Rücken kalkuliert – mindestens sechzig Kilogramm.

Ein anderer Nachbar, der Herr Eltmann, ungefähr vierzigjährig und alleinstehend, war ehrenamtlich in der katholischen Gemeinde tätig und half sozial bedrängten jungen Leuten durch ihre schreckliche Pubertät. Was er beruflich machte, hatte er mir nicht erzählt. Vielleicht war er Pfarrer oder sowas. Eltmann sprach von seinem aktuellen Problemfall, bei dem ein 17-jähriger Adept der marianischen Jünglingskongregation im Zustand hormoneller Raserei seiner Freundin große Unannehmlichkeiten bereitete. Ich konnte Eltmann nicht mehr dazu sagen, als mein Befremden ob seiner Verständnislosigkeit auszudrücken, denn das Hormon sei ein Meister aus dem Wunderland der Triebe. Er schaute mich höchst seltsam an, schüttelte den Kopf und ging. Zu Hause hatte ich etwas vor.

***

Endlich Feierabend. Ich entledigte mich meiner lästigen Tageskleider, drehte das Badewasser auf, gab Eukalyptusextrakt hinein und schaltete kurz den Fernseher ein, um zu prüfen, ob der Rest der Menschheit immer noch so bekloppt war wie bisher. Er war. Ich schaltete wieder ab. Dann fiel mein Blick auf jenen, mir von der Tochter eines alten Kumpels anvertrauten und nicht abgeholten Kaktus auf der Fensterbank. Er zog auf eine verunsichernde Weise meinen Blick auf sich. Ich beschloss, ihn zu gießen, umfasste seinen Topf und trug ihn ins Badezimmer. Nachdem mich die Erinnerung an das vermeintlich von ihm ausgegangene Unwohlbehagen aufs Neue berührt hatte, ergoss sich ein - immerhin lauwarmer -

18

Wasserschwall über dem kleinen Sonora-Heini. Der mitleidende Tränker nahm den unrasierten Wüstensohn an seine Hose, ließ ihn abtropfen und trug ihn zurück an seinen Fensterplatz. Die soeben erfahrene emotionelle Anwandlung beschäftigte mich dann noch eine Weile, bis ich das Thema mit einem Kopfschütteln abschloss.

Am Morgen darauf schaute ich nach der kleinen Pflanze und erstarrte: An seiner Flanke leuchtete eine sonnenähnliche handtellergroße Blüte aus gelben, konzentrisch angeordneten Strahlenblättern auf einer Korona aus weißen Mantelhüllen. Meine Augen wurden feucht beim Anblick dieses Wunders. Zehn Minuten lang beschaute ich gerührt diese Farbenpracht und fotografierte das Ereignis ausgiebig. Nach mehrmaligem Zurückschauen wandte ich mich meinen Pflichten zu und vernahm in meinem Hinterstübchen die Worte: *„Da staunste was - alte Pfeife!"*

Am nächsten Tag begegnete ich Eltmann vor dem Haus. Wir sprachen nicht miteinander. Er schaute mich wieder seltsam an. Ich war für ihn lediglich ein neuer Nachbar, dessen Natur er erst zu nehmen lernen musste. Wir kämen noch irgendwann zusammen.

Der große Topf des anderen Nachbarn ging mir nicht aus dem Kopf. Ich wollte auch so einen haben, denn in ihm ließe sich vorzüglich meditieren. Auf Nachfrage bei der Töpferei in Alttorf wurde auf den nächsten Zwischenprüfungstermin in elf Monaten verwiesen. Außerdem müsste der Prüfling sein Werkstück auch veräußern wollen. So ging es also nicht.

Die Kur auf Borkum

Unter den Leuten konnte man was erleben, wenn man die Augen offenhielt und, ihnen folgend, mit einem ergänzenden kuriosen Verhalten die Szenerie belebte.

——

Man hatte mir nach meinen letzten Visionen eine Kur nahegelegt, die ich auf der Nordseeinsel Borkum zu absolvieren hatte.

Daher fuhren Meike und ich mit 140 bis 170 km/h auf der Autobahn A28 in Richtung Emden, als auf dem Display unseres Autos folgende Meldung angezeigt wurde: Müdigkeit erkannt, bitte Pause machen. Also, das ist doch! Gehts noch? Meint das Auto mich oder sich? Wir waren erstaunt und belustigt, denn ich verspürte keinerlei Erschöpfung. Eine halbe Stunde später wieder: Müdigkeit erkannt, bitte Pause machen. Mann, was hat die Karre bloß im Tank! Da ging die Hupentaste im Lenkrad gleich einem Deckel auf, eine ungewaschene Hand erschien und klebte mir eine. Ich dachte: Oh Jott, jetzt spinn ich schon. Besser eine Pause machen. Auf dem Rastplatz schaute Meike in mein Gesicht und fragte: *„Sag mal, woher hast du denn so eine rote Wange? Und ganz schmutzig bist du auch."* Meine seltsamen Visionen spielten wieder ihre Streiche mit mir.

Die Inselbewohner waren von einer nordisch kühlen, aber freundlichen und pragmatischen Art, die mir gut gefiel. Im Gegensatz zu ihnen betrugen sich die Touristen weitaus seltsamer. Bei einigen Begegnungen mit den überall herumwuselnden Touries kamen wir aus dem Kopfschütteln nicht mehr heraus.

Da wir gern fotografierten und filmten, standen wir mit unseren Geräten hier und dort und gaben uns Mühe, die Aufnahmen möglichst gut hinzubekommen; dass uns dabei Passanten begegneten, war leider unvermeidbar. Zum Werkzeug des naturliebenden Freizeitfilmers gehörte das Geschick, dem Häufigsten aller größeren Tiere möglichst aus dem Weg zu gehen, denn Menschen waren überall, redeten viel und entwerteten so die Tonspur meiner Videoaufnahmen. Vor allem die Fotografen unter den Passanten hatten einen ausdauernden Redefluss. Worte kommen schließlich nicht mit aufs Bild. Manche erzählten auch reinen Müll.

Eine ältere Frau sprach uns auf unsere Geräte an: *„Schöne Sachen, schönes Hobby.“* Am liebsten hätte ich ihr mit unserem Hobby den Buckel gebläut, um die Funktion der Geräte zu demonstrieren. Aber in solchen Fällen ließen wir die Leute einfach stehen. Die ihr Verderben ahnende war dann auch umgehend enteilt.

Ich erinnere mich an eine der Spreu zugehörige Frau, die auf einer anderen Insel mit hocherhobenem Handy viel zu nah an einer Gruppe Seehunde vorbeiging, um so ein wie auch immer missratenes Video im Vorbeigehen abzustauben. Um dies mit Wilhelm Busch zu kommentieren: *Eins-zwei-drei im Sauseschritt, läuft die Zeit, wir laufen mit.*

Ein Mann, der in westliche Richtung ging, fragte uns nach dem Weg zum Ostland. Nachdem wir ihm den Weg erklärt hatten, raufte er sich die Haare und fragte, warum er denn ewig lange in die falsche Richtung gewandert sei. So ein Penner! Ein Produkt unserer schlechten Schul- und Bildungspolitik. Merke (bei klarem Wetter, nördlicher Hemisphäre): Sonne rechts – ich gehe nach Osten. Sonne links – ich gehe

nach Westen. Bei Bewölkung hält man sich an die Wegweiser (wenn nicht vorhanden: zu Hause bleiben). Das mit Nord und Süd wusste vorbenannter Banause mit Sicherheit auch nicht. Dabei hätten wir ihm aber bestimmt nicht geholfen.
In den Beobachtungshütten eines Naturschutzgebietes in den Dünen durften laut Vorschrift lediglich zwei Personen verweilen. Wir mussten beinahe vor jeder der von uns kurzzeitig besetzten Hütten Leute abwehren, die sich uns zugesellen wollten. Die vor den Hütten angeschlagenen Verhaltensregeln hätten sie leider noch nicht gelesen, gaben sie vor. Ein renitenter Rentner erklärte gar, nicht lesen zu können. Sein rasselnder Atem legte seine Flucht aus einer Intensivstation nahe.

***

Im Naturschutzbüro der Insel wollten wir nach dem jahreszeitlichen Vorkommen der Limikolen auf der Insel fragen. Dazu gingen wir ein Stück über einen Bohlenweg am Strand entlang. Was wir dort sahen, war die wahre Pracht. Eine große Anzahl nahezu nackter Menschen; alle von dem Traum vom einsamen weißen Strand zwischen grünlich schimmerndem Meerwasser und einer Palmengalerie unter blauem Himmel erfüllt, saßen und lagen dort eng eingefügt wie Puzzleteile zwischen den Strandkörben. Bäuche, schwitzende Glatzen, riesige dunkelbraune Sonnenbrillenaugen, Schenkel wie Litfaßsäulen und wogende Brüste, garniert mit Bonbonpapieren, leeren Eisbechern, Plastikflaschen und Zigarettenkippen. Hier konnte jeder sein, hier war für alle Platz - genaugenommen 0,00277 Fußballfelder pro Person.

Nachdem wir im Naturschutzzentrum ausführlich informiert wurden, lustwandelten wir schweigend noch ungefähr zwei Kilometer über den Strand und rieben uns bald die Augen, sahen aber danach immer noch denselben einsamen Strand um uns herum. Der war zwar annähernd frei von Müll, aber noch freier von Menschen. Die nächsten Personen gingen in dreihundert Metern Entfernung am Fuß der Dünen entlang. Ein einsamer Strand - das Meer war links und die Dünen rechts – oder andersherum.

Der Grund für unseren Aufenthalt auf der Insel waren die Anwendungen im Kurhaus, durch welche, einem autogenen Training ähnlich, die Selbstbeherrschung verbessert werden sollte. Bei einer dieser Anwendungen zu »Spannung und Entspannung« entglitt mir die Kontrolle über die Situation und vor mir erschien eine schmutzige Hand, die eine obszöne Geste zeigte. Nachdem diese Vision verschwunden war, sah ich mich einer entrüsteten Kursleiterin ausgesetzt, die mich des Versuchs eines körperlichen Übergriffs bezichtigte. Während eines weiteren Kurses hatte ein Kursleiter große Mühe, mich nach einer Entspannungsübung aufzuwecken, und wurde, wie das bei Aufgeweckten so ist, mit einem Großteil meines Repertoires an Flüchen und Beschimpfungen überzogen. Bei dem folgenden Termin versuchte ich, meine Anwandlungen auf ausgesprochen unkonventionelle, friedlichere Art zu therapieren, indem ich bei einem Spannungsaufbau einen Witz erzählte, der allgemeine Heiterkeit auslöste. Den Zurechtweisungen der Kursleitung wollte ich nicht Folge leisten, weil bereits eine Verbesserung meiner Befindlichkeit spürbar wurde. Da Ähnliches auch während der folgenden Übungstermine passierte, verwies man mich der

Klinik wegen fortgesetzten, die Therapie störenden Unernstes und anhaltender Renitenz. Ich solle mich zum Teufel scheren, sagten sie. Welch unedle Wortwahl! Dabei hatte ich doch eine Methode entdeckt, meinen Visionen wirkungsvoll zu begegnen. Damit müssten die doch umgehen können. Mir blieben auf dieser Reise weitere Anwandlungen erspart.

Jutta – Seltsame Leute – Archie – Klaus Steineck

Die Menschen um uns herum, ob wir mit ihnen bereits einen langen, oder kurzen Weg gegangen waren, ob wir sie uns ausgesucht, oder nicht ausgesucht haben, waren die Substanz unseres sozialen Lebens.

———

Wieder zu Hause schaute ich nach meinem kleinen Wunder auf der Fensterbank. Der Kaktus war stumm, es war nichts zu vernehmen, kein Mucks. Seltsam, seine Funksignale fehlten mir. War er in der Mauser? Hatte er den Akku leer oder wat?

Im Treppenhaus stand Eltmann vor dem Fenster zum Hof.

„Wir haben neue Nachbarn, die Steiners, die haben zwei Jungens.“

„Schön“, befand ich, *„dann wird es im Haus etwas lebhafter.“*

Die Steiners waren an einem der nächsten Tage auf dem Hof. Steiner schritt hinter seinem jüngeren, auf einem Bobbycar mäandrierenden Kind einher. In der Hand hielt er eine Art Fernbedienung, mit der er offenbar sein Kind steuerte. Indem er auf diesem Gerät herumtippte, bewegte sich das Kind von links nach rechts, dann geradeaus, von rechts nach links, das

Ganze rückwärts und alles nochmal von vorne. Die Mutter saß in einem Verandagestühl und tippte ebenfalls auf einer Fernbedienung herum. Sie steuerte damit ihren Mann. Ich ließ mir sagen, dass nichts von alledem stimmt. Es handele sich um Szenen einer ganz normalen Familie. Wenn das Kind größer ist, bekommt es auch eine Fernbedienung. Damit kann es dann seine Eltern ……

***

Wir bekamen Besuch. Jutta bewegte die Sehnsucht nach ihrem kleinen Kaktus. Die fünfunddreißigjährige, mit Mut zu junger Mode, zeigte sich in einer im Hüftbereich mit einem angedeuteten Rüschenkleidchen versehenen, einer Legginsähnlichen Beinbekleidung. Sie hob die Arme und meinte: *„Hübsch, nich?"* Dann drehte sie sich gleich einer Balletttänzerin mehrfach um ihre Achse und rief mit strahlendem Gesicht: *„Man trägt wieder Arsch!"* Dabei klatschte sie beide Hände auf ihr Gesäß. Beim Kaffee berichtete ich ihr von den Auffälligkeiten ihres »Notocactus Parodia Leninghausii« und zeigte ihr Bilder von der prachtvollen Blüte, worauf sie sich die langen Haare hinter die Ohren strich und mich fragend anschaute:
„Du kannst ihn hören? Was sagt er denn? Was macht dich denn so sicher, dass er zu dir spricht?" so Jutta.
„Wenn ich seinen Topf berühre, zetert er geradezu", log ich.
„Das würde ich auch gerne mal hören."
„Ich warne dich", wandte ich ein, *„der beherrscht eine ziemlich unzüchtige Gossensprache."*
„Hör auf, ich bin von robuster Natur", so Jutta mit abgesenkter Stimme.

Ich musste das Thema loswerden. Man kann doch nicht ständig Geschichten erzählen. Nachher glaubt man noch selber dran. Jutta blieb rund eine Stunde und wir einigten uns auf den vorläufigen Verbleib ihres Kaktus.

***

Ein paar Regentage später standen meine Frau und ich, ihr Mäuserich, vor einer futuristisch anmutenden architektonischen Kreation aus Stahl und Glas, an der zwei Blaumänner in einer von Dach herabhängenden Gondel an den Glasflächen werkelten. Hier waren wir richtig - oder doch nicht? Dieser Neubau wurde vor einem Jahr fertiggestellt; er sollte ein Magnet für Besucher aus der weiteren Region sein und dem Image unserer Stadt einen frischen Glanz verleihen. Wir wollten dieses Museum besuchen und freuten uns auf die Werke alter Meister; stattdessen standen und hingen überall seltsame Objekte von fragwürdiger Aussage herum. Ich hätte in der letzten Stunde ebenso eine - mit Verlaub - Müllhalde inspizieren können und wäre gleichermaßen erfüllt und berührt, wie ich es hier wurde. Welch eine Enttäuschung. Dieser Ort wurde als Museum angepriesen, obwohl er offenbar von den modernen Künstlern als Ausstellungsfläche für ihre zeitgenössischen Machwerke okkupiert worden war. Beim Verlassen des großen Gebäudes fragte mich ein in dunklem Anzug gehüllter Eckensteher nach unserem Gefallen an den Exponaten. Ich hielt mich dezent zurück und zitierte den Spruch „Narrenhände beschmieren Tisch und Wände". Der Pinguin schwieg betreten.

***

Danach dachte ich darüber nach, welche Geschicklichkeit mir gegeben sein müsste, um in einem Objekt mit sicherem Gespür eine Spannung erzeugen zu können, die garantiert jeden Zuhörer, Leser oder Betrachter sofort mitreißt. Meine frühen Versuche beschränkten sich auf Texte und Comics, die Heiterkeit bewirken sollten. Die Wandmalerei in meinem Jugendzimmer hatte ich damals zwar fotografiert, aber im Übrigen beinahe vergessen. Die alte Verspieltheit war mir aber nicht verloren gegangen, allein der Anspruch an Linie, Maß und Ziel war strenger geworden.

Moderne Kunst gilt heutzutage im besten Fall als Darstellung transzendenter Emotionalität. Alles ist erlaubt, und von fast allem behauptet man, es enthalte eine Aussage, die jenen zugänglich sei, welche innerlich gelöst und offen die heiligen Hallen der Kunst betreten. Mitunter soll der Betrachter sich die Aussage auch selber machen.

Nach dem Museumsbesuch kehrten Meike und ich in ein anspruchsvolles Restaurant ein und genossen ein Mittagsmahl, welches vor allem deshalb angenehm war, dass ich es nicht kochen brauchte. Ein älteres Ehepaar, das offenbar mit den Wirtsleuten gut bekannt war, überlegte noch, mit welcher Köstlichkeit ihr Mahl abzuschließen sein sollte. Die Wirtin empfahl zur besseren Verdauung einen Kräuterschnaps, den der Senior lautstark mit den Worten ablehnte: *„Das erlaub ich mich nich mehr!"*

Anschließend gingen wir eine schöne Runde durch den Allmendsbruch, das größte Naturschutzgebiet unserer Stadt, wobei aus einiger Entfernung das „Halali" eines Jagdhorns zu hören war. Haben wir Jagdzeit? Nach zwanzig Minuten ertönte es erneut, diesmal schon näher. Da schickte sich jemand an, die Ruhe suchenden Spaziergänger mit seiner Kunst zu beglücken. Wir bogen in einen Querweg ein und sahen in der Nähe einen älteren Herrn mit einem riesigen Jagdhorn auf der Schulter, der seinem kleinen, an einer Langleine geführten Hund einige Zeit zum Schnuppern ließ. Nach dem Schnuppern kam das Geschäft, dann rief das Herrchen. Der kleine Jack-Russell folgte und zog seine Leine der Länge nach durch seine eigene feucht glänzende Hinterlassenschaft. Halali! Am Wildgehege angekommen sahen wir zwei junge Männer, die einem großen Vogelhäuschen Futter entnahmen und es den Hirschen anboten, die es offenbar verschmähten. Warum ist es so schwer, die Dummheit zu bekämpfen? Man kann Dummheit nicht ahnden, weil sie wie zum Beispiel ein blaues Auge nicht strafbar ist. In unserem Land hat jeder das Recht, die Beurteilung seiner Belange selbst zu vertreten. Jeder hat das Recht auf Bildung und auf Unwissenheit. Allerdings wurde und wird die Bildungsförderung politisch nicht übertrieben. Die Unwissenheitsförderung ist da ein Schritt weiter; die gibt es gratis. Das blaue Auge auch.

Auf der anderen Seite unserer leidlich unruhigen Wohnstraße traf ich Archie, der seinen Balkon auf der gleichen Etage im Haus gegenüber hatte. Wir waren uns bei einem unangenehmen Zwischenfall seinerseits bekannt geworden. Der rund vierzig Jahre alte Ureinwohner dieser Gegend montierte am frühen Abend an seinem Auto und arretierte mit dem Schließen der Motorhaube seinen linken Daumen so zwischen Karosserie und Haube, dass er sich zwar nicht verletzte, aber den Daumen auch nicht aus seinem engen Umschluss ziehen konnte. Gleichzeitig gab es für ihn keine Möglichkeit, die Haube zu entriegeln, da dies allein vom Fahrersitz aus möglich war. Er konnte nicht sitzen, nicht liegen und nicht zum Klo. So hatte er eine knappe Stunde gerufen, bis ich auf die Rufe aufmerksam wurde und ihn aus dieser misslichen Lage befreite. Archie war körperlich zwar unverletzt, aber nervlich spürbar gerupft. Daher erschallte nach seiner Erlösung eine Kaskade fürchterlicher Flüche durch den Hinterhof. Von seinem erlesenen, teilweise auf norddeutschem Platt gehaltenen Vokabular war ich ohne Ausnahme höchst angetan und fragte ihn nach der Bedeutung einiger seiner Verwünschungen. Er schwieg, fuhr sich mit einer Hand durch die dunkelblonden, stets nach hinten gekämmten, halblangen Haare und wischte sich den Schweiß von der Stirn. Jetzt aber wollte ich von Archie wissen, was er von schmutzigen Händen hielt. Zunächst bat er um den Grund meiner – nach seiner Beobachtung - so häufig gezeigten Ehrerbietung ihm gegenüber. Ich fragte ihn, was er geraucht habe, und erwiderte, dass ich ihn nicht verehre und er mir im Zweifel den Buckel runterrutschen könne.

„Jo, aver worüm denn dien Verbeugungen in mien Richt, wenn wi beid op uns Balkons staht?"

„Ach das - das sind keine Verbeugungen. Ich schau' nur, ob die Line mit der üppigen Oberweite auf ihrem Balkon ist."

„Ach, wegen dien Naversche, jo", verstand Archie. Ich erzählte von unseren Erlebnissen auf der Hinfahrt nach Borkum und meiner Vision mit einer schmutzigen Hand. Er empfahl, mich exorzieren zu lassen. Typisch Archie, aber seine Haltung wunderte mich nicht; wir schenkten uns nie etwas. Exorzismus hat nach meiner bescheidenen Kenntnis einen religiösen Hintergrund. War ich also von einem Dämon

besessen? Ich musste weiter fragen, und zwar den Klaus Steineck.

***

Klaus war mir vom anorektischen Verein her bekannt. Dies war eine Vereinigung besonders schlanker Menschen, die in einer Welt voller Dicker ihre Belange als Gruppe besser durchsetzen und gesellschaftlich sichtbarer werden wollten. Von der Kontur her waren diese Leute in der Tat beinahe unsichtbar. Nachdem in der Stadt ein Parkplatz gefunden war, zog ich ein Ticket am Kassenautomaten des Parkplatzes und hörte in meiner Nähe ein älteres Pärchen laut palavern:

„Also irgendwie gibst du das nicht richtig ein, erst entern und dann die Seite wechseln.“

„Mach' ich ja, aber dat blöde Ding hier. Ich mach' das so, wie du mir das gelernt hast.“

„Nochmal von vorne“, klang es ungeduldig, während sich die beiden entfernten.

Klaus war zweifacher Träger des »Silbernen Schattens«, einer vereinsinternen Auszeichnung für einen besonders geringen Body-Mass-Index. Der einzige Träger des »Goldenen Schattens« war der jüngst an Unterernährung verstorbene erste Vorsitzende Hemmers. Ich erhoffte mir von Klausi einen Tipp, wie mit meinem Problem zu verfahren sei. Er wurde in seinen Kreisen auch „Gott“ genannt, weil er „alles wusste“, er also über ein enormes Allgemeinwissen verfügte. Im Reisebüro angekommen, in dem Klaus arbeitete, nahm ich ihm gegenüber Platz. Seine klapperdürre Gestalt wirkte bei seiner Körperlänge beinahe wie die eines Fangschrecks. Er führte ein offenbar unangenehmes Telefongespräch, sprach abgehackt und zeitweilig auch laut; dabei lehnte er sich zurück und streckte seine Beine, die auf der Vorderseite seines Schreibtisches zum Vorschein kamen. Er hatte verschiedene Schuhe an. Nach kurzer Zeit beendete er das Gespräch und sah mich eine Weile an; scheinbar ohne mich wahrzunehmen.

„Mann! War der unfreundlich, den hab ich bestimmt von der Mutter geklingelt."

Nach einem Moment des Sammelns dann: *„Piddie, wie gehts?"*

„Geht so. Wir waren auf Borkum. Da hab ich Anwendungen zur Stressbewältigung bekommen."

„Und wie war das?"

„Die haben mich rausgeschmissen. Ich hab jetzt Hausverbot in der Klinik. Aber auf der Fahrt dorthin hatte ich ein seltsames Erlebnis."

Ich erzählte ihm von der Hand, die mir eine geklebt hatte.

„Nimmst du Drogen oder Medikamente?", fragte Klaus.

„Nur ein Mittel gegen Visionen, eventuell mit Nebenwirkungen."

Eine halbe Minute schwiegen wir uns an, dann ging ich.

„Schönen Gruß an Line", gab er mir noch mit auf den Weg und schmunzelte dabei. Ständig ist man selber schuld.

Als ich am nächsten Morgen vor dem Spiegel stand, hatte ich durch meinen Stoppelbart eine erstaunliche Ähnlichkeit mit einem Kaktus. Vor Schreck wurde ich auch noch ganz grün im Gesicht. Jetzt brauchte ich mich nur noch in einen großen Blumentopf zu setzen, Erde drumherum und einen Schuss Wasser drauf, das wärs. Kann der Kaktus Mensch oder kann der Mensch Kaktus? Wie sprach schon der französische

Mathematiker Rene' Descartes: „Kaktus ergo sum", oder so ähnlich.

Im Vortrag zu Umweltproblemen – Herbert und Geli

Nicht nur das personelle Umfeld gehörte zum Leben, auch die uns ernährende, gebeutelte Natur erforderte unsere Hinwendung, wobei die Menschen immer wieder durch ihr bizarres Verhalten zu unangenehmer Unterhaltung beitrugen.

——

Seit langer Zeit waren Meike und mir große Menschenansammlungen zuwider. In unserer früheren Zeit besuchten wir bei Gelegenheit Rockjazz- oder Blueskonzerte und saßen gern in einem Jazzlokal. Nachdem wir beide uns gefunden hatten und sahen, dass es gut war, grenzten wir uns zunehmend von anderen Personen ab, entwickelten dabei aber keine Menschenscheu. Dabei betrachtete ich seit vielen Jahren deren massenhaftes Auftreten schlicht als einen Quell misanthropischer Inspiration, zumal fast alle unsere Weltprobleme ihre Ursache in der schieren Masse der menschlichen Spezies finden. Dessen unbeeindruckt stürzten wir uns regelmäßig in das Gewühl des nahen Wochenmarktes, einer Fußgängerzone oder eines Supermarktes. Zur allgemeinen Sicherheit verwendeten wir in der Küche seit je derart reichlich Knoblauch, dass sich eine gegebene Menschenmenge stets vor uns teilte und hinter uns wieder schloss.
Dies alles war gut eingestellt und nur wenige Anwandlungen kolorierten unseren Alltag auf unwillkommene Art. So konnten wir bedenkenlos öffentliche Veranstaltungen besuchen.

Wir wählten einen Vortrag über Umweltprobleme und ihre Gründe. Die Namen der Autoren sowie der Vortragenden sind mir entfallen. Im großen Saal der Volkshochschule versammelten sich ungefähr zweihundertfünfzig Zuhörer, deren Raunen langsam abebbte, als das Podium beleuchtet wurde. In der Mitte der kleinen Bühne stand ein Pult mit einem Mikrofon. Auf der linken Seite im Halblicht saßen zwei Personen an einem kleinen Rundtisch. Eine von denen stand auf und schritt zum Pult. Die Vortragende war eine jüngere, schlanke Frau mit halblangen blonden Haaren und einem Doktortitel. Sie betätigte ihren Laptop und der erste Teiltitel erschien in großen Lettern auf der Leinwand: „Pflanzen, Tiere und ihr Lebensraum". Frau Doktor stellte sich vor und begann ihren Vortrag, den ich sinngemäß wie folgt andeuten kann:

„Pflanzen und Tiere in den geologisch gegebenen und vom Wetter beeinflussten Landschaften stehen in vielfältiger Beziehung zueinander. Wir sehen überall zerstörte Strukturen. Ob die durch menschliche Bebauung zerteilten, ehemals weit vernetzten Lebensräume der größeren Tiere, die landwirtschaftlich zerstörten Flächen oder die fortschreitende Versiegelung weiter Areale, überall gestalten Menschen das Land ausschließlich zu ihrem eigenen Nutzen......"

Nach ihrer Rede ging sie zu dem runden Tisch und nahm Platz. Ein bisher dort sitzender, hagerer Mann um die vierzig Jahre schritt zum Pult und setzte den Vortrag mit dem auf der Leinwand erscheinenden Titel „Überbevölkerung" fort. Er hieß Bender oder so ähnlich und erhielt bereits vor der Rede Applaus; er war wohl bekannt und beliebt, denn keiner pfiff. Sein Vortrag ging so:

„Warum können wir nicht von der Überbevölkerung reden? Wo man auch dieses Thema anspricht, erntet man ratloses Schweigen. Warum? Verhalten wir uns wie das sprichwörtliche Kaninchen vor der Schlange? Haben wir Angst, unsere eigene Überflüssigkeit in Erwägung zu ziehen? Dabei lässt sich jedes unserer großen Weltprobleme auf unsere große Anzahl zurückführen."

Mein Kernthema. Dieser Mensch sprach mir aus dem Herzen. Er fuhr fort:

„Wir rastlosen Menschen haben einen fatalen Einfluss auf alle Lebensräume, denn unsere schiere Masse entzieht den Pflanzen, den Tieren und nicht zuletzt uns selbst jede Lebensgrundlage. Allein in den letzten 18 Jahren ist die Weltbevölkerung um 1500 Millionen Menschen angewachsen… …"

Ein Großteil des Vortrags entging mir durch die ständigen Störungen eines neben mir sitzenden, beleibten Mannes, der anfangs ständig schnaufte und später vor sich hin murmelnd die in der Nähe sitzenden Zuhörer gegen sich aufbrachte. Durch die häufigen Ruherufe selbst unterbrochen, hielt der Vortragende hinter dem Pult einen Moment ein, um dann seinen Text abzuschließen:

„Die anthropozentrische Vorstellung vieler Menschen von der ewigen Existenz der eigenen Art ist unerschütterlich. Dieser Glaube stellt sich zunehmend als fraglich heraus. Die belebte Natur ist zwar robust, aber wir Menschen reißen viele Arten mit uns in den Abgrund. Nach uns kommt etwas Anderes. Dann werden auch die stärksten Denkmäler zu einer dünnen Staubschicht zerfallen sein."

Nachdem sich der Redner wiederum unter Applaus zu dem runden Tisch begeben hatte, setzte die erste Rednerin den Vortrag unter dem Titel „Politik und neue Sklaven" fort:

„Der größte Bremser von allen, meine Damen und Herren, ist ein Kapitalismus, der alle Dinge allein nach geldwerten Maßstäben beurteilt und alle anderen Werte ignoriert. Es ist auffällig, dass dabei einige wenige Personen große Mengen an Geld anhäufen, das von allen anderen bezahlt werden muss. Wir alle bezahlen..."

Jetzt meldete sich der neben mir sitzende, beleibte Mann mit folgenden, erregt ausgestoßenen Sätzen:

„Die vorletzte Regierung half dem Großkapital, indem sie die gesetzliche Tarifbindung für Industriebetriebe sukzessiv abgeschaffte, wonach viele Firmen Löhne reduzierten und Urlaubsgeld sowie Weihnachtsgratifikationen aussetzten. Von allen deutschen Ruheständlern kassierte man zudem eine ganze Monatsrente. Damals wurde in Deutschland ein umfänglicher Sozialabbau vollzogen."

Die Rednerin auf dem Podium bat um Zurückhaltung und Vermeidung parteipolitischer Äußerungen. Der Mann neben mir wollte keine Ruhe geben. Ein Gerangel entstand, in dessen Verlauf mir der Dicke auf einen Fuß trat. Indem ich meinen Fuß aus seiner schmerzhaften Lage befreite, verlor mein Kontrahent das Gleichgewicht, fiel auf seinen rückwärts umfallenden Stuhl und landete auf den Knien der hinter uns sitzenden Zuhörer. Die sprangen auf, wichen zurück und umstanden den am Boden liegenden und rumorenden Störer. Dann löste sich die Konfusion. Der wie ein Käfer auf dem

Rücken liegende, zappelnde Mann wurde von Helfern ergriffen und unter seinem laustarken Protest aus dem Saal geführt, sodass der Vortrag fortgesetzt werden konnte.

Die blonde Frau Doktor wies darauf hin, dass dies eine politisch neutrale Veranstaltung wäre und Fragen sowie Einwände erst gegen Ende des Vortrags vorzubringen seien. Sie führte ihr Thema wie folgt fort:

„Die Globalisierung der Märkte tat das Ihre zur Intensivierung des Turbokapitalismus, der die international unterschiedlichen Arbeitsmöglichkeiten und Gesetze sowie ihre Durchsetzungspraktiken zur Maximierung der Gewinne nutzt…"

Sie schloss mit dem Hinweis, dass Fragen zum Thema gestellt werden können. Meike und ich verließen den Saal.

Zu Hause beschäftigte mich der auch als Text ausgegebene Vortrag dieses Nachmittags. Ich las nochmal nach und war dadurch derart von tiefem Erschrecken erfüllt, dass ich mir die Frage stellte: Warum ist es so schwer, den Menschen zu entgehen? Sie sind überall. In Zahlen ausgedrückt bin ich eines von ungefähr 7.500.000.000 Exemplaren. Der Zyniker in mir stellte folgende Berechnung an:

Wenn man alle Menschen in einem Behälter von einem Quadratkilometer Grundfläche zusammenfasst und dabei das durchschnittliche Gewicht eines Menschen mit 75 kg annimmt, ist er über 600 Meter hoch gefüllt. Diese gesamte menschliche Biomasse wiegt zirka 585 Millionen Tonnen. Auf die ganze Erdoberfläche (71.142.900.000 Fußballfelder) aufgetragen käme man bei einem spezifischen Gewicht von 1 kg/dm³ auf eine gleichmäßige Schichtdicke von etwas weniger als 1/1000stel-Millimeter. So dünn sind wir - aber eben auch überall.

Genug davon. Wer mich kennt, weiß von meiner überschäumenden Empathie für Tiere und bisweilen auch für Menschen. Die Frage aller Fragen lautet allerdings: Wer geht zuerst?

***

Zunächst aber besuchten wir ein jugoslawisches Restaurant, um dort mit Herbert und seiner Gefährtin Geli ein Mittagsmahl einzunehmen. Mit Herbert hatte ich mich früher gut verstanden. Es war eine Zeit der Ungebundenheit, die nicht mit Freiheit zu verwechseln war. Denn Bindung wollten wir – oder wollte ich. Mir fehlte aber das richtige Mädchen dazu. Es war mir nie gelungen, Herberts Vorstellung von seiner späteren Lebensführung zu ergründen. Warum hatte ich ihn nicht gefragt? Der lange, dünne Freund der Musik George Harrisons betonte häufig seine Freiheitsliebe bei hinreichend vielen Genussmöglichkeiten. Ich hatte nicht vermutet, dass dies die Kurzbeschreibung seines Lebensplans war. Herbert war wie ich im Vorruhestand und Geli betrieb noch einen Hundefrisiersalon.

Wir Männer bestellten wie bei jedem unserer Restaurantbesuche die große Platte mit vielen verschiedenen Zutaten. Unsere Frauen wählten kleiner und feiner. Als die Speisen aufgetragen waren, wandte sich Geli an ihren Kameraden: *„Ich wünsche dir einen guten Appetit."* Dieser, für verbale Missetaten bekannt, erwiderte: *„Ja, den wünsch' ich mir auch."* Nachdem wir dann unser Mahl beendet hatten, nahm Herbert seinen Teller in die Hände und leckte ihn blitzeblank ab.

Danach bestellte er sich ein Schälchen mit Sambal Oelek und verspeiste dieses pur. Einen Moment ließ er sich nichts anmerken, dann eilte er zur Toilette und kam nach ein paar Minuten mental sichtbar angefressen an unseren Tisch. Wir fragten nicht nach seinem Befinden. Der Kellner Milan hatte aber seine wahre Freude an der Szenerie und das Sambal wurde nicht berechnet.

Als wir das Restaurant verließen, sprach ich noch mit Milan. Wir kannten uns ganz gut, denn Meike und ich waren seit über zwanzig Jahren dort Stammgäste. Milan beklagte den Diebstahl seines Fahrrads, worauf ich ihm nahelegte, gemäß dem deutschen Sprichwort „Kommt Zeit, kommt Rad" Gelassenheit zu bewahren. Das leuchtete Milan nicht ein. Meike ermahnte mich, mein loses Maul zu zügeln.

Beim Arzt – Georg – Unterhaltsame Tattoos

Die genaue Beobachtung des menschlichen Verhaltens ist eine notwendige Disziplin des nach dem Inneren seines Wesens Suchenden.

———

In den folgenden Wochen dachte ich häufig über parapsychologische Effekte nach, speziell über die Stimmen, die ich einer unrasierten Pflanze zuschrieb. Da der vierteljährliche Besuch bei dem Lieferanten meines Medikaments anstand, notierte ich verschiedene Fragen, welche ich dem Neurologen stellen wollte. Hierzu gehörten sowohl Fragen zu meinen unterhaltsamen Anwandlungen als auch zu meinem Talent, in marmorierten Fliesen Gesichter zu erkennen.

Am nächsten Tag stand ich dann vor dem weißen Schild mit der Aufschrift »Dr. Rheinhard Weiz, Neurologe und Psychologe« und fand, dass sein Vorname gut in eine westdeutsche Landschaft passt. Der lange, schlanke Weiz war um die fünfundvierzig Jahre alt und trug seine blonden Haare wie Tim aus dem französischen Comicpaar Tim und Struppi. In seinem Sprechzimmer stand in einer Ecke ein Punchball auf einem Sockel und an der Wand hing ein Paar Boxhandschuhe. Die Vorstellung, dass er nach jedem unangenehmen Patientengespräch dem Punchball Saures gab, erheiterte mich. Nachdem ich seine Befindlichkeitsfrage positiv beschieden hatte, nannte er das Erkennen von Bildern in marmorierten Bildflächen „Pareidolie" oder so ähnlich und fügte hinzu, dass viele Menschen in Bergsilhouetten und eben in marmoriert strukturierten Konturen Gesichter oder Gestalten erkennen. Nachdem er mir ein neues Rezept ausgestellt hatte, sagte er noch: *„Sie sind unheimlich."* „Genau", dachte ich, ignorierte den offengehaltenen Lift und klapperte durch das Treppenhaus nach unten.

Auf dem Heimweg kam ich an einem Kiosk vorbei, vor dem sich eine Bushaltestelle befand. Acht Leute standen dort, unter ihnen ein älteres Paar. Der Mann schaute sich die Titelbilder der ausgestellten Zeitungen an. Seine Frau keifte ihn an: *„Kuck dir nicht immer die nackten Weiber da an! Kuck mich an!"* Ich machte, dass ich weiterkam, und dachte noch, dass diese Frau allein durch ihr Gezeter zur Vogelscheuche wurde.

***

Bald besuchte uns Georg. In den 70er Jahren zogen wir mit ein paar anderen jungen Leuten viele Male durch die Gemeinde, spielten Billard, machten Autotouren in den Harz oder unternahmen Wanderungen zum Plenter Bruch mit nächtlichem Lagerfeuer. Jutta ist seine Tochter.

„Schön hier, viel Licht“, meinte er.

„Aber auch mancher Schatten“, erwiderte ich.

„Wegen der Nachbarn?“

„Alles Arschlöcher. ---- Na ja, der Hesterloh ist ein ganz nettes Arschloch und die Line Schneider ist keins. Die Anderen eigentlich auch nicht. Also ganz nett hier.“

Nachdem wir eine Weile von der alten Zeit gesprochen hatten, gingen wir noch um den Block und ich erzählte von meinen Nachbarn:

„Der Steiner hat gemerkt, dass sich sein Haar lichtet. Groß, stark und schön: Die Ideale der eitlen Jugend schwinden dahin. Wenn die sich nach dem jahrzehntelangen Berufsleben die Hörner abgestoßen haben, bleiben nur alte Säcke mit Glatze und dickem Bauch übrig.“

„Ja, so sahen die beim Klassentreffen auch aus, ich hab nicht alle sofort wiedererkannt.“

„Steiner trägt jetzt Mützen und Hüte, jeden Tag was anderes.“

„Wenn ihn das glücklicher macht“, meinte Georg.

Auf der anderen Straßenseite kamen uns zwei Mädels von zirka achtzehn Jahren entgegen, die in ihr Gespräch vertieft waren. Ihnen schlenderten drei junge Burschen von zwanzig Jahren entgegen. Als sie an den Mädchen vorbeigegangen waren, blieben sie stehen. Einer von ihnen drehte sich um und rief etwas zu den Mädchen. Die blieben jetzt auch stehen und schauten zurück. Mit einem Anlauf von rund fünf Metern zauberte der Rufer dann einen schönen Salto bei sauberer Landung in den Stand; dann wiederholte er das Kunststück. Eins der Mädchen machte deutliche Anstalten, zu dem Akrobaten zu gehen; sie war wohl beeindruckt von der Sportlichkeit des Fremden. Das andere Mädchen wollte sie davon abhalten und hielt sie einen Moment fest, doch ihre Begleiterin hatte sich entschlossen, dem Akrobaten hinterherzulaufen.

„Nach Sport auf der Straße kommt Sport im Bett. Früher nannte man sowas Flittchen“, kommentierte Georg das Gesehene. Ich erzählte ihm von unserem Museumsbesuch und meiner kritischen Haltung zur Kunst.

„Du und die Künstler, ihr werdet euch niemals grün“, sagte Georg und fuhr fort: *„Kunst ist nichts anderes als die Reproduktion des selbst Erlebten durch die Brille des Reproduzenten, indem er seine eigene Sicht zur Schau stellt.“*

Ich fügte hinzu: *„Man kann ihren Werken nur schwer entgehen. Auf Straßen, Plätzen, Kinderspielplätzen, ja selbst in Wäldern treffen wir auf ihre Spuren. Die sollen uns anregen, obwohl wir nicht angeregt werden wollen. Auf Anregen folgt Aufregen.“*

„Die Berufsbezeichnung »Künstler« ist nicht geschützt, jeder darf sich so nennen“, erklärte Georg und fuhr fort: *„Glücklicherweise gibt es noch die bescheideneren Vertreter der Branche, die Lebenskünstler“*, und schloss mit gütigem Unterton: *„Sei nicht so streng mit den Menschen.“* Dann standen wir neben seinem Auto und sagten Tschüss.

Streng ------, dachte ich. Hoffentlich fragt er mich nicht nach meiner Meinung zu Fernsehredaktionen.

***

Im Wartezimmer meines Augenarztes saß eine dunkelhaarige Frau mittleren Alters, deren hochsommerliche Bekleidung einige diskrete Blicke auf die reichlichen Tätowierungen ihrer ergiebigen Körperoberfläche lohnenswert erscheinen ließ. Sie war zwar nicht schlank, aber auch noch kein Fass, beinahe aber eine Art Litfaßsäule. Es mag sein, dass sich diese Dame jegliche Lektüre ihrer Oberfläche verbat, aber warum stellte sie ihre Illustrationen so freigiebig dem nach Kurzweil Dürstenden zur Verfügung? Durch diese Erkenntnis legitimiert wanderte mein Blick über ein Konglomerat verschiedener symbolähnlicher Figuren, auf dessen Grundfarbe aus Graublau eine fein ineinander verflochtene, vielfarbig ornamentierte Linienführung jedem Grafikdesigner Lob sprechen würde. Als in der Formdeutung zufälliger natürlicher Konturen geübter Betrachter sollte es mir nicht schwerfallen, diesen Bildern einen Sinn zu entnehmen, dachte ich. Doch die Synergien der lebenden Ausstellungsfläche mit dem kreativen Tätowierer samt seinem Vorlagenrepertoire sprachen eine andere Sprache als die rein zufällig entstandenen Umrisse abendlicher Gebirgssilhouetten. Das Auslesen ihrer kryptischen Topografie wurde immer dann zusätzlich erschwert, wenn die Linienführung größerer Strukturen hinter dem Horizont der Rundung eines Armes oder einer Schulter verschwand. Bald löste ich meinen Blick von besagter Dame und verfolgte das Tun einer mir vormals gegenübersitzenden jungen Frau, die auf der Flucht vor einer lästigen Wespe aufgesprungen und ein paar Meter in den Raum ausgewichen war, wobei sie das bedrohliche Insekt stets im Auge behielt. Dann wurde ich aufgerufen.

Tätowierungen sind ein übles Detail in der deutschen Geschichte. In einer Zeit, die ich nicht erleben musste, wurden Millionen Menschen Nummern in den Arm tätowiert, womit sie erst kenntlich gemacht und danach planmäßig ermordet wurden. Einzigartigkeit war tödlich. So etwas vollziehen heute viele Menschen, aus modischen Gründen oder um ihre Individualität zu betonen, freiwillig auf ihrer Haut. Einzigartigkeit ist modern, Anonymität macht frei.

Als Archie und ich im Stadtwaldcafe über unsere ehemaligen Autos sprachen, sah ich die bunte Dame wieder. Sie betrat als Kundin getarnt die Terrasse, ging aber bald weiß beschürzt von Tisch zu Tisch, trug Kaffee und Kuchen auf und wischte freie Tische ab. Als sie dann an unserem Tisch stand und nach unseren Wünschen fragte, konnte ich einen kurzen Absatz auf ihr weiterlesen. Der Rest der spannenden Bildergeschichte blieb mir durch die erforderliche Textilbedeckung leider verwehrt.

Menschliche Eigenarten – Der Schnarcher und das Suppengrün - Die Reise nach Helgoland

Immer wieder aufs Neue waren menschliche Eigenarten zu beobachten; selbst die Reise in ein vermeintlich ruhiges Umfeld verschonte nicht vor sozialen Reibungsverlusten.

———

Wie es meine Gewohnheit war, stand ich an einem Montagmorgen auf dem Balkon, schaute aber nicht nach der Nachbarin, da ich meinen diesbezüglichen Hang bereits offenbart hatte. Rund hundert Meter zur linken Hand unserer Wohnadresse befand sich eine Haltestelle, die allmorgendlich vor den Abfahrtzeiten eines Linienbusses von einigen Werktätigen unserer Gegend gemessenen oder zügigen Schrittes angestrebt wurde. Gegenüber der Haltestelle lag ein Bolzplatz. An diesem Tag eilte ein ungefähr fünfzigjähriger Mann, der, so oft ich ihn sah, an einem klassischen Krückstock ging, über die Wiese zur Haltestelle. Offenbar war er spät dran, denn er beschleunigte seinen Gang auf einen durchaus sportlichen Sprint und erreichte den Bus so eben noch. Dabei hielt er seinen Krückstock mit der rechten Hand in seiner Mitte; ein kleiner Rucksack tobte dabei wie wild auf seinem Rücken hin und her. Zu diesem Bild einer wiedererstarkten und gefährlich mit dem Stock fuchtelnden Gestalt passten die vielen Senioren, die mit Nordic-Walking-Stöcken ihren Gang durch den Stadtwald nicht unterstützten, sondern diese zärtlich vor sich hertrugen, auf dass ihnen jegliche Bodenberührung erspart bliebe. Sowas macht dann gesund.

Auf dem Bolzplatz prügelten sich zwei Amseln um ihre Reviere. Dabei flogen kleine Federn durch die Luft. Die schrägen Spuren der häufig genutzten Fußwege auf der Wiese zerteilten das grüne Karree in verschiedene Dreiecke. In unseren Parkanlagen kann man sie auch sehen, die vielen kleinen Trampelpfade neben den von Landschaftsgestaltern angelegten Wegen. Warum verweigern sich so viele von uns der technisch anmutenden Geometrie des offiziellen Wegplanes? Vielmals reagierte die Verwaltung mit der Behinderung des Wegwildwuchses, indem man Zäune reparierte oder durch die Ablage von Grünzeugverschnitt und schweren Ästen die improvisierte Spur zu blockieren versuchte. Bisweilen jedoch folgte das Grünflächenamt den Neigungen der anonymen Pfadfinder und korrigierte Wegeführungen oder schotterte intuitive Spuren zur Freude der Nutzer, um den inoffiziellen Weg zu einem offiziellen Weg zu machen. Abkürzungen gibt es auch in der Sprache. Sie hören sich mitunter recht lustig – vereinzelt aber auch unangenehm an, je nach Geschmack. Der Perso, die Info, die Kombi und so weiter sind in der Umgangssprache fest verankert. Aber handeln wir durch das Abkürzen pragmatisch oder sind wir faul? Vielleicht sind es Reaktionen auf eine zunehmende Unruhe in unserer ständig dichter werdenden Gesellschaft oder schlicht verbalökonomische Effekte. Wir sind viele, werden noch mehr und rennen immer schneller. Da bleibt keine Zeit für einen ausführlich gesprochenen Satz.

Auf der linken Ecke der Einmündung einer Nebenstraße war, solange wir hier wohnten, ein Müllbehälter an dem Rohr eines Verkehrsschildes angebracht. Dieser Behälter wurde von den vielen Hundebesitzern genutzt, um die Hinterlassenschaft ihrer Hausgenossen zu entsorgen; selbst Pizzakartons wurden in den Behälter hineingezwängt. Dieser stand zuverlässig zu Diensten und war von vielen Leuten in die Abfolge ihrer Alltagshandhabungen fest eingeplant. Eines Tages war der Müllbehälter weg, ob von der Stadt abgebaut oder schlicht gestohlen: Er war nicht mehr da.

Das hinderte viele bisherige Nutzer aber nicht, ihre Verpackungen oder Hundebeutelchen unverdrossen an der Stelle des ehemaligen Behälters auf den Boden zu werfen, um sich danach eiligen Schrittes vom Ort der Verunsicherung zu entfernen.

Bei der Betriebsbesichtigung einer metallverarbeitenden Firma konnte man beobachten, wie blau-violette Stahlspäne unter fein wispernden Klingelgeräuschen von einem kleinen Förderband in einen Sammelbehälter fielen. Wenn dieser Behälter zu seiner Entleerung von seinem Platz entfernt wurde, fielen die Späne weiterhin vom Förderband auf den Boden. Wie kann die Maschine nur so ignorant sein und ihre Späne rücksichtslos auf den Boden werfen!

***

Zu meinem Geburtstag vor einigen Jahren überreichte man mir eine Palmenpflanze, die durch ihre geringe Größe einen schönen Platz auf dem Fensterbrett unseres Wohnzimmers fand. Die aus einer plisseeartigen Struktur fächerförmig hervortretenden und sternförmig auseinanderstrebenden sattgrünen Blätter wurden von steil aus dem Strunk sprießenden, sich anschließend nach außen neigenden und mit einer Dornenreihe versehenen Blattstielen getragen.

Wegen der Verletzungsgefahr war größte Vorsicht bei Hantierungen im Pflanzenbereich geboten. Nachdem ich diese Palme adoptiert hatte, war es mir ein großes Bedürfnis, es ihr an nichts fehlen zu lassen, was sie in der Folge sichtlich gerne annahm.

Es war noch eine sehr junge Pflanze, die sich in den folgenden Jahren durch einen pubertären Wachstumsschub zu einem stattlichen Gewächs entwickelte und bald in einen größeren Topf mit frischem, nährstoffreichem Substrat umziehen musste. Dadurch verstärkte sich ihr Wachstum nochmals, sodass wir dem prächtigen Gewächs einen weiteren Umzug in einen noch größeren Kübel, der in einem großzügigen Zimmerviertel stand, zumuteten. Diese neue

Raumaufteilung hatte zur Folge, dass ich mich auf dem Weg zur Balkontüre mit einer nicht ehrerbietenden Verbeugung unter einem neuen Blatt hinweg winden musste, was meinen Rücken zu der düsteren Ankündigung eines baldigen Hexenschusses zwang. Das brachte mich bald auf die Palme. Die oder ich! *„Oh, ich krieg dich, du Suppengrün!"*

Doch es sollte nicht zum Äußerten kommen. Aus dem tiefen Tal eines befremdlichen Grolls wurde mir meine überlegene Lage bewusst: Ich war der mobile und schnellere Kombattant mit ausreichenden gärtnerischen Kenntnissen. Außerdem verfügte ich über ein probates Instrumentarium, um meinem Gestaltungshang nach Gusto gerecht zu werden. Also ans Werk. Nachdem das Violinkonzert Nr. 1 von Mozart als, wie ich hoffte, wirkungsvolles Anästhetikum gestartet war, näherte ich mich dem expansiven Grünling, listig die Astschere hinter meinem Rücken verbergend, und wollte voller Vorfreude auf ein ungebeugtes Passieren dieser verschatteten Kuriosität mit einer sportlichen Bewegung die Amputation des mich störenden Blattes vornehmen, als Meikes Stimme mich abrupt erstarren ließ: *„Piet! Was tust du da?"* Durch den sich langsam klärenden Nebel des Erwachens erkannte ich meine im Bett sitzende Frau vor dem Schein ihrer Nachttischlampe: *„Du schnarchst! Dreh dich mal auf die Seite."* Was ich dann auch tat.

In der Hoffnung, meine phytochirurgische Arbeit vollenden zu können, schlummerte ich bald wieder ein. Doch das vorher erlebte Traumambiente wollte sich nicht mehr einstellen. Wenn man sich klarmacht, dass Träume aus zufälligen Reflexionen unserer Tageserlebnisse und Erinnerungsinhalte bestehen, die vom Großhirn in sinnvolle Zusammenhänge zu bringen versucht wird, dann stellt sich hier die Frage nach meinem Pflanzenverständnis oder – in Anlehnung an die Begründer der Psychoanalyse – dem geschlechtlichen Status der Pflanzen im Wertekosmos meiner Innenwelt.

Was auch immer. Mein geneigtes Verhältnis zur Pflanzenwelt konnte durch diesen kruden Traum nicht erschüttert werden, was sich daran zeigte, dass ich nach dem Aufstehen zu der großen Pflanze ging, ein paar freundliche Worte zu ihr sprach und ihren Kübel ein wenig drehte. Das bisher störende Blatt ragte jetzt seitwärts aus dem Stamm empor und der Vorbeigehende empfand, so er ein Pflanzenfreund war, ungetrübte Freude an dem Anblick des prächtigen Wesens. Allerdings befleißigten sich zwei neue Triebe eines munteren Wachstums in Richtung des freigemachten Zugangs zu unserer Balkontür.

Im nächsten Pflanzentraum werde ich mich rechtzeitig auf die Seite drehen und gewinne mehr Zeit, um nötige Amputationen durchzuführen.

(Später nahmen alle Wohnzimmerpflanzen durch Geruchsstoffe miteinander Kontakt auf und berieten die Okkupation des gesamten Raumes, durch den wir, Meike und ich, ihr Mäuserich, uns nur auf mühevoll freigeschlagenen Pfaden bewegen konnten. Wir waren stets auf der Hut vor der Ansiedlung von Pinselohräffchen oder mehr als den bereits dort lebenden Arten der Kolibris.)

***

In diesem Spätherbst brachte es Meikes Studium der heimischen Tierwelt mit sich, dass uns eine Reise zu den neugeborenen Kegelrobben fotografisch äußerst lohnenswert

erschien. Daher packten wir unsere Foto- und Filmgerät-
schaften zusammen, schnürten das kompakte Reisegepäck
und begaben uns auf die Autobahn in Richtung Cuxhaven.
Während einer Rast stand ich mit qualmender Zigarette und
kalten Fingern neben dem Auto, als eine Frau auf mich zu-
kam, die mir einige Münzen reichen wollte, um zwei Zigaretten zu kaufen. Ich schenkte sie ihr. Bald standen wir vor
dem uns gut bekannten Hotel, luden das Gepäck aus und
konnten bei Britta einchecken. Nachdem wir unter ihrer Auf-
sicht einen obligatorischen Coronatest hinter uns gebracht
hatten, mussten wir das Gepäck auf die erste Etage wuchten,
denn der Fahrstuhl war defekt. Die große Blonde wollte mir
helfen, doch ich lehnte dankend ab. Noch ging ich nicht am
Stock. Bei diesem Hilfsangebot wurde mir klar, dass mein
Äußeres jenes eines alten Mannes war, dem man gerne zur
Hand geht, weil die alten Leute nicht mehr so können, wie
sie wollen. Man kam sich alt vor. Diese Wahrnehmung erinnerte an eine Zeit vor über fünfzig Jahren, als mit vierzehn
Jahren meine Berufsschulzeit begann. Dort wurden alle
Schüler bereits mit „Sie" angesprochen. Die Kindheit war
endgültig vorbei; man kam sich alt vor. Später dann wurde
ich als Dreißigjähriger unter jungen Leuten seltener mit „Du"
angesprochen. Die Jugendzeit war vorbei; man kam sich alt
vor. Ständig kam man sich alt vor. Mit diesen Gedanken standen wir in unserem Zimmer und richteten uns provisorisch
für eine Nacht ein. Am nächsten Morgen nach einem ergiebigen Frühstück erfuhren wir, dass für die Überfahrt nicht die
»Helgoland«, sondern ein kleineres Boot eingesetzt würde,
was uns wenig erfreute, weil eine Nussschale den Turbulenzen der spätherbstlichen See erwartungsgemäß stärker

ausgesetzt sein würde. Obwohl wir noch nie seekrank waren, brachte mich mein verwurzeltes Misstrauen gegenüber jeglicher Technik in einen unangenehmen Zustand der Anspannung.

Das Schiffspersonal war angewiesen, alle Gepäckstücke im Laderaum des Schiffes abstellen zu lassen. Unseren großen Reisekoffer brachten wir dann auch dorthin. Die Rucksäcke mit den hochwertigen Foto- und Filmgeräten behielten wir jedoch in Reichweite und schoben sie unter unsere Sitze. Das gefiel einem Crewmitglied nicht: Die Gepäckstücke müssten auch in den Laderaum; es gäbe eine Anweisung. Der Giftzahn führte sich auf wie ein Springteufel. Er kam mehrfach zu uns, zeterte und wollte uns bei seinem Offizier melden; was er dann auch tat. Ich hielt mich sehr zurück; es war aber nicht leicht. Schließlich gewannen meine stoischen Ambitionen Oberwasser und ich verlegte mich auf ein entspanntes Lächeln. Der Offizier, ein jüngerer, unaufgeregter Mann, empfahl uns, die Rucksäcke unter unseren Sitzen gut gegen Verrutschen zu sichern, und wünschte uns eine angenehme Überfahrt. Jener um seine Macht gebrachte Befehlsempfänger sparte nicht an Übles verheißenden Augenblitzen. Er war noch nicht am Ende; es gab noch die Rückfahrt. Wenn man einem unteren Rang einen Ermessensspielraum einräumt, kann es dazu führen, dass er generös davon Gebrauch macht. Häufig gilt in solchen Fällen aber das alte Sprichwort: *Es gibt kein schärfer Schwert, als wenn der Knecht zum Meister wird.*

Auf der Insel bezogen wir unser Zimmer, welches zwar klein, aber mit einer geräumigen Dachterrasse versehen war, die vor allem in der wärmeren Jahreszeit zu einem vormittäglichen Sonnenbad einladen konnte. Der herrliche, südöstliche Ausblick auf die Häfen und die Nebeninsel war uns trotz des hohen Mietpreises Grund genug, diese Unterkunft hoch oben auf der Klippe zu wählen. Hier oben hatte auch Werner Heisenberg für die Dauer eines Kuraufenthaltes gewohnt, als er angesichts der Weite des Horizontes an die Worte seines väterlichen Freundes Nils Bohr dachte: *„Dass man beim Blick über das Meer einen Teil der Unendlichkeit zu ergreifen glaubt."* An einem dieser Tage gelang Heisenberg der entscheidende Schritt zur Begründung der Quantenmechanik. Seine genaue Wohnadresse wurde bei der Sprengung Helgolands durch die Alliierten nach dem Weltkrieg zerstört.

In unserem Hotel gab es ein gutes Frühstücksbuffet, das von einer charmanten Polin betreut wurde, die sich an unsere früheren Aufenthalte erinnern konnte. Dieser Frau hatte ich gesagt, es sei gut, dass es sie gäbe. Durch eine solche Ansprache kann man jemanden überzeugend für sich gewinnen.

Meike und ich hatten vier Tage Zeit, um Aufnahmen zu machen. Der erste Tag war bedeckt, aber windstill, das ging, trotz eisiger Kälte. Wir fuhren auf die »Düne« und verrichteten unser Handwerk. Am zweiten Tag schien die Sonne bei lebhaftem Wind und Kälte; das ging auch. An jedem der beiden Tage ließen wir uns bis zu einer Dreiviertelstunde Zeit zum Fotografieren und Filmen der jungen Kegelrobben mit ihren Müttern. Wir bekamen dabei zwar eiskalte Finger und Füße, aber waren zufrieden. Das Werk war getan. In den Tagen darauf hatten wir Sturm. Auf der Rückfahrt nach Cuxhaven fuhren wir dann mit der Dünung in die Elbe und der Schiffszuchtmeister hielt seine Emotionen im Zaum. In früheren Zeiten hätte er uns »Kiel holen« lassen. In der folgenden Nacht in Cuxhaven träumte ich von ihm: Eine in einem viel zu großen Matrosenanzug gekleidete, keifende Gestalt, mit derart kurzen Armen, dass er sich im Stehen nicht an den Knien kratzen konnte. Diese Figur störte mich ständig mit ihrem Gezeter bei der alleinigen Einnahme eines großen Banketts, das zu Ehren eines Schiffsoffiziers abgehalten wurde. Nach dem Aufwachen hatte ich ein so starkes Völlegefühl, dass ich auf das attraktive Frühstück des Hotels verzichtete.

Die Erfindung – Im Konzert – Im Restaurant Walden – Wahrnehmung

Des vielen Beobachtens müde geworden, half der Gebrauch eigener Talente zu etwas Neuem. Auch der Genuss akustischer Wohltaten und die Hinwendung zu philosophischen Themen war hilfreich, wobei gelegentliche menschliche Kontakte mit Mokanz gewürzt werden konnten.

—

Oftmals dachte ich darüber nach, wie man sich das Leben leichter machen könnte. Zum Beispiel mit einem Begrüßungsassistenten an der Haustür. Dieses Kästchen in der Größe eines DIN-A4-Papierformates mit einer Dicke von zwei Zentimetern war unterhalb des Wohnungstürspions an der Außenseite der Tür befestigt; es hatte ein Display und ein Eingabefeld. Wenn jemand klingelte, leuchtete der Schriftzug auf: *„Wat is?"* Der Besucher musste dann die Taste neben einem der folgenden Texte drücken: *„Ich bringe Geld"*, *„angemeldete Vorsprache"* oder *„Ich will Geld"*. Im Falle der beiden ersten Tasten erschiene auf einem Anzeigefeld an der Innenseite der Tür der von außen gewählte Text und die Tür würde geöffnet. Im Falle der letzten Taste erschiene außen die Leuchtschrift *„Hau ab!"*. Diese praktische und sinnvolle Einrichtung, auf die ich ein Patent angemeldet hatte, sollte Besucher nach Störungspotenzial filtern. Jedoch vergaß ich hierbei meinen Grundsatz, den Vorteil eines Gerätes gegen seinen Nachteil abzuwägen. Man vereinsamt nämlich mit der Zeit. Mir schwante bald der Mangel an differenzierteren Intentionsabfragen. Ob dat Ding jemals feddich wird?

✤✤✤

Um mich von der Bastelei abzulenken, besuchten wir ein Konzert. Man sagte, Musik sei vertonte Emotion. Es können aber auch Proteste, Ermunterungen, Aufwiegelungen oder akustische Meditationen sein. Nach einer langen Zeit ohne Musikgenuss hörte ich von Casimiro de Grooth. Seine arhythmischen Kompositionen waren bestechend, ehrlich und progressiv. Ein Komponist war in vergangenen Zeiten ein in der Gesellschaft hoch angesehener Vermittler eines höheren Verständnisses unserer Existenz. In der heutigen saturierten, dekadenten und verwöhnten Gesellschaft haben es diese Leute entschieden schwerer, das aufdringliche, kakofonische Durcheinander tagtäglicher Berieselung zu durchdringen. Denn es gilt: Wer am lautesten auf allen Kanälen dröhnt, hat Recht. Nicht so Casimiro de Grooth, er dröhnte nicht mit, er kam auch nicht zu uns, wir mussten zu ihm gehen und hören. So war es auch an jenem Abend im Oktober. Sein Konzert war durch auffällig unauffällige Plakate angekündigt worden, dennoch zeigte sich die Beliebtheit der Darbietung letztlich an einem munteren Kartenverkauf. Auf der Bühne standen verschiedene seltsame Musikinstrumente, von denen ich ein Sitar, ein Gayageum, eine Arschgeige, ein Geflügel, ein Hormonium und ein Sexsophon erkannte. Die an diesem Tag vorgesehene Kammermusik war die neueste Komposition von De Grooth, der mit unnachahmlichem Gespür für tiefe Motive die Emotionen der Freunde der Beatmusik berührte. In Fachkreisen nannte man ihn auch »den Mann, der durch die Hose atmet«. In dem kinogroßen Saal saßen rund dreihundert Personen in einer, meiner Einschätzung nach, relativ ungezwungenen Stimmung.

Dann betraten De Grooth und sein Oktett die Bühne. Sie waren alle leger gekleidet, wie es in der Jazzszene üblich war. Unter einem ersten Applaus besetzten sie ihre Instrumente und stimmten sie unter der mehrfachen Abgabe verschiedener Probetöne untereinander ab.

Der erste Satz trug den Titel »Triebhauseffekt« und war so anrührend, dass mir so wunderlich zumute wurde, als berühre mich eine ungewaschene Hand aus dem Jenseits. Darauf begann ich auf eine solch wilde Art furios und ausladend zu dirigieren – so erzählte man mir -, dass selbst Meike zurückwich. Durch heftiges Schütteln holte sie mich in die Realität zurück und rief mich mit ironischem Unterton zur Ordnung: *„Wenn du so weitermachst, wirst du nochmal sterben."* Einige Leute schauten mich mit Befremden an, dann wurde es stiller.

Der zweite Satz hieß „Ständchen an eine Koralle" und ging mir ebenfalls spürbar unter die Haut. Diesmal hielt Meike meine rechte Hand und drückte sie jedes Mal ganz fest, wenn sich mein Davongleiten andeutete. Ein anderes Mal trat sie mir heftig auf den Fuß. Dadurch blieb ich gefasst und dirigierte lediglich mit einem Finger. Der dritte und letzte Teil der heutigen Darbietung war durchaus gewöhnungsbedürftig. Eine grün gelockte junge Frau erschien auf der Bühne und sang zu einem Jazzstück für Geflügel und Sexsophon. Dessen Titel habe ich vergessen, aber der Text gefiel mir gut:

Look, how they run,
Look what they do.
Infected by the idea of a freedom
That doesn't exist.
There is no God, only our empathy,
A new game of evolution.
Look how they walk,
Look what they do.

Ich war deutlich beeindruckt von der dargebotenen akustischen Kulinarik. Welch ein Künstler dieser Casimiro de Grooth doch ist! Habe ich Künstler gesagt? Pardon. Ich meine: Er kann es.

***

Als wir zu Hause waren, roch es im Treppenhaus so seltsam, als hätten die Nachbarn ihren Kindern etwas zum Abendessen angebrannt. Das weckte Erinnerungen an einen Besuch im Restaurant Walden. Was der Koch Ebi Fettrich dort auf den Tisch zauberte, vergisst man nicht so leicht. Es schmeckte wie Ohrenschmalzbouillon vom schwierigen Mitmenschen, danach Forellenschenkel nach Art der Schläferin, tomatös artischockiert, und zum Abschluss Klabusterbeeren auf einem Bett aus kuchiger Kuckucksspucke. Und dann

55

fragte der Kellner auch noch, ob es gemundet habe. Ich log damals:

„Durchaus, es war schmackhaft."

Der Kellner schaute mich verwirrt an: *„Schmackhaft? Komisch, das hat doch noch nie jemandem geschmeckt!"*

„Aber warum steht es denn auf der Speisekarte?", fragte ich.

Der Kellner kassierte unter Kopfschütteln, bedankte sich im Namen des Perversonals für das Trinkgeld und bat uns, einen Moment zu warten. Nach kurzer Zeit kam sein Chef Fettrich an unseren Tisch. Seine Gestalt warf einen breiten Schatten, und seine Augen blitzten listig unter einer schwarzen, bürstenartigen Meckifrisur. Er erklärte:

„Wir betreiben eine Experimentalküche und hatten bereits »Essen in Essen«, »Essen mit den Fingern«, dann »Essen im Dunkeln« und zuletzt »Essen nackt«. Das war schlimm. Kennen Sie den Film »Das große Fressen«? Da war dann auch alles kaputt."

„Und was machen Sie zurzeit? Déjeuner terrible?", fragte ich neugierig.

„Ja, so was."

„Machen Sie doch mal »Essen bei Vollmond«", schlug ich vor.

„Nee, das schränkt die Öffnungszeiten zu stark ein. Wahrscheinlich wird es »Essen auf Rädern«, damit haben wir auch angefangen. Der Markt ist da und die Rentner fressen sowieso alles." Auf meinen Vorschlag »Essen und Würgen« ist er nicht eingegangen, auch nicht, nachdem ich ihm meine Mitarbeit als Vollstrecker angeboten hatte. Auch für »Essen im Gehen« oder »Essen auf dem Fahrrad« war er nicht zu

begeistern, weil das sowieso jeder überall macht. Wir wünschten noch Alles Gute.

***

Öfter fesselten mich existenzielle Fragen nach der Natur der Dinge und was uns unsere Wahrnehmung derselben vorspielt. Dabei war ich vor allem von den physikalischen Aspekten der Thematik angetan. Die Welt der Dinge gibt es seit mehr als vierzehn Milliarden Jahren. Mit der Leistung unseres Gehirns können wir sie mathematisch wahrnehmen und unserem Ernährungshandwerk dienlich machen. Die intellektuellen Leistungen unseres Gehirns befähigen uns darüber hinaus zu Gefühlen wie Empathie und zur Religiosität. Der Mensch ist nicht mehr als ein Teil der Natur und wie alle anderen Kreaturen ein Zwischenergebnis der belebten Evolution. Er hatte den Gebrauch von Werkzeugen ständig besser gelernt, um das belebte und unbelebte Material seiner Umgebung für sich zu nutzen. Dadurch konnte er seinen Nahrungsgewinn steigern und Technologien entwickeln, die letztlich zum Erkenntnisgewinn über seine Welt wurden. Wir Menschen waren dann die erste Spezies, die die belebte und unbelebte Evolution bewusst überblicken und manipulieren konnte. Aber erkennen wir die Welt, wie sie wirklich ist? Mit dieser erkenntnistheoretischen Frage hatte sich Immanuel Kant eingehend befasst und festgestellt, dass wir Menschen die wahre Welt niemals sehen werden, geschweige denn verstehen können.

Mit unserer maßlosen Arroganz nehmen wir an, dass ausgerechnet wir heutigen Menschen das Ziel der Evolution seien. Hätte nicht auch der Neandertaler ein Recht auf diese

Annahme gehabt? Wir sind und bleiben ein Zwischenergebnis, wenn die Weltpolitik nicht mit einem Mal das Ende unserer Entwicklung herbeiführt. Aber wo liegt die Grenze der Wahrnehmung? Davon könnten die theoretischen Physiker des letzten Jahrhunderts ein schlimmes Liedchen singen. Sie stießen an die Grenze der Mathematik und der Vorstellbarkeit.

Die Welt, wie wir sie sehen, gab es bereits zur Steinzeit, allerdings ohne Plastik. Diese gleiche Welt haben unsere Vorfahren noch nicht so sehen können, wie wir es heute gewohnt sind. Und welche Welt können wir noch nicht sehen?

Ich wollte mit „Gott" alias Klausi Steineck, dem zweifachen Träger des silbernen Schattens, über diese Sichtweise sprechen und ihn fragen, wo Gott (der liebe Gott) wohnt.

Klausi hatte Rücken. Das musste ich verschieben.

Der freie Wille – Wir feiern - Bei Archie im Hof – Anja – Regula Berg

Eine meiner Passionen war die Philosophie mit einem Touch Physik. Darüber hinaus blieben die Menschen ein ergiebiges Füllhorn an kuriosen Verhaltensweisen und Geschichten, von denen hier nur wenige angedeutet werden können.

———

Während einer meiner stillen Grübelstunden geriet ich in Gefahr, die Fassung über die verdammte Vorbestimmtheit und Berechenbarkeit aller Dinge und Vorgänge zu verlieren, erforderte doch die Vorstellung der Wirkungskette schon eines einfachen kausalen Systems eine enorme Fantasieleistung, die ich eingedenk meiner andersartigen Fachausbildung unmöglich aufzubringen imstande war, ohne ein Fläschchen Alzheimer Sprudel in mich herüberzuleiten, um die gedankliche Anspannung und den Unmut über die vertrackten Gedanken mit einem langen, schmutzigen Rülpser zu beenden. Nach dieser unkonventionellen Entspannungsübung fand ich eine beruhigende Lösung für die vorherigen Überlegungen, denn die quantenmechanische Unschärfe ist ein auf allerkleinsten Skalen stattfindender Effekt, der sich durch die Kausalitätskette stellenweise bis in unsere Lebenswelt auswirken und eine Begründung für die Unbestimmtheit unserer Lebenswelt darstellen kann. Der Effekt brächte dann die ganze Kausalitätskette ins Schwimmen und könnte in seinem Fortgang vollkommen unterschiedliche Verläufe bewirken. Welch ein Argument für den freien Willen! Ich konnte also ungehindert der belastenden Vorstellung, alle Handlungen seien ohne jegliche Freiheit zur Spontaneität festgelegt, meinem Hang zu allerlei Schabernack weiter frönen.

Als ich von dem Schreibtisch mit den vielen komplizierten Skizzen aufstand, fühlte ich mich abermals von einer schmutzigen Hand berührt und sank zurück auf das Gestühl. Hatte ich soeben mit Alzheimer Sprudel und einem langen, ordinären Rülpser meine innere Anspannung erfolgreich abgebaut und so den Knoten zum Verständnis eines physikalischen Sachverhalts durchschlagen? Dat gift dat doch nich! Kann ich damit auch meine Anwandlungen bändigen? Alzheimer Sprudel hat bekanntlich keine Nebenwirkungen. Ich musste bei Gelegenheit den Neurologen befragen.

***

Einer meiner häufigen Spaziergänge führte über ein nahegelegenes Kleingartengelände. Anfangs durch eine eng wirkende Gasse aus übermannshohen Weißdornhecken führend, erlaubte der Weg in seinem zaunbegrenzten Mittelteil einen sich über das gesamte Areal ausweitenden Blick auf die vielen, mit deutlich unterschiedlichen Vorstellungen von Gartenbau gestalteten Parzellen. Indem man an den Fluchtorten gestresster Städter vorbeischritt, war es so, als nähme man die Parade charakterlich unterschiedlichster Menschen ab. Im hinteren Teil meines Weges durch diese grüne Gegend stand das Vereinsheim des Gartenbauvereins »Gift dat wech«. Auf seiner Terrasse standen und saßen viele Leute unter bunten Girlanden, mit einem Getränk in der Hand bei Schlagermusik und waren offenbar sehr fröhlich. Auf die Frage, was denn der Anlass sei, erklärte mir eine dicke Mutter:

„Wir feiern."

„Und was."

„Nur so, wir feiern."

Ein älterer Herr mit dem äußeren Charme eines Staatsratsvorsitzenden bot mir einen Platz an einem Biertisch an und fragte nach meinem Getränkewunsch. Es sei Pils vom Fass und Wein zu haben. Auf dem Tisch standen einige Flaschen Weißwein, von denen eine das Etikett mit der Aufschrift »St. Aspiriner Katzenjammer« trug. Ich fragte nach einem Alzheimer Sprudel, worauf man mich mit großen Augen anschaute und fragte, ob ich denn einen Kater auskuriere. Die hatten kein Mineralwasser, deshalb wünschte ich noch viel Spaß.

Da die Vereinskasse wieder die Anschaffung einer größeren Menge alkoholischer Getränke hergab, beschloss man, fröhlich zu sein; gemäß der Erkenntnis: Was man getrunken habe, könne einem keiner mehr nehmen. Die Feiergemeinde war durch die Aussicht auf spezielle Getränke in ausreichenden Mengen bereits vor dem Feiern lustig gelaunt. Ihre häufigsten Bedenken zum Alkoholverzicht waren der gefürchtete Fall in eine Sauertöpfigkeit mit dem großen Verlust möglicher heiterer Stunden.

Wenn die alten Kumpels früher »einen heben« wollten, hieß es, sie gehen sich »einen brennen« oder wollen sich »einen reintun«. Eine unüberschaubare Anzahl derartiger, die Tatsachen verschleiernder Redewendungen beschreibt das berauschende Vorhaben. Karneval und Schützenfeste gehören - legitimiert durch den Hinweis auf ihre lange Tradition - auch dazu. Menschen, die keinen Alkohol trinken dürfen, haben es nicht leicht. In Torten, Speiseeis, Pralinen und so weiter lauern die sie ins Verderben führenden Substanzen.

Wenn nahezu alle Menschen mit dem Alkohol leben, werden wir auch von Besoffenen regiert?

***

Archie war mit seinem Karmann-Ghia beschäftigt. Das Gefährt stand mit geöffneter Fahrertür auf dem Platz vor seiner Garage. Er kniete vor der offenen Tür und werkelte intensiv im Fußraum. Ich klopfte dreimal auf den Kotflügel, worauf er sich mühevoll aus seiner unbequemen Lage wandte, erhob und mich begrüßte: *„Piet, wo geiht di dat?"* Archie fällt gerne in das Platt seiner norddeutschen Heimat, das ich durch häufige Besuche auch ein bisschen sprechen konnte. Ich grüßte zurück:

„Allns Ok, wull dat Ding nich?“

„Ik heff dat Gaspedal nee fastmaakt, dorbi heff ik de Bremsleiden anbröcht, so’n Schiet.“

„Ist die Flüssigkeit ausgelaufen?“

„Jo, allens op mien Brill, nee wat en Suuree. De Leiding heff ik al ersett.“

Er hatte für die Befestigung des Gaspedals am Bodenblech neu gebohrt und dabei eine Bremsleitung beschädigt, aus der ihm beim Bremsen ein Strahl Bremsflüssigkeit auf die Brille gespritzt ist. Was man nicht alles macht für seinen geliebten Oldtimer.

„Hest du di al exorzeert laten?“

„Nein, das waren alles Wirkungen meines Medikaments.“

„Wo nimmst du dat denn för?“

„Gegen Anwandlungen und in der Nebenwirkung berührt mich manchmal eine ungewaschene Hand. Danach bin ich für eine kurze Zeit woanders, nicht ganz woanders, sondern in einer anderen Dimension oder wat, jedenfalls irgendwie anders.“

„En smuddelig Hand? Dat is aver Schiet.“

„Ja, ist dat, wenn die wenigstens gewaschen wäre, ging es noch“, fügte ich hinzu.

Mein Blick fiel auf den knallrot lackierten VW-Sportwagen, den vermutlich allein der Lack zusammenhielt. Auf dem Karosserieheck prangte der Aufkleber »Sylt«. Oberflächlich sah der Wagen gut aus, aber unterflächlich nagte die Zeit an seiner Substanz.

„OK dann, wie läuft er denn so auf seine alten Tage?“

„Hunnerd twintig Spitze."
„Is ja Spitze. Ich geh dann mal, Gute Fahrt."
„Grött an dien Fro."

* * *

Auf dem Wochenmarkt traf man viele nette Leute, sah viele schmackhafte Ackerfrüchte und verschiedene Obstsorten. Der Geruch von Backfisch zog durch die Reihe der Stände und Wagen. Man grüßte sich, sprach sich im Halb-Du an und hörte den einen oder anderen Scherz. Viele Stimmen ließen sich Gesichtern zuordnen; man war sich nah, ohne den vollen Namen des Gegenübers zu kennen und ohne den Verdacht zu hegen, dass die Nähe der reinen Kundenpflege geschuldet war. Der Tag war noch jung, da wollte man es keinem schwer machen. Durch die Geräuschflut der Geschäftigkeit vernahm ich eine Stimme, die meine Aufmerksamkeit schlagartig auf sich zog:

Anja Dreier! Jung, blond und heiter, die kenne ich doch von einer ehemaligen Arbeitsstelle in Verden! Anja war damals noch in der Lehre. Ich sprach sie auf unsere frühere Begegnung und den Kollegen Schröders an. Aber sie wollte sich nicht daran erinnern. Schade. Das konnte doch nicht sein! Was stimmte nicht an dieser Begegnung? Ihr Wesen, ihre Stimmung, alles sah ernst aus und klang verbittert. Ihr Name, ihr Gesicht und ihre Stimme waren von dem Mädchen Anja, ohne Zweifel, aber ihre Worte klangen hart und desillusioniert. Frau Dreier hatte innerhalb von fünf Jahren das Mädchen in sich verloren.

Ein lauter Müllwagen fuhr wie jeden Dienstag um acht Uhr an einigen Ständen vorbei. Die Mülltonnen des hinter dem

63

Markt stehenden Hochhauses wurden geleert. Dabei verschwand Anja aus meinem Blickfeld. Aber es war Anja, der Backfisch aus Verden.

***

Während wir unseren Einkauf zum Auto trugen, kam mir eine andere alte Geschichte aus der gleichen Zeit in den Sinn. Mit Regula Berg war ich öfter in der Kantine meiner damaligen Arbeitsstelle. Sie war um die fünfundzwanzig Jahre alt und arbeitete in einer benachbarten Abteilung. Meike und ich besuchten sie damals an ihrem Wohnort. Beim Gegenbesuch, zu meinem dreißigsten Geburtstag, waren auch meine Angehörigen anwesend, denen Meike und ich unsere baldige Vermählung verkündeten. Da ich dabei neben Regula stand, erkannte ich ihren Schrecken. Ihr Kinn fiel, sie wurde blass, nahm ihre Jacke und fuhr auf Nimmerwiedersehen davon. Ich war erstaunt, hatte sie jemals gedacht, dass ich mich von meiner Frau trennen würde? Wir saßen doch lediglich öfter gemeinsam in der Kantine, mehr nicht. Wer weiß schon, was in einem Menschen vor sich geht?
Damals machte ich mir keine weiteren Gedanken zu diesem Vorfall. Heute wundert mich solch ein Verhalten nicht mehr, und es ist klar, dass eine intellektuelle Freundschaft zum anderen Geschlecht oftmals gar nicht zustande kommt, weil der einseitige Wechsel in hormongetriebene Verhaltensmuster jedes anspruchsvolle Gespräch sofort erstickt.
Eine mir bekannte junge Frau erzählte, sie würde verrückt, wenn sie unwillentlich in einen Mann verwandelt worden wäre. Gegen eine Verschiebung des Termins zur Retransformation hätte sie nach meiner Einschätzung nichts

einzuwenden gehabt. Mit dieser Frau wäre eine intellektuelle Freundschaft nur schwer möglich, denn ihre Vorstellungen von einem nicht durch sexuelle Relationen getragenen Miteinander waren schwach entwickelt.

Ein Jugendfreund erwähnte, sich von eigener Hand das Leben nehmen zu wollen, falls sein Geschlechtsapparat durch einen Unfall beeinträchtigt würde. Der vorbenannten jungen Frau hätte die Verwandlung in diesen Jugendfreund mit Sicherheit einen Sanatoriumsaufenthalt beschert. Dieser Konsort brauchte Frauen nicht, um kultivierte Gespräche mit ihnen zu führen. Seine Vorstellungen von einem nicht durch sexuelle Handlungen getragenen Miteinander waren schlicht nicht vorhanden.

Seine extreme Einstellung ging mit einer eingeschränkten Alltagstauglichkeit Hand in Hand, die mit Ausnahme einer die Grundbedürfnisse des Alltags finanzierenden Berufstätigkeit viele Geschicklichkeiten vermissen ließ, die das Leben in unserer Gesellschaft erleichtern. Er hatte weder einen Führerschein noch Kochkenntnisse, geschweige denn handwerkliches Geschick; er konnte allein seinen Beruf ausüben und eben »jenes Eine«. Sein ganzer Lebenswandel war auf Genuss ausgerichtet; er war ein egoistischer Superhedonist. Eventuell wäre es besser gewesen, »jenes Eine« hauptberuflich auszuüben, dann hätte er viel Zeit sparen können. Dem mittlerweile alt Gewordenen konnte ich schließlich vorschlagen, sich als Geschlechtsorganspender registrieren zu lassen, damit sein erfolgreiches Evolutionswerkzeug nicht der Untätigkeit anheimfiele.

Unter Menschen – Der Holst – Sieben auf einen Streich

In diesem Teil beschreibe ich meine kopfschüttelnde Haltung gegenüber manchen Menschen und den Versuch, in der Schlacht um mein Mahl zu bestehen.

——

Nach einem Regentag wollte ich kurz vor Ladenschluss in unserer Bäckerei ein paar Teilchen kaufen und musste warten. Bis ich an die Reihe kam, redete eine Kundin so ausgiebig mit der Verkäuferin, dass in mir der Eindruck entstand, manche Leute würden sich wie tot fühlen, wenn sie keine Laute von sich geben können. Deren Kommentar zum Wettergeschehen hörte sich dann wie folgt an: *„Den ganzen Tag war es so finster, und jetzt, wo es dunkel wird, hellt es wieder auf.“* Ich hatte zweierlei Möglichkeiten der Reaktion: Einerseits fahre ich aus der Haut, andererseits lach ich mich krank. Ich entschied mich für die mildere Variante der zweiten Möglichkeit; ich lächelte freundlich. Es ist bisweilen nicht leicht, die Leute zu verstehen.

Einem schlanken Arbeitskollegen erzählte ich von dem Spielchen namens »Wer sieht mehr Dicke«, mit dem Meike und ich, ihr Mäuserich, manche Autofahrt durch die Stadt auflockerten. Der Kollege meinte, das könne er mit seiner Gefährtin nicht spielen, denn sie sei ein üppiges Modell und würde es empört ablehnen. Ich schlug ihm vor, das Spiel in »Wer sieht mehr Dünne« abzuändern. Wenn seine Freundin ihn dann anschaut, hätte sie einen Punkt voraus, das wäre doch nicht so schlimm. So könne er es ihr vorschlagen, meinte mein Kollege. Ich gab ihm noch den Hinweis, bei Bedarf größerer Zahlenwerte auf keinen Fall den alten

Spielmodus zu wählen, sondern den anorektischen Verein aufzusuchen.

***

Wie nennt man die Kreuzung einer Schlaftablette mit einer Pfeife? Die nennt man Holst. Geschlagene zehn Minuten hatte er für das Einparken seines Autos gebraucht und stand danach immer noch mit einem Hinterrad auf dem Bordstein. Ich kannte ihn nicht und wollte ihn auch nicht kennenlernen. Man erzählte mir, dass er jeden mit »Herbert« anspricht, auch Frauen. Im Übrigen schien er ein harmloser Zeitgenosse zu sein, der mit seinen Hunden in seinem kleinen, neu geklinkerten Bungalow hinter dem Garagenhof wohnte.

Da wir, Meike und ich, uns seit langer Zeit für die Astronomie interessierten, besuchten wir eine Sternwarte. Die heutige Veranstaltung begann mit einer Einführung in das Thema sowie einer Beschreibung der Leistungen aller dort installierten Geräte. Der Vortragende stand auf einer kleinen Bühne im Dämmerlicht und fuchtelte mit einem Lichtzeiger auf einer Projektionswand hin und her, erklärte uns die Besonderheiten des verwendeten Schmidt-Cassegrain-Reflektor-Teleskopes sowie die Funktion eines Okulars und beschrieb anhand einer Himmelskarte die an jenem Tage sichtbaren Objekte. Dann gingen wir zu dem Reflektor und dem Refraktor unter der geöffneten Dachkuppel. Hinter dem Reflektor, einem Spiegelteleskop, angekommen, durfte jeder der zwanzig Besucher durch das Okular schauen. Und da sah ich ihn wieder: Saturn mit seinen prächtigen Ringen! Bei einem Besuch der Sternwarte in Klagenfurt sah ich vor vierzig Jahren diesen Planeten zum ersten Mal und war begeistert. Dieses Erlebnis, ein so markantes Himmelsobjekt mit den eigenen Augen zu sehen, war damals die Initialzündung eines bis heute anhaltenden Interesses an Kosmologie und Astrophysik.

Ein Besucher im Rentenalter fragte: *„Künn m'r och ens d'r Jupp-Pitter blecke?"* Den Jupiter könne man jetzt leider nicht sehen, dafür müsse man die Montierung verstellen, war die Antwort. Der, der das erklärte, stand plötzlich im Licht der Steuerwarte und ich sah --- den Holst, die Pfeifenschlaftablette. Er hatte zuvor die einführenden Erläuterungen vorgetragen, bei denen er stets im Halbdunkel stand, und seine Stimme kannte ich nicht. Ich wusste lediglich von einem Menschen mit zwei Hunden, der schlecht einparken konnte und hinter den Garagen wohnte. Bevor wir die Sternwarte verließen, sprach ich Holst auf unsere Nachbarschaft an. Mein Gesicht war ihm völlig unbekannt. Hätte ich einen Hund, wäre dies gewiss anders. Auf der Heimfahrt dachte ich über den Sinn von Vorurteilen nach und kam zu dem Schluss, dass sie doch recht praktisch seien.

Einige Tage später wartete ich vor unserem Haus auf ein Taxi und sah unweit von mir eine junge Frau mit einer mittelgroßen Sporttasche auf der gegenüber liegenden Straßenseite stehen. Dies wäre so weit kaum der Erwähnung wert, wenn es nicht sogleich zu einer seltsamen, stillen Begegnung gekommen wäre. Ein älterer Radfahrer kurbelte gemächlich an ihr vorbei und übernahm, während der Vorbeifahrt, die von der jungen Frau ein wenig höher gehaltene Tasche. Wortlos vollzogen sie die wie eingeübt wirkenden Griffe innerhalb einer Sekunde. Die junge Frau blieb danach noch einige Zeit dort stehen. Welch eine Vorlage für fantasiereiche Gemüter, die eine beliebige Geschichte drumherum spinnen wollten.

Wie ich so dastand und meinen Gedanken nachhing, schwirrten häufig kleine Spatzenschwärme hin und her, von den Bäumen in die Hecken und von dort wieder in andere Hecken. Dann prasselte eine Gruppe Spatzen mit hoher Geschwindigkeit in eine Hecke und ein größerer Vogel schoss ebenfalls dort hinein. Der letztere war ein Turmfalke, welcher allerdings bei seiner Jagd erfolglos blieb. Das Ganze dauerte rund zwei Sekunden.

***

Bei einem Kollegentreffen mit einigen Vertretern unserer rheinischen Niederlassungen schwärmte ein Düsseldorfer Mitarbeiter von seinem Lieblingsbier und fragte anschließend die Runde:

„Oder etwa nicht?" Er schaute mich an, obwohl vor mir ein Glas Wasser stand.

„Das Düsseldorfer obergärige Alt schmeckt mir gar nicht, ich bevorzuge Kölsch", antwortete ich, worauf mich der Düsseldorfer feindlich in den Blick nahm und der Kölner sich freute.

Ein Dritter fragte mich. *„Du weißt, dass Kölsch auch ein obergäriges Bier ist?"*

„Das weiß ich", war meine Antwort, *„Aber Kölsch schmeckt eben wie ein gutes Pils."*

Jetzt hatte ich auch den Groll des Kölners auf mich gezogen, was dem Düsseldorfer sichtliche Schadenfreude bereitete.

Der Nachmittag zog sich nicht lange hin, denn bald wurden die Speisen aufgetragen. Ich wollte mich soeben an einer Platte aus verschiedenen Räucherfischen auf Bratkartoffeln mit Krabbenrührei delektieren, als eine verschlagene Rotte ordinärer Fliegen der Bauart Musca domestica ebenfalls Gefallen an meiner Atzung fand. Da ich es war, der dieses Mahl bestellt hatte und sich vorweggenommen als dessen Eigentümer betrachtete, verteidigte ich meinen prachtvollen Teller mit teils dem Kung-Fu entliehenen, akrobatischen Lufthieben, wobei ich meine sonst so ausgeprägte Tierliebe ohne Weiteres hintanzustellen wusste. Die in direkter Nähe sitzenden Kollegen waren ob meiner weit ausladenden, gefährlichen Schläge längst zurückgewichen, als mein Kampf gegen die Piraten der Bauernküche an Intensität zunahm und eine beidhändige Verteidigung der vor mir stehenden Nahrung erforderlich wurde. Dazu war ich aufgestanden, um bei größerer Beweglichkeit mehr Wirkungstreffer erzielen zu können. Der perfide Gegner - in der Überzahl - brachte seine taktischen Reserven klug ins Spiel, während ich, bereits spürbar ermüdet, an Verhandlungen dachte. Auch nahmen die Kollateralschäden ein nicht mehr vertretbares Ausmaß an. Mein Wasserglas lag inmitten verschiedener Räucherfischfragmente, deren anfänglich äußerst appetitliches Aussehen mittlerweile der Geschichte angehörte. Es war ein Kampf gegen Windmühlen, der darin gipfelte, dass ein freundlicher Herr einer anderen Feierrunde mich in einer Kampfpause fragte, was denn das für ein Tanz gewesen sei, den ich soeben aufgeführt habe, worauf ich, der noch von tiefer Hassekstase bewegt und von fanatischem Siegeswillen geblendet, in ihm den Herrn der Fliegen zu erkennen glaubte, dem in meiner Lage entschieden entgegenzutreten sei. Zwei meiner Kollegen und ein weiterer Gast der anderen Gesellschaft schritten ein, wobei mir Letzterer erklärte, dass der von mir angegriffene Kerl ein bekannter Tanzlehrer und Talentsucher sei.

Dieser akzeptierte dann mein Pardon und wiederholte seine Frage nach jenem, von ihm so gesehenen Tanz. Ich erzählte ihm von den Initiationsriten verborgener Amazonasvölker, durch welche die Knaben zu Männern mit dem erforderlichen Mut und der Kenntnis aller Schliche für eine erfolgreiche Jagd würden. Er fragte, ob ich diesen Tanz erneut vorführen könne. Ich erklärte, dass man solch einen, in Variationen stets unterschiedlichen, Tanz nie ein zweites Mal tanzen dürfe, weil dadurch der Zauber der Initiation unwirksam und ein junger Mann wieder zu einem Knäblein würde. Jeder Tanz sei ein Unikat. Der Tanzlehrer musste sich damit zufriedengeben. Danach wandte ich mich der Trümmerlandschaft meiner ehemaligen Küchenkreation zu und gelobte, fürderhin dem Pazifismus verbunden zu sein. Ich hörte meine Kollegen noch öfter von diesem Massaker erzählen, wobei ich dank einer ansehnlichen Meuchelstrecke ganz gut davonkam. Dazu verbat ich mir allerdings den Vergleich mit einem tapferen Schneiderlein. Bruce Lee wäre passender gewesen.

Line Schneider – Briefe an mich – Die Patina des guten Geschmacks

In diesem Teil rückten die sozialen Probleme anderer Leute in meinen Blick, deren Ungewohntheit ich mit einem unkonventionellen Akt begegnete. Weiterhin berührte mich wieder die Eigenarten mancher Mitmenschen.

——

Nachdem ich unser Auto von der Werkstatt abgeholt und in der Garage abgestellt hatte, stand Line Schneider vor der Haustür und sah deutlich angeknabbert aus. Auf meine Nachfrage: „*Wat is, ey?*" klagte sie über ihre Kolleginnen im Kollegium. Das war womöglich auf ein hohes kollegiales Ankotzungspotenzial zurückzuführen. Aber vor allem die unruhigen, hyperaktiven Kinder beanspruchten sie übermäßig. Ich fragte: „*Ja habt ihr denn kein Hauhaus?*" Sie schaute mich verwirrt an. Darauf erzählte ich ihr von meinem Volksschullehrer, der lustig seinen Rohrstock auf unseren verlängerten Rücken tanzen ließ. Und von dem Bericht einer jungen Frau, die ich vor langer Zeit bei einem Verwandtschaftsbesuch traf. Diese erzählte von demselben Lehrer, wie er dreißig Jahre nach meiner Zeit dort seine Schüler anlog, vor seinem Lehramtsstudium Boxer gewesen zu sein. Vermutlich, um bei potenziellen Angreifern vorsorglich Respekt und Zurückhaltung zu erzeugen, denn seit den achtziger Jahren gab es öfter gewalttätige Übergriffe auf das Lehrpersonal. Ein Schüler hatte seinem Pauker schlicht eine geklebt. Line schaute mich die ganze Zeit mit großen Augen an und erklärte, was sie noch in der Schule hielt:

Früher waren die Mütter zu Hause und versorgten die Kinder.
Die Wirtschaft und die Emanzipationsbewegung haben den
Frauen gesagt: „Lernt einen Beruf, geht arbeiten und so habt
ihr euer eigenes Geld." Das ist heute selbstverständlich. Jetzt
wollen die aber auch noch Kinder haben und die wären dann
allein zu Hause. Weil das nicht geht, hat man den Bau von
Kindergärten gefördert und später zu Kindertagesstätten um-
funktioniert, zu Kinderverwahranstalten für Eltern, die keine
Zeit haben, da sie ihr eigenes Leben haben wollen. Wer bezahlt das alles?
Die Grundschullehrerin Line Schneider lebte doch allein,
oder wusste sie bereits jetzt, dass sie mit ihrer Verbeamtung
auf jeden Fall den Mann fürs Leben treffen würde?
Einen Mann, der eins mit ihr würde, durch dick und dünn
ginge, mit gemeinsamem Konto, mit gemeinsamen Interessen, auf gemeinsamen Wegen, mit der Gewissheit, niemals
allein zu sein, und der mit großem Respekt sowie Verehrung
für sie da wäre. Einen echten Kameraden also, an dessen
Seite auch sie zu einer Kameradin würde, die all das Vorbenannte ebenfalls zu leisten vermag. Im besten Falle fände
sich jeder in dem Anderen wieder.

Auf jeden Fall war Line so vorsichtig, dass sie auf die Versorgungsgarantie des Beamtenstandes für ihr Lebensprojekt wartete.

Ich kenne einige Frauen, die keines männlichen Lebenskameraden bedurften, die zwar einen Mann für die jugendliche Genussphase, danach aber lediglich zur Herstellung der Mutterschaft und schließlich als Geldesel für das Leben von Mutter und Kind brauchten. In unserer Straße wohnte eine mittelblonde Frau, die ich jahrelang stets allein gehen sah, bis auf ein einziges Mal. Da kam sie nach Hause und hatte einen recht jungen Mann dabei, der danach nie mehr zu sehen war. Dann war sie schwanger und bekam einen Sohn, der allein von ihr erzogen wurde. Wer hatte das alles bezahlt?

Die Lebensgeschichten einiger anderer Bekannten waren durch dramatische Verläufe ihrer Scheidungen während der frühen Elternschaft gekennzeichnet. Auch hier wurde der Mann allein als Befruchter und Zahlmeister gebraucht, der zudem erhebliche Rentenleistungen abtreten musste. Der Staat ging häufig in Vorleistung für die Unterhaltszahlungen, die so gut wie nie von dem Ex ausgeglichen wurden. Diese Vorgänge hinterließen glückliche Mütter, aber darüber hinaus nur zertrümmerte Existenzen. Um die Reputation meiner Bekanntschaften nicht vollends zu beschädigen, seien auch jene erwähnt, die eine echte Lebenskameradschaft pflegten, ob mit Kind oder ohne. Schwierige Themen. Die Notwendigkeit einer entspannten Lage erforderte ihre Ausblendung.

***

Mit diesen Gedanken und in einer Stimmung des Unwohlbehagens beschloss ich, mir zum Trost einen Brief mit dem Absender »Gott« zu schreiben:

㈤子.庚.丁.庚.酉.　　六.子.庚.亥.貳

卯.丙.巳.壬.庚.　　戊.戊.癸.午.巳.　　㈢庚.酉.辛.庚.　　子.戊.癸.　　㈠
巳.亥.庚.酉.

Oh Pardon, das war nix, ich meinte Gott und nicht Konfuzius. Zweiter Versuch:

Lieber Piet,

Lange schon werfe ich unter Stirnrunzeln meinen Blick auf dein Treiben. Deine Tierliebe und dein harmonisches Eheleben werden schon bald aufgewogen gegen deine lasterhafte Vorliebe für Mineralwasser, deine Freude an ordinärer Sprache, deinen Hohn für die Kunst und deine Respektlosigkeit mir gegenüber. Dazu gehört auch deine Vorliebe für dicke Möpse, du Schwein. Dass du die institutionelle Kirche ablehnst, ist nicht schlimm, das tue ich auch. Mit deren Vertretern habe ich es seit Langem sehr schwer, zumal es mich schmerzt, dass diese schwarzen Schafe oft so schmutzige Finger haben. Aber meine Einflussmöglichkeiten sind begrenzt, da ich noch intensiv an einem verbesserten Tag-Nacht-Umschalter arbeite. Ich segne dich und verleihe dir die Kraft zu der Erkenntnis, dass die »Heisenbergsche Unschärferelation« nicht stimmt.

Mit vielen Grüßen vom Rand des Universums

Dein Gott

Das war schon besser. Ob ich diesen Brief aber jemals abschicken würde, wusste ich noch nicht; barg er doch die Gefahr, dass ich mich am Ende Zarathustra zuwenden würde oder gar dem Animismus anheimfiele. Also schrieb ich einen weiteren:

Jambo Alter,

du bist schwer in Ordnung, ey, echt cool und du machst alles richtig. Lass mal wieder die Sau raus und hau auf die Kacke. Scheißegal, was die anderen denken, die können dich sowieso mal am Buckel lecken. Und vergiss nicht: Sex and drugs and Rock'n'Roll, oder wat! Es ist immer wieder stark mit dir, Mann. Ich bin echt froh, dich zu kennen.

Hau rein, Mann

Ich

Na also, so einen Brief kann man gar nicht ablehnen. Voll zartem Feingefühl für empfindsame Gemüter, voller Tiefsinn, sensitiver Seelennähe und von großer Empathie und --- -- Mal im Ernst, der Text gefällt mir.

Nachdem ich die Briefe aufgesetzt hatte, stellte sich die Frage, wie ich nach deren Empfang reagieren würde. Ich könnte mir einreden, nie einen Brief geschrieben zu haben, um später eine neue Nachricht in Händen zu halten. Der Inhalt wäre dann vielleicht beeindruckend. Aber die Schreiberei war nicht leicht auszublenden, daher ließ ich die Briefe versandbereit auf dem Schreibtisch liegen.

***

Als notorischer Kaffeetrinker, der nach mehrfachen Versuchen, auch die Welt des Tees kennenzulernen, stets wieder zu dem schwarzbraunen, durch eine Maschine tröpfelnden Getränk zurückfand, wurde ich angesichts der Zahl, der in dem von meiner Frau bevorzugten Teeladen angebotenen Sorten und der Vielfalt ihrer Zubereitungsgerätschaften doch recht nachdenklich. Kaffee oder Tee?

Ohne auf die gesundheitlichen Aspekte dieser Getränke und deren Abwägung einzugehen, ließe sich eine große Kluft zwischen ihren jeweiligen Anhängern konstatieren. Während der Kaffee zumeist ohne Hinterfragen seiner Sorte in verschiedenen, durch oberflächliche Sahnespielereien entfremdeten, Zubereitungsformen angeboten wird, umweht bewusster Teezubereitung der Zauber einer Jahrtausende alten Tradition und gestaltet sich als ein mehr oder weniger stark ritualisierter Akt, der lediglich geringe Abweichung duldet. In der fernöstlichen Teekultur sind die Zubereitung und die Darbietung des Tees mit meditativer Einkehr zur inneren Reinigung oder gar mit einer Läuterung des Geistes verbunden, die durch zeitnehmende traditionelle Vorbereitungsgänge gefördert wird. Hier in Europa gibt es die unterschiedlichsten Formen der Ritualisierung des Teegenusses. Er gehört stärker noch als das Kaffeetrinken zur Identität von Nationen, Landstrichen oder einzelner Personen.

So auch ein Kollege bei einer Firma, für die ich einige Jahre tätig war. Er goss jeden Morgen seine bevorzugte Sorte in einer ehemals weißen Teekanne auf, um diese auf ein Stövchen zu stellen und danach drei Tassen davon genüsslich zu sich herüberzuleiten. Die Kanne, das Teesäckchen und seine

77

Tasse hatten mit den Jahren eine dunkelbraune Patina angesetzt, die für die puristische Einstellung dieses Genießers sprach. Zu jedem Feierabend stellte er die dunkelfarbigen Utensilien - luftgetrocknet - in seinen Schrank, um sie am nächsten Morgen wieder für die Zubereitung seines Tees hervorzuholen. Das ging lange gut, bis er an einem Feierabend - durch eine Störung abgelenkt - vergaß, das Teebesteck in den Schrank zu stellen.

Am nächsten Morgen wollte er wie gewohnt seinen Tee aufgießen, aber seine Utensilien standen nicht an ihrem gewohnten Platz. Sie waren nicht zu finden. Wir hörten erst ein Rumoren und dann lautes Schimpfen aus seinem Büro. Herbeigeeilt, um zu helfen, sahen wir einen aufgelösten Kollegen auf seinem Drehstuhl sitzen und ein neues Teebesteck anschauen. Er war fassungslos und fühlte sich offenbar böse befingert. Auf unsere Nachfrage bezichtigte er das Reinigungspersonal eines üblen Eingriffs in seine Privatsphäre. Ein Berufs-eifriger Mensch hatte schlicht und gut meinend das Teebesteck seiner braunen und vermeintlich unsauberen Beschichtung entledigt, ohne zu ahnen, dass dem Besitzer besonders an dieser Färbung gelegen war. Wir konnten dem Kollegen nicht helfen, gingen und tranken unseren Kaffee.

In der Töpferei – Die Fernsehsendung – Lyrik - Zank

Das Interesse an bewusstseinserweiternden Methoden wurde durch den Schalk in meinem Nacken ausgebremst. Die wunderliche Arbeit der öffentlichen Rundfunkmedien erforderte Beruhigung. Weitere menschliche Eigenarten waren im Kampfmodus zu erfahren.

———

Es war wieder die Zeit der Zwischenprüfungen in der Alttorfer Töpferei. Ich fuhr dorthin und wurde bereits von dem leitenden Keramiker des Hauses erwartet. Herr Sebald war ein Mittfünfziger mit nur wenigen Haaren, die er am Kinn und in der Nase trug. Ich kannte Sebald von Patentgesprächen her. Damals ging es um ein besonderes Brennverfahren zur Herstellung von Porzellan mit besonderen Eigenschaften. Sebalds Nasenhaare hatten diesmal einen schönen Fassonschnitt. Er bat mich in den Ausstellungsraum und entschuldigte sich für einen Moment. Dort schaute ich mir die Exponate in den Vitrinen an. Neben zweckfreier keramischer Gegenstandkunst war dort auch Gebrauchskeramik in großer Zahl zu bewundern. Die meisten der in diesen Vitrinen ausgestellten Keramiken beurteilte ich aus der Sicht eines Küchenmenschen als recht unbrauchbar. Aber dann sah ich einige interessante Exponate, die meinen Blick fesselten: die Eierbecher. Derweil betrat Sebald den Raum mit zwei Tassen Kaffee auf einem Tablett und sagte stolz:

„Das ist alles in unserem Hause angefertigt worden. Die künstlerischen Keramiken dort sind Abschlussprüfungen unserer Auszubildenden. Aber auch da, die Gebrauchskeramiken sind Abschlussprüfungen unserer Keramikmalerinnen."
Er wies auf eine andere Vitrine mit prachtvoll bemalten Tellern und Vasen hin und fragte: *„Gefallen sie ihnen?"*

„Ja, wahrlich, eine Kunst." Das Wort „*Kunst*" kam mir dabei schwer über die Lippen und ich konnte mich lediglich durch die Gewissheit beruhigen, dass „Kunst" von „Können" abgeleitet ist und ich hier eines wahren Könnens ansichtig wurde.
„Die Eierbecher dort", wir gingen wieder ein paar Meter zurück, *„Warum sind die denn so klein, sind das auch Kunstobjekte?"*
„Das sind Eierbecher für Wachteleier."
„Und die Großen dort?"
„Die sind für Gänseeier."
Da meldete sich mein Schalk im Nacken und ich fragte: *„Gibt es auch welche für Straußeneier, Faberge-Eier oder Elefanteneier?"*
„Alles hat seine Grenzen, aber was ist ihr Begehr?"
Sebald hörte sich jetzt bedrohlich ernst an. Ich fragte nach einem großen Blumentopf für Meditationen und betonte meinen Respekt vor dem Kunsthandwerk und --- vor dem Ei, denn *„das Ei ist das Brathähnchen des kleinen Mannes".* Er wolle sehen, was sich machen ließe und er habe auch jeden Sonntag ein Frühstücksei, dann verabschiedete er mich, oder wie man das nennt. *„Eierkopf",* dachte ich noch.
Vielleicht hatte ich wieder mal etwas Falsches gesagt und den Topf deshalb nicht bekommen. Ich sollte mehr auf Meike hören.

***

Wenn auch selten, so saßen wir eines Abends vor dem Fernsehgerät und wollten uns eine Nachrichtensendung anschauen. Es war neunzehn Uhr und ein minutenlanger Schauer aus Tönen und Bildern in schneller Folge ergoss sich über den Bildschirm, bis endlich die beiden Moderatoren im

Bild erschienen und Beiträge über die derzeit größten politischen Skandale vorankündigten, dann ankündigten, schließlich thematisierten und präsentierten. Dazu sprachen verschiedene eingeblendete Fachleute über das aktuelle Kriegsgeschehen auf der Welt, gefolgt von regionalen Vorkommnissen, zu denen eingeblendete Köpfe ihre Meinung kundtaten, jammerten und Geld vom Staat forderten. In einem weiteren Beitrag klagte eine von Empathie bewegte Frau mit Tränen im Gesicht. Dann sah man zertrümmerte Automobile. Man schimpfte über die Politiker, die Autos, die Verkehrsbetriebe und über das Wetter. Ein Politiker schämte sich nicht, uns allen seine überschäumende Egozentrizität im Mäntelchen durchschaubarer Rationalität zuzumuten. Die Partei — die Partei, und nicht die Vernunft. Der Anspruch, Nachrichten für das Publikum einzuordnen, zu sortieren und vor allem zu filtern, ging stets mit der Gefahr Hand in Hand, eigene Neigungen und Sichtweisen in die Berichterstattung – auch unbewusst - einfließen zu lassen. Weiterhin ließen die Redaktionen ihrem Hang zu verschleiertem Populismus freies Spiel. In mir verstärkte sich der Eindruck, dass denen alle Themen willkommen waren, welche die vorgebliche Mehrheit der Menschen im Lande bewegten. Karneval, Fußball, Grillen, Kirschblüte und andere Programmfüller bis zum Überdruss ins Programm genommen, zwangen zu dem Eindruck eines Mangels an Katastrophen und Unglücken.
Bei aller Betroffenheit über das Unrecht und die Grausamkeit der Welt war es beinahe wie ein Bad in einem Fass zappelnder kalter Aale, wenn aus einem Beitrag ins Studio zurückgeschaltet wurde. Die Moderatoren gaben sich große Mühe, die aktuellen Umstände in einem Stakkato gestenreicher

Kindersprache weitestgehend zu simplifizieren und all dies mit einem eingeflochtenen Sprachkurs zu garnieren, bei dem den Zuschauern englische Begriffe, die sich auf Deutsch kürzer und treffender ausdrücken ließen, um die Ohren geschlagen wurden.

Welch ein Ranschmiss an schlichtere Gemüter. Welch ein Spaß!

Warum tragen die beiden keine Narrenkappen? Gegen Ende deren Auftritts gab es eine verbal erwachsen vorgetragene Wettervorschau, die allerdings von dem überschäumend albernen Duo vor und nach dem Beitrag ausgefranst wurde. Die Sendung schloss das Duo dann mit dem Hinweis auf eine viele Beiträge wiederholende folgende Sendung und mit der dringenden Aufforderung, diese auch noch über sich ergehen zu lassen. Die Überleitung erfolgte dann mit einer Bilderflut und einem kakofonischen Exzess. Wir schalteten das Gerät aus.

***

Was dämpft das Nachdröhnen des Erlebten? Genau, Lyrik. In die vertiefte ich mich bei Gelegenheit zu einer Art Meditation. Dazu nahm ich die Schriften meines Gurus Nikotinus in die Hand und fand Entspannung bei seinen Worten: »*Man hat doch seine Ruhe erst nach dem Exitus - vor menschlichem Getue und seinem Redefluss*«. Oh, da war Nikotinus ein wenig vorschnell; ich hab doch noch einiges vor. Doch seine Erkenntnis: »*Ein Kunstfurz, welcher ungehemmt - und kreativ ins Hemd gestemmt - demonstriert die virtuose - Musikalität der Hose*« berührte die Welt der Kunst auf eine Art, die ich nicht ablehnen konnte. Vor allem von den folgenden Zeilen war ich deutlich angetan:

Was hält schon eine Ewigkeit?
Man lebt nur einmal - stirbt allein.
Da soll das Dasein jederzeit
ein Feuerwerk der Freude sein.

Drum genieße seiner Triebe
wer noch nicht vom Tod bedroht;
im Himmel gibt es keine Liebe,
nur ein strenges Rauchverbot.

Welcher Mut zur Erkenntnis seiner einzigartigen Existenz in einer sich stetig verändernden Welt. Welch eine Aufforderung zur Wahrnehmung der ganzen Bandbreite des weltlichen Erlebnisangebots. Dieser Nikotinus hat mich schon häufig aufgerichtet und mir Mut zum Schabernack verliehen. Ich hatte ständig ein Büchlein mit vielen seiner Werke griffbereit. Seine »Aphorismen zur Gaia-Hypothese« begleiteten mich auf vielen Reisen.

***

An einem Nachmittag im Herbst kam ich vom überaus anstrengenden Faulenzen aus dem Stadtwald und vernahm bereits vor dem heimischen Wohngebäude ein deutliches Zetern im Treppenhaus. Wer trachtete danach, seinem Mitbewohner das Leben schwer zu machen? Zwei Nachbarinnen des Parterre (die Namen seien hier ungenannt) waren sich einig in der Meinung, dass starke Schallwellen Ordnungsprobleme lösen können. Sie waren sich aber völlig uneinig in der Meinung, wer zuletzt die Treppe geputzt hat und wer jetzt an

83

der Reihe wäre. Bei näherem Hinhören fielen Beschuldigungen nicht allein ordnungswidriger, sondern darüber hinaus auch unmoralischer oder gar strafwürdiger Art. Um dem Einzug des Friedens förderlich zu sein, sah ich mich bemüßigt, mit einem auf das geschätzte Maß der geistigen Immobilität beider Streithennen reduzierten Vermittlungsansatz meine beschwichtigenden Worte in die Arena zu werfen - und siehe da: Plötzlich war ich beider Feind.

In einem glücklicherweise flüchtigen Moment gedachte ich, beide umzubringen, doch der in meinen Genen verankerte Stoizismus gebot mir, Ruhe zu bewahren. Daher neigte ich der Ansicht zu, abzuwarten, wie sich die Dinge entwickeln. Vielleicht brachten sich die beiden Streithennen der Einfachheit halber gegenseitig um die Ecke. In den Tagen danach traf ich die eine wie auch die andere Nachbarin ohne das Beisein der jeweiligen Kontrahentin und hörte mir deren Position an. Das geschah bei beiden in einem derart freundlichen Ton, dass sich mir der Verdacht aufdrängte, dies würde sich aus dem Bedürfnis nach Verbündeten nähren. Nach ein paar dieser Gespräche wurde klar: Die Kontrahentinnen hatten sich durch beiderseitige Unnachgiebigkeit in eine für sie unlösbare Lage gebracht. Wenn man danach gefragt wurde, sah man den heruntergekommenen Zustand des Treppenhauses in aller Deutlichkeit. Keine wollte den angesammelten Dreck beseitigen. Hier half allein der externe Eingriff in Gestalt der Heinzelmännchen, die das Parterre in einen vorbildlich sauberen Zustand versetzten und nicht vergaßen, an der dort befindlichen Pinnwand einen Putzplan aufzuhängen, der die wechselseitigen Aktivitäten der Nachbarn vorschrieb. Das funktionierte dann auch ganz gut: Keine Partei musste nachgeben, beide hatten nur dem Plan zu folgen. Freundinnen wurden die beiden Streithennen allerdings nicht mehr. Die Lage war so, wie bei einem Streit unter Kindern, den die Mutter mit dem Befehl, sich die Hand zu geben, beenden wollte. Man reichte die rechte Hand, um mit der Linken zum nächsten Schlag auszuholen.

Beim Zahnarzt – Carla – Jakob – Mensch vs. Tier – Ich Nashorn

In den Fängen der Humanmedizin. Eine tumbe Banausin und eine erste Hinwendung zur Erinnerungskultur. Der Wert der Tiere und ein tierisches Missverständnis.

——

Ein Anruf erinnerte an einen Zahnarzttermin, auf den ich mich nicht besonders freute - nur ein bisschen, denn eine der Assistentinnen war von einer wahrhaft prächtigen Gestalt. Ich stand pünktlich an der Rezeption und meldete mich mit den Worten: *„Gestatten, Baumann, Masochist."*
„Willkommen zur Zahnreinigung", empfing man mich am Ort der Verzweiflung, worauf ich erwiderte:
„Nur zu, nur zu. Ich bin ja schon lange nicht mehr gestorben."
Dann wurde ich in die Grotte der Verzweiflung geführt, wo man mich zwang, Platz zu nehmen. Während des schrecklichen Prozedere lag mir die misshandelnde Assistentin über zwanzig Minuten mit ihrem total unverständlichen, wiewohl fürsorglich gemeinten Sermon in den Ohren. Leider im

Monolog, denn ich hatte die Klappe weit aufgerissen und konnte allein mit Gutturallauten meinen Missfallen oder meine Zustimmung kundtun. Um mich abzulenken, dachte ich konzentriert an einen guten Witz, über den ich dann derart heftig lachen musste, dass die Misshandlung abgebrochen wurde. Außerdem hatte ich meine Unwohltäterin gebissen! Nachdem ich ausgelacht hatte, wurde mir eine Art Maulsperre in die Mundwinkel geschoben und die Folter unter Gebrauch aller erdenklichen Möglichkeiten des Piesackens zu Ende geführt. Nach solchen Terminen war ich zuverlässig in der Lage, jemanden für begrenzte Zeit furchtbar zu hassen. Meine Unwohltäterin fragte dann noch, warum ich denn so ein ernstes Gesicht mache, und empfahl, meinen Mundraum mit einer Tinktur einzupinseln, deren Namen sie mir auf einem Zettel notierte. Ich kaufte dieses Medikament und las auf dem Etikett »Grinsolin-forte«. Der Wirkstoff bestand aus lauter Glückshormonen wie Endorphin, Serotonin und Dopamin. Seit der Anwendung dieses Mittels galt ich in unserer Gegend als »Der Lächler«.

***

An einem Samstagnachmittag gingen wir, Meike und ich, mit einigen Leuten vom anorektischen Verein nach einer Vereinssitzung durch ein Wohngebiet in Waldhaus spazieren. Ich hatte noch die Klänge einer Polka in den Ohren: *„Ach, sag doch nicht immer wieder, immer wieder Dicker zu mir“*, als ich in dem gepflegten Vorgarten eines Einfamilienhauses einen kleinen Apfelbaum mit lediglich einem großen reifen Apfel entdeckte. Ein malerisches Bild, das die Freude des Besitzers an dieser Idylle ausstrahlte. Man blieb gerne stehen und ergötzte sich an diesem herrlichen Anblick. Doch Carla, die rund einen Meter und fünfundachtzig lange Vereinskollegin mit blonden Haaren, war solche Sinnesfeinheit völlig fremd. Sie stieg über die kleine Mauer, riss den Apfel vom Zweig und schlug ihr Fressbrett in die schöne Frucht. Der Zauber war vorbei. So eine Grobheit hatte ich nicht für möglich gehalten. Ich fragte sie, was sie geraucht habe, und war fassungslos, ja, ich habe mich für sie geschämt. So ein grober Mensch. Es machte mich ungehalten, eine solche Banausin in meinem Bekanntenkreis zu wissen.

Die Empörung über Carla hielt sich in meinem Kopf wie eine unbewusst eingefangene schlechte Musik, die man durch bessere Musik verdrängen kann.

Daher warf ich meine Gedanken zurück in die Vergangenheit, die, verbunden mit dem eklatanten Jakob, auf dem langen Weg meiner Erinnerungen eine Landmarke, ein Leuchtfeuer im Nebel des Vergessens darstellte. Jakob war einer der Burschen, die neben Georg und mir öfter Touren in den Plenter Wald unternommen hatten. Dazu stellten wir ein kleines Zelt auf, das für fünf Burschen viel zu klein war. Nachts wurde in Wechselschicht Wachdienst gehalten, wobei mir von meiner Nachtwache die Laute des nächtlichen Waldes, vor allem die Rufe der Käuze deutlich in Erinnerung geblieben sind. Nicht selten hielten wir ein kleines Feuer in Gang. Das Brennholz lag überall herum. Gelegentlich bedienten wir uns auch an den in der Nähe aufgebauten Festmeterstapeln und mussten darauf achten, nicht ertappt zu werden. Eines Abends schleppten wir diese Holzscheite ein kurzes Stück die Landstraße entlang und warfen sie, wenn sich Scheinwerferkegel näherten, in den Straßengraben. Allein Jakobs

Holzscheit wollte sich nicht von ihm trennen. Er verfing sich in seinem Nylonhemd (er trug stets Nylonhemden mit Manschetten) und riss ihn mit in den Graben. Das war lustig. Er zeigte auch in anderen Situationen ein seltenes Talent zum unfreiwilligen Alleinunterhalter. Während einer Fahrt kam er mit dem Fahrrad von der Straße ab und kippte in den dicht verkrauteten Graben. Wir sahen nur noch ein halbes Vorderrad und hörten sein Rumoren. Als er dann mit unserer Hilfe neben uns auf der Straße stand, schüttelte er sich vor Ekel und berichtete, ihm seien Mäuse über das Gesicht gelaufen. Ein anderes Mal, beim Holzsammeln, stellte er sich rund zehn Meter von uns entfernt an einen Baum. Unvermittelt lief er, wild um sich schlagend, im Zickzack durch den Wald. Nachdem wir ihn eingefangen hatten, wurde klar, dass er auf ein Wildbienennest gepinkelt hatte.

Später verirrte sich zudem eine Fliege in seine Nase. Ihr Brummen in seinem Kopf versetzte ihn in panische Raserei und er schnaubte über einige Minuten wie von Sinnen. Jakob hatte es nicht so mit den kleineren Tieren. Wohin es ihn verschlagen hatte, war mir nicht bekannt. Vielleicht weiß Georg mehr.

***

Meike und ich, ihr Mäuserich, gingen gerne zu den Tieren und erfreuten uns ihres Anblicks, ihrer natürlichen Naivität und ihres Vorwitzes, obgleich sie im wissenschaftlichen Sinn weder naiv noch vorwitzig sein können. Sie sind lediglich an ihre Umgebung angepasst, und manche von ihnen leben gut in der Nähe des Menschen. Und wir mochten sie. „Die Menschen" allerdings mochten wir nicht. Dennoch lebten wir mit- und von ihnen, wohnten in einem Mehrfamilienhaus und ertrugen mit einer guten Portion Gleichmut gegebenenfalls Zank und Unfrieden.

Hierzu passte ein Zitat aus »Die Glocke« von Friedrich Schiller, es lautet: *»Gefährlich ist's, den Leu zu wecken, verderblich ist des Tigers Zahn, jedoch der schrecklichste der Schrecken, das ist der Mensch in seinem Wahn«.*

Mit den Tieren dagegen ist es anders. Keines von ihnen kann ein Arschloch sein, denn dazu bedarf es des freien Willens zur Niedertracht, der sich auch gegen die Erhaltung der eigenen Art richten kann. Kurz: Die menschliche Weltbevölkerung ist so zahlreich, dass sie sich Ausfälle leisten kann.

Im Alten Testament der Bibel steht: *»Seit fruchtbar und mehret euch«.* Dieser aus einer früheren Entwicklungsepoche der Menschheit stammende, vielfach übersetzte und einer entsprechend häufigen Fehlinterpretation ausgesetzte Satz mag zwar für die damalige Zeit seine Berechtigung gehabt haben, kann aber mit unserem Wissen um die Weltbevölkerung, die Evolution und die Grenzen des Wachstums allein in meiner durchaus ernst gemeinten Auslegung *»Seid furchtbar und mehret euch«* Gültigkeit finden.

***

Auf dem Weg zum Getränkemarkt fuhr ich wie gewohnt die Weserstraße entlang und sah auf dem Balkon eines Mehrfamilienhauses ein Nashorn stehen. Ich vermeinte, die Menschen im Allgemeinen zu kennen, aber sowas? Mir war egal, was die Leute so treiben. Sollten die mit ihrem Rhinozeros doch glücklich werden. Aber wie hatten die Anwohner das Tier auf den Balkon bekommen? Die Wildtierhaltung, vor allem von Tieren, die unter strengem Artenschutz stehen, ist doch verboten. Wie es auch sei. Der Balkon würde auf jeden Fall bald abbrechen. Wenn ich mich recht erinnere, wiegen diese Tiere zwischen zwei und drei Tonnen. Viel Spaß.

Im Getränkemarkt schob ich meinen Einkaufswagen gedankenverloren durch die schmalen Gassen der Getränkeregale und kollidierte mit dem Gefährt einer mittelalten Dame, deren hoch aufgetürmte Ladung aus leeren Plastikflaschen sich dadurch im näheren Umfeld verteilte. Sie regte sich furchtbar auf und schimpfte:

„Können sie nicht aufpassen? Ein Benehmen wie ein Nashorn hat der Kerl."

Dadurch verlor sie ihre Damenwürde und war für mich nur mehr eine zeternde Klunte, der ich zu allem Überfluss auch noch half, ihr Plastikzeugs aufzusammeln. Aber - wie benimmt sich ein Nashorn? Tiervergleiche beleidigen mich nicht, weil den Tieren jegliche, von Menschen leider bekannte, charakterliche Deformationen fehlen. Ihr Verhalten wurde zum Zweck ihres Fortpflanzungserfolgs durch die Evolution festgelegt. Der Tiervergleich menschlichen Betragens stellte in jedem Fall eine ausgemachte Gemeinheit gegenüber der genannten Tierart dar. Auch die beklagenswerte Ferne der Menschenwelt zu den Tieren schien ein unausrottbares Übel zu sein. Vor ein paar Jahren berichtete ein Kollege uns morgens vom Tod seines geliebten kleinen Hundes, namens Hermann. Er wurde von einem Auto überfahren. Eine Kollegin stand bei uns und fragte den trauernden Kollegen, wann er sich denn einen neuen kaufen wolle. Wir waren sprachlos. Welch ein erschreckender Mangel an Empathie gegenüber einem kleinen Familienmitglied.

Auf dem Heimweg stand das Rhino nicht mehr auf dem Balkon. Die arme Kreatur war bestimmt abgestürzt oder vom Zoll konfisziert worden. Wir sollten mehr auf einen schonenden Umgang mit den Tieren achten. Zu Hause erzählte ich Meike von meinen Erlebnissen, worauf sie mir die Werbeseite des Zoos einer nahen Großstadt zeigte. Dort waren vor dem Eingang ein Löwe, eine Giraffe mit zu kurzem Hals und ein Nashorn zu sehen, wahrscheinlich aufblasbar. In der folgenden Nacht träumte ich von einem Rhinozeros.

Girlsday – Jakob – Die alte Zeit – Brief an Jakob

Befremdliche wörtliche Begrifflichkeiten im Wandel der Zeit und die vielseitigen Welten unserer lebendige Vergangenheit, die wir nicht entkommen lassen sollten.

———

Über die Jahre hinweg wandelte sich die Gesellschaft um uns herum, die Moden, der Musikgeschmack, die Sprache und verschiedene Ausformungen des Verhaltenskodex. Die Emanzipation diverser Bevölkerungsgruppen erforderte Anpassungen dessen, was man sagen darf, was man nicht sagen darf, was man tun darf und was man nicht tun darf. Vermeintliche Betroffene klagten bisweilen in den Medien über Verletzungen ihres mimosenhaften Gemüts, versuchten gar, mittlerweile gesetzesrelevante Verhaltensverstöße anderer Leute vor Gerichten anzuklagen und scheiterten nicht selten mit der gerichtlichen Erkenntnis des Fehlverhaltens des Klägers. Durch diese Anklagen wurden verschiedentlich

Lebensläufe gestört oder gar zerstört. Doch es gab auch friedlichere Anzeichen gesellschaftlichen Wandels.

In jedem Jahr wurde nämlich an einem »Girlsday« Schülerinnen die Arbeitswelt am Standort unserer Firma gezeigt. Acht bis zwölf junge Mädels gingen dann mit ihrer Führungsperson von Abteilung zu Abteilung, um sich die Funktion verschiedener Stellen erklären zu lassen. Einige Schülerinnen ließen sich dazu die Arbeitsvorgänge im Detail von Mitarbeitern erklären. So saß eine Schülerin für eineinhalb Stunden mit Rolf Weyers vor dem Bildschirm, hörte sich seine Erläuterungen an und Rolf konnte gut erklären. Es war verabredet, dass eine Mittagspause von einer halben Stunde eingelegt würde. Die junge Frau kam danach allerdings nicht mehr zurück. Solche Veranstaltungen waren mir suspekt, denn hier wurden die Jungens kategorisch ausgeschlossen. Mittlerweile hatte man dazugelernt, es hieß jetzt »Girls and Boysday«. Das war mir immer noch suspekt: Gab es dafür keinen deutschen Namen? Ich nannte diesen Aktionismus »Krötenwanderung«. Es fehlten dazu nur noch die Schutzzäune und die Sammeleimer.

***

Meine Arbeit als Historiker in eigener Sache zog mich erneut an den Schreibtisch. Von dort aus rief ich Georg an und fragte nach Jakob.

„Jakob - lange nichts mehr von dem gehört. Ich glaube, er wohnt in Minden und hat eine Stelle bei einer Textilfirma. Woher dein plötzliches Interesse?“

„Unsere Touren zum Plenter Wald und seine Eskapaden kamen mir in den Sinn. Vielleicht kann ich ihn anrufen oder ihm schreiben.“

„Ja, damals war er schon gut drauf, aber glaubst du, dass er mit dir reden wird?"

„Ich denke, die Zeit heilt alles."

„Na ja, du warst damals auch nicht ohne, und Mathias hat nie was dazu gesagt, nur jedes Mal gelacht."

„Ich hatte schließlich meine Integrität zu verteidigen, das war mir den Stunk wert."

„Wenn du Kontakt aufnehmen willst, kannst du eine Melderegisterauskunft einholen. Das geht aber nur in Minden, beim dortigen Einwohnermeldeamt. Von hier aus nicht."

„Ich überleg mir das, danke Georg, bis bald."

„Jakob kann es", hieß es unter uns jungen Leuten öfter. Der überehrgeizige Spross einer großen, in einfachen Verhältnissen lebenden Familie konnte nie über seinen Schatten springen. Die Wahl seiner Bekleidung, Nylonhemden mit Manschetten und Manschettenknöpfen, darüber stets ein Jackett, mag für manche Gelegenheiten passend gewesen sein. Für das Lagerleben wäre robustere Bekleidung die bessere Wahl gewesen. Sonntagsklamotten machen noch keinen Aufstieg. Jakob gehörte untrennbar zu meiner Geschichte. Aber ich wollte nicht nach Minden, eventuell gab es noch eine andere Möglichkeit. Damals erlosch mein Respekt vor einem langjährigen Kameraden, der allein seiner Exaltiertheit frönte, um damit Matthias und dem Häuflein Leute, die er um sich geschart hatte, durch sein Unterhaltungstalent zu imponieren. Er war ein rechthaberischer Mensch, der Andersdenkenden mit deutlicher Feindschaft entgegentrat. Außerdem unterstellte er mir sittlich unhaltbare Taten. So war er in unseren ganz frühen Zeiten nie. Unsere Wege trennten sich damals sang- und klanglos.

Besagte frühere Zeiten waren aber eine schöne Geschichte. Durch die Versetzung meines Vaters an eine andere Dienststelle wurde ich 1974 in die fünfte Klasse der Heisenbergschule in Waldhaus integriert. Den ersten Heimweg und den nächsten Hinweg in dieser für mich unbekannten Umgebung begleitete mich eine freundliche Mitschülerin, an die ich mich beim besten Willen nicht erinnern kann. Auf einem dieser Wege erzählte sie von Jakob, der damals wegen eines Armbruchs krankgeschrieben war, aber bald wiederkäme. Jakob und ich verstanden uns dann ganz gut, besuchten einander, lernten unsere Familien kennen und unternahmen so manche spätabendliche Taschenlampentour durch den Stadtpark in Waldhaus. Als mein älterer Bruder Wilfried, Jakob und ich im Jahre 1976 beschlossen, einen Bürgerverein zu gründen, stellten wir eine Anzeige in eine Zeitung, die auf unsere Kurzvorstellung hin nach gleichgesinnten jungen Leuten suchte, die einem Bürgerverein nicht allein die personelle Substanz geben, sondern auch einen vielfältigen Meinungsaustausch ermöglichen sollten. Die Grundlage war eine idealistische Weltbürgeridee, die den gleichberechtigten Menschen mit einem kosmischen Selbstverständnis ausstatten wollte. Diese Anzeige führte uns dann eine Reihe junger Leute zu und ergab einige Kontakte, auch internationale, mit denen wir korrespondierten. Wir besprachen uns entweder an einem Wirtshaustisch oder in unserem kleinen Zimmer. Wenn dabei eine große Flasche Cola auf dem Tisch stand, bediente sich einer von den neuen Leuten, Herbert, ausgesprochen großzügig, was ihm den Namen „Supsack" eintrug. Im Jahr 1977 beschlossen wir, eine mehrtägige Radtour durch die niedersächsischen Moorniederungen zu unternehmen. Ein weiterer ehemaliger Schulkamerad von Jakob und mir, Mathias, der die gleiche Berufsschulklasse besuchte wie ich, kam hinzu, sowie mein Lehrzeitkollege Georg. Jetzt waren wir fünf Leutchen im Alter von 16 Jahren, die sich nicht alle gut kannten und kurbelten mäßig ausgestattet durch das norddeutsche Tiefland. Auf dieser Tour erwies sich unser Kreis als verträglich, unterhaltsam, sportlich und abenteuerlustig - also mehr als tragfähig. Später folgten dann noch einige Radtouren an den Oberlauf der Aller, in die Gegend von Langlingen, bei denen es auf Standvermögen während einer sich über hundertfünfzig Kilometer erstreckenden Radtour mit reichlich Gepäck auf dem Fahrrad ankam. Damals gab es auf den Bundesstraßen nur selten Radwege, sodass wir uns die Fahrbahn mit den PKWs und LKWs teilen mussten. Unser Lagerplatz in einem lichten Pappelwald am Flussufer war improvisiert und ohne vorsorgliche Planung errichtet worden.

Während meiner Arbeit in der Patentabteilung scrollte ich in einem umfangreichen Katalog europäischer Patentanmeldungen und kam auf die Idee, per Suchlauf nach dem Nachnamen von Jakob zu suchen, denn der ist doch auch in der Technik. Und siehe da, auf den Namen Jakob Burger in Minden, Jacobistraße, wurde ein Patentschutz auf eine Holzhose erteilt. Weiterhin fand ich ältere Patente über eine Winterbadehose mit Eskimopelzbesatz und einen kurzärmeligen Winterpullover. Ich hatte seine Adresse und setzte einen Brief auf:

Hallo Jakob, alte Zecke,

Was treibst du so? Schwamm über die alte Zeit, man lebt nur einmal. Für deine Blessuren konnte ich ja nichts und der Blitz hat mich auch nicht beim Scheißen getroffen. Die Uhr dreht sich weiter. C'est la vie. Lass von dir hören, Alter. Immer cool bleiben.
In der Hoffnung, dich erschreckt zu haben, verbleibe ich.
Piet

Diesen Brief schickte ich dann umgehend ab. Nach ein paar Tagen klingelte das Telefon und eine weibliche Stimme sagte, ich könne Jakob nicht sprechen, denn er sei vor vier Jahren gestorben. In diesen Minuten besann ich mich auf mein Ideal, den Stoizismus, der in jeder Lebenslage Gleichmut und Gelassenheit empfahl. Meike merkte noch an, dass sich Jakob bestimmt beim Lesen meines Briefes totgelacht habe. Aber das konnte nicht alles sein, egal, wie schlimm man gestritten hatte. Seine Eskapaden waren eine Erscheinung der mitunter wirren Zeit, in der junge Leute noch um ihre Identität rangen. Da kam es schon mal zu unsympathischen Ausfällen, die später durch den Schliff jahrzehntelanger Berufstätigkeit relativiert wurden. So eine lapidare, anonyme Mitteilung von Jakobs Tod konnte nicht das Ende unserer Geschichte sein. Dazu gehörte mindestens ein Grabstein.
Noch bin ich nicht raus, aus der Stimmungslage einer alten Zeit.

***

Seine spätere Lebensweise stand keinem von uns Burschen deutlich auf die Stirn geschrieben, doch die Keime waren

96

längst gelegt und jedem konnte bereits ein diskreter Hang zugeschrieben werden, der seiner Entfaltung entgegensah. In den Jahren gemeinsamer Unternehmungen absolvierten wir die Berufsausbildung und klärten die Wehrdienstbelange. Seinen Tendenzen ging dann jeder alleine nach, wobei sich die Wahl des Weges, je nach Standpunkt, als mehr oder weniger förderlich zur Schaffung einer Ernährungsgrundlage auswirkte. Entweder den Angeboten einer als hedonistisch charakterisierbaren Konsumkultur nachzugehen oder mit Ehrgeiz einem weitergehenden Ausbildungsziel zu folgen, oder aber beides zu tun, waren unsere Optionen.

Der große Kreis aus Freunden, Bekannten, Verwandten und Kollegen verdampfte im Laufe der Zeit auf Zweierbeziehungen und Solisten; bei einigen Paaren kamen Kinder hinzu. Das Arbeitsleben beanspruchte dann alle derart intensiv, dass der große Bekanntenkreis im Nebel sich abschwächender Konturen zu verblassen begann.

Wer später alte Kontakte wiederbeleben will, hat es mit anderen Menschen zu tun. Die Art der Ansprache kann dann wie aus der Zeit gefallen sein: Man ist sich fremd geworden. Bei dem Versuch einer Wiederannäherung fehlen zwei ganz entscheidende Zutaten, nämlich die Entscheidungsfreiheit und die Wegoffenheit im Lebenslauf. Beides haben viele jedoch hinter sich gelassen, weil einerseits der Lebensweg definiert war und andererseits eine zu große Entscheidungsoffenheit Unsicherheit in die Fortführung des lang erprobten bisherigen Weges brächte.

Diesen Überlegungen nach hatte ich mich im Brief an Jakob übel im Ton vergriffen. Zurückhaltung sollte für einen überzeugten Stoiker keine zu große Aufgabe sein, aber der

Rückfall in eine lockere Jugendsprache war verführerisch. Aus aktueller Sicht könnte man meinen Brief ohne Weiteres pietätlos nennen. Ich sollte noch mehr auf meinen Ton achten.

Die Bauss und die Szide – Motorräder – Mit Hesterloh in der Stadt – Boxen und Springen

Frauen und ihr Umgang mit Männern und Technik, die vergötterte Technik und die Begegnung mit dem Bericht einer Begegnung. Ein Einkaufsbesuch belegte meine immer noch lebhafte Verspieltheit.

———

Die stundenweise Arbeit in der Patentabteilung hielt mich davon ab, meine alte Geschichte in einem Erlebnisbericht zusammenzufassen, denn der tägliche Umgang mit meinen Kollegen und vor allem Kolleginnen war ein Füllhorn weiterer erwähnenswerter Kapriolen.

An einem Arbeitstag war ich auf der siebenten Etage des Verwaltungsbaus meiner Firma bei Karen Bauss. Ich hatte eine Frage zu den Notlaufeigenschaften der verwendbaren Gleitlager. Karen trug ein äußerst knappes Sommerkleidchen, worin sie, leicht erkennbar, keinen BH trug, was sie aber niemals tat. Ich saß auf einem Drehstuhl, Karen stand links hinter mir und hatte das Datenblatt der Bauteile in der linken Hand. Sie beugte sich herunter, um mir ein Detail auf dem Blatt zu zeigen. Dabei legte sie mir den rechten Teil ihrer deutlichen Oberweite spürbar auf die Schulter. Ich dachte: *„Nanu“* und *„Warum macht die sowas in einem belebten*

Büro?" Die Kollegin Christine Weller sprach sie danach auf die mangelnde Bürotauglichkeit ihrer Bekleidung an. Karen Bauss hatte Freude an derartigen Spielchen. Heute würden solche Vorkommnisse als sexuell übergriffig angesehen.

Später kam Sabrina Szide zu mir ins Büro. Sabrina hatte eine Zeichnung dabei und machte einen nervösen Eindruck. Es gab ein Festigkeitsproblem an einem geschweißten Rahmen, welches sich durch den wiederholten Bruch einer Schweißnaht krachend offenbarte. Sabrina sollte als staatlich geprüfte Technikerin dieses Problem aus der Welt schaffen, konnte es aber nicht. Ihre Not war so groß, dass sie in einer anderen Abteilung um Hilfe suchte. Ich erklärte ihr das Freimachen des Bauteils, sodass man lediglich die an ihm wirkenden Kräfte betrachtete. Nach Ermittlung der Hebellängen und der angreifenden Kräfte konnte ich mit der Erstellung eines Kraftecks die an dem Bauteil wirkende Kraft berechnen und die vorhandenen Spannungen mit den zulässigen Werten in den verwendeten Schweißnähten vergleichen. Es zeigte sich, dass diese Stelle um das Mehrfache überlastet war. Sabrina stutzte, kapierte vielleicht - eher nicht und meinte: *„Das hätte ich auch noch gekonnt."* Hatte sie aber nicht. Alles, was sie vermeintlich in der Schule gelernt hatte, war schlicht nicht da. Diese Frau hatte eine seltsame Art, „Danke" zu sagen. Meine Hilfsbereitschaft war für die nicht mehr zugänglich. Ihre Fähigkeit zur „selbsterarbeiteten" Lösung dieses Problems führte dann zu weiteren Berechnungsaufgaben der beschriebenen Art, bei denen sie dann kräftig gegen die Wand lief.

Frau Szide und Technik?

***

Der Nachbar Hesterloh hatte sich vor einiger Zeit ein Motorrad gekauft. Als er wie so häufig in den letzten Tagen im Garagenhof neben seinem Neuerwerb stand, ihn putzte und sich die Maschine mit glänzenden Augen anschaute, stand auch Archie dabei und fachsimpelte mit dem Neubiker.

Das lenkte meine Erinnerung zurück an einen bei sommerlichen Temperaturen gut besuchten Biergarten in der näheren Umgebung, vor dem eine Gruppe schwarz gekleideter Männer stand. Ein ebenfalls schwarz gekleideter Motorradfahrer hielt mit seinem Gefährt vor der Gruppe, stieg ab und parkte sein Zweirad direkt vor den Anwesenden, als sei es das Glanzstück dieser Versammlung. Das verstanden die herumstehenden Kerle gut und bestaunten dieses Juwel der Landstraße allseitig und ausgiebig. Dann bildeten sie einen Kreis um das Fahrzeug, gingen auf die Knie und verbeugten sich vor dem Moped. Mir war, als hörte ich ein vielstimmiges „Ommmmm", um kurz danach eine aus den Wolken drohende Faust zu erblicken, wobei eine streng donnernde Stimme zu vernehmen war: *„Ich bin der Herr, Dein Gott. Du sollst keine anderen Götter haben, neben mir."* Ich fragte mich damals, ob es die Faust einer ungewaschenen Hand war oder nicht, und ob diese Erscheinung einer Nebenwirkung meines Medikaments zu verdanken sei.

Ich sollte Klaus Steineck fragen, was es damit auf sich hat. Er musste es doch wissen, denn er war schließlich „*Gott*."

Ein Motorrad hatte aus meiner Sicht ausschließlich Nachteile, weil es für den Transport von Gegenständen denkbar ungeeignet ist. Wer fährt schon mit dem Motorrad zum Wocheneinkauf? Viele Motorradfahrer brauchen über hundert PS für die Bewegung von lediglich einer Person. Ihre

Motivation ist der sogenannte Fahrspaß, ein Begriff, der umso mehr verwundert, als dass kein Mensch während des Motorradfahrens ständig lacht.

Als einleuchtender Spaßfaktor schien mir die Gleichartigkeit der Effekte des Motorradfahrens und der Gravitationsspielchen von Kirmesfahrgeschäften zu sein. Dabei hat sich gezeigt, dass beides gefährlich sein kann, das Motorradfahren allerdings mit der zusätzlichen Möglichkeit der Fremdgefährdung. Zudem lässt sich anmerken, dass ein Motorradauspuff häufig dann auffallend laut ist, wenn der Fahrer wenig sagen kann oder nichts zu sagen hat.

****

Am nächsten Tag kam mir auf dem Weg zur örtlichen Bibliothek der Neubiker Hesterloh entgegen und wir begrüßten einander. Er machte einen leicht derangierten Eindruck, worauf ich ihn fragte, ob er seines bevorstehenden Endes ansichtig geworden sei.

„Kann man wohl sagen", meinte er und erklärte, dass er kurz zuvor mit einer älteren Dame kollidiert sei, die ständig auf eine Tafel Schokolade in ihrer Hand starrte und mit voller Ganggeschwindigkeit auf ihn prallte.

„Sowas kann passieren, dann sagt man Pardon und alles ist gut. Aber die hat mich mit einer Kanonade ordinärer Schimpfworte beworfen und einen Riesenkrach gemacht. Man muss sich doch sehr wundern, welch schlimme Wörter alte Damen so kennen. "

„Haben Sie die Frau misshandelt? "

„I wo, ich bin selber grad der Lynchjustiz entgangen. "

Während wir miteinander sprachen, hielt auf der gegenüberliegenden Straßenseite ein weißes Auto, das mit schwarzen Tupfen übersät war. Ein Mann in schwarzer Hose und weißem Pullover stieg aus und öffnete die Heckklappe, aus der ein Dalmatiner sprang. Alles in Schwarz-Weiß. Wir schauten uns an und ließen die Szenerie noch nachwirken.

Dann fragte ich Hesterloh: *„Haben Sie mit Ihrer Blumentopfmeditation Ergebnisse erzielt?"*

„Meinen Topf hab ich noch und wach' manchmal auch in ihm auf. Mit ein paar kleinen Kissen ist er sehr bequem. Einmal war er besetzt. Da saß meine Frau drin."

„Sie wandeln beide nachts?", fragte ich.

„Nein, nur ich. Ich bin somnambuler Schlafwandler."

„Ist das nicht gefährlich, ich meine, wenn sie über den Dachfirst balancieren?", wollte ich wissen.

„Das macht doch keiner! Aber ich hab' früher im Schlaf an meiner Diplomarbeit weitergeschrieben, mit erstaunlichen Ergebnissen. Eigentlich sollte man nur noch im Schlaf arbeiten, dann wacht man morgens auf und alles ist getan. Traumhaft."

„Wir werden ein Volk von Pennern", so mein Einwurf.

„Schreiben Sie ein Buch und arbeiten Sie nur im Schlaf daran, das gibt sicher einen Bestseller", empfahl Hesterloh.

„Ich hab' mich auch um einen Topf bemüht, aber der Sebald, der Eierkopf, gibt mir bestimmt keinen."

„Jedenfalls nicht so billig, die sind auf den Bedarf aufmerksam geworden und fertigen ihn auf Bestellung für zwölfhundert Euro", erklärte mein Nachbar.

„Wat, dat gift dat doch nich."

„Is so! Einen Zweittopf für meine Frau kaufen wir nicht, Eintopf muss reichen."

„Na, wenn das so ist, man sieht sich, Tschüss."

***

Nachdem wir unser Auto in der Nähe abgestellt hatten, betraten wir ein Matratzengeschäft und sahen uns dort dicht von Kissen, Deckenstapeln, Betten, Hochbetten, Doppelbetten, Matratzen, Kopfkeilen und Fußkeilen umgeben. Nach einigem Warten und mehrfachem Rufen erschien eine dunkelhaarige Dame mit sympathisch klingendem polnischem Akzent, die uns freundlich auf zwei opulenten Polstersesseln Platz zu nehmen bat. Als wir dann tief genug in die uns fast vollständig umschließenden Polster eingesunken waren, fragte sie nach unseren Wünschen. Da ich seit einiger Zeit unter Verspannungen im Rücken litt, baten wir um das Angebot verschiedener Matratzen, auf denen ich dann Probeliegen wollte. Sie zeigte uns vier Modelle, die ich nacheinander ohne Schuhe besteigen sollte, um sie in den unterschiedlichsten Lagen zu prüfen. Während ich mittlerweile die Matratze Nummer Drei prüfte, wollte Meike sich noch verschiedene Kissenbezüge zeigen lassen, wofür sich die Frauen entfernten und derart viel Zeit ließen, dass ich, des vielen Probeliegens müde geworden, einschlief. Als der Schlummernde am Horizont seiner Wahrnehmungen störende Laute gewahrte, standen Meike und die Verkäuferin strahlend neben dem von mir okkupierten Testobjekt, wobei Meike, an meinem Ärmel zupfend, mich zu erwecken suchte. Bekannterweise belohnen frisch aufgerüttelte Menschen ihren Wiedereintritt in die Wachwelt nicht unbedingt mit großer Freude und Freundlichkeit. So war es auch jetzt, doch ich hielt mich sehr zurück, fluchte nur nach innen, schimpfte nicht nach außen, sondern wetterte inwendig und behielt die beiden wachen Frauen lauernden Blickes unter Kontrolle, um bei der nächsten, sich bietenden Gelegenheit meinen so jäh unterbrochenen Schlummer fortzusetzen. Dazu brauchte ich nicht lange zu warten, denn die beiden verschwanden abermals aus meinem Gesichtsfeld und ich wandte mich interessanteren Dingen als Kopfkissenbezügen zu. Da mich die physikalischen Eigenschaften der Dinge bereits seit meiner Kindheit ansprachen, war es die Matratze Nummer Vier, deren erwähnenswerte Besonderheit mich fesselte. Eines ihrer Elternteile entstammte vermutlich einer Trampolinfamilie. Entsprechend war ihr ungezügeltes Schwingungsverhalten so ausgeprägt, dass ich, dessen Spieltrieb mit zunehmendem Alter nicht erloschen war, mich dazu ermuntert sah, dieses durch entsprechende Körperbewegungen noch zu verstärken, wobei ich mich einem imaginären Sparringpartner gegenübersah und munter linke und rechte Haken austeilte.

Als ich dann eine ansehnliche Schwingungshöhe erreicht hatte, unterlief mir ein kleiner fataler Bewegungsfehler, der meine vergnügte Person seitwärts von der Matratze auf eine Gruppe Plüschsessel schleuderte, wo ich mich zwischen deren zwei auf dem Boden sitzend wiederfand. Noch ein wenig benommen wähnte ich mich im Polsterhimmel, bis ich zwei Gestalten vor mir erkannte, von denen eine rief:

„Piet, was machst du da?"

„Na ja, äh, schön weich hier - hier unten", versuchte ich zu erklären und stand auf.

„Du siehst ja aus, als wärest du in der Mauser", schob Meike vorwurfsvoll nach und klopfte mir einige Federn von

der Jacke. Die Verkäuferin stand derweil daneben und schaute uns vergnügt zu. Wir kauften dann zwei Matratzen der Nummer Drei. Auf unserem Heimweg stellte ich mit Befriedigung fest, dass ich schon ganz gut springen konnte; jetzt fehlte nur noch ein Boxtraining, dann könnte ich auch so ein wunderbares Bett kaufen.

Im Restaurant Arglust – Steineck und die Lyrik – Verjüngungskur

Unser Umgang mit den Schwachen und Kranken, meine Hinwendung zu der mir noch wenig bekannten Lyrik, sowie meinen Kampf gegen die Alterung und den möglichen Folgen.

——

Am Mittag gingen Meike und ich, ihr Mäuserich, zum Cafe-Restaurant »Arglust«. Dieses Restaurant in der Nähe der Lummeauen bot eine Anzahl aufwendig gestalteter Gerichte der deutschen Küche an. Kurz, aus einer schlichten Suppe wurde ein fein abgestimmtes Mahl. Als Freunde der konventionellen Kulinarik wählten wir bei Gelegenheit diesen Ort. Die Wirtin war uns als freundlich und distanziert in Erinnerung. Diesmal allerdings hatte sie sich Sonderbares einfallen lassen. Sie schien zu einer besonderen Werbeaktion entschlossen zu sein und duzte dazu alle möglichen Gäste. Wenn jemand nachfragte, wie er zu dieser Ehre käme, verwies sie auf ihre langjährige Freundschaft zu den Gästen. Wenn sie die Bestellungen unter neuartigem Duzen aufgenommen hatte und ging, schauten sich die Gäste an und schmunzelten. So duzte sie auch uns, mit Befremden unsererseits. Ein »Du«

ist eine schöne Sache, die aber mehr als die rein geschäftliche Bekanntschaft des Anderen voraussetzt. Wir kannten noch nicht einmal den Vornamen der Wirtin und als Nichttänzer habe ich mich auch noch nie im Dreivierteltakt mit ihr bewegt, geschweige denn intimere Relationen zu ihr unterhalten.

Welche Not musste diese Frau dazu bewegt haben, die Kundennähe auf diese zweifelhafte Art erzwingen zu wollen – und damit vielleicht ihren Verlust zu riskieren. Der in diesem Ortsteil durch Abwerbeversuche auf offener Straße für jeden Anwesenden spürbare Kampf um die Kundschaft mag ein Beweggrund für dieses, manchen Gast abstoßende Manöver sein. Wir wollten dieses Lokal weiterhin besuchen und wenn die Wirtin unsere neue Freundschaft nicht vergessen hätte, zählten wir eine Duzfreundin mehr.

***

Klaus Steineck rief an. Er hatte sein »Rücken« auskuriert und wollte mich für einen Wettbewerb im Rahmen der Deutschen Lyrikertage gewinnen. Es ging speziell um Kurzgedichte, die vom Verfasser selbst vorgetragen oder als eingereichte Texte bewertet und im Falle hohen lyrischen Wertes abgedruckt würden. *„Wie kommst du dabei auf mich?"*, fragte ich.
„Ich kenne deinen Hang zum geschriebenen Wort."
„Den hab ich, ja, aber zur Lyrik gehört doch auch ein Gespür für die treffliche Beschreibung von Emotionen, etwas mit Worten auszudrücken, für das es keine Worte gibt."
„Worte zu Unsagbarem, das klingt paradox", befand Klaus:
„Aber man muss ja nicht gleich mit der Tür ins Haus fallen."
„Und wie soll ich dazu beitragen?"
„Schreib ein Kurzgedicht", so Klaus.

„Ein Kurzgedicht, was soll das sein, etwas Lustiges oder eine Stimmung? Eine Ballade sicher nicht."

„Eine Stimmung kann man mit wenigen Worten beschreiben, das wäre nicht schlecht."

„Wann soll denn das eingereicht werden, muss ich mich beeilen?"

„In zwei Monaten, lass dir Zeit."

„Ich probier's mal, bis dann, Klausi."

Ein Kurzgedicht schreiben. Das fehlte mir noch. Mein Hang zu geschriebener Sprache reicht doch noch lange nicht für Lyrik. Bei Kommunikationen mit Bekannten bevorzugte ich seit Langem das geschriebene Wort. Viele meiner Dialogpartner beschränkten sich allerdings auf schlecht geschriebene, fehlerhafte Kurztexte in ihren E-Mails, und einige wiesen entschuldigend auf ihr besseres Sprachtalent hin. Ich war nie ein Labersack. In einer langsamen und korrigierbaren Form ließen sich Aussagen besser auf ihren Gehalt überprüfen. Daher sind meine E-Mails alles Briefe, die ich entwerfe und liegen lasse, um sie danach in Ruhe kritisch durchzulesen und auf ihren Stil zu überprüfen. Deshalb bin ich aber noch kein Künstler der Feder. Nach ein paar Tagen war mein erstes Stück fertig. Das Stimmungsbild hieß »Nach dem Fest« und ging so:

Schon zieht die Abendkühle
durch den Laternenschein.

Im Labyrinth der Stühle
sitzt jemand ganz allein
und hört Zikadenlieder
von dunklen Bäumen her.

Noch lacht man immer wieder
und schweigt nur umso mehr.

In der Erwartung einer verbalen Tracht Prügel schickte ich
Klaus dieses Stück, doch er vermöbelte mich nicht, sondern
betrachtete es als geeignet, an dem Wettbewerb teilzuneh-
men. Er ermunterte mich, mit einem weiteren Anlauf heraus-
zufinden, was noch so in mir steckt. Ich war zufrieden. Er-
wartungsfroh ließ ich meine Fantasie Kapriolen schlagen.
Was ließe sich thematisieren? Das Thema Nummer Zwei
wäre das Naheliegendste, aber von der Fachwelt unerwünscht. Na gut, dann eben Thema Nummer Drei. Ich kann
es ja für mich behalten. Wenn mich dann doch noch ein seriöses Motiv anfliegt, umso besser. Ich schrieb also ein Stück
mit dem Namen »Im Bett«.

Gerne zieht man seine Decke
noch mal über das Gesicht;
dass ein frecher Wecker wecke,
davon träumt man sicher nicht.

Immer aber ist der Schlummer
eine Gnade für die Wade,
und so mancher krumme Kummer
ist am Morgen wieder gerade.

Doch gereicht zum sanitären
Heilungszwecke nicht allein,
dass wir neuer Kräfte wären,
nein - Gesellschaft muss es sein.

Der diversen Gene wegen
sinkt man gerne ins Gewühle

und bezieht graziösen Segen
aus dem Taumel der Gefühle.

Darum schätzte noch ein jeder,
der am Leben Freude findet,
den Effekt der Daunenfeder,
weil er ungemein verbindet.

Das war doch gar nicht so schwer, hat auch einen Mordsspaß gemacht und so ordinär war es auch nicht. Bloß - es war keine tiefgehende Lyrik. Dieses Stück konnte ich nicht vorlegen. Es verschwand in meinem perversönlichen Archiv. Ich wagte nicht, mir vorzustellen, wie der von mir hochgeschätzte »Nikotinus der Allerwerteste« bei Lektüre meines jüngsten Machwerks reagieren würde.

***

Wie so oft nahm ich ein Bad im frühabendlichen Mondschein und stand danach vor dem Spiegel, um mein Gesicht einzucremen. *„Du holst dir noch einen Mondbrand"*, mahnte Meike. Ich wollte aber nicht auf meine Therapie verzichten, denn ein Effekt stellte sich erst bei dauerhafter Anwendung dieser Kur aus Mondbad, Harzer Käse und einem Rapamycin-Präparat ein. Die Veränderungen wären zunächst einsetzender Haarwuchs und eine glattere Haut. Allerdings seien bei Überdosierung auch Wesensveränderungen zu erwarten, wie eine verstärkte Hormongetriebenheit, die meiner Erinnerung nach recht unangenehm werden könnte. Auch die zunehmende Albernheit wäre problematisch – obwohl: Kann man alberner sein als ich zurzeit? Was hätte ich aber bei fortschreitender Verjüngung zu verlieren? Bliebe mir meine Erfahrung erhalten und ginge mir die dem Stoizismus zu verdankende Ausgeglichenheit verloren? Oder käme ich am Ende gar als renitenter Watschenbaum in ein Heim für schwer erziehbare Lümmel? Die Bedenken steigerten sich ins Maßlose. Wollte ich denn ein anderer werden und mich den Leuten entfremden?

Meine Bemühungen blieben dem Umfeld nicht verborgen, so wurde ich auch im anorektischen Verein auf meine Kur angesprochen. Ein Spargel namens Thor Meyering empfahl dringend, auf die Mondbäder sowie Rapamycin zu verzichten und es beim Harzer Käse zu belassen. Das darin enthaltende Spermidin sorge im Schlaf für eine lebhafte Autophagie, eine Erneuerung der Zellen. Einen verjüngenden Effekt erziele man auch durch zurückhaltende Nahrungsaufnahme. Demnach hätten die Mitglieder im Club der Schmalen wesentlich älter sein müssen, als sie aussahen. Auf meine Nachfrage erklärte der vom Gesicht her rund dreißig Jahre alte Meyering, er sei Arzt und vierzig Jahre alt. Er wurde von Filmleuten früher für die Rolle des jungen Gandhi vorgeschlagen. Durch seine Rede ging ich in mich und beabsichtigte Besserung - vielleicht.

Auf dem Weihnachtsmarkt – Im Stadtwald – Innenansichten der Menschen – Klotzen auf Krücken

Dieses Kapitel beschreibt meinen Eindruck von dem höchsten Fest der christlichen Gemeinden, von Begegnungen und der Reflexion der menschlichen Seele an den Innenwänden seiner Behausung. Danach berichte ich von einem weiteren Erlebnis im Machtbereich der Medizin.

——

»Hat der Bauer Eis am Stiel, wird es windig, nass und kühl«. Mit dieser Bauernregel im Kopf gingen wir über den örtlichen Weihnachtsmarkt, um im Stadtwald zu fotografieren. Dabei tauchten wir unwillkürlich in eine Wolke stechender Gerüche ein. Der Markt war auf dem Platz vor der St.-Anna-Kirche aufgebaut. Er bildete einen Kreis aus sich in das Kreisinnere öffnender Hütten. In der Mitte dieser Anordnung stand ein über zehn Meter hoher Weihnachtsbaum, der unter der dichten Masse seines Schmucks nur schwerlich als ein natürliches Gewächs zu erkennen war. In den Buden wurden Handarbeiten, Süßigkeiten, Gebäcke und Bratäpfel angeboten, wobei der Bratapfel ein bisschen aus der Zeit gefallen zu sein schien. Andrang gab es vor allem an den beiden Glühweinbuden. Dort entstand eine Rangelei. Der Alkohol. Weihnachten, das Fest der Hiebe, dachte ich mir. Durch die ganze Szenerie zog sich eine nicht essbare Dekoration aus Weihnachtssymbolik in allen erdenklichen Formen. Kling Glöckchen, klingelingeling.

Wir gingen weiter und fanden am Ufer des Stadtwaldweihers an den Stämmen junger Buchen anhaftende Eisformationen, die auf den höheren Wasserstand der letzten kalten Woche hinwiesen. Dieses Motiv war fotogen und so ließen wir die Kamera sprechen. Die Wasservögel, auch Wintergäste aus dem hohen Norden, waren für unser Objektiv zu weit entfernt. Dort sprach uns eine Frau mittleren Alters an und erzählte, sie sei des Fotografierens überdrüssig geworden, denn die hohe

Bildfrequenz der modernen Kameras zerstöre alles sportliche Bestreben der Fotografen nach der Auslösung im richtigen Moment. Außerdem führte sie an, dass in den Bewertungsportalen im Internet auch mit größter Mühe erstellte Bilder keine Chance auf Anerkennung fänden, da die Konkurrenz unendlich groß sei. Wir empfahlen ihr, weiterhin zu fotografieren, ihre Bilder nicht mit anderen zu vergleichen und Freude an den Ergebnissen der eigenen Fotopirsch zu empfinden. Wir erfuhren bei anderer Gelegenheit von Leuten, die ihre Fotos ins Internet stellten und dort verkauften. Was dann von den erarbeiteten Bildern übrig blieb, waren flüchtige Erinnerungen und flüchtiges Geld.

Auf dem Heimweg kamen wir an einem in Lodenkleidung gehüllten Mann vorbei, der, mit der linken Hand sich an einem Baum abstützend und fürchterliche Flüche ausstoßend, damit beschäftigt war, seinen rechten Schuh mit einem Stock von einer klebrigen Masse zu befreien. In seiner Nähe roch es unedel.

***

Wir konnten unser neues Auto bald abholen. Dazu fragte der Verkäufer nach unserem Nummernschildwunsch. Wir hätten keinen, so unsere Antwort. Das hörte er nicht häufig. *„Aber irgendeinen Vorschlag werden Sie doch haben.“*

Ich dachte nach. Bei aller Schrägheit der Welt musste doch eine blöde Nummer findbar sein. So schlug ich vor, den Standard des Autohauses mit der 1009 zu kombinieren. Na endlich, es war vollbracht. Ganz schön schwer, wenn man nicht aus Gedankenträgheit Buchstaben aus seiner Biografie verwenden will. Ich erinnere mich an Uwe Harms, der sich stundenlang mit dem Rätsel befasste, welche Bedeutung unser damaliges Nummernschild gehabt haben könnte. Aber es hatte keine. Selbst die Verwandtschaft und viele meiner Kollegen führten Initialen auf ihren Autokennzeichen. Diese Art der Selbstverwirklichung war mir zu dämlich. Vielleicht liegt ein ähnlicher Hang bei der leichtfertigen Verwendung von Passwörtern vor.

***

Als eine Kollegin mich vor Jahren zu Hause besuchte, um ein Mittagsmahl einzunehmen, schaute sie sich in der Wohnung um und fragte, ob ich allein lebe (Meike war nicht zu Hause). Auf meine Gegenfrage, was sie denn dies vermuten ließ, sagte sie: Die Wohnung sähe nicht nach der Behausung einer Frau aus, keine Dekoration und kein Strohgebinde oder Ähnliches an der Wand. Ich erklärte ihr, dass wir einen nüchternen, zweckmäßigen Stil bevorzugen. Unser Wohnstil war mir nie aufgefallen, weil es bei uns nie anders war. Nüchtern und zweckmäßig, dabei nicht ohne kleine Andenken, Miniaturen und Reisemitbringsel, die in einer den Raum nicht dominierenden Eckvitrine ausgestellt waren. Im Übrigen nutzten wir einige Wände als Ausstellungsfläche für unsere eigenen fotografischen Arbeiten. Dekoration brauchten wir nicht. Auch Schmuck gab es bei uns nicht. Wie dem auch sei.

Besucher beziehen den erblickten Wohnstil stets auf die eigenen Umgebungsgewohnheiten, die ihrerseits ebenfalls einer Nachfrage wert sind.

Im Aussehen der Wohnung schien sich die innere Ordnungsstruktur des Bewohners abzubilden. Wohnungsvermieter machten häufig ihren Hausbesuch in der Altwohnung des Miet-Bewerbers zur Bedingung für den Abschluss eines Vertrags. Es müsste doch auch für einen Psychologen eine ergiebige Quelle zum Studium der Innenansichten eines Menschen sein, wenn er sich auf Hausbesuche verlegen würde. Das wollte ich bei meinem nächsten Besuch bei Doktor Weitz neben Fragen zu Traumata thematisieren.

***

Seit einiger Zeit hielt mich eine Rückensache in Atem. Dies zwang mich in den Machtbereich der Medizin, also in das große Ärztehaus gegenüber der städtischen Klinik. Nachdem ich das Auto abgestellt hatte, betrat ich das Treppenhaus des heilsamen Gebäudes. Dabei kam mir ein durch zwergenhaften Riesenwuchs gekennzeichneter junger Mann entgegen, der laut mit seinem Telefon sprach und dabei mit dem freien Arm wild gestikulierte. Hoffentlich kann sein Telefon diese Gestik interpretieren, dachte ich, und konnte im Vorbeigehen knapp seinen Luftschlägen ausweichen. Dann betrat ich den Machtbereich des Orthopäden Dr. Arthur Zoche, der, oh Wunder, an Krücken ging. Seine Hantierungen waren unter seiner Mobilitätseinschränkung denkbar umständlich, zumal der Arzt sich zwischen Behandlungsliege und seinem Schreibtisch hin und her bewegte und an jedem von beiden Orten seine Krücken abstellen oder anlehnen musste.

Dann fiel eine Krücke um. Ich hob sie auf, worauf er mich bat, sie einen Moment zu halten, bis er mit dem Ausstellen eines Rezepts fertig war. Dabei fiel die zweite Krücke auch noch um. Ich hob sie ebenfalls auf und hatte jetzt zwei Krücken in den Händen. Um sie besser halten zu können, setzte ich meine Arme in die vorgesehenen Ausformungen und empfand diese Lage als durchaus angenehm. Nachdem mir der Arzt erklärt hatte, dass mein Medikament in der Patientenakte gespeichert und von der Apotheke abrufbar war, durfte ich gehen. Da mir die Krücken wie angegossen passten, krückelte ich davon. Auf dem langen Gang zur Rezeption packte mich jäh die pure Gewalt im Nacken, würgte und rang mich nieder. Dann schaute ich, auf dem Boden liegend, in das Gesicht der Assistentin Patrizia über mir, die mit ihrer strengen und resoluten Stimme fragte: *„Hat Dir Gott erlaubt, den Doktor zu beklauen?"* Dabei drohte sie mit dem Zeigefinger. Die hochgewachsene rothaarige Frau nahm dann die entliehenen Krücken und ging. Hier fehlte lediglich, dass sie mich an den Ohren zog und mir eine Kopfnuss verpasste. Da sieh mal einer an, dachte ich, eine MTA mit Kampfsportausbildung. Hier bekam ich keine Rezepte mehr.

Der ausgeliehenen Gehhilfen entledigt, beschloss ich, ein Paar dieser Dinger zu kaufen, um an meiner Frau, die mit ihren Nordic-Walking-Stöcken recht flott unterwegs war, mühelos vorbeisteckeln zu können. Im Sanitätshaus Pohl fand ich das Begehrte und in einem Autozubehörladen kaufte ich Rallyestreifen zum Aufkleben, mit denen ich die Krücken umwickelte. Meike schaute sich meinen Neuerwerb an und meinte, sie freue sich auf den nächsten Waldlauf.

Später erfuhr ich von den Bemühungen des betagten Arztes, seiner Patientengemeinde zu dienen, auch wenn eine Gehbehinderung ihn stark ausbremste. Welch eine Arbeitsmoral.

Die Weihnachtsstadt – Shirley Bauers Farben – Fassaden – Doktor Bonbon

Begegnungen in der weihnachtlichen Stadt und das Betragen eines Spötters. Farben inspirieren zu einem Gedicht, worauf ich die Täuschungen der menschlichen Außenwirkung betrachte. Meine Lobrede auf die Wissenschaft.

———

An einem milden Winterabend besuchten Meike und ich das alte, mangels unseres Bierbedarfs seit vielen Jahren gemiedene Jazzlokal, in dem wir uns zum ersten Mal sahen. Geli und Herbert hatten Plätze für uns gefunden und wir setzten uns an einen bereits halb besetzten Tisch, wobei Herbert einem untersetzten jungen Mann – dem Anschein nach ein Brite - gegenübersaß. Jeweils ein Pott Kaffee legitimierte unsere Anwesenheit. Dann kam das Bier für den Briten. Herbert fixierte die üppige Schaumkrone auf dessen Glas, und als der Besitzer antrinken wollte, blies Herbert so kräftig in die Schaumkrone, dass diese zu einer britischen Gesichtskrone wurde, was nicht allein dem jungen Briten Missvergnügen bereitete, sondern Herberts Begleitung mit den Köpfen schütteln ließ, zumal Herbert über den Vorfall heftig lachen musste. Es flogen keine Fäuste und es folgten keine diplomatischen Verwicklungen, aber ich fühlte mich dazu bemüßigt, ihn einen „Arsch" zu nennen. Geli ermahnte ihren Gefährten zur Besserung seines Betragens. Der mokante Hedonist indessen fragte einen vorbeigehenden jungen, schmalen Kerl, ob dessen alternativ anmutendes Handtäschchen von seinem Freund gestrickt worden sei.

Nach dem dritten Nichtkaffee und einem Glas Wasser gingen wir und lustwandelten durch die weihnachtsschwangere Innenstadt. Dort sah man in allen Schaufenstern und bei jeder Gelegenheit in allen Farben schillernde Weihnachtsbäume und bunt umhüllte, Geschenke andeutende Leerkartons, welche die saisonale Kaufwut befeuern sollten. Eine mit silbernem Kunstfaserbart umhängte, rot gekleidete, zipfelbemützte Person wollte uns recht aufdringlich zur Teilnahme an einer Tombola bewegen, worauf ich ihn einen „Weihnachtsmann“ nannte und er dies offenbar als Kompliment auffasste. Eine Beleidigungsklage blieb mir erspart. Den Weihnachtsmarkt umgingen wir weiträumig. Als wir zu Hause ankamen, war das Getöse vorbei und ich nahm ein altes, kleines, mit einem Büttenrand versehenes Schwarz-Weiß-Foto in die Hand, auf dem meine Geschwister und ich mit glänzenden Augen vor unserem Weihnachtsbaum standen, an dem noch echte weiße Kerzen brannten und, nach meiner Erinnerung, leise weihnachtliche Chorgesänge aus dem Radio den Zauber vollendeten. Welch einen Frieden haben wir damals erfahren, welch ein Glück in den Kindertagen. Welch ein Grund für Dankbarkeit. Solche emotionalen Wallungen wollte ich nicht ungenutzt lassen, griff zum Stift und schrieb:

Wo ist die Welt geblieben,
von der mein Foto spricht,
wo sind wir hingetrieben? Frag mich das bitte nicht.

Auf einem Floß im Meere
durchstreifte ich die Zeit,
fand überall nur Leere, die nach Erfüllung schreit.

Und dachte stets an Morgen;
In meinem Blick zurück
verwandelten sich Sorgen in wohlverdientes Glück.

Heut sitze ich an Fenstern
zu der Vollkommenheit
und zanke mit Gespenstern aus längst vergang'ner Zeit.

Nur Bilder sind geblieben,
von dem erlebten Land,
das nie im Wort beschrieben und in der Zeit verbrannt.

Dieses Stück werde ich Steineck auch nicht vorlegen. Es entstammte meiner intensiven Beziehung zu einem alten Bild und dem Glück meiner frühen Kindertage. Es ist zu privat, sowas versteht keiner. Wir hatten nie das Christkind gesehen, aber es war da; es hatte schließlich die Geschenke unter den Baum gelegt. Das Weihnachtsbrimborium ist über die Jahre kommerzialisiert und profaniert worden. Bestimmt gab es auch heute noch viele glänzende Kinderaugen, doch aus älteren, nicht mehr glänzenden Kinderaugen sprach vielfach der Wunsch nach Material und mit dem Material kam der Wunsch nach Mehr.

Ich hörte von einer sogenannten Hausgemeinschaft, in der sich die Mieter zu Nikolaus gegenseitig in die Stiefel kacken. Oder war das metaphorisch gemeint?

***

In unserer Straße sah man häufig Leute mit ihren Hunden. Sie gingen, blieben stehen und hoben hier und da eine Kleinigkeit vom Boden auf. Eine von ihnen war Shirley Bauer. Seit längerer Zeit grüßten wir uns aus größerer Distanz durch Winken über die Straße hinweg, obwohl wir uns nicht kannten. Sie führte ihren alten, krebskranken Hund bis zu seinem Ende aus. Es ist richtig, dass wir unsere humanmedizinischen Kenntnisse auch den Tieren zugutekommen lassen. Aber Ende ist Ende, da kann man lediglich nur noch Schmerzen dämpfen. Shirley war, selbst aus der Distanz erkennbar, stark geschminkt. Als Meike und ich sie vor einem Supermarkt trafen, sahen wir eine Schminkmaske, die das aus der Ferne wahrnehmbare Maß ihrer Bemalung um einiges übertraf. Hinter der Maske befand sich aber eine äußerst freundliche, aufmerksame Shirley Bauer, die eine einnehmende Ausstrahlung besaß. Nach einigen Jahren sah man sie seltener. Ihr Hund war tot. Angesichts dieser Thematik zückte ich meine neu erworbene Tintenfeder zu folgenden Reimen:

Schwarz sind Deine Kleider.
Rot der flinke Mund.
Deine Haare leider violett und blond.

Um die Augenlider
wechselt grün mit blue.
Du spielst immer wieder gern die bunte Kuh.

Ich soll mich dran laben.
Doch es wirft mich um.
Diese vielen Farben werden mir zu dumm ....

Auch diese Zeilen wollte ich Steineck nicht vorlegen. Bevor er diese Reimerei als banal ansähe und mich in Selbstzweifel würfe, fügte ich sie lieber meinem perversönlichen Archiv hinzu.

Durch diese Begegnung angeregt dachte ich über Maskierungen nach und sah auch bei anderen Menschen Masken, nicht allein angemalte, sondern vor allem charakterliche Fassaden. Interessant wurde es dann, wenn man davon ausging, dass die Einschätzung der eigenen Außenwirkung in hohem Maße von deren Wahrnehmung durch andere Personen abweicht. Niemand kann ohne Zweifel sein, dass sein Bild von sich selbst auch von anderen ebenso wahrgenommen wird. Wenn ich akzeptieren kann, dass es mit der Darstellungssicherheit des nach außen entsandten Innenbildes nicht weit her ist, darf ich die Frage nach mir selbst stellen. Aus der Summe meiner vielen Berührungspunkte mit den Menschen um mich herum ließe sich ein Spiegelbild meines Blickes auf die Leute erstellen, vergleichbar einer Gegenlichtmessung in der Fotografie. »Mein Blick auf andere beschreibt mich selbst«. Abgesehen von dem Aufwand der Erstellung meiner niedergeschriebenen Fremdbilder wäre dies eine Möglichkeit zur Selbsterkenntnis.

***

Wie ich darauf kam, weiß ich nicht mehr, aber ich wollte allen erfinderischen Menschen ein Denkmal setzen. Sei es ihrer Beobachtungsgabe der Natur wegen oder um ihrer produktiven Verspieltheit willen. Mein Respekt galt allen hilfreichen Geistern, von Leonardo da Vinci bis zu den Protagonisten der Datenverarbeitung. Sie ermöglichten uns einen besseren Einblick in die Natur der Dinge und förderten mithin unser Verständnis der uns umgebenden Welt. Die Werkbank der

Erfinder und Entdecker war ihr reges Gedankenfach, gepaart mit der inneren Unabhängigkeit von den in ihrer Zeit gängigen Verständnismustern der Dinge. Mit ungewöhnlicher Beharrlichkeit und Intuition folgten sie ihren Visionen von bisher Unbekanntem. Die altgriechischen Denker, die mutigen Pioniere der Fliegerei bis zu Guglielmo Marconi, Lise Meitner und Niels Bohr. Allen galt meine Bewunderung und mein Gedenken. Wie sollte ich denn diesen großen Persönlichkeiten der Menschheitsgeschichte jemals gerecht werden? Es würde nicht viel sein, was ich zu leisten imstande wäre, vielleicht nur ein paar Zeilen, die dann vor den Großtaten der Verehrten binnen Sekundenfrist verblassen würden. Also erfreute ich meine Tastatur mit folgenden Zeilen:

Was hat mich je so verdrossen,
wie der Wissenschaftsbetrieb,
dessen Zugang mir verschlossen
lange Zeit ein Rätsel blieb.

Doch was hülfe alles Zagen.
Jedes Werk will sein getan.
Vor mir Fragen über Fragen,
so fing alle Arbeit an.

Still in meiner Grübelklause
fanden deshalb Kämpfe statt,
konstruierte ohne Pause
und erfand erneut das Rad.

Früher Ruhm jedoch ist flüchtig,
bald vergessen jene Tat,
die mich, jung und eifersüchtig

auf den Schild gehoben hat.

Diesen Mangel abzustreifen,
fand ich Formeln an der Zahl,
ließ sie viele Wochen reifen,
endlich blieb mir keine Wahl.

Denn der Tag der Tage wollte,
dass ich Zucker mit Karton
unter Dampf zusammenrollte,
so erfand ich das Bonbon.

Bald war ich der Dekorierte,
vom Nobelpreis her Bekannte,
in Gesellschaft eingeführte,
den man Doktor Bonbon nannte.

So. Jetzt konnte ich aber auch nicht mehr. Hoffentlich drehte sich keine der historischen Gestalten ob meiner vermeintlichen Blasphemie im Grab herum. Dieses Übungsstück wollte ich Klaus Steineck nicht zeigen, da er die Hoffnung hegte, bald durch mich mit einem bedeutenden Poeten auf Du zu sein. Da musste anderes geschaffen werden.

Bei Siggi Mauss – Auf der Pflanzenausstellung – Wo das Gute liegt so nah

Eine Schulkameradin, die für die Kinder da ist, der Besuch einer Ausstellung unter kritischen, aber auch erheiternden Aspekten, sowie leichtfertiger Frevel an der Natur.

———

Die Verwaltungsangestellte Siglinde Mauss war biologisch keine Maus, obwohl sie gerne Mäuschen spielte – allerdings ein recht pummeliges Mäuschen. Ich kannte sie von unserer gemeinsamen Schulzeit her. Damals hieß sie noch Renner und war ein unschlankes Mädchen mit langen, mittelbraunen Haaren. Siglinde hatte in ihrer Freizeit die Organisation einer von Ehrenamtlern durchgeführten Frühstücksbrothilfe übernommen, die den unterversorgten Kindern in der Grundschule sogenannte Butterbrote schmierte. Die Zutaten wurden von ansässigen Firmen spendiert und die Räume für diese Aktion stellte die Schule.

Um mir die ganze Aktion anzuschauen, betrat ich einen Nebenraum der Turnhalle und befand mich mitten in einem Trubel aus intensiv beschäftigten, umfänglichen Damen – ein älterer, ebenfalls umfänglicher Herr war auch dabei – und musste mich erst auf die Lage besinnen, in der ich unterzugehen drohte. An einer Zeile zusammengestellter Tische standen drei oder vier Frauen und hantierten flink zwischen den auf dem Tisch stehenden Brotscheibenstapeln, Streichfettbechern, Käse- und Wurstscheibentellern hin und her. Rufe wie *„Reich mir mal die Margarine" „Reicht das noch?"* oder *„Die Kästen können schon raus"* flogen mir um die Ohren. Plötzlich ein spitzer Schrei mit nachfolgendem Lachen.

Siggi! So lachte allein die Renner, meine Schulkollegin. Dann kam sie auf mich zu und strahlte: *„Was machst du denn hier in unserer Hütte. Komm, wir gehen vor die Tür."*

Wir gingen zum Aschenbecher. Vor uns standen zwei kleinere Eiben, deren rote Früchte von einer Amsel geerntet wurden. Das wunderte mich, weil doch alle Teile der Eibe als giftig gelten. Sieglinde war nervös und zog den Rauch tief ein.

„Ich will mal schauen, wie das hier so läuft und du holst deine Kinder ab?", begann ich.

„Meine Kinder sind um die Dreißig. Wir versorgen die hungrigen Kleinen mit Butterbroten."

„Margarinebroten", korrigierte ich sie.

„Ja, gut, die heißen nun mal so. Aber ein leerer Bauch lernt nicht gut und wir sind ja die Ersthelfer."

„Das ist wahr, die Ersthelfer", antwortete ich, *„An den Verhältnissen ändert das nichts. Vielleicht geben andere, bisher fürsorglichere Mütter ihren Kindern auch bald keine Brote mit, weil es die in der Schule gibt."*

„Hoffentlich tun die sowas nicht, wir können auch nur kratzen, wenn es juckt, heilen werden wir so nicht, das ist uns klar. Aber die Probleme sind Arbeitslosigkeit, fehlende Integration, dann der Alkohol. Die Leute liegen oft bis mittags im Bett. Diese Trostlosigkeit muss man sich vorstellen. Wofür haben die denn Kinder?"

„Für Kindergeld", warf ich ein, *„Das ist schon ganz schön verkommen, eigentlich dekadent."*

Siggi stieß eine Rauchwolke aus: *„Aber schau doch mal so einem hungrigen Wurm ins Gesicht. Hast du Kinder?"*

„Nein, keine Zeit für sowas, aber ich war mal eins und hatte täglich mein Brot.“

„Da geht irgendwas den Bach runter, überall, wie ein Krebsgeschwür“, ahnte Sieglinde.

Sie schaute auf ihre Uhr und erklärte, dass jetzt die Marktzeit zu Ende ginge und sie dort günstig Obst kaufen könne. Siggis Vergleich mit dem Krebsgeschwür ging mir noch längere Zeit durch den Kopf.

***

Zunächst aber besuchten Meike und ich eine Pflanzenausstellung, auf der man auch Kakteen bewundern konnte. Der Ausstellungsort war eine lichte Halle auf der Festwiese am Stadtrand in der Nähe der Sportanlagen. Diese Ausstellung fand regelmäßig alle zwei Jahre im Verbund mit der Ausstellung »Haus und Garten« statt. An vielen Ständen und auf vielen Tischen konnte man Pflanzen bewundern, deren Namen leider zum großen Teil in der Nomenklatur des Carl von Linné ausgewiesen wurden. Nach ausgiebiger Grünschau, im Verlauf dieser wir die Orchideenabteilung passierten und durch eine Anzahl Pflanzen mit riesigen Blättern wandelten, waren wir im Vortragsbereich der Ausstellung angelangt. Dort wurden soeben die Vertreter der bundesweit organisierten Hobbybotaniker begrüßt. Ein kleiner, dicker, kahler Mann stand auf einem Podest und kämpfte mit seinem Mikrofon: „Liebe Pflanzenfreundinnenvertreterinnen und Pflanzenfreundinnenvertreter, Pflanzenfreundevertreterinnen und Pflanzenfreundevertreter.“ Angegraust gingen wir weiter und ich dachte mir: „*Gendersprach und Liebesleid bereiten große*

125

Schmerzen, die eine ätzt die Ohren wund, das and're nagt am Herzen".

Vor der Kakteenabteilung schauten wir uns noch einen Kaffeestrauch an und ich fragte eine grün beschürzte Frau, ob das ausgestellte Sträuchlein eine weibliche Pflanze sei. Sie war freundlich und interessiert an unserem Interesse. Das potenzierte Interesse kam zu dem Schluss, dass wir es mit einer »Pflanzin« zu tun hatten und danebenstehend mit ihrem Mann, dem »Pflanz«. Die Aktvermittler seien dann der Wind, die Insekten oder tupfende Chinesen.

Just in diesem Moment fühlte ich mich von dem absonderlichen Eindruck berührt, dass allen Leuten hier ein Gummibaum aus dem Kopf wachse und sie Marienkäfer gegen Blattläuse auf ihr Haupt streuten. Eine schmutzige Hand war aber diesmal nicht dabei.

Diese Vision zerstreute sich mit dem Auftauchen der Frage, ob entschiedene Pflanzenfreunde sich ähnlich wie Vegetarier, aber andersherum, rein tierisch ernähren müssten, um sich den Magen nicht mit den geliebten Pflanzen vollschlagen zu müssen. Dies wäre dann die Paleo-Diät. Das Dumme daran ist die eingeschränkte Lebenserwartung bei einer rein tierischen Ernährung. Der Grundgedanke der Paleo-Diät bezieht sich auf die Ernährungsweise der Urmenschen, bevor es zum Anbau von Nutzpflanzen kam. Die alten Säcke waren schließlich alle schlank, meint man, hatten aber fatalerweise nur eine bescheidene Lebensdauer von höchstens fünfundvierzig Jahren. So lange brauchte der Mensch, um Nachkommen heranzuziehen. Danach, so die strenge Regelung der Evolution, musste man in die Tonne springen, denn der Lebenszweck war erfüllt. Unsere heutige Lebensweise ist dahingegen durch die Leistungen eines umfänglichen Sozialwesens auf eine Lebensdauer von über siebzig Jahren ausgedehnt worden, obwohl Lebensweise und Sozialgemeinschaft ihre Energie aus den Naturkreisläufen beziehen und diese dadurch deutlich schwächen.

Zu Hause stand ich dann auf dem Balkon und schaute auf die wie an allen Sonntagen ruhige Straße. Einige vom Wind getragene Blätter einer Tageszeitung verteilten sich in der Stadtlandschaft, verfingen sich in Hecken oder vor den Reifen geparkter Autos, lösten sich von dort und tänzelten, gefolgt von weiteren Blättern, die Straße bis außer Sichtweite hinab. Unter den wenigen Menschen auf der Straße schob eine junge Frau einen mit den kostenlosen Stadtzeitungen hochbeladenen Handwagen vor sich her und legte abgezählte Exemplare vor den Haustüren ab. Unser Nachbar zur rechten Hand schritt mit einer anthrazitfarbenen Katze auf dem Arm über seinen Hof, schloss sein Hoftor und nahm Zeitungen mit ins Haus.

***

Eines Morgens riss mich ein beidseitiger Wadenkrampf unsanft aus dem Schlummer. Aufstehen, aufstehen und die Beine belasten! Mancher Tag fängt bereits denkbar unsympathisch an, dabei warf die Morgensonne einige wohlwollende dünne gelbe Strahlen durch die nicht fest abgesenkten Jalousie unseres Arbeitszimmers. Nach diesem frühmorgendlichen Krampftänzchen humpelte ich in die Küche und bereitete das Frühstück vor. Meike fragte dann nach meinem Befinden, denn es kam selten vor, dass ich bereits zu früher Stunde einen Tag mit unchristlichen Flüchen begann. Dann

besprachen wir die aktuellen Aufgaben und packten Fernglä-
ser und Kameras ein, denn wir wollten uns von dem NABU-
Mitarbeiter Volker Preuss einen guten Ansitzort zur Beobachtung von Eisvögeln zeigen lassen. Der achtundzwanzig
Jährige glich mit seinem langen Bart und dem mehrfach auf
dem Kopf verknoteten Langhaar der Figur des misanthropi-
schen Miesnik aus Gilbert Sheltons Superman-Parodie
»Wonder-Warthog«. Als Meike und ich bei ihm eintrafen,
war er damit beschäftigt, eine ansehnliche Ladung Vogel-
dreck von der Frontscheibe seines Autos zu kratzen. Er
schimpfte nicht, es waren schließlich die Vögel. Dann verabredeten wir, einen Parkplatz am Unterlauf der Lumme anzu-
fahren. So machten wir uns auf den Weg. Als der Parkplatz
erreicht war, sahen wir eine große Anzahl geparkter Autos
auf der Nebenstraße zu unserem Ziel. Im Vorbeirollen an der
Einfahrt zum Parkplatz konnten wir eine Ansammlung von
Menschen sehen, die, teilweise mit Stativen und anderen Ge-
rätschaften ausgerüstet, herumstanden, zum Fluss gingen
oder von dort kamen. Wir fuhren an der langen Reihe der ge-
parkten Autos vorbei und stellten unseren Wagen an ihrem
Ende ab. Dann gingen wir die zweihundert Meter zurück zum
Parkplatz. Unterwegs kam uns Volker in seinem Auto entgegen. Wir blieben stehen und warteten auf ihn. Volker war fassungslos. Was war geschehen? Gemeinsam staunten wir über
das wüste Treiben auf dem Parkplatz und dem unweit gele-
genen Streifen des Uferbewuchses der Lumme. Volker wies
auf den Uferbereich, an dem der Eisvogel Beobachtungen zuließ. Das war vorbei. Er fragte einen dort anwesenden „Na-
turfreund" nach dem Grund dieser Versammlung. Dieser erzählte von einem Beitrag im Vorabendprogramm des

Fernsehens unter dem Titel „Wo das Gute liegt so nah". Der „Geheimtipp für Naturfreunde" beschrieb einen Abschnitt am Unterlauf der Lumme als empfehlenswerten Ort für die Beobachtung von Eisvögeln. Volker war aufgebracht und sprach von Folgen. Sein Verein werde eine Beschwerde an den Sender formulieren und eine Anzeige gegen Unbekannt wegen der Zerstörung dieses Biotops einreichen. Auf unserem Rückweg kam uns eine Rotte „Birder" entgegen. Auf der zugeparkten Landwirtschaftsstraße stand mittlerweile ein Verkaufswagen der Gelateria Bettini. Volker telefonierte mit der Polizei.

Auf unseren seltsamen Wegen

Sieglindes Ahnung – Die Schuheinlage – Auf dem Heidkamp – Im Schlaflabor

Ein schlimmer Verdacht, ein Besuch bei einem Mediziner, der mir die Fassung raubt. Ein beschaulicher Spaziergang und ein weiterer Ausflug in die Medizin.

———

Ich musste an Siggis Worte vom Krebsgeschwür denken. Kann man die menschliche Entwicklung mit einem Krebsgeschwür vergleichen? Ihren Ursprung in Ostafrika, danach die Metastasierung auf alle Kontinente? Ich spinn das mal

weiter: Von dort ausgehend betrieben Menschen die weiter
fortschreitende Nutzung der Naturkreisläufe inklusive der
Ausrottung vieler Tierarten. Heute ist die gesamte Welt so
intensiv technisiert, dass die verbliebenen Vertreter der Naturkreisläufe häufig auf der Intensivstation liegen. Wenn man
davon ausgeht, dass auch die Menschen ein Teil des allum-
fassenden Netzwerks der belebten Natur auf diesem Planeten
sind, dann haben wir, die Menschen, recht schändlich unsere
Geschwister verraten. Mancher könnte sagen: Selbst die
Atombombe ist Natur. Angesichts der in sich völlig logisch
und funktionell über unglaublich lange Zeiträume aufgebauten Systematik der Evolution erschlösse sich der Sinn einer
solchen Aussage allein in der Spekulation, dass die Natur im
Rahmen des Selbstschutzes einem kranken, alles verheeren-
den Mitspieler ein Ende setzen will.
Menschen haben gelernt, Werkzeuge zu gebrauchen und daraus ihre Technologie entwickelt. Die Atomtechnik ist die
höchste Stufe des Umgangs mit den unbelebten Dingen und
gehört nicht zur belebten Sphäre dieses Planeten. Sie ist eine
Katastrophe, welche die entdeckenden Atomphysiker in teils
erschütternde Gewissenskrisen führte.

***

Bald hatte ich wieder ein Erlebnis in der lustigen Welt der
Medizin. Seit einiger Zeit schmerzte mich eine Arthrose am
rechten Fuß, deretwegen mir eine über zweistündige Wartezeit im Machtbereich eines Orthopäden nicht erspart blieb.
Mein Sitzfleisch protestierte bereits seit Längerem, als der
erlösende Aufruf meines Namens erscholl. Man braucht für
den Besuch eines solchen Facharztes keinen Grund, denn

allein das lange Sitzen beschädigt das Hinterding derart gründlich, dass mit Sicherheit die Diagnose einer einstweiligen Körperbehinderung zu erwarten wäre. Der promovierte Knochenarzt stellte dann das fest, was ich vorher bereits wusste. Ich sollte aber eine Schuheinlage tragen, durch welche die Schmerzen in dem betroffenen Bereich durch eine Druckentlastung reduziert würden. Es wurde an den Symptomen gewerkelt, anstatt den Grund für diese Erscheinung aufzuspüren. Also ließ ich einen Fußabdruck machen und holte mir zwei Tage später die Schuheinlage ab.

Am zweiten Tag einer einwöchigen Reise in eine Gegend, die viele Wandermöglichkeiten bietet, setzte ich die Einlage in meinen Schuh und versuchte zu wandeln. Schon nach zehn Metern kamen mir Bedenken. Nach fünfhundert Metern hatte sich mein Repertoire an Flüchen und Schimpfwörtern, weit außerhalb jedes moralischen Horizontes gelegen, derart angereichert, dass ich mich vor mir selbst schämte. Noch nie hatte jeder Einzelne meiner Schritte derartige Verwüstungen in meinem Nervensystem und in meiner Meinung über medizinisches Fachpersonal verursacht. Gegen Hass war ich jedoch immun. Was tun? Es war mir bekannt, dass Schweinefleisch dem menschlichen besonders ähnlich ist (darum sagt man auch bei jeder Gelegenheit: „Du Schwein!") und der Verzicht auf derlei vorbenanntes oftmals heilsam sein kann. Da eine meiner typischen Angewohnheiten die Ablehnung von Schmerzen war, verzichtete ich fürderhin auf jeglichen Trüffelsucherkonsum und wurde bereits nach zwei bis drei Tagen uneingeschränkt mobil. Mit einem kleinen Hinweis auf die Ernährungslage wäre der Herr in Weiß mir schnell

behilflich geworden. Ich hätte ihn in diesem Fall aber auch
nicht zum Dank geküsst.

***

Während eines Spaziergangs auf dem Heidkamp genossen
Meike und ich das gelbe Licht der flach stehenden Sonne und
unseren eigenen langen Schattenwurf. Links und rechts des
Weges standen dort kleine Birken auf dem heidebewachse-
nen, kiesigen, eiszeitlichen Geschiebe. Sie zeigten das typische raumgreifende Wuchsbild von freistehenden Bäumen.
Hier haben wir mehrfach Ödlandschrecken, Schmetterlinge
und verschiedene Vögel fotografiert und gefilmt. Auf einer
Flanke der Hochfläche versuchte der Naturschutz bereits seit
vielen Jahren den Besucherstrom zu lenken, indem am Beginn alter Trampelpfade, die sich unter ausladenden und
nicht besonders hochgewachsenen alten Buchen wanden,
kleine Hinweisschilder auf schräg abgesägten Pfählen die
Spaziergänger vor herabfallenden Ästen warnte. Unter diesen leidlich abgesperrten Baumgruppen standen früher die
Zelte meines jugendlichen Freundeskreises, von denen aus
wir die fünfhundert Meter bis zu einem Badeplatz mit den
Autos fuhren. Dort hatte ich vor einem - die Mädchen hoffentlich beeindruckenden - Kopfsprung vergessen, meine
John-Lennon-Sonnenbrille abzulegen und bin mit nur einem
Brillenglas aufgetaucht.
Auf einem abschüssigen und vom Regen ausgespülten Kies-
weg trafen wir Georg und seine Frau Gerdi. Die beiden hatten
sich erst viele Jahre nach unserer wilden Zeit kennengelernt.
Jeder von uns, Georg und ich, ging damals seiner eigenen

Wege. Aber wir wohnten in derselben Stadt und hatten unsere Kontakte später auf eine distanziertere Art wiederbelebt.

Georg wies auf eine Gruppe Buchen hin: *„Dort unten haben wir gelagert.“*

„Da haben auch die Tommys ihre Zelte aufgeschlagen und mit ihren Allradgeräten Übungsfahrten unternommen“, fügte ich hinzu, *„ein guter Platz. Ich hatte ein Auge auf Anne geworfen.“*

„Wir wandeln hier wohl auf geschichtsträchtigen Wegen, ihr seid ja ganz weg“, warf Meike ein.

„Und dann Jakob, er hatte damals beschlossen, hier oben sein Auto zu Schrott zu fahren, gegen einen Baum oder wie auch immer. Hat er aber nicht gemacht, damals gab es noch keine Sicherheitsgurte, er hätte sich mindestens eine blutige Nase geholt“, erinnerte sich Georg.

Ich blieb ruckartig stehen: *„Er ist tot! Jakob ist tot. Ich hab ihm geschrieben, da sagte man mir am Telefon, ich könne nicht mehr mit ihm sprechen, er sei tot.“*

„Ach“, Georg schaute mich entgeistert an.

„Juttas Kaktus hat geblüht“, warf Gerdi unvermittelt ein.

„Ach was!“, ich war wieder in der Gegenwart.

Als wir bei den Autos angekommen waren, setzte ein feiner Regen ein und alle zogen ihre Kapuzen über den Kopf.

***

In einer Apothekenzeitung las ich von einem Schlaflabor in unserer Nähe. Als ich Meike diesen Artikel zeigte, erinnerte sie mich an mein Schnarchen, von dem sie behauptete, ich würde es tun. Daher hielt sie einen Besuch jenes Labors für höchst empfehlenswert. Also machten wir Termine zu verschiedenen Untersuchungen. Dazu musste ich mehrfach in die Kreisstadt fahren. Am Tag der Untersuchung war ich ein wenig nervös. Das weiß gekleidete Laborpersonal erklärte mir das Vorgehen der Untersuchung und wies mich in die Örtlichkeiten ein. Nachdem ich verkabelt war, wurde es Zeit, zu Bett zu gehen. Als ich dann aber zur Ruhe kommen sollte, fingen die Probleme an, denn meine Einschlaflektüre, ein Buch über Kernphysik, lag vergessen zu Hause. Ein fantastischer Stoff über die Kräfte, welche die Welt im Innersten zusammenhalten; eine Lektüre über das Wunder der Natur, die höchst beruhigend wirkte, weil sie die Gedanken sanierte und sortierte. Man gab mir ersatzweise die Biografie eines früheren Bundeskanzlers, welche sich als denkbar ungeeignet herausstellte, weil ich ständig lachen musste. In Ermangelung eines Melatonin ausschüttenden Schriftwerks griff man zu einem von jemandem vergessenen, roten Heft und reichte es mir. Es war die Einkommensteuer-Durchführungs-verordnung (EStDV) § 51 Abs. 1-3 EstG. Dieses Buch versetzte mich dann derart in Rage, dass ich das Machwerk unter Hinzufügung einiger ordinärer Anmerkungen von mir warf und einen angenehmeren Ersatz erwartete. Darauf gab man mir einen, wie sie sagten, ausgesprochen bösartigen Horror-roman, bei dessen Lektüre ich dann schnell einschlief. Am nächsten Morgen schlug ich die Augen auf und wähnte mich, ob meiner Verkabelung in die Handlungen des Horrorromans verstrickt. Nachdem ich lange genug um Hilfe gerufen hatte, bemühte sich die Protagonistin der Horrorgeschichte um mich. Aber warum war sie so freundlich? Im Roman hatte sie doch den Beruf einer äußerst aggressiven Folterknechtin, oder war sie doch eine Finanzbeamtin, der man nicht die

Hand reichen sollte, wenn man einem einarmigen Leben nichts abgewinnen könnte? Langsam, ganz langsam realisierte ich meine Lage und beruhigte mich. Die als Folterknechtin oder Finanzbeamtin missdeutete Mitarbeiterin des Labors erklärte mir dann das weitere Vorgehen. Nach der Morgentoilette und dem Ankleiden erwartete ich entsprechend meiner häuslichen Gewohnheit ein prächtiges Frühstücksmahl. Aber man wollte nur über die Ergebnisse der Untersuchung reden, die mich aber nicht im Geringsten interessierten. Dennoch hörte ich mir den Sermon an und empfand keine geringe Freude an dem Rätsel seltsamer von mir stammender Geräusche neben dem durch beständige Seitenlage seltenen Schnarchen. Es war eine durch verhuschte abgründige Geräusche veredelte Symphonie der Absenz. Mehrfach wies ich darauf hin, dass es Zeit sei, ein Frühstück einzunehmen, aber man mutete mir ein weiteres Bombardement rätselhafter Terminologie zu. Bevor ich dann einige fantasiearm belegte Brötchen zum Einwerfen erhielt, erklärte man mir meine Lage und empfahl ein regelmäßiges Zungentraining. Soso, waren meine Gedanken. Aus dem Alter bin ich doch längst heraus. Dennoch ließ ich mich darauf ein und streckte während einiger Tage trotz des Risikos von Reputationseinbußen allen möglichen Leuten die Zunge heraus.

Vergangenheit – Die letzte Beatband – Die Liebe der Bäckerei – Kopf hoch!

Das Wesen der Erinnerung, Der Versuch, einen Musikabend zu beschreiben. Danach geht es ich die heitere Welt der Metaphern.

——

Nach dem Rückblick in unsere Vergangenheit fragte ich mich, wie man denn Erinnerung beschreiben könnte.

Da die Gesprächskontakte auf einer früheren neuen Arbeitsstelle noch eher auf das Fachliche beschränkt waren, füllte ich meine Mittagspausen mit dem Aufschreiben der Namen aller Menschen, die bisher in verschiedenen Rollen ein Stück Weges mit mir gegangen sind. Wenn ich in diesem hunderte Namen umfassenden Register las, entstanden vor meinem inneren Auge mehr oder weniger deutlich die bewegten Bilder der Personen, ihrer Stimmen und ihrer typischen Handlungen. Ähnlich hilfreich war auch die Durchsicht unserer Fotosammlung.

Erinnerung, das ist die Beschreibung der erlebten Vergangenheit, ein Nachvollzug der subjektiven Wahrnehmung eines Teils des für die aktuellen Verhältnisse kausalen, alles umfassenden Ritts auf dem Zeitpfeil. Jeder reitet allein und nimmt dabei emotionale Stimmungsbilder auf, die beim Rückblick Orientierung auf dem Weg durch die Jahre geben. Dies sind die Leuchtfeuer im Nebel des Vergessens.

Zudem helfen Plausibilität und logische Abfolge von Erinnerungsinhalten beim Aufbau einer beschreibbaren Geschichte. Dabei entsteht ein Bild, dessen Konturen zwar verbreitet schwach sind, durch Detailanreicherung aber deutlich von den aufgenommenen Stimmungsbildern ausgehend an

Klarheit gewinnen. Diese mentalen Stimmungsbilder eines Erlebnisses wie z.B. einer Reise werden durch diverse Sinnesreize wie „hören", „sehen", „riechen" oder „Geschmack" als ein gesamtes Ereignis aufgenommen, sodass die assoziierten Eindrücke den Nachvollzug eines Erinnerungsinhaltes präzisieren und vervollständigen. Selbst einzelne sinnliche Wahrnehmungen können die Erinnerung an komplexe Szenerien bewirken.

Aber was hätte ich denn mit dieser Klärung anfangen können? Sollte ich unsere Vergangenheit analysieren und beschreiben, wie die sich nach links und rechts ausbreitende Bugwelle unserer gemeinsamen Erlebnismomente hinter unserem Boot auseinanderwandert und schließlich außer Sichtweite gerät? Interessant genug wäre die Geschichte, aber warum sollte ich dergleichen tun? „*Vor der Hacke ist es duster*", so ein Sprichwort der Bergleute. Die Zukunft kennen wir nicht, wir können nichts aus ihr lernen. Aber aus der Vergangenheit können wir Orientierung beziehen, wenn wir die alten Bilder nicht entkommen lassen, wenn wir nicht all das, was hinter uns liegt, zu im Nebel sich abschwächenden und letztlich verschwindenden Konturen vergehen lassen, sondern es notieren und sortieren. Sollte ich eine Autobiografie schreiben, wie ein Mensch, der einen langen Weg hinter sich hat und seine Erfahrungen den anderen mitteilen will, damit diese nicht den gleichen Bockmist bauen, wie er selbst es getan hat? Eine Autobiografie also nicht, aber ich konnte klein anfangen.

***

Ich fing dann klein an. Da wären die einprägsamen Stimmungsbilder eines aus den Fugen geratenen Auftritts einer Beatband. Im Jugendheim der örtlichen katholischen Sank-Anna-Gemeinde wurde bereits ab dem Vormittag an der Bühne gewerkelt. Der Pfarrer schaute zwischendurch in den Saal und ließ sich die Technik erläutern. Mit einigen anderen Jugendlichen half ich damals bei der Schlepperei der Bestuhlung. Ab achtzehn Uhr füllte sich langsam der Saal. Viele junge Leute in Schlaghosen oder Miniröcken standen in Gruppen herum; man kannte sich. Es gab Cola, Limo und Pils. Das Equipment war aufgebaut und vor den Verstärkertürmen, an denen rote Lämpchen glimmten, standen die Elektrogitarren auf ihren Ständern. Um zwanzig Uhr war der Saal voller Menschen, voller Qualm und voller Schallwellen. Dann kamen »The Evil Birds« aus einem unbeleuchteten Seiteneingang auf die Bühne. Als die vier in Rüschenfummeln gewandeten Bandmitglieder ihre Instrumente stimmten, wurde es in der Menschenmenge ruhiger. Ein langhaariger, exotisch anmutender, in einem albernen historischen Aufzug gewandeter Mensch klopfte ein paarmal auf das Mikrofon und es erfolgte eine Ansage nach der neuesten Mode: in englischer Sprache, obwohl die Musiker alle aus der Region stammten. Ich hatte nichts von der Ansage verstanden. Die bunte Strahlerbeleuchtung verwandelte die Bühne in eine kaleidoskopische Szenerie. Dann haute der Schlagzeuger auf die Trommel und die anderen stimmten zu einer leichten, luftigen Beatnummer ein. In der Mitte des Saales tanzten einige Leute unter seltsamen Verrenkungen und konvulsiven Zuckungen. Die verqualmte Luft wurde feuchter und schwerer. Ich musste austreten und sah auf dem Rückweg, wie sich eine finstere, in einem Parka gekleidete jugendliche Gestalt an den Mänteln zu schaffen machte. Nachdem ich ihn gefragt hatte, was er dort tue, sagte er, er suche seinen Mantel und verschwand eilig aus dem Gebäude. Im Saal suchte ich dann meinen Bekanntenkreis und vor allem Ria, auf die ich seit einiger Zeit ein Auge geworfen hatte. Im hinteren Bereich des Saales angekommen saß sie mit Edith, Marion, Georg und Herbert auf Sesseln, zwischen denen kleine rechteckige Tische aufgestellt waren, auf denen viele leere und halbvolle Gläser standen. Alle rauchten, das war normal. Als ich dann einen freien Sessel gefunden hatte, verwandelte sich die wohlklingende Beatmusik unvermittelt in eine Kakophonie aus undefinierbaren, hässlichen Tönen und abgründigem Gekrächze. Im Bühnenbereich hörte man Schreie. Wir standen auf und sahen über der Menschenmenge, wie jemand mit einer elektrischen Gitarre auf jemand einschlug, und man ahnte fliegende Fäuste. Es brüllten Männerstimmen und ein lautes Gepolter erschallte. Mädchen kreischten. Viele Leute wollten den Saal verlassen, weshalb vor dem Ausgang ein Gedränge entstand. Dann eine ruhige Stimme aus den Lautsprechern: *„Liebe Freunde, wir hatten eine kleine Auseinandersetzung, aber unsere Aufführung geht gleich weiter.“* Danach beruhigte sich die Menge und es wurde stiller. Der Akkord einer verstärkten Akustikgitarre erklang und dazu sang eine Stimme. Das hörte sich an wie Folklore. Es war der Gitarrist der Beatgruppe, Ludger Derendorf, die anderen drei waren weg. Ludger spielte noch mindestens zehn Songs, keiner tanzte, alle hörten zu. Keine Herz-Schmerz-Themen waren dabei. Er sang von einem einsamen Soldaten, von Unrecht und einer philosophierenden Muschel. Es war bezaubernd.

Der Abend ging anrührend zu Ende. Dies war der Übergang von der Beat-Ära zur Zeit der Folkloresongs.
Das war doch schon gar nicht so schlecht. Ein Stimmungsbild bekam Beine. Einen prägenden Einfluss auf die Orientierung hinter dem Zeitpfeil hatte die Popmusik verschiedener Stilarten von den 60ern bis weit in die 90er Jahre hinein. Sie begleitete mich für eine lange Zeit bis ins Erwachsenenalter und war für viele Erinnerungsinhalte der Ton zum Bild und ein Schlüssel zur Atmosphäre vergangener Umgebungen.

***

Auf dem Weg zum Brötchenholen ging vor mir eine bemantelte Gestalt, die an einer langsameren bemantelten Gestalt vorbeieilen wollte. Während Erstere im Begriff war, dies zu tun, knickte die zu überholende Gestalt unvermittelt mit dem Oberkörper nach links ein, als sei sie von unsichtbaren Kräften ergriffen worden, die sie niederringen wollten. Sie fing sich durch eine Linksdrehung des ganzen Körpers ab. Es folgte ein infernalisches Geschrei. Er habe sie angegriffen, er habe sie unsittlich berührt, tobte die vormals langsam gehende Frau im mittleren Alter. Der dabeistehende Mann bestritt ein solches Vorhaben und war seinerseits ob dieser Unterstellungen entrüstet. Ich kam hinzu und wies auf den überlangen, seit einiger Zeit auf dem Boden schleifenden Schal der Dame hin. Beide schauten sich das Ende des modischen Langschals an, es war nass und schmutzig. Der Überholer hatte versehentlich auf das Ende des Schals getreten. Die Gemüter beruhigten sich und ich stand alsbald in der Bäckerei Verhoek. Dort schaute ich nach süßen Spezialitäten, die man mir verhökern wollte, und entdeckte in einem Körbchen auf

140

der Theke in Zucker gewälzte Krapfen. In dem Körbchen steckte ein Schild mit der Aufschrift: »Nach altem Hausrezept, mit Liebe gebacken«. Sofort flogen mich die seltsamsten Assoziationen an.

Mit Liebe gebacken, was heißt das? Bäcker, die Liebe machen und dabei backen? Wie geht denn das, auf dem Lotterbett seinen Trieben nachgehen und gleichzeitig mit einer Hand den Teig anrühren? Und was ist das denn für ein Teig, der im Bett entstand? Der Fehler in der Kommunikation besteht in einer undeutlichen, missverständlichen Wortwahl. Der Umgang mit unserer häufig metaphorischen Sprache läuft mitunter aus dem Ruder. In einer Zeit, in der »Jemand kennenlernen« nicht in der häufigen Begegnung und der Annäherung durch Gemeinsamkeiten besteht, sondern durch den spontanen gemeinsamen Sprung ins Bett, muss man sich nicht wundern, wenn zum Beispiel die Krapfen keine Käufer finden. Ich habe herausgefunden, dass man zwischen Verliebtheit und Liebe einen deutlichen Unterschied erkennen sollte. Verliebtheit oder Vernarrtheit kommt schnell und ist flüchtig. Eine Liebe entsteht über eine lange Zeit der Bewährung, indem zwei Menschen eine tiefe Bindung entwickeln, die sie zur Bewältigung großer Aufgaben befähigt, vor allem zum Zusammenwachsen auf einem langen gemeinsamen Lebensweg, dem eventuell auch noch Nachkommen entspringen. Das Schild im Krapfenkorb ließe sich wie folgt verbessern: »Gebacken mit Freude am traditionellen Rezept«. Ich habe die Krapfen aber vorsichtshalber doch nicht gekauft.

***

Wenn man unsere Sprache streng wörtlich nimmt, gerät man schnell an die Grenze der Vermittelbarkeit einer Aussage. Der Satz: „Er nimmt ein Bad in der Menschenmenge" wirkt urkomisch, wenn man sich den Badenden in einer Wanne, umringt von vielen Menschen, vorstellt. „Eine Leiche im Keller haben" wäre ein schlimmes, nicht nachvollziehbares Beispiel. Die gemäßigteren Metaphern wie „Jemand um die Ecke bringen", „Die Kurve kratzten", „Jemandem den Hof machen", „Ins Gras beißen" oder „Über die Wupper gehen" ließen sich problemlos und unspektakulär inszenieren. Auch die von meinem Vater verwendete Ausdrucksweise ließe sich ohne größeren Aufwand praktizieren. Seine Ermunterung, mit dem Essen zu beginnen, war eine gute Gelegenheit für mich Zehnjährigen, eine Metapher nicht allein sinngemäß zu verstehen, sondern auszuprobieren, was passiert, wenn man sie wortwörtlich in die Tat umsetzt.

Also saßen wir bei Tisch und vor uns standen unsere Suppenteller, die soeben gefüllt worden waren. Mein Vater ermunterte mich: „*Hau rein.*" Worauf ich reinhaute - in die Suppe. Sie verteilte sich spritzend über den Tisch und mein Vater haute auch - aber mir eine rein. Darauf antwortete ich mit einem mittelmäßigen Geschrei. Meine Mutter kam mir zur Hilfe, trocknete meinen, von der Suppe nassen, Ärmel und warf meinem Vater vor, mich grundlos geschlagen zu haben, denn er habe mich zu meiner Aktion angestiftet. Hatte er aber nicht. Zum „Reinhauen" musste mich keiner anstiften, das konnte ich damals bereits ganz allein. Danach habe ich mich köstlich über den Effekt meiner Demonstration gefreut und verstanden, wie Komik funktionieren kann. Das war ein zunächst ernüchternder, langfristig aber wegweisender

Erkenntnisgewinn und ein hilfreicher Schritt zu meiner Karriere als Schelm.

Für ernsthafte Lyrik hatte ich kein Talent. Alle meine Versuche wurden zu Lachnummern. Vor ein paar Monaten war ich darüber derart niedergeschlagen, dass ich beschloss, mich selbst nur noch zu siezen. Nach einem weiteren Fehlversuch verfiel ich bereits dem Gedanken, mich nur noch in der dritten Person anzusprechen. Letztlich akzeptierte ich, dass ich nicht alles kann, aber auch, dass ich was kann, duzte mich fortan wieder und beherzigte meinen alten Grundsatz: Vertraue dem eigenen Stand und mache ihm Ehre.

Durch mein Interesse an dem, was uns von einer früheren Zeit verblieben war, dachte ich frühzeitig daran, die alten Bilder, Negative und Dias in einer möglichst guten Qualität zu scannen und mit mehrfacher Sicherung digital abzuspeichern. Leider war bei alten Freunden wenig von den alten Dokumenten zu finden. Einer hatte gar alle Mittelformat-Negative, die er mit einer für die damalige Zeit anspruchsvollen Kamera belichtet hatte, weggeworfen. So wenig zeitgeschichtliches Interesse war mir nicht verständlich. Musste ich lernen, dies zu verstehen?

Aber was ist uns denn noch geblieben, von der alten Zeit? Ein Rest Gesundheit, ein lieber Mensch zu Hause und oft die Kinder, gar Enkel; überdies noch Verwandtschaft in mehreren Generationen. Wer nichts von all diesem hat, ist ein armer Mensch; mit oder ohne Bilder. Diesem bleibt allein die ständig blasser werdende Erinnerung.

Ein solcher Sentimentalitätsanfall war stets ein lohnendes Motiv der heiteren Dichtung. Gemäß meiner alten Einsicht: »Es sei deprimierend, sich altern zu sehen – erbaulicher

hingegen, wenn man dabei lacht« nahm ich mich des Themas
an und verfasste ein Aufraffen:

Unsre Bank, sie steht allein,
das Herbstlaub schließt sie langsam ein.
Vorbei der Worte schöner Schein,
nie wird es so wie damals sein.

Da steht und fault die alte Bank,
an ihr sind alle Planken krank
und wer empfände großen Dank,
der krachend durch die Latten sank.

Ein Fluchen und ein spitzer Schrei.
Beendet wär die Zärtelei.
Wer je davon betroffen sei -
mit der Romanze wär's vorbei.

So hielte ich's für kultiviert
und altruistisch talentiert,
wenn irgendwer sich engagiert,
der unsre Bank mal repariert.

Denn mahnte ich nicht immer wieder:
Was auf Erden wär perfider,
als man stürzte bös' hienieder
und wird Liebesinvalider.

Unsere unbestimmten Wege – Arnold – Der Eingriff – Vom Glück

Die Wege der Menschen in der Rückschau, ein guter Mensch in Lumpen, ein Besuch an der Stätte ohne Wiederkehr und die Illusion vom Glück.

——

Zu Hause holten mich dann die alten Geschichten ein. Gewiss, man darf die gemeinschaftlichen Aktivitäten der jungen Jahre nicht idealisieren und sein Seelenheil in der Vergangenheit suchen. Zeit ist eine Eigenschaft unseres Universums und viele Erlebnisse in vielen Zeiten sind besonders viele Erlebnisse. Wir sollten nicht klagen.

Für die Teilnahme an unseren damaligen Unternehmungen musste sich keiner bewerben. Wir waren auf unserer ersten Tour durch die Moorniederungen mit unseren sechzehn Lebensjahren bereits wach genug, einen gleichaltrigen Menschen einschätzen zu können, um keine Überraschungen zu erleben. Mathias und Jakob kannten sich damals bereits neun Jahre, ich kannte die beiden seit vier Jahren und Herbert war uns seit zwei Jahren bekannt. Georg hatte es am schwersten, denn er musste sich auf vier Leute einlassen, von denen er zwei einigermaßen kannte. Es ging gut. Wir waren unternehmungslustig und spaßfähig. Dass uns der Sport nicht auf die Fahne geschrieben stand, merkten wir wenig, und dass dort in großen Lettern das Wort »Unbekümmertheit« stand, bemerkten wir auch nicht. Vor unseren Touren fragten wir nicht nach dem technischen Zustand der Räder, das musste jeder selber erledigen. Wir hatten zwar Flickzeug, ja, aber weder Ersatzreifen noch sonstige Ersatzteile dabei.

Weitergehende Planungen gab es nicht. So stand nicht fest, ob wir einen Lagerplatz finden könnten, von dem wir nicht am nächsten Morgen wieder vertrieben würden. Ging ja alles gut, auch der Kontakt zur Dorfjugend war dann hilfreich, aber wir wussten es vorher nicht. Darüber hinaus hätten besorgte Gemüter nach den Unbilden des Wetters fragen können, und was hatten wir dabei? Noch nicht mal ein ausreichendes Zelt. Auch die Qualität des Flusswassers hatten wir nicht hinterfragt. Angesichts all dieser Unzulänglichkeiten stellt sich die Frage, ob umfängliche Organisation und Vorsorge ein Stück von dem Reiz des Abenteuers genommen hätten. Ich wagte es nicht, einen imaginären Aufenthalt auf einem Campingplatz zu beschreiben. Die unterschiedlichen Mentalitäten der Mitglieder führten häufig zu erheiternden Situationen. Streiche, Anschläge und Scherze zählten ebenso zu den Gewürzen unserer Reisetage wie gegenseitige Hilfe, gemeinsame Tätigkeit und Müßiggang beim Sonnenbad, umringt von wildem Kraut und brummenden Insekten. Danach kam die Abkühlung im Wasser der Aller.
Naturnähe und Improvisationstalent waren kennzeichnend für uns in unserer nach Sonnenöl, Zigaretten und Holzfeuer riechenden Zeit im Grünen. Dabei trugen wir diese Eigenschaften nicht vor uns her: Wir hatten schlicht nichts anderes und kamen mit den Gegebenheiten zurecht.

Am Nachmittag dieses Tages ging ich zu einer Apotheke und kaufte nochmal ein Fläschchen mit der erheiternden Tinktur, die mir meine Unwohltäterin empfohlen hatte. Zu Hause empfing mich Meike mit der erfreulichen Ankündigung, selber Krapfen zu backen. Mehl. Hefe, Eier und gutes Frittieröl waren im Haus. Da lacht das Herz, wenn es

Selbstgemachtes gibt. Draußen ereignete sich indessen etwas, von dem ich erzählen will.

***

Arnold war ein armer Mann. Welcher Schicksalsschlag ihn auf die Straße geworfen hat, wusste ich nicht. Wo er übernachtete, konnte ich nicht sagen. Er ging zwar nicht jeden Tag, aber öfter unsere Straße entlang, mal in die eine, mal in die andere Richtung. Seine Bekleidung, die graue Jacke und die russische Pelzmütze sahen abgerissen aus. Die Hochwasserhose ging soeben über die Knöchel und die Schuhe, sei's drum, ich trug schließlich selbst meine uralten Latschen am liebsten. Arnold hatte stets ein freundliches Gesicht, welches die Züge eines meiner alten Jugendfreunde hatte. Mitunter blieb er stehen und schaute sich das Treiben auf der Straße an. Er hatte nie einen schwankenden Gang und sah auch nicht sonderlich ungepflegt aus, denn sein Bart bedeckte den Großteil seines Gesichts und seine langen Haare stauten sich auf seinen Schultern. Wie er durch den Winter kam, war unbekannt. Manche Leute munkelten, er sei reich und führe bewusst ein Leben als asketischer Philosoph. Mir war aber klar, dass es viele Gründe gab, die einen Menschen von der Piste der kollektiven Rennerei ins Kiesbett werfen konnten. Arnold war schlicht ein freundlich wirkender Mensch, mit dem niemand redete.

An einem Herbsttag spielten die Kinder von Steiners auf der Wiese vor dem Haus. Der Kleinere saß im Sandkasten und füllte die Tiergestalten darstellenden Förmchen mit feuchtem Sand und schlug sie um. Wenn er trockenen Sand einfüllte, gelang es ihm nicht, eine erkennbare Tiergestalt auf die

Sitzkante des Sandkastens zu schlagen. Dann erforschte er interessiert die Gründe für diesen Effekt. Der Ältere war flink auf seinem blauen Roller unterwegs und versuchte noch flinker zu werden, indem er auf der Wiese beginnend mehrfach um das ganze Haus fuhr, um den Roller danach auf der Wiese abzulegen. Vor dem Haus waren die Kleinen öfter, denn die Wiese unter den beiden Zedern wurde zur Straße hin durch eine ungefähr eineinhalb Meter hohe Hecke begrenzt und Frau Steiner warf häufig einen prüfenden Blick vom Balkon hinunter. An einem frühen Nachmittag gab es dort ein Riesengeschrei. Frau Steiner eilte die Treppe hinab und bemühte sich, die Lage zu erfassen. Dem Durcheinander aus Heulen und Klagen beider Kinder entnahm sie mit ihrem mütterlichen Gehör, dass ältere Kinder aus der entfernteren Nachbarschaft den Tretroller der Kinder entwendet hatten. Die Kleinen waren untröstlich, aber die Mutter wollte die Diebe nicht verfolgen; sie durfte ihre Kinder nicht alleine lassen. Ich stand auf dem Balkon und schaute auf die ganze Szene, soweit es der Blick durch die Zedernäste zuließ. Frau Steiner klopfte ihrem Kleineren die Spuren des Sandkastens vom Overall und sammelte Förmchen, Schaufel und Eimer ein. Ihr Älterer beruhigte sich nur langsam, da stand unerwartet eine bärtige Gestalt in feldgrauer Jacke und Hochwasserhosen vor dem Haus und hielt mit der rechten Hand den gestohlenen blauen Roller am Lenker. Er stand lediglich dort und sprach kein Wort, als Frau Steiner ihn bemerkte. Ihr Großer lief auf ihn zu und rief: „Mein Roller, mein Roller." Der Mann gab dem Kind seinen Roller, drehte sich um und ging seiner Wege. Frau Steiner lief ihm nach, um sich bei ihm zu bedanken, aber er sagte kein Wort, gestikulierte mit den Händen

einige geheimnisvolle Gesten und ging. Auf meine Nach-
frage erzählte Frau Steiner, dass die seltsamen Gesten des
Bärtigen Ausdrücke in Gebärdensprache waren und dass es
Arnold war - der Engel in speckiger feldgrauer Jacke.

***

Seine Kinder zu schützen, ist eine wichtige Aufgabe aller Eltern. Wie sowas auf ganz andere Art erreicht werden konnte,
zeigte eine Beobachtung beim Einkaufen.

In unserem Supermarkt schaute ich nach der Haltbarkeit einer luftgetrockneten Salami, als mir ein ungefähr vierjähriges
Mädchen auffiel, das sich an einem Einkaufswagen festhielt
und offenbar auf seine Mutter wartete. Es dauerte nicht lange,
bis eine ältere Dame die Kleine ansprach: *„Ja, sag mal, bist
du ganz alleine?"*, worauf das Mädchen mit lauter Stimme
entgegnete*: „Hau ab, du Arschloch*!" und dabei die Dame
mit ausgesprochen feindseligem Gesichtsausdruck anschaute. Diese wich, ob solch unerwartet barschen Tons, zurück: *„Ja, sag mal. Also nee sowas!"* Es dauerte nicht lange,
bis der Vater der Kleinen erschien und einige Waren in den
Wagen legte. Die empörte Dame fragte ihn: *„Sagen Sie mal,
was kennt denn ihr Kind für unmögliche Worte?"* Der Vater
schaute seine Tochter nur kurz an, um sich danach mit ver-
gnügter Miene an die derangierte Dame zu wenden: *„So ist
sie nun mal!"*, worauf diese mit einem fassungslosen *„Also,
das ist doch!"* reagierte.

***

Bald darauf ereilte mich das Schicksal all derer, die den Ta-
lenten der Humanmediziner hilflos ausgeliefert waren, kurz,

149

es zwackte in der rechten Leistengegend. Das alles wäre halb so schlimm, stände nicht bereits in meinen Genen geschrieben, dass ein wütender Kaffernbüffel harmloser sei als eine Injektionsspritze. Das langwierige Prozedere der Voruntersuchungen belastete meine Nerven bis an den Rand des für einen Stoiker erträglichen. In allen noch so freundlichen Weißkitteln sah ich folterwütige Furien mit Spritzen in den Händen, die mich zappelnde Kreatur allseitig durchbohren, ja aufspießen wollten, und mit listig beruhigenden Worten meine verständliche Gegenwehr zu lähmen suchten. Zudem ergingen sie sich mir gegenüber in detaillierten Beschreibungen der geplanten Eingriffe, als wenn es ihnen nicht genüge, mich angstdurchflutetes Handtuch auf dem Schlachtbrett zu haben. Als wenn sie mich nicht nur mit scharfen oder gar stumpfen Werkzeugen metzgen, sondern durch Schilderungen ihres martialischen Tuns meinen angsterfüllten Blick auf das eigene Ende zwingen wollten, um sich an meinem jämmerlichen Anblick zu delektieren. Höllische Gestalten, wie einem Gemälde von Hieronymus Bosch oder einem Schreckbild unserer Badezimmerbodenfliesen entsprungen, tobten durch meine Fantasie und hinterließen eine Spur des Chaos. Nie hatte jemand meinen empfindlichen Leib berührt; nie wurde, mit Ausnahme des Nägel-Schneidens und der zweifachen Zahnentfernung, je eine Operation an mir vorgenommen. Nie beugte ich mich den sadistischen Bedürfnissen besagter weißer Erscheinungen. Bis heute. (Meine Unwohltäterin beim Zahnarzt war der Erinnerung nach damals hellblau gekleidet.) Nie betrat ich je gerne ein Seuchenhaus, auch als Besucher nicht.

Jetzt war es also so weit. Nach äußerer Inaugenscheinnahme des Ortes ohne Wiederkehr führte man mich in ein Zimmer mit leeren Betten, deren Insassen bestimmt längst in Kühlfächern lagen. Zu meiner letzten Stunde musste ich ein gemustertes Totenhemd überwerfen und in der vor Angst zitternden Erwartung, auf einem Operationstisch zwangsfixiert zu werden, fuhr man mich in eine, meines wiedererwachenden Interesses würdige, technisierte Umgebung. Dort war ich mit der Beobachtung dessen, was mir widerfuhr, gut abgelenkt. Dann kam jemand und sagte: *„Hier, riechen sie mal"*, was ich dann auch gerne tat, und --------.

„Ist er schon wach?", hörte ich aus der Ferne jemand rufen.

„Ja, bün ik, wann geiht dat denn los?", rief ich zurück.

„Se sünd fardig un kaamt nu na de Statschoon."

So ein Platt wurde in der Hölle nicht gesprochen. Ich war also noch da, und die Freude darüber beruhigte meinen angsterfüllten Leib. Alle waren nett zu mir, auch der neue Zimmernachbar. Auf meinen Hinweis, dass ich schnarche, zeigte er mir sein Hörgerät. Selbst die Damen und Herren in Weiß sahen nicht mehr bedrohlich aus. Zwei Tage sollte ich dort noch verbringen und musste lediglich die Mittagsmahlzeiten überleben. Dazu fielen mir folgende Zeilen ein:

Die Kesselwurst im Speiseplan
reizt immer den Survival-Fan,
weil er dann ausprobieren kann,
ob er es überlebt – Oh Mann.

Wochen später konnte ich meine neu erworbene Injektionsspritzentoleranz auf die Probe stellen. Die damals erforderlichen Abstandsregeln waren für uns höchst erstrebenswert.

Selbst regelmäßiger Knoblauchverzehr und die Wahl entlegener Reiseziele führten nicht zuverlässig zu einer erträglichen Distanz zu anderen Menschen. Damals hatten wir sie, wenn auch schwieriger Umstände halber. Insgesamt machte es fünfmal Pieks Fünfmal unterdrückte ich aufkommende Panik, jedes Mal leiser als zuvor, und mit jedem Mal wurde deutlicher, dass es die Angst war, die unter innerem Beben dahinschmolz. Die vorgeschriebenen Maultaschen halfen nicht allein gegen eine gefährliche Infektion, sondern hemmten auch die Verbreitung des Influenzavirus, hielten den Mundgeruch zurück und erübrigten kosmetische Gebissbehandlungen. Intuitiv wollte man sich schützen, aber man schützte sich nicht. Die Maulkörbe taten lediglich das, was Maulkörbe tun sollten; sie schützten andere vor meinem Biss, sprich, dem eigenen verseuchen Odem. Leider gab es noch keinen Filter gegen schwachsinniges Gefasel. Das Auftauchen jener kollektiven Bedrohung spülte dann einen giftzahnigen Bodensatz ans Licht, der sich als verwirrt und großenteils verschwörungsgläubig herausstellte.

∗∗∗

In unserem Supermarkt gab es eine Lotto-Annahmestelle, an der während unserer Einkaufszeiten häufig eine kleine Reihe derer standen, die ihren Reichtum mit legalen Mitteln erzwingen wollten. Dort stand auch Siggi Mauss, die wir beim Verlassen des Marktes kurz grüßten. Auf dem Parkplatz kam sie dann zu uns und berichtete von einem hektischen Arbeitstag im Standesamt, wo sie speziell an diesem Tag zur Verstärkung des Stammpersonals eingesetzt wurde. Es war der Tag mit dem besonderen Datum des 12.02.2021, einem

Spiegeldatum. Sie erzählte von einem regelrechten Andrang Heiratswütiger:

„Die Termine waren vergeben, nach einem Kaffee ginge es auch schon los. Vor allem die größeren Hochzeitsgesellschaften waren manchmal schwer zu beruhigen; es gab Ungeduld und Rücksichtslosigkeit. Nicht von den Hochzeitspaaren selbst; die Begleitungen konnten sich öfters nicht benehmen.“

„Was ist denn an dem Datum so außergewöhnlich?“, fragte ich.

„Das soll Glück bringen, obwohl Heiraten an einem solchen Tag doch nichts Besonderes ist. Wir hatten allein hier in unserer Mittelstadt schon zwanzig Paare. Wenn so etwas Glück bringt, wird es aber eng für das Unglück“, befand Siggi und lachte: *„Alles ist schön!“*

„Das regelt sich von selbst“, wandte ich ein, *„bei den heutigen Scheidungsraten ist noch reichlich Platz für das Unglück. Es kann auch sein, dass dieser so besondere Tag eher Pech bringt. Wer entscheidet das denn?“*

Da heiraten die Leute mit teilweise äußerst hohem finanziellem Aufwand, den sie dann abstottern müssen, schließen Eheverträge, weil man dem angetrauten Vertrauten nicht über den Weg traut und haut schließlich den ganzen Plan eines organisierten Lebenslaufes in die Tonne. Die Zukunft lässt sich nicht zuverlässig organisieren. Sie bleibt unberechenbar.

„Wenn Glück so schwer zu haben ist, sollten die Leute doch einfach mal Lotto spielen. Das ist billiger und man kann es jede Woche machen. Manchmal, ganz selten, gewinnt man

das Geld der anderen. Das macht dann glücklich", schloss Siggi.

Auf der Straße mit Line – Warmes Lächeln und kalte Hände – Sabotage

Die schwindende Hoffnung der Kindertagestätten, schockgefrorene Avancen und die letzten Mittel der Bedrängten.

———

Auf dem Weg zur Apotheke begleitete mich Line Schneider ein Stück des Weges. Vor uns sahen wir den Obst- und Gemüseladen von Harald Hillen, vor dessen Außenauslagen drei junge Burschen standen und sich die Früchte anschauten. Line und ich sprachen über einen blauen Tretroller, als einer der Burschen eine Frucht ergriff und mit seinen Kumpanen davon stürmte. Sogleich erschien Harald Hillen in seiner grünen Schürze vor seinem Laden und brüllte den beiden hinterher: *„Halt, stehenbleiben, Diebe, haltet sie."* Er lief den Bengeln ein Stück hinterher, aber seine enorme Leibesfülle bremste ihn bereits nach fünfzehn Metern schnaufender Bemühung. Er tobte: *„Verbrecher, Mörder!"* Welch eine Szenerie. „Eine Sache von Angebot und Nachfrage", dachte ich mir.

Auf der anderen Straßenseite wurde die zweite oder dritte Schulklasse von zwei Begleitpersonen zum Sportunterricht geführt. Line grüßte die begleitenden Lehrkräfte. Sie sagte: *„Die Heimes war zwei Wochen krank. Überall Personalmangel, alles am Limit."*

„*Sind denn Kinder nicht interessant?*", fragte ich.

„*Offenbar nicht. Die Politik kann alles versprechen, Häuser, Kitas und so weiter. Versprechen kann man alles. Meinen die. Ich kann aber nicht versprechen, Dich ewig zu lieben.*"

„*Du liebst mich?*", ich schaute sie mit gespielter Überraschung an.

„*Nein, das ist nur eine Metapher. Die Politiker können nicht sagen, dass es genügend Personal für die Kinderbetreuung geben wird. Sowas hat nie funktioniert. Wollen die hunderttausend Lehrer aus dem Hut ziehen? Da müssen die erstmal die Bevölkerung fragen, aus der das Personal kommen soll, ob die sich auch für Kinder interessiert. Wenn sich keiner für Kinder interessiert, können die Eltern nicht arbeiten gehen. Dann können Millionen Eltern ihre Lebenspläne in die Tonne hauen.*"

„*Das ist wahr*", bestätigte ich und unterdrückte die mir auf der Zunge liegende Ergänzung: „*Mir aber egal.*" »In die Tonne hauen«, das gefällt mir gut. Viele sind lieber Paketzusteller als Erfüllungsknechte für Selbstverwirklichungsphantasien. Den betroffenen Eltern bleibt lediglich der Hinweis auf ihr gesetzliches Recht auf Kitaplätze und das Jammern. Mit der gesetzlichen Zusicherung von ausreichendem Personal der Kitas hat der Gesetzgeber eine Leistung versprochen, die er nicht leisten kann, denn die Bereitstellung von Fachpersonal liegt außerhalb seiner Einflusssphäre. Wenn die Bevölkerung dies nicht hergeben will, dann is nich.

Wir sagten Tschüss. Line bog ab und ging durch den Grünstreifen zur Stadtmitte. Vor der Apotheke schaute ich noch einen Moment nach den ausgestellten Winterhelferchen im Schaufenster, mit denen Symptome bekämpft werden

sollten. Dabei hörte ich hinter mir einen Mann zu jemandem sprechen: *„Pass op. Kummt en Mann na 'n Dokter, üm sik ünnersöken to laten. Dorna seggt de Dokter: Se sünd en medizinsch Wunner. Se hebbt dree ...."*
Das Ende des Witzes wartete ich nicht mehr ab; Heiterkeit abzustauben war mir zuwider; so betrat ich die Apotheke und kaufte wieder ein Fläschchen «Grinsolin-forte»-Tinktur.

***

Lange blonde Haare und eine deutliche Oberweite waren die körperlichen Merkmale der dreiunddreißigjährigen Ellen Förster, die in den letzten Jahren meiner aktiven Betriebszugehörigkeit mit einigen Kollegen die vertrauliche Anrede pflegte. Ihre wiederholten Versuche eines Halb-Du mir gegenüber zeigte an, dass auch ich sie duzen sollte, aber ich wollte nicht. Was wäre damit gewonnen, eine blonde junge Frau duzen zu dürfen? Ich war nie ein Frauensammler. Ich wollte nicht - ich hatte bereits. Sonst einer mäßigen Nähe nicht abgeneigt, war ich in diesem Fall von geringem Kontaktbegehr. Außerdem sagte man mir nach, ich sei der Mann mit dem warmen Lächeln und den kalten Fingern; locken und schocken also. Aber das wusste die noch nicht. Als mir dann im Schwung der Arbeitserledigung am Telefon ein „Du" unterlief, antwortete sie mit einem langgezogenen: *„Na eeeendlich!"* Ich dachte: „Hoppla, --- na warte, noch sind wir kein Paar."
Zu Anfang meines letzten Betriebsjahres feierten wir unser alljährliches Abteilungsfest. Wozu das gut sein sollte, hat sich mir nie erschlossen. Eine vertrauensbildende Maßnahme schien es nicht zu sein, denn die würde schließlich auch Zwangsnähe bedeuten; das schied aus. Dann blieb nur noch

der Vergleich mit einem Dorffest: Freut euch des Lebens! So war es dann auch.

Im Hotel Hallscheidt wurde ein mittelgroßer Saal angemietet, Essen und Trinken inklusive; es fehlte an nichts. Da Meike wenig an vielen fremden Gesichtern interessiert war, ging ich alleine dorthin. Gegen achtzehn Uhr begann unsere Feier. Dazu begrüßte uns Christian Wensky, der auf einem kleinen Podium stand und mangels Mikrofon seine dünne Stimme bemühte. Eine Zeit lang stand man in Grüppchen herum und erzählte. Der Kaffee war genießbar und das Mineralwasser wollte ich später probieren. Bald erklang schreckliche Tanzmusik, worauf sich bald einige Paare auf einer Tanzfläche bewegten. Ich flüchtete vor die Tür, um meinem Gehör eine Verschnaufpause von den akustischen Gemeinheiten zu verschaffen.

Genüsslich an meiner Zigarette saugend, schloss ich meine Jacke hoch bis zum Kragen, als mir jäh etwas Kaltes an den Kopf flog. Nachdem ich mich gefangen hatte, raffte ich einen Schneeball zusammen und versuchte, meinen Attentäter, einen entfernteren Kollegen, zu treffen. So entwickelte sich eine schöne kleine Schneeballschlacht zwischen uns. Wir haben viel gelacht, mit roten Nasenspitzen und kalten Fingern. Als wir gemeinsam den Saal betraten, war die Tanzfläche voller Paare. Man warnte mich: Es sei Damenwahl. Im hinteren, dunkleren Bereich des Saales wähnte ich mich ausreichend verborgen. Doch fatalerweise stand in einer akustischen Pause unversehens Ellen Förster vor mir und ergriff mich am Ärmel. Dann zerrte sie mich auf die Tanzfläche und begann: Schritt-Schritt–Seit–Schluss. Indem ich rätselte, ob es sich dabei um einen Twist oder eine Polka handeln könne, tippte ich auf die bei Georgs Frau Gerdi und deren Tochter Jutta eingeübte Schrittfolge. Ich legte ihr mit einem warmen Lächeln meine linke Hand auf die schöne, unbedeckte Schulter, und --- Ellen mit spitzem Schrei bei aufgerissenen Augen einen schnellen rückwärtigen Schritt ausführte. Was war geschehen? Hatte ich Mundgeruch? --- Die kalten Hände! Die Schneeballschlacht! Wir tanzten dann nicht. Sie war wie gelähmt und fixierte mich mit Blicken, als hätte sie einen Stromschlag erlitten.

Nachdem Frau Förster als willkommene Handheizung ausgefallen war, ließ ich zwei Kaffees in einen Kaffeepott umfüllen und wärmte darin meine noch kalten Finger. Meike hätte angesichts der soeben erlebten Szenerie ihre Freude gehabt, sei es meines eklatanten Umgangs mit anderen Weibern wegen (so nennt sie andere Frauen) oder der Bestätigung ihrer Meinung, ich hätte ständig kalte Finger. Ellen und ich duzten uns weiterhin. Jemand erzählte ihr von meinem Ruf als der Mann mit dem warmen Lächeln und den kalten Fingern. Davon war sie dann auch überzeugt.

***

Bald wurde im Bürgerverein die Aktion „Unsere Stadt soll sauberer werden" vorgeschlagen, zu deren Organisation sich Holger Blumenkamp bereiterklärte. Es sollten diverse Gruppen teilnehmen, unter denen sich auch drei Schulklassen und zwei Seniorenteams befanden. Ihr Werkzeug, das aus Handschuhen, Greifzangen und Müllbeuteln bestand, wurde von einem ansässigen Textilbetrieb spendiert. An zwei Samstagen wollten wir – ich gehörte zu einer Seniorengruppe – im Stadtwald, im Stadtpark und in einigen Bereichen des Heidkamps gründlich saubermachen.

Wir - das waren einige Alte, die ich nicht kannte und ich - wurden im Stadtwald abgesetzt, wo wir uns sogleich ans Werk machten. Die mit dem Aufklauben befassten Helfer ergingen sich bisweilen in empört geäußerten Kommentaren zu ihrer Sammlung. Mir schwante, dass deren Meinung von der Sauberkeit der Stadtwaldbesucher abgründige Tiefen erreicht hatte. An dem mitunter vernehmbaren Schimpfen beteiligte ich mich nicht. Mir ging es schlicht um die Mitarbeit an einer guten Sache. Als wir in einem lichten jungen Eichenwäldchen auf von altem Laub bedeckte Autoreifen stießen, wurden diese mit einer Art Feuerhaken auf den nahen Weg gezogen, von wo man sie später abfuhr.

Hier stieß unsere Gruppe auf einige Schüler, die uns sammelnd entgegenkamen. Unter denen erkannte ich Kai, einen dreizehnjährigen Jungen aus der Nachbarschaft, dem ich vor Monaten verraten hatte, wie man Autobesitzer ärgern kann. Ich traute dem verwegenen Bürschchen durchaus zu, dass er danach Autos Kartoffeln in den Auspuff treten würde, und empfahl ihm, dieses nicht zu übertreiben und es vor allem nicht an einem Auto, dessen Nummer ich ihm aufgeschrieben hatte, durchzuführen. Dazu stellte ich ihm noch Hinweise auf weit perfidere Methoden in Aussicht, mit denen er Mitmenschen zur Weißglut treiben könnte.

Ich erinnere mich an eine Zeit, da wir jungen Angestellten unter einem Chef litten, dem jegliche Konzilianz abging. Er stellte für uns den Prototypen eines Unsympathen dar, obwohl er ein typischer Chef sein wollte, so wie er seine Vorbilder – die Chefs – gesehen hatte. Er spielte »Chef«, zulasten unserer Nervensubstanz. Vielleicht hatte er was an den Augen – oder nichts im Hirn. Jedenfalls rief er regelmäßig einen seiner Untergebenen zum Rapport in sein Büro, welches der soeben Gemaßregelte nach ein paar Minuten ein wenig angefressen wieder verließ. Meine Kollegen und ich überlegten, ob man den Mut aufbringen könnte, ihm nach einem dieser unbeliebten Gespräche eine deftige Flatulenz in sein Büro zu setzen.

An einem dieser Tage gelang es mir, zwei Wespen und einen dicken Brummer zu fangen und sie gemeinsam in einem kleinen Glas zu inhaftieren, um sie während eines anstehenden Rapports hinter meinem Rücken freizulassen. Als ich das Chefbüro nach der Freilassung besagter Insekten ohne Groll wieder verlassen hatte, hörte man eine ganze Weile durch die geschlossene Tür gedämpftes Schimpfen, Rumoren, merkwürdiges Klatschen und Ausstoßungen unappetitlicher Anmerkungen. Solch ein Anschlag gelang mir später nochmal mit einem ähnlichen Insektensortiment, wobei mein Chef von einer Wespe gestochen wurde und ich in der Folge seltener zum Rapport herein zitiert wurde.

Ich hatte Kai nicht angesprochen und er hat mich auch nicht nach weiteren Bosheiten gefragt. Ich beließ es dabei. Mittlerweile standen alle blauen Säcke mit Hinterlassenschaften auf dem Zufahrtsweg, auf dem sich meine Gruppe und eine Schulklasse versammelt hatten und die unfassbare Gedankenlosigkeit unserer Gesellschaft beklagten. Vor allem befand ich, dass sich die Schüler der Probleme des Mülls in der Landschaft bewusstwürden und ihrerseits ein anderes Verhalten bedächten.

Nach dem gemeinsamen Müllklauben ging jeder seiner Wege und ich fuhr zum anorektischen Verein. Dort wurde es spät und ich wollte gegen zehn Uhr abends den Wagen in die

Garage stellen. Dort angekommen stand das gleiche fremde Auto vor unserer Hofeinfahrt, das am Vortag schon einmal dort abgestellt wurde. Ich musste unser Auto auf der Straße parken, weil so ein Arsch …. In meinem Ärger fiel mir die Sache mit den Kartoffeln ein. Die hatte ich zwar nicht zur Hand, aber ein paar Häuser weiter standen Apfelbäume, unter denen eine Menge Fallobst lag. Ich hatte sowas zwar noch nie gemacht, aber es war ganz leicht.

Fasnet – Wintergrillen – Die Ich-Macke

Die Fastnacht, oder Karneval mit seinen Auswüchsen und eine soziale Idee, bei der es mir kalt den Rücken herunterläuft, der herrliche Narzissmus.

——

Im Stadtzentrum gab es einen Juwelier, dessen Schaufenster - sonst nie meiner Beachtung wert - durch eine stark augenfällige Veränderung mein Interesse weckte. Über Eheringen verschiedenster Ausführung, Broschen, Ohrendingern, Nasenringen, Halsketten und zierlichen Armbanduhren hingen monströse Masken, Karikaturen knochiger, zahnlückiger Menschengesichter mit stark überzeichneten, warzig hakennasigen Konturen, die einer Unterwelt zu entstammen schienen. Um mehr über diese Masken zu erfahren, betrat ich das Geschäft, in dem mich eine ungefähr vierzigjährige Dame begrüßte, die auf meine Frage in einer ausgesprochen affektierten Tonlage erklärte, dass diese Masken »Larven« genannt würden und dem alemannischen Brauch einer

Fastnachtsverkleidung entstammten. Sie wies auf den im Rheinland um diese Zeit gefeierten »Karneval« hin. Dass dort jedes Jahr die vierzigtägige Fastenzeit mit einem Massenbesäufnis eingeleitet würde, war mir bekannt. Ob die nachfolgende Fastenzeit von den feierwütigen Akteuren auch alkoholfrei begangen würde, durfte man bezweifeln. Dass es hier in unserer eher ruhigen Stadt auch die Neigung zu solcherlei Exzessen gab, war mir bekannt. Bereits Wilhelm Busch wusste: „Wer Sorgen hat, hat auch Likör.“

Sieglinde Mauss hatte während meiner Abwesenheit angerufen und nachgefragt, ob ich an einer dreitägigen Reise nach Düsseldorf interessiert sei. Sie und einige Kollegen wollten sich die dortigen Menschenaufläufe anschauen. Ich rief zurück, bedankte mich für ihre Aufmerksamkeit und sagte ab. Was sollte ich denn auch dort trinken? Mineralwasser? Und einen guten Kaffee wird man im ganzen Rheinland auf Tage nicht bekommen. Die Vorstellung meiner Teilnahme an einem solchen hochprozentigen Spaßerleben ließ mich erschaudern. Allein das Wörtchen „Spaß“ kam mir verdächtig vor. Man kann doch nicht ständig lachen. Ohnehin scheint der christliche Hintergrund dieses Festivals im kollektiven Bewusstsein entweder nie vorhanden, oder gründlich gelöscht worden zu sein.

***

Eines frostigen Morgens hörte ich im Hof recht deutlich eine Elster, worauf mich allein äußerste Selbstdisziplin davon abhielt, herauszugehen und mir das Gemecker zu verbitten. Der Grund für meine seltene Ungeduld war eine Einladung zum Wintergrillen. Diese Idee eines ehemaligen Kollegen, der auf diesem Weg alte Kontakte aufzufrischen gedachte, war mir nicht geheuer. Warum will der im Winter grillen? Riechen angesengte Leichenteile im Winter besser als im Sommer? Folgt er einer positiven sozialen Idee mit dem zweifelhaften Mittel einer kurzlebigen Mode? Nun, ich wollte mir das anschauen.

Der Einladende war mein ehemaliger Vorgesetzter Christian Wensky, der einen Kreis direkter und früherer Kollegen in seinem Heim in der Waldhauser Neustadt bewirten wollte. Als ich nach vorsichtiger Glatteisfahrt und mühsamer Parkplatzsuche gegen fünfzehn Uhr dort eintraf, saßen bereits einige Leute bei heiteren Gesprächen im beheizten Wintergarten. Es waren einige Ehegattinnen dabei; Meike hingegen wollte zu Hause bleiben. Ein Blick hinaus auf die Terrasse verriet durch den vom Wind hin und her gerissenen Qualm die fortschreitende Vorbereitung des Grills. Ich schaute mich um. Ruben Colditz war dabei, Sigmar Grabowsky, Wolfgang Haupt, Rolf Kemmerich, Tina Roth, Christine Weller und drei entferntere Kollegen. Eine Gestalt in dicker Jacke und Pudelmütze machte sich auf der Terrasse an blechern klingendem Gerät zu schaffen. Die Qualmwolken rissen jetzt ab und die Pudelmützengestalt trat ein; es war Christian. Mit zwei leeren Salatschüsseln aus Kunststoff in den Händen erhob er seine Fistelstimme und sprach zu unserer Runde:
„Liebe Kollegen, es ist aufgelegt und die Salatbar ist eröffnet.“
Während Sigmar Grabowsky mir von der betrieblichen Arbeit berichtete, stellte sich Colditz zu uns und hörte unserem Gespräch eine Weile zu. Als Sigmar dann zur Garderobe ging, fragte Colditz nach den Fortschritten meiner Dichterei.

Ich erzählte von einigen heiteren Stücken. Dann wollten wir uns des Salatangebotes bedienen. Bald standen alle Gäste dick bekleidet auf der Terrasse, werkelten an der Salatbar oder saßen unter freiem Himmel an einem langen Tisch.

Mittlerweile war das Grillgut fertig gebraten, denn Wensky hatte keinen Holzkohlengrill, sondern eine gasbeheizte, geschlossene Bratplatte, auf der die verschiedenen Fleischvorbereitungen brutzelten. Dessen hätte es auch lediglich einer schlichten Bratpfanne bedurft - es war kein Grillen. Diese Gedanken behielt ich aber für mich. Die Salate waren annehmbar, daher blieb ich dabei. Mein kaltes Mineralwasser wurde noch kälter; bald würden sich erste Eiskristalle auf dem Getränk bilden. Das Thermometer auf der Terrasse zeigte Minus 5 Grad Celsius an und meine empfindlichen Bürokratengriffel deuteten erste Erfrierungserscheinungen an. Am Terrassentisch saßen jetzt einige Gäste, die sich, unter ihren Mützen nicht wiederzuerkennen, mit blauen Händen an Spießchen und T-Bone-Steaks abarbeiteten. Einige genossen ein kühles Bier - endlich!

Tja, wir Karnivoren sind nah an der Natur!

Aus dem Getümmel war unvermutet eine Stimme vernehmbar, der meine Aufmerksamkeit galt. Karen Bauss! Ob die wieder mal so ein äußerst knappes Sommerkleidchen trug? Tat sie nicht, schade. Ihre schlanke Figur war in der winterlichen Verpackung allein mit einer ausgesiebten männlichen Fantasie vorstellbar. Den oberen Abschluss ihrer Gesamtgestalt stellte eine, sich von einer Schulter zur anderen erstreckende, zeltartige, riesige Kapuze dar, deren bogenförmiger Eskimopelzbesatz wie ein geheimnisvolles Tor wechselweise verschiedene Speisen einließ und die seltsamsten

Geräusche ausließ. Aus der dunklen Mitte des ihr Gesicht verbergenden Zeltes leuchtete eine von Frost gerötete Nase. Nach weniger als dreißig Minuten auf der mittlerweile nur noch von einigen Fackeln beleuchteten Terrasse verlagerte sich das Geschehen wieder in den beheizten Wintergarten, wo ich dann Reanimationsübungen an meinen Fingern durchführte. In meiner Nähe saßen Christine Weller und Wolfgang Haupt, die als Konstrukteure bereits lange Zeit an CAD-Geräten zusammengearbeitet haben. Wir führten ein längeres Gespräch, bei dem mir klar wurde, dass ich erst seit zwei Jahren im Ruhestand war. Das Prozedere in den Büros war mir noch in vielen Einzelheiten gegenwärtig. Zwischendurch begab ich mich nochmal in die Arktis, um eine Portion Eisbergsalat zu kosten und trank danach einen heißen Kaffee. Gegen zwanzig Uhr dankte ich Wensky für die Einladung und freute mich auf zu Hause. Meike hatte am Nachmittag einen Erbseneintopf aus meiner Produktion genossen. Die Glückliche!

***

Warum haben so viele Menschen das Bedürfnis, als Zeichen ihrer Existenz deutliche Spuren zu setzen? Ist es der Versuch einer zeitlichen Ausdehnung der eigenen Wirkungssphäre über den Tod hinaus? Dann und wann sind mir Menschen begegnet, die von der Vorstellung ihrer eigenen Größe ganz besoffen waren, ohne sich einer postmortalen Wertschätzung gewiss sein zu können, ohne in Erwägung zu ziehen, dass jemand ihr Denkmal anspucken, jemand ihr Grab schänden könnte oder der Name auf ihrer Grabtafel bereits nach wenigen Jahren verwittert und unleserlich würde. Sie hinterlassen zu Lebzeiten Spuren, nicht allein in der Gestalt ihrer geliebten oder ungeliebten, liebenden oder verachtenden Nachkommenschaft, sondern auch auf KFZ-Schildern, Unterschriften auf Dokumenten und Initialen im geschmiedeten Gartentor, auf dem Füllfederhalter und bei vielen anderen Gelegenheiten mehr. Was ist das für eine seltsame Ich-Macke?

Alle Menschen hinterlassen kollektiv Spuren ihrer Existenz. Überall findet man diese Spuren: in der überbordenden Technosphäre der Erdoberfläche, in der Klimaerwärmung und in den Fußspuren auf dem Mond. Bei einer derart extremen Überbevölkerung wie der unsrigen sind die vorbenannten Wirkungsmerkmale unvermeidbar.

Die nordamerikanischen Indianer dagegen hinterließen, nachdem sie ihren Lagerplatz geräumt hatten, möglichst wenige Spuren ihrer Anwesenheit. Dies taten sie aber nicht, um ihre Bescheidenheit innerhalb einer animistisch verstandenen Welt zu betonen, sondern um rivalisierenden Bevölkerungsgruppen keine Hinweise auf die eigene Spur zu geben, denn in Zeiten des Hungers wollte man sich die wenigen eigenen Vorräte nicht noch abjagen lassen.

Dieser Hinweis auf einen Nebenschauplatz wollte mich noch nicht aus der Frage entlassen, warum viele Menschen derart offen ihrem Selbstbildnis huldigten, dass der Verdacht der Selbstverliebtheit oder Egozentrizität nahe lag, was die Betreffenden jedoch nicht zu stören schien. Wie konnte ich bloß die Vergänglichkeit meiner, dem Staub anheimfallenden Existenz derart selbst beweihräuchernd ignorieren und mich der Illusion einer Größe hingeben, die weit außerhalb der mir anstehenden Skalen lag? Einzigartig ist alles im Universum.

Einzigartigkeit im Kontext gesellschaftlicher Werte allerdings wird von den Menschen durch ihre bis weit über das Lebensalter des Geehrten reichende Wertschätzung honoriert. Diese erfolgt stets vom Andenkenden zum Honorierten, und ausschließlich kranke Geister errichten sich ihr Denkmal selbst. Wäre es dann nicht besser, den Blick von sich auf das zu richten, was wirklich ewig lebt? Auf den Staub, der letzten und endgültigen Form unserer Existenz? Bei diesen Überlegungen zur Ewigkeit empfand ich mich jählings so seltsam berührt, als versuchte eine diskrete Verwandtschaft zu der Vorbenannten ihren Ausdruck in der Führung meiner Gedanken zu finden.

Die allerdings wurden unvermittelt durch ein seltsames Geräusch auf der Straße in die Realität zurückgeholt. Mein neugieriger Blick durch das Fenster bestätigte mein Sein im Hier und Jetzt.

Zwei Autos standen in untypischer Art aneinander gefügt auf der Straße. Rundherum Stille. Langsam entstiegen den Fahrzeugen einige Personen, von denen zwei telefonierend die Lage betrachteten und dann kurz miteinander sprachen. Zwei Passagiere aus einem der Autos warteten am Straßenrand, an dem sich einige Passanten einfanden, die nichts anderes taten, als auf zwei Autos zu schauen und ihrerseits zu warten. Ich wollte nicht auch noch warten, speicherte meinen Text auf dem Klapptop und holte mir einen Kaffee.

Dada, frühe Werke und die Formeln – Akrobatische Inklusion

Ein dadaistisch begabter Bekannter und alte Dichtversuche enden mit einer positiven Aussage und ein vereinnahmender Zirkusbesuch.

——

Auf dem Garagenhof begegnete ich Alwin Einhardt, dem Alter Ego von Archie. Die beiden verband das Interesse an historischen Automobilen. Auch er war ein norddeutsches Urgestein. Mein gebräuntes Gesicht ließ ihn einen reiselustigen Menschen in mir vermuten und so fragte er nach dem Ort, an dem wir unseren diesjährigen Urlaub verbracht hätten. Ich antwortete, dass wir keine Urlaubsreisen mehr machen, denn es gäbe keinen Menschen, der uns noch beurlauben könnte. Aber verreisen - so betonte ich - verreisen würden wir öfter. Alwin trug stets eine Sonnenbrille auf dem Kopf. Sie verlieh ihm ein Flair von Sommer, Sonne und Meer - auch an den dunkelsten Wintertagen. Als Raucher sammelte er die Zigarettenschockbilder und hatte es auf beachtliche vierzig Stück gebracht. Auf meine Frage, was ihm denn an diesen Ekelbildern liege, erklärte er, sie seien hübsch, voll ausgefallener Ästhetik und einer eigenen Ausstellung wert. Die Entscheidung der EU, statt der Inhaltswerte der Zigaretten diese Bilder auf ihre Schachteln drucken zu lassen, sei eine Bereicherung unserer an mutiger Kunst so armen Zeit. So ein Schlingel – aber ich verstand ihn. Der von Alwin angedeuteten dadaistischen Sichtweise auf die Kunst pflichtete ich mit einer Portion des mir bisweilen zu Gebote stehenden Zynismus entschieden bei, zumal mir daran gelegen war, nicht allein durch meine scherzhaften Versuche in der Lyrik, sondern bei jeder sich bietenden Gelegenheit den selbstdefinierten Anspruch der Kunst auf ihren hohen gesellschaftlichen Stellenwert zumindest teilweise infrage zu stellen. Das durfte Klaus Steineck aber nicht erfahren; setzte er doch große Stücke auf mein dichterisches Können. Ich wollte ihn nicht durch provokativen Unernst enttäuschen. Alwin und ich gingen um das Haus herum, sprachen über den von ihm mit viel Hingabe restaurierten PKW des Typs Glas 1204 aus den 60er Jahren und sagten Tschüss. Ich hatte bei der Papeterie Hauff ein paar Blocks mit karierten Blättern gekauft, denn der letzte wurde für viele Skizzen für meine vergeblichen Versuche aufgebraucht, ein wie aus dem Nichts aufgetauchtes geometrisches Problem mit den mir zur Verfügung stehenden geistigen Bordmitteln seiner Klärung zuzuführen, wofür ich Blatt für Blatt mit meinem umständlichen Gekritzel füllte und danach voller Ingrimm in den Papierkorb beförderte.

Wiedermal am Schreibtisch sitzend, verschob ich die Lösung des ebenso reizvollen, wie auch ärgerlichen Problems, zu dessen Erklärung die Fachleute höchstens einen Moment ihrer Zeit gebraucht hätten.

Draußen schrien, kreischten und knatterten die modernen Motorwerkzeuge der Schergen des Gartenamtes, um die zu einer wahren Pracht emporgewachsene Randbegrünung unserer Straße brachial zu disziplinieren. Ungezügelter Sprießlust musste unbedingt Einhalt geboten werden.

Ich schloss das Fenster und wandte mich älteren Texten zu, unter denen sich einige meiner frühen dichterischen Versuche befanden. Damals hatte ich noch keinerlei Scheu vor seichten Du-Reimen, was man folgendem Stück aus dem Jahr 2000 entnehmen kann:

Millennium - die Welt wird älter,
vieles endet und beginnt.
Die schnelle Zeit macht alles kälter,
so wie sie gnadenlos verrinnt.

Wie gerne hätt' ich Dir geschrieben,
gerne Dich nochmal geseh'n.
All die schönen Jahre blieben
im zwanzigsten Jahrhundert steh'n.

Millennium, - wie simpel magisch
ist diese Zahl schon ohnehin.
Mir scheint dabei noch eher tragisch,
dass ich einst fortgegangen bin.

In diesem Text hatte ich keine Person angesprochen, mir kam es allein auf die Stimmung an. Es war ein Nachruf auf die durch eine markante Jahreszahl abgetrennte, fantastische Zeit, die sich auch unerbittlich in unsere Körper geschrieben hatte. Während wir, unter einem strengen Zeitdiktat fortwährend in unserer Arbeit vertieft, nur ein- oder zweimal pro Jahr in eine Welt hinausfahren konnten, die unseren Vorstellungen von einem Paradies ein Stück näherkam, entdeckten wir auch die ersten grauen Strähnen an unseren Schläfen. Im Rückblick unterteilten wir das sich kontinuierlich ändernde Lebensgefühl in, für solche epochalen Beschreibungen sich anbietende Dekaden, welche durch die prägnanten Eigenarten unserer damaligen Lebensumstände charakterisiert wurden.

Meine Dekaden trugen verschiedene Farben. Die besten der vorbenannten frühen Werke entstanden in den blauen 90er Jahren, um danach über Jahrzehnte im Schrank zu liegen, bis sie teilweise mit viel Mühe zu einem besseren Ende fertig geschrieben wurden.

Die ausgehenden 90er Jahre waren auch durch die mehrfachen Besuche bei unserer ehemaligen Kollegin Fenna Tenhoff gekennzeichnet, die, einer eigenwilligen Küche mächtig, bei Gelegenheit einem Kreis ihrer Kollegen kulinarische Eigenkompositionen zubereitete, wonach ich mich, unter dem Einfluss des dort Erlebten, zu folgendem Vierzeiler ermuntert sah:

Es tobt im Bauche das Pomm Fritt
und reißt in seinem Schwange
alle Eingeweide mit,
durch die Hinterwange.

In der Tat wurde unser aller Gekröse durch die Zutaten ihrer Gerichte kräftig durchgeschüttelt. Insbesondere die indonesischen Gewürze ließen uns die Tränen in die Augen schießen. Man sagte den scharfen Gewürzen eine reinigende Kraft nach, welche, über den subjektiven Eindruck des Brennens auf der Zunge hinaus, von fachlicher Seite die Bestätigung eines desinfizierenden Effektes erfuhr.

Fenna, einem bäuerlichen Geschlecht entstammend, verließ unsere Firma, als sie ihrem belgischen Freund folgte und in seiner Heimatstadt eine Anstellung fand. Vielleicht war mein Zwölfzeiler auch durch ihren Fortgang motiviert.

Einige Blätter weiter hielt ich den Entwurf eines Dramas in der Hand, eher einer Legende. Es beschrieb den Untergang der Hafenstadt Saint Pierre auf Martinique, die am 8. Mai 1902 durch eine Glutwolke aus dem Vulkan Pelee vollständig zerstört wurde. Innerhalb weniger Minuten verbrannten 28.000 Menschen. Es gab nur 3 Überlebende. Noch wochenlang nach dieser Katastrophe war das Trümmerfeld so heiß, dass man es nicht betreten konnte. Dieser letzte Absatz sei ein Hinweis auf die nicht in jedem Fall heitere Natur meiner früheren Texte.

Die nachfolgenden Blätter enthielten eine größere Anzahl seichter Übungsreime.

Ich legte die Mappe beiseite, schaute kontemplativ eine oder zwei Minuten ins Nichts und sagte dann laut:

„*Ja!*"

Einen Moment später stand Meike in der Tür des Arbeitszimmers. „*Genau*", bestätigte sie mit strahlendem Gesicht.

***

Im Mai gastierte *Der andere Zirkus* in der Stadt und baute auf der Festwiese am Stadtrand in der Nähe der Sportanlagen sein Zelt auf. Meike und ich wollten diesen besonderen Zirkus besuchen und kauften im Bürgerbüro der Stadt unsere Eintrittskarten.

Am nächsten Tag betraten wir mit vielen anderen Gästen das Zirkuszelt und sahen anstatt einer erwarteten Manege eine Bühne mit davorliegendem Zuschauerraum. Nachdem jeder der rund dreihundert Gäste einen Platz gefunden hatte, ertönte eine Musik, die einer Komposition von Casimiro de Grooth ähnelte. Dann erschien ein Conférencier, an dessen rechten Hosenbein ein kleiner Hund wie wild zerrte und es dem Hosenbesitzer nicht leicht machte, sich auf der Bühne zu bewegen. Letztlich schaffte es der Ansager, mit dem Hund am Bein bis in die Mitte der Bühne zu gelangen und seine Moderation zu machen, während sich der kleine Hund von dem Hosenbein löste, daneben stellte und ein Hinterbein erhob.

Nachdem der Conférencier die Bühne für einen gewissen Gordios freigab, wurde ein Kasten von einem halben Meter Kantenlänge aufgestellt, dessen Deckel von alleine aufsprang, wonach erst ein mit grün-weißen Längsstreifen bemaltes langes Bein, dann eine mit gespreizten Fingern versehene Hand an einem ebenso mit Längsstreifen bemalten, langen, schlanken Arm sich nach oben erstreckend aus dem Kasten wanden. Danach hoben das andere Bein und die andere Hand ein kompaktes, dunkelgrünes Etwas aus dem Kasten, das sich unter beschwörenden Bewegungen der beiden Arme langsam zu einem menschlichen Körper ausformte. Gordios war ein Schlangenmensch, der in der Folge seinen Leib einem Rollmops gleich aufwickelte, sodass sich seine Nase vor dem eigenen Hinterteil befand und er, wie ich fand, einer ungewöhnlichen Ansicht seiner selbst teilhaftig wurde. Dieser Lage entsprechend war ein intensives Baderitual des Artisten unbedingt anzunehmen. Der Schlangenmensch wirbelte danach zu einer wilden Geigenmusik von Niccolo Paganini in einer Art Breakdance über die Bühne, um sich dabei dergestalt zu verknoten, dass er sichtlich Probleme bei seiner beabsichtigten Entknotung hatte, bei der ihm dann zwei Bühnenarbeiter und eine Krankenschwester halfen. Der Entknotete wurde von seinen Errettern, sehr zu seinem gespielten Widerwillen, zusammengefaltet und rabiat in seinen Kasten gezwungen, sodass sein Deckel sich nicht ganz verschließen ließ, was nach mehrfachem Nachtreten eines Arbeiters schnell behoben war.

Dann wurde der Kasten von der Bühne getragen, wonach eine uns gut bekannte Melodie von den Beatles erklang, zu der das Licht abgedämpft wurde. Überraschend erhoben sich zehn oder fünfzehn Zuschauer und sangen das Stück „*Because*" mit seinen langen Tönen. Wir saßen mitten in dem Klangkontinuum eines Chores, mitten in einem Edelkaraoke. Nach seinem Ausklang setzten sich die Sänger wieder und von allen Seiten wurden große Seifenblasen in den Raum geblasen, die das Zelt in einen immer enger werdenden Raum verwandelten. Gleichzeitig erschienen auf der Bühne zwei große, transparente Blasen von zirka zwei Meter Durchmesser, in denen sich je eine menschliche Gestalt bewegte. Dazu hörte man verhallte Rufe, scheinbar von den in den Ballons gestikulierenden Figuren. Mit Interesse versuchte ich, mir vorzustellen, wie man die Menschen in diese riesigen Luftballons gesteckt haben könnte, die jetzt begannen, über die Bühne zu laufen und sich einander anzunähern, wobei sich die Blasen bei jedem ihrer Schritte ruckweise fortbewegten. Nach mehrfachen vergeblichen Versuchen ihrer Annäherung erhoben die Gestalten ihre Hände und verrichteten Rätselhaftes über ihren Häuptern, mit der Folge, dass erst ihre Köpfe über den Ballons erschienen und dann der Rest ihrer Körper sich von den Ballons löste. Danach führten die befreiten Gestalten ein Tänzchen auf, wobei sie die großen und die kleinen Ballons in die Luft stießen und so die ganze Bühne in ein unübersichtliches Auf- und Ab vieler im Raum umher hüpfender bunter Kugeln verwandelten. Die ganze Nummer war ein lautes, vielfarbiges Spektakel, das durch reichlich

Applaus belohnt wurde, während die Ballons von der Bühne entfernt wurden. Eine sportliche Großleistung war es, die letzten durch das Zelt schwebenden Ballons einzufangen, was auch beinahe gelang. Zwei Ballons irrten auch während der folgenden Nummern noch durch das Zelt.

Der nächste Programmteil war als Umbaupause getarnt und nicht angesagt worden. Zwei Arbeiter trugen die bekannte Kiste auf die Bühne, öffneten sie, entnahmen ihr zwei Flaschen Bier und tranken je einen tiefen Schluck, erzählten, rülpsten und nahmen noch einen tiefen Schluck, bis der Conférencier erschien und die beiden lautstark und gestenreich in italienischer Sprache der Bühne verwies, indem er ihnen mit seiner rechten Hand drohte und mehrfach auf die Zuschauer hinwies. Einer der sich trollenden Kulissenschieber hinterließ dem Conférencier noch eine obszöne Geste, die von dem Vorbenannten verstanden wurde, worauf er dem Arbeiter, wild mit einem Stab fuchtelnd, hinterherlief.

Vor mir saß eine blonde Frau, von der ein Parfüm mit unangenehm weicher Note ausging, welches mich entfernt an ein Insektizid aus der Giftküche meines schrebergärtnernden Vaters erinnerte. Ihr Odeur wirkte wenig anziehend, letztlich uns ihm entziehend, indem Meike und ich zwei entferntere, freie Sitzplätze in derselben Reihe fanden, in der Hoffnung, das Programm genießen zu können, ohne in einen chemischen Kosmos gehüllt zu sein.

Durch diese Aktion entging uns ein Scherz des Conférenciers, über den die Zuschauer ausgiebig lachten.

Die nächste Nummer war eine sonderbare optische Erfahrung. Dazu wurde das Licht ausgeblendet, bis das ganze Zelt in Dunkelheit gehüllt war und nur von einem blau-violetten

Schimmer durchdrungen wurde. Auf der Bühne erschienen unter den Klängen einer Space-Ambiente-Musik jetzt zwei weiß-blau leuchtende Menschen ohne Unterleib, die verschiedene Figuren tanzten und mehrfach einen Salto zeigten. Dann kamen zwei Unterleiber mit langen Beinen dazu, die sich ebenfalls umtänzelten und unterschiedliche Sprünge vollzogen, bis sie mit den Oberkörpern gemeinsam tanzten und offenbar ihre Vereinigung zu zwei vollständigen Figuren anstrebten, was auch für einige Sekunden gelang, aber nicht von Dauer war, sodass die halben Menschen unter den harten Klängen der Musik nach allen Seiten auseinander stoben, sich umtänzelten und dann schließlich doch zu zwei menschlichen Figuren zusammenfügten, die eng umschlungen die Schlussakkorde der Musik illustrierten.

Während das Licht wieder hoch gedimmt wurde, gab es Applaus, in den ich nicht einstimmen konnte, denn ein weiterer stechender Parfümgeruch traktierte bereits eine ganze Weile meine empfindliche Nase. Entsprechend der mir eigenen misstrauischen Sichtweise legte dies die Vermutung nahe, dass nicht nur der Gesangsbeitrag, sondern auch die Duftimmissionen ein die Zuschauerschaft inkludierender Programmteil zu sein schienen. Ein flächendeckendes Wirkungsfeld von sinnlichen Effekten über die Zuschauer zu legen, war vermutlich die Absicht dieses alternativen Konzeptes. Sehen, Hören, Riechen. Was kommt jetzt? Das Fühlen wollte ich mir ersparen, daher gedachte ich, meine Frau um den Abbruch dieses Besuches zu bitten. Die jedoch kam mir mit der gleichen Bitte zuvor. Ich wunderte mich nicht selten über Meikes erstaunliche Intuition. Auch beim Verlassen der Sitzreihe wurde mein Geruchssinn durch verschiedene

chemische Angriffe hart geprüft. Ich wollte nicht als funktioneller Claqueur in die Abstiegsgeschichte der menschlichen
Kultur eingehen, obwohl – der Rollmops hatte mir ganz gut
gefallen.

Drifting in der Karibik – Courage – Wer war Blumenkamp?

*Wie man mit alter Musik eine Zeitreise begeht, ein Lehrstück für
mehr Selbstbewusstsein und das faire Verhalten zu einem unbekannten Bekannten.*

———

Die Türklingel riss mich aus der Tiefe meiner unterhaltsamen
Tagträume. An der Haustür zeigte mein Begrüßungsautomat
eine angemeldete Vorsprache an. Es stand aber kein Termin
an. Ich öffnete dennoch die Tür. Georg stand vor mir und
fragte:
*„Was hast Du denn hier installiert? Sowas hab ich ja noch
nie gesehen."*
„Das ist mein neuer Begrüßungsautomat. Fein was?"
„Gewöhnungsbedürftig. Wir waren verabredet."
„Ach ja, in der Karibik, na denn los."
In den Flussauen der Lumme gab es einen nicht im Entferntesten an einen karibischen Strand erinnernden Ort mit einer
aufgeschütteten Sandfläche, auf der viele Liegestühle unter
grob zusammengebastelten Sonnenschirmen aus Knüppeln
und trockenem Riedgras standen. Dazu gehörte eine Getränkebude, aus der nicht die zu erwartende Calypsomusik drang.

In der Lumme, die an dieser Stelle breit und tief war, konnten sich die Sonnenhungrigen abkühlen. Als wir uns diesen, bei jungen Leuten beliebten, Ort aus einiger Distanz anschauten, vernahm ich gut bekannte Musik: »Drifting – on a sea of forgotten Teardrops«, mit dem Sound einer unvergleichlichen Elektrogitarre. Ich ging zu der Getränkebude und fragte nach diesem Musikstück. Doch die junge blonde Frau wusste nicht, wie es heißt, aber es gefiel ihr: *„Es strahlt Ruhe aus. Wissen sie denn, was das für ein Stück ist?"* *„Ja. Und es ist vierzig Jahre alt"*, mehr verriet ich nicht; jeder Generation das Ihre. Im Fluss bewegten sich drei Köpfe langsam gegen die schwache Strömung an. »Drifting«, was das in mir losriss, ist nicht mit wenigen Worten beschreibbar. Aber es kommt auf einen Versuch an:

Es war im Frühjahr des Jahres 1979. Der Eingang zum Betrieb war nicht repräsentativ. Das Wetter war es auch nicht. Bäume und Büsche zeigten dennoch erstes Grün; wir hatten den zwölften März und es war trocken, aber kalt. *„Warum will ich mich denn von dieser Firma verabschieden?"*, ging es mir durch den Kopf. *„Ich komm ja bald wieder."* Die ganze Zeit klang wie eine Untermalung das Stück »Drifting« in meinem Kopf.

Wo ich hier mit meinem Fahrrad stand, genossen an warmen Sommertagen die Herren Riemann und Nessmer auf ihrer Bank die Mittagspausen. Als ich in einer dieser Pausen Pommes Frites kaufen wollte, kamen zwei junge Frauen aus dem gelben Hochhaus der benachbarten BOWAG und schritten im Gespräch vertieft auf der anderen Straßenseite an den beiden Kollegen vorbei. Eine von beiden war pummelig. Die beiden Senioren schauten den Mädels nach, wobei Nessmer mit seiner Pfeife im Mund kommentierte: »Matsch-Matsch-Matsch«.

Die »Graf von Sponek-Kaserne« ging mir nicht aus dem Kopf. Sie musste das aber, weil mein Kopf bald in die Kaserne ging. Nach Germersheim ist es weit.

„Ich geh da jetzt rein und schau mir alles nochmal an, bevor ich diese Szenerie nach eineinhalb Jahren als alten Kram abtue.“

Statt einer Schranke versperrte eine rotweiße Kunststoffkette die Durchfahrt zum Firmengelände. Morgens war sie stets beiseite geräumt, bisweilen wurde sie aber mit dem Beginn der festen Arbeitszeit aufgespannt. Wer zu spät kam, wurde vom Pförtner aufgeschrieben. Mir entgegenkommend erkannte ich eine deutlich kämpferisch in die Pedale tretende männliche Gestalt, welche jetzt die Kapuze seines Parkas tief ins Gesicht gezogen hatte und sich in beachtlich sportlicher Manier in die Kurve zur Einfahrt legte. In diesem Moment hatte der Sportsmann die Kette sehen können, aber er bremste nicht. Sein Vorderrad rutschte auf dem feuchten Untergrund zur Seite, der Fahrer krachte mitten in der Einfahrt unter blechernen Tönen mit Klingelbeteiligung zu Boden und rutschte mit dem Fahrrad bei Schürfgeräuschen unter der Kette hindurch am Pförtner vorbei auf das Betriebsgelände, wo er mit einigen seiner Gepäckstücke, die sich vom Fahrrad gelöst hatten, zum Stillstand kam. Nur seine Thermosflasche rollte noch ein paar Meter weiter. Ich stand indessen im Eingangsbereich neben dem rechten, gemauerten Torpfosten und sah, wie der Pförtner dem Akrobaten half, seine Knochen einzusammeln. Der sportliche Eindringling war ein Lehrling der Firma und wurde nebenbei als Zuspätkommender notiert.

„Glück gehabt, Schwein gehabt, Pech gehabt". Diese soeben demonstrierte Methode wurde vereinzelt von den Lehrlingen angewendet, um bei ihrer Verspätung einer Notierung durch den Pförtner und mithin den Sanktionen des Zuspätkommens zu entgehen.

Mein Rad mit der rechten Hand schiebend schritt ich zum Pförtnerhäuschen und sagte dem hilfreichen Portier, dass ich einen freien Tag habe und meine Berichtsunterlagen aus der Lehrwerkstatt holen müsse.

Auf dem Platz vor den Firmengebäuden lagerten die rostbraunen Profile und Bleche des stählernen Rohmaterials. Die Rundstähle waren entsprechend ihrem Werkstoff auf den Stirnseiten durch einen mehrfarbigen Anstrich markiert. Wenn die Fertigung ein Material brauchte, hatte man das bis zu fünf Meter lange Profil mit einem weinroten Kranfahrzeug vom Hof geholt und auf einem Rollengang abgelegt, der durch einen Mauerdurchlass in das Innere der ersten Halle führte. Dünnere, elastische Profile bogen sich am Kranhaken ein wenig durch. Der Transport über den Hof wurde durch den Platzwart Rostek begleitet und gesichert. Das Kranfahrzeug hatte an der Vorderachse große, breite Vollgummiräder an einer starren Achse. Die beiden hinteren Räder hatten ebenfalls eine Vollgummibereifung, waren aber lenkbar.

Auf dem Hof befanden sich auch die Fahrradständer. Jede größere Firma hatte solch eine Einrichtung, denn viele Kollegen kamen mit dem Rad, dem Bus oder mit der Bahn zur Arbeit, weil sie in der Nähe wohnten oder kein Auto besaßen. Die Firma hatte einen Gleisanschluss an die Schienenstrecke und bekam auf diesem Weg das schwere Rohmaterial angeliefert.

Bei den Fahrradständern angelangt, kam mir das Motorrad von Heinz Ossendorf in den Sinn. Er fuhr früher eine Honda SS50 mit Viertaktmotor. Als Heinz 18 Jahre alt wurde, kaufte er eine Honda CB 450. Dieses Wunderwerk der Technik stand früher stets in der Nähe der Fahrräder. Jetzt steht kein Motorrad hier. Ich schaute mich um. Es war ruhig auf dem äußeren Betriebsgelände. In meinem inneren Betriebsgelände hörte ich noch deutlich »Drifting« von Jimi Hendrix.

„Nimmst Du auch einen?", Georgs Stimme holte mich zurück.

„Was?", ich war noch nicht ganz da.

„Einen Cuba libre, nimmst Du auch einen?"

„Äh - gibt's den auch alkoholfrei?"

„Ich glaub, nich."

„Dann nich."

Wir schlenderten mit viel Zeit noch ein Stück am Lummeufer entlang und sprachen über Jakob, wie er in Polizeigewahrsam geriet, weil er einem gesuchten Gewalttäter ähnlichsah. Jakob machte gewiss einen verwegenen Eindruck, aber Gewalt - das konnte er nicht. Die Verwechslung hatte sich dann aber schnell aufgeklärt. Er war schlicht ein unterhaltsamer Pechvogel.

***

Eine Infektion hielt mich für eine Woche vom Schreibtisch ab, obwohl die Geschichte meiner Ausbildungszeit derzeit den Griffel glühen ließ. Ein Detail in der Erinnerung jagte das nächste. Damit meine Effektivität nicht litt, machte ich häufig Notizen zu Papier, die bald den Block zum Überlaufen brachten. An einer Stelle notierte ich einen längeren Absatz:

Im technischen Büro meiner Lehrfirma hatte ich für eine benachbarte Arbeitsgruppe einen Satz Unterlagen angefertigt und ging danach für zwei Tage in Urlaub. Als ich wiederkam, warnten mich gleichaltrige Kollegen vor einem bevorstehenden Donnerwetter. Meine Unterlagen waren an einigen Stellen fehlerhaft. Über den zuständigen Gruppenleiter berichteten sie: *„Der hat vielleicht getobt."* Was tun? Sollte ich mich wegducken oder flüchten, dann beißt er mich in die Haxen. Ginge ich aber furchtlos und früh auf ihn zu, um nach Unstimmigkeiten zu fragen, dann behielte ich meinen aufrechten Gang. Aufrichtigkeit war damals noch eine hochgeschätzte Eigenschaft. Also nahm ich all meinen Mut zusammen, ging zu dem Gruppenleiter und fragte nach den Mängeln an meiner Arbeit. Und siehe da, er wies mit ruhiger Stimme auf die Fehlerhaftigkeit der von mir angefertigten Unterlagen hin und ergänzte: Das dürfe nicht vorkommen.

Für mich war jene Zeit eine Lehrzeit in mehrfacher Hinsicht. Es gab viel zu lernen, und das Portemonnaie war auch leer. Fachwissen war das Eine und die persönliche Formung das Andere. Um Letzteres musste ich mich selbst bemühen, da ich damals wenig Unterstützung von den Erwachsenen darin erfuhr.

∗∗∗

In unserem Bürgerverein gab es einen Herrn Blumenkamp, der, obwohl hochgewachsen, durch seine Unauffälligkeit auffiel. Er meldete sich nie zu Wort und sprach, wenn überhaupt, nur kurze Sätze mit der Frau Seitz. Wer war Blumenkamp?

Sein Kleineifer in der Diskussionsrunde, gepaart mit dem Talent zu einer phänomenalen Farblosigkeit, ließen Zweifel an seiner Existenz aufkommen. Vermutlich hatte er nicht mehr als eine überschaubare Anzahl an Wechselwirkungen mit seiner Umwelt aufzuweisen. Dabei drängte sich der Aspekt seiner Umweltverträglichkeit auf und die Frage, ob bei der Erschaffung dieses Konsorten ein entsprechendes Gutachten erstellt und der Geburtsurkunde beigefügt wurde. Rätselhaft blieb jedoch sein reines Dasein als ein Wesen, das von jener Energie lebt, die es sich durch die Aufnahme von Material höherer Energie zuführt, um es als minderwertigen Reststoff abzuscheiden. In der Mitte verbleibt die Energie zur Aufrechterhaltung des Organismus; es ist unsere Kraft. Der Rätsel nicht genug war der vorbenannte Schweiger ein recht kräftiger Kerl. Vielleicht trug hier der Spruch: „In der Ruhe liegt die Kraft." Eine entferntere Vermutung, ihn dem Pflanzenreich zuzuordnen, war denn doch zu weit gegriffen. Obwohl er ein Baum von Kerl war, konnte er mitunter seinen Stand- oder Sitzort wechseln, was gegen letztere Theorie sprach. Auch fand man keine Wurzelreste an seinem Stammplatz. Außerdem wehrte er sich vehement gegen den Versuch einer Vereinskollegin, ihn zu gießen, geschweige denn zu pflücken.

Diese vielen Gedanken und das Getuschel über einen abwesenden Menschen muteten zwar lustig an, waren aber eine feige Gemeinheit. Indem man während seiner Abwesenheit über jemanden redet, erhebt man sich über ihn und macht ihn klein. Besser wäre es, ihn zu fragen. Wer war Blumenkamp? Ich fragte also Blumenkamp, was er so tut und wer er sei. Er lud mich zu sich ein. Ein paar Tage später ging ich zu Fuß zu der angegebenen Adresse und fand am Westrand unserer Stadt das Wohnhaus mit der Klingel seines Namens. Es war ein Mehrfamilienhaus, wie das unsere. Die Blumenkamps wohnten im Parterre. Nach der Begrüßung, auch durch seine Frau, wurde ich in ein dunkel möbliertes Wohnzimmer und von dort auf die Terrasse geführt, wo man mir einen Platz auf einer Sofaecke anbot; dann stellten wir uns einander vor. Der Achtundvierzig jährige war Vermessungstechniker und daher öfter in der Region unterwegs. Ich erzählte von meinem Interesse an der Astronomie, der Evolution und meinem Hang zum Stoizismus. Bei dem Wort »Stoizismus« merkte er auf. Eine junge Frau von höchstens achtzehn Jahren brachte ein Tablett mit vier Tassen Kaffee und grüßte mich. Vera, so ihr Name, war eine Tochter der Blumenkamps; sie setzte sich zu uns und verfolgte unser Gespräch. Bald kam auch Frau Blumenkamp hinzu und setzte sich ebenfalls. Sie trug ihre dunkelblonden Haare halblang und wirkte recht jung. Mein Gesprächspartner war, wie ich, entschiedener Anhänger der stoizistischen Philosophie und ging offenbar so weit in ihr auf, dass seine Zurückhaltung in einem spürbar deutlichen Kontrast zu dem üblichen Gequatsche stand. Unser Gespräch tangierte weiterhin die Kommunalpolitik und Naturschutzmaßnahmen im Bereich der Lumme. Nach rund zwei Stunden versprach ich Holger ein privates Wiedersehen; dann aber mit Meike.

Ich konnte nicht Abbitte leisten für die stillschweigende Toleranz von dummen Sprüchen, die über einen Menschen ausgegossen wurden; konnte mich lediglich heraus stehlen, aus der Schuld einer Schwäche, die nach noch Schwächeren tritt. Es war einfach nur deprimierend.

Felix – Ein Scheißtag – An der Raucherecke – Lines Gecko - Mondfinsternis

Wie man behindert, aber dennoch glücklich sein kann, über einen völlig misslungenen Tag, über Menschen im Gespräch, über ein kleines Tier und erstaunliche astronomische Effekte.

——

Meike und ich unternahmen häufig längere Spaziergänge durch das Plenter Bruch, bei denen uns mitunter ein fröhlich singender Jüngling begegnete, der, sobald wir uns ihr auf geschätzt dreißig Meter genähert hatten, verstummte, stehenblieb und uns im Vorbeigehen fixierte. Nachdem wir dann einige Meter entfernt waren, setzte er seinen Weg mit unbeschwertem, lauten Gesang fort. Der junge Mann trug einen Hut, der in Form und Farbe aus der Geschichte des Robin Hood bekannt war, selbst eine lange Fasanenfeder steckte darin. Da er eine heitere Erscheinung war, nannten wir ihn »Felix«. Bald grüßten wir ihn bei unseren Begegnungen, was er auch zurückhaltend erwiderte und fragte, was wir denn im Wald täten. So kamen wir zu einem sonderbaren Gespräch, wobei er auch verriet, in der Villa Waldeck zu wohnen. Die Villa Waldeck war eine Einrichtung des Landeskrankenhauses, welche verschiedene betreute Wohngruppen beherbergte, deren Angehörige in einer angegliederten Behindertenwerkstatt arbeiteten.

Um den Bestattungsort einer uns bekannten, ehemals dort beschäftigten Betreuerin zu erfragen, waren wir in früheren Jahren bereits einmal dort. Ich wartete damals, im Auto sitzend, auf dem Gelände der Einrichtung auf Meike, die im

Verwaltungsbüro nachfragte, als ein großer, stiernackiger, junger Kerl zu mir ans Auto kam und fragte, ob ich mit ihm spazieren gehen könne. Das brachte mich in Verlegenheit, denn einerseits wusste ich nicht um das richtige Verhalten im Umgang mit einem solchen Menschen, andererseits wollte ich ihm auch nicht ablehnend gegenüberstehen. Was tun? Glücklicherweise kam in diesem Moment eine geführte Gruppe junger Leute vorbei, die den bei mir Stehenden in ihre Runde aufnahm und weiterging.

***

Mein neues Talent zur Beschreibung menschlichen Umgangs fesselte mich wiedermal an den Schreibtisch, da mir eine Stimmungslage deutlich vorschwebte, die der Natur zwar unbedingt entsprach, deren Bedeutung aber durch eine Empfehlung relativiert werden sollte. So fing ich denn an:

Wenn zwei Leute tief bewegt
von Sympathie spazieren geh'n
und beide hoffnungsvoll erregt
sich tief in ihre Augen seh'n,
dann klären sie mit einem Kuss
was alle neu Verliebten fragen
und begeben sich zum Schluss
in die waagerechten Lagen.

Wer sich so im Glück befände
Auf den Wogen der Hormone, ----   Halt!

Der zweite Teil fiel dann meiner inneren Moralzensur zum Opfer. Er würde aber auf besonderen Wunsch eines Interessenten gesondert zugestellt. Der erste und der pflichtbewusst

186

indizierte zweite Teil fanden Aufnahme in meiner persönlichen Sammlung, die bereits eine stattliche Anzahl heiterer Rotlichtbetrachtungen enthielt. Hierin wollte ich meinem Idol Nikotinus nicht nachstehen.

***

Auf dem Rückweg von einem Fachgeschäft für Foto- und Videotechnik gab es kurz vor Waldhaus eine Behinderung. Einige Autos standen vor mir und passierten nach und nach einen durch kleine Warnschilder gekennzeichneten Bereich. Ein Motorradfahrer wurde gemäß späterer Darstellung durch ein Auto bedrängt und wich demzufolge in ein Maisfeld aus, wo er, offenbar ohne zu stürzen, nach einem Bremsweg von über dreißig Metern zu stehen kam. Auf dieser Strecke erlebte er eine unerwartete Art von Prügel. Als ich vor der Unfallstelle hielt, stand der Fahrer mit drei weiteren Personen am Straßenrand und ließ sich von einer korpulenten Dame in einem violetten Hosenanzug das Gesicht abtupfen. Es wies keine offenen Wunden auf, war aber gerötet und über alle Maße geschwollen. Die Maiskolben hatten ihm nach seinem Eintauchen in die Pflanzung so heftig das Gesicht gedengelt, dass es vermutlich nur eine geringe Ähnlichkeit mit seinem Passbild aufwies. Die einem Osterei ähnelnde violette Dame redete auf einen Dritten ein, der auf einer Tafel Schokolade herumtippte, während zwei weitere Männer das mäßig lädierte Motorrad auf die Straße schoben. Dann war auch die Polizei da. Ein Beamter fragte die Anwesenden nach Beobachtungen und sprach mit dem Motorradfahrer. Ich wurde nicht gebraucht. Nach meiner Heimkunft tranken meine Frau und ich Kaffee, dann fuhren wir zu dem bevorzugten

187

Hofladen in die Hofackerstraße, wo – Überraschung - auch die Ostereifrau einkaufte. Sie hatte einen verbundenen Fuß, weshalb ich sie fragte, ob sie die Sozia auf dem Motorrad war. Sie sagte, ich solle bloß aufhören, ihr reiche es. Ein Gemüsemesser sei von der Anrichte gefallen und danach im Spann ihres rechten Fußes stecken geblieben. Sie sagte, heute sei ein Scheißtag. Erst der Unfall vor ihren Augen, dann der Unfall zu Hause. An jenem Tag hielt sie sich vermutlich in allem sehr zurück.

***

Hinter dem Rathaus unserer Stadt gab es einen Raucherpoint. Dort standen öfter Verwaltungsmitarbeiter, die sich bei einer Zigarette kurz besinnen wollten. Solche Einrichtungen waren eine willkommene Gelegenheit, mit jenen Menschen zu sprechen, denen man in den Fluren nur wortlos flüchtig begegnete. Ich kannte diesen Ort und drückte dort, wenn ich in der Gegend zu tun hatte oder bei der Stadtverwaltung eine Formalität zu erledigen war, meine auf der Straße gerauchte Zigarette aus. So war das auch Ende Mai dieses Jahres. Eine Dame um die fünfzig sprach dort mit zwei jüngeren Männern:

„Sie brauchen doch kein Haus - ohne Kinder. Ich brauche auch kein so großes Haus, aber wir haben nun mal eins. Die Kinder sind längst ausgeflogen und ich hab ein großes, stilles Haus und sehr viel Hausputz. Allein das viele Staubwischen auf zwei Etagen.“

Der Hausinteressent schwieg dazu. Der andere junge Mann erklärte:

„Ich wische niemals Staub. Wo ich arbeite, liegt kein Staub, wo ich nicht arbeite, stört er mich nicht.“

Ein Herr reiferen Alters gesellte sich zu uns Rauchern und steckte sich eine Zigarette an. Er nahm ein paar Züge, dann meldete sich sein Telefon mit dem Badonviller Marsch, Hitlers Auftrittsmarsch. Ich schaute ihn fragend an, worauf er nach seinem Telefonat eifrig beteuerte, diese Musik nicht aus politischen Motiven gewählt zu haben. Die Hausdiskutanten verließen die Raucherecke, dafür kamen zwei laut lachende Männer aus dem Gebäude, die sich offenbar einen langanhaltenden Witz erzählt hatten und sich nicht beruhigen konnten. Jetzt wurde es Zeit für mich, einen langen Schuh zu machen. Ich betrat das Rathaus durch den Vordereingang und überlegte dabei, ob Lachen nicht doch eine Krankheit sei.

***

Line Schneider besuchte uns. Sie hatte sich aus Indien eine schöne Gesichtsbräune mitgebracht, wo sie mit Markus, einem nicht ganz neuen Bekannten, drei Wochen lang unterwegs war, um sehenswerte Orte zu besuchen. Vor allem das Taj Mahal hatte es ihr angetan. Von ihrem Hotel in Agra konnte sie meiner Frau und mir Seltsames berichten:

„Nach dem Einzug in unser Zimmer bemerkten wir einen Gecko an der Wand. Weil es für uns etwas ungewöhnlich war, in der Nacht einen kleinen Gast zu haben, versuchten Markus und ich, ihn zu fangen und rauszuschmeißen. Zwei Stunden brauchten wir dafür, bis wir ihn erwischten und auf dem Dach eines Anbaus aussetzten. Endlich schlafen! So eine Reise ist anstrengend, aber anstrengender wurde die Nacht. An Schlaf war zu denken, die Moskitos ließen uns keine Ruhe.

Ständig dieses Summen. Wir verkrochen uns unter die Bettdecken und ließen nur ein Luftloch frei. Aber im Schlaf deckt man sich wegen der Wärme ständig ab, und dann ging das Gesumme weiter. Morgens hatte jeder von uns Stiche im Gesicht, in der Kopfhaut, um die Ohren, auf den Handrücken und tiefe Augenränder hatten wir auch."

„Gab es denn keine Moskitonetze?", fragte Meike.

„In dem Hotel nicht, aber lass mich mal weitererzählen. An der Portiersloge fragte jemand, ob wir eine angenehme Nacht hatten. Dem haben wir was erzählt! Der Mitarbeiter fragte uns dann, ob wir denn keinen Gecko im Zimmer hätten. Wir erklärten, dass wir ihn rausgeschmissen hätten. Da meinte der Angestellte, dass es ein Fehler war. Der Gecko lebte da und jagte die Moskitos. Das Zimmer war sein Revier. Da hat es uns leidgetan, wie wir mit dem Tier umgegangen sind."

„Und habt ihr einen neuen Gecko bekommen?", fragte ich.

„Nein, die haben uns ein anderes Zimmer gegeben, mit Gecko. Ja, und dann ging es."

„Müssen die vom Hotel jetzt darauf warten, dass ein Gecko ein unbesetztes Zimmer findet, oder fängt man einen und setzt ihn im Zimmer aus?", wollte ich wissen.

„Das weiß ich nicht, vielleicht. Aber das Taj Mahal dort haut einen um."

Line erzählte dann von den anderen besuchten Orten und beschrieb Indien als eine sehenswerte Welt. Sie erzählte vom Ranthambhore Nationalpark, Harmandir Sahib und dem Jim-Corbett-Nationalpark. Sie und Markus waren bereits seit einiger Zeit ein Paar. Jetzt fehlte noch ihre Verbeamtung.

***

Anfang November gab es in Norddeutschland eine Mondfinsternis, die Georg, Gerdi, Meike und ich, ihr Mäuserich, vom Heidkamp aus verfolgen wollten. Der Mond stand theoretisch (man sah ihn nicht) sehr flach am Horizont, weshalb wir diesen übersichtlichen Platz gewählt hatten. Außer uns hatten noch ungefähr fünfzig weitere Leute die gleiche Idee. Wir standen einige zig Meter abseits dieser Gruppe und sprachen über Sonnenfinsternisse und die aktuelle Mondfinsternis. Dabei stellte sich die Frage, ob eine totale Mondfinsternis ein perfekter Vollmond sei. Diese scheinbar so widersprüchlichen Erscheinungen, so stellten wir fest, sind der gleiche Effekt, nur dass die genauere Erscheinung zum Schattenwurf auf den Mond führt und deshalb Mondfinsternis heißt. Danach drehten sich unsere Gespräche um die Sonnenfinsternis in ihrer perfekten Form. Mittlerweile suchten wir am gesamten Himmelsumkreis den verfinsterten Mond und fanden ihn längere Zeit nicht, bis in ungefähr zwanzig Grad Höhe und neunzig Grad Azimut ein Lichtschimmer auftauchte, der danach zu einem Halbmond und später zum Vollmond anwuchs. Gerdi und Meike fanden dieses Schauspiel enttäuschend. Tja, wenn man bei Dunkelheit der Dunkelheit zuschauen will, sieht man nicht viel.

„Sowas habe ich damals in Bad Gandersheim auch gesehen“, sagte Georg.

„Wann war das?“, fragte ich.

„Als ihr ohne mich an der Aller wart, neunzehn-achtzig.“

„Ja, genau, wir haben das auch gesehen. Aber unsere Stimmung konnte man in die Tonne hauen.“

Oje. Die Auflösung unseres Kreises damals wurde allen mehr oder weniger klar, als wir auf unserer letzten gemeinsamen

Fahrt zur Aller versuchten, die alte schöne Pionierstimmung, die sich über viele Jahre als robust erwiesen hatte, noch einmal herzustellen. Unsere Gruppe hatte sich vergrößert: Mathias, Herbert, Christa, Jakob und seine Schwestern Rita und Silke samt meiner skeptischen Wenigkeit wollten den leicht abgenutzten Klassiker nochmal wagen. Georg konnte wegen seines Kuraufenthalts nicht dabei sein.

Wir fuhren mit unseren Autos den bekannten Weg über Celle und Gifhorn. Das Aufstellen des wilden Camps machte keine Schwierigkeiten. Wir Kerle bewohnten das große Gruppenzelt und die Mädels schliefen in einem Kleineren. Die ganze Tour schmeckte nach dem Verrat an einem anfangs gut gelungenen Abenteuer. Langeweile kam auf und Jakob lackierte die Kotflügel seines weinroten VW-Käfers mit einem hellblauen Lack. Die Stimmung war gestört, etwas war anders. Was ich da erlebte, war nicht die altbekannte Art, zu campieren. Fehlte die gewohnte Spontaneität? Wenn sich früher Spannungen schnell auf und abgebaut hatten, so waren sie diesmal ohne jeden Anlass da und bauten sich nicht mehr ab. Misstrauen wehte wie der Hauch eines Menetekels durch unser Lager.

Da die Zahl meiner Urlaubstage nicht ausreichte, musste ich für zwei Arbeitstage nach Hause fahren. Freitagabend - ich war wieder da - drucksten alle herum. Jemand erzählte mir dann von den Heimlichkeiten, die Herbert und Christa in der Woche hatten. Ich interessierte mich früher für sie und war auch um sie bemüht - bald nicht mehr. Ich hatte mich in ihr getäuscht.

Gerdi, Georg, Meike und ich saßen noch auf ein Abendgetränk im Stadtwald-Cafe und klärten die Frage, ob die perfekte Sonnenfinsternis einem perfekten Neumond entspricht. Nachdem auf unserem Tisch ein Konstellationsmodell aus zwei Gläsern und einer Tasse Aufschluss über die Verhältnisse gegeben hatte, konnte das Thema mit allseitiger Zustimmung abgeschlossen werden.

Und meine Enttäuschung? Es war die Klärung meines Blickes auf einen mich betreffenden äußeren Umstand. Diese Art der Täuschung hatte ich mir selber zugefügt. „Ich habe mich in ihr getäuscht". „Ich habe mich" heißt nichts anderes, als dass ich einen Belang mit mir selbst auszumachen hatte. Wenn ich Enttäuschungen dieser Art hätte verhindern wollen, wäre es angebracht gewesen, fragliche Umstände längere Zeit als kritisch oder vorläufig anzusehen. Ich hätte dann keine Enttäuschung erlebt.

Nach allgemeinem Verständnis geht der Begriff »Enttäuschung« aber häufig zulasten dessen, der was mit mir macht, der mich enttäuscht hat, der für mich eine Enttäuschung darstellt. Dabei hatte ich selbst die Täuschung zugelassen.

Eine andere verbreitete Art der Täuschung ist ein perfider Akt, eine arglistige Täuschung, eine Art von Betrug. Diese findet man bei den Produkten der Lebensmittelindustrie ebenso massenhaft wie im übrigen Geschäftsverkehr. Dort wird verschleiert, geschönt und eben getäuscht.

Wörtlich genommen „enttäuscht" dann auch eine investigative Verbraucherberatung, wenn sie Täuschungen ihre Tarnung nimmt und sie auf diese Art aufdeckt. Sie macht, was sie soll, und enttäuscht den Täuscher. Uns jedoch nicht.

Abzocker und Bettler – „Besser Essen" – Arno im Eis

In dem ich über randständige Menschen, über einen appetitlichen Kurs und über ein vermisstes Kind schreibe.

——

Auf dem Parkplatz vor unserem Supermarkt sprach mich ein mittelalter, komischer Vogel scheinbar hocherfreut unseres Treffens an, wir seien doch Kollegen gewesen, haste schon vergessen, ganz schön lange her. Er drückte mir einige Werbegeschenke einer mir nicht bekannten Firma in die Hand und kam zum Punkt. Er müsse nach Frankfurt und ihm fehle Spritgeld, ob ich ihm eventuell aushelfen könne. Ich legte ihm seine Werbegeschenke auf sein Auto, sagte ihm, dass ich ihn nicht kenne, auch nicht im Mindesten kennenlernen wolle und er sich hinwegheben möge. Dann stieg ich in meinen Wagen, um heimzufahren. Dabei war ich nicht langsam, doch er war noch schneller beim Verlassen des Parkplatzes. Ein seltsamer Vorfall. Hatte er geglaubt, ich würde ihm eine Tankfüllung spendieren?

Auf jenem großen Parkplatz wurde man häufig auf zurückhaltendere Art von bettelnden Menschen angesprochen. Eine Frau im mittleren Alter war so mutig, auch an kalten Tagen in abgerissener Kluft barfüßig von einem zum anderen zu gehen und Geld zu erbitten. Wenn man ihr Schuhe gegeben hätte, wäre sie am nächsten Tag in diesen Schuhen erschienen? Ein Mann jüngeren Alters bat um kleine Spenden und rauchte dabei Kette. Andere boten sich an, den Einkaufswagen zurück in den Unterstand zu schieben. Die meisten jedoch standen oder saßen neben dem Eingang und grüßten freundlich. Woran hätte ich erkennen können, wer meiner Zuwendung würdig wäre?

Auf dem großen Parkplatz in der Innenstadt stand wie an vielen Tagen ein abgerissener Kerl, welcher die von ihren Besorgungen zurückkehrende Autobesitzer um ihre noch nicht abgelaufenen Parkscheine bat, die er Neuankömmlingen gegen eine kleine Spende anbieten konnte. Ein Obolus, so dachte er, wäre diese Dienstleistung wert. Auch bei meinem letzten Stadtbesuch stand ein solcher Mensch auf dem Parkplatz. Da der Ticketautomat außer Betrieb war, ging ich zurück zum Auto, um die Parkscheibe einzustellen.

„Danke schön, die Hälfte von den Ersparnissen könnten sie mir eigentlich spendieren!", rief die suspekte Erscheinung hinter mir her. Da ich nicht wusste, wie viele Messer er dabeihatte, fragte ich ihn nicht nach seiner Legitimation und seiner Leistung.

***

An einem regnerischen Maitag wurde der erste Teil eines VHS-Kurses zum Benehmen bei Tisch veranstaltet. Auch ich saß erwartungsvoll inmitten einer Schar Lernhungriger und harrte der Worte, die uns hoffentlich den Zugang zu einer höheren Kultur des Dinierens ermöglichen würden.

Viel zu häufig musste ich nach dem Frühstück mit meiner Frau die um mich herum und unter dem Tisch liegenden Krümel auffegen, zu häufig klebte ein Tropfen Marmelade an meinem Pullover und zu oft stellte ich mit Verwunderung fest: *„Ich kann ja noch nicht mal essen"*, wobei wiedermal ein Stück Gulasch vom Stuhl abzuwischen war.

Daher versprach ich Besserung und saß jetzt hier. Die vortragende Kursleiterin stellte sich als Ökotrophologin Vera Riebetanz vor. Sie war hochgewachsen, mindestens eins-achtzig, um die vierzig Jahre alt, und hatte blonde halblange Haare. Ihr ging der Ruf voraus, einer Dynastie berüchtigter Banausenschleifer zu entstammen. In einem typischen Klassenraum der örtlichen Hauswirtschaftsschule waren die Tische hufeisenartig, mit der offenen Seite zu einer Tafel angeordnet. An einer Raumseite standen Teller, Tassen, Besteck, Servietten und zwei Körbe mit Frühstücksutensilien auf einem Sideboard. Ein Platz war für ein Frühstücksmahl gedeckt. Die Riebetanz stand inmitten des Tischbogens und schaute uns schweigend an. Als sich der Geräuschpegel gelegt hatte, erhob sie ihre tiefe Stimme, stellte sich vor und fuhr fort:

„Wie sie alle aus großer Leiderfahrung wissen, ist ein zügelloses Hineindrehen der dargebotenen Speisen sowie der rücksichtslose Werkzeuggebrauch dabei nicht nur ungesund, sondern auch gefährlich. An diesem Tisch werden sie lernen, die erste Mahlzeit des Tages kultiviert zu sich zu nehmen."
Nach ihrer Rede gingen wir zu dem gedeckten Tisch und sie fragte, wer sich als Frühstückseinnehmender zur Verfügung stellen wolle. Eine junge Dame war schneller als ich.
Nachdem diese endlich korrekt auf ihrem Gestühl saß, wurde der eingedeckte Tisch erklärt. Dann lernten wir, wie bei gerader Körperhaltung die Speisen kontrolliert zum Mund geführt werden. Die beispielhafte Dame durfte demonstrieren, wie ein Brötchen zu teilen, ein Ei zu pellen und verschiedene Handreichungen durchzuführen seien. Der korrekte Umgang mit Messern und Scheren, das Verbot des

Marmeladenlöffelableckens, des Fechtens mit Würsten, des Rülpsens, Schlürfens und Gurgelns sowie des Umherspuckens von Fruchtkernen, weiterhin das Verbot lautstarker Emotionsausbrüche wie Lachen, Fluchen oder Schimpfen zwängten uns alle in ein ungewohntes Verhaltensgerüst, dessen Vorteilhaftigkeit sich nach der Meinung der Kursleiterin schon bald erweisen sollte. Die Beispielhafte kam nicht dazu, jene bei der Demonstration verwendeten Speisen einzuwerfen. Sie sollte ihren bisherigen Platz einnehmen. Da hatte sie Pech gehabt. Die Brötchen wurden vermutlich von der Riebetanz nach der Veranstaltung verschlungen. Mein Magen knurrte aufdringlich.

Frau Riebetanz las uns dann einen Absatz aus einer historischen Tafelschule vor, nach der auch das Kämmen der Haare, Schneiden der Fußnägel sowie der Gebrauch von Zahnstochern, außerdem das Misshandeln seiner Lakaien bei Tische unerwünscht war. Nach unserer aller Erheiterung ergänzte sie: *„Dies alles musste damals explizit verboten werden. Man kann sich vorstellen, wie es ohne diesen frühzeitlichen Knigge zuging. Sowas gibt es heute nicht mehr.“*

Aha. Ich schloss aus ihrer Rede, dass das Schneiden der Fußnägel, mindestens aber der Fingernägel, und das Verprügeln der Kellner heutzutage erlaubt sei. Abschließend erhob unsere Kursleiterin nochmal ihre tiefe Stimme:

„Ich habe Sie aus dem tiefen Tal der Fresserei auf den glorreichen Pfad zur kultivierten Einnahme einer Mahlzeit geleitet. Möge eine gehobene Umgangsform zu Ihrem erquicklichen Genuss beitragen. Vielen Dank, bis zur nächsten Woche im Kurs zu den Hauptmahlzeiten.“

Während mein Magen auf dem Heimweg immer noch bedenklich knurrte, überlegte ich, welchen Kellner man misshandeln könne, und nahm mir vor, nie mehr mit leerem Magen so einen Kurs zu besuchen.

∗∗∗

Kurz vor Zuhause traf ich Arno. Wir sprachen kurz miteinander. Der Mittzwanziger besuchte seine Eltern und seine Schwester hier in der Straße. Er wohnte mit seiner Freundin in Hannover und studierte dort. Ich kannte ihn schon lange, den Jungen aus der Nachbarschaft. Bei ihm zu Hause gab es vor vielen Jahren einen Skandal. Der von der Gemeinde bestellte Weihnachtsmann war im Kinderzimmer mit Arno und seiner Schwester allein, wo er ihnen eine Geschichte vorlesen und die Kinder nach ihrem Betragen über das Jahr hinweg befragen sollte, um ihnen danach Geschenke zu überreichen. Der liebe Weihnachtsmann jedoch hatte die Kinder mit seiner Rute verdroschen und auch den auf das Geschrei herbeieilenden Vater angegriffen. Jener vermeintliche Weihnachtsmann war besoffen und wurde von der Polizei abgeführt. Die Geschenke, die die Eltern vorher bezahlt hatten, waren unauffindbar. Arno und ich hatten persönlich nichts miteinander zu schaffen. Da lebt einer, wenig bemerkt, auch mal ganz woanders.

Als Arno neun Jahre alt war, führte die Lumme im Januar Hochwasser, welches auch die Auen in eine Seenlandschaft verwandelte. Die Kinder gingen gern dorthin, um in den viel zu großen Gummistiefeln ihrer Eltern durch das Wasser zu waten, und hatten dabei stets die elterlichen Warnungen im Sinn. Nie war eines von ihnen allein dort, stets gingen sie zu dritt oder viert, nie fehlte abends eines der Kinder. Während das Wasser noch hoch stand, setzte dann strenger Frost ein, der sich zwei Wochen lang hielt. Viele Leute holten ihre Schlittschuhe aus der Garage und erweckten ihre eingerostete Geschicklichkeit auf dem tragfähigen Eis der überschwemmten Wiesen. Wann hatte man hier zu Hause schon dieses Vergnügen? Bald ging das Hochwasser zurück, wobei es aber kalt blieb. Mit dem schwindenden Wasser legte sich die Eisfläche auf den buckeligen Wiesengrund. Das schwere Eis folgte dem unebenen Grund, brach und wies bald großflächige Buckel und Senken auf. Bei einsetzendem Tauwetter verstärkte sich noch die Anpassung des Eises an die Untergrundkontur, indem das Eis zu kleineren Schollen zerbrach und noch genauer die unebene unter ihm liegende Wiese nachbildete.

An einem dieser Tage war Arno nicht um sechzehn Uhr zu Hause. Es wurde dunkel und die besorgten Eltern machten sich auf die Suche nach ihrem Jungen. Auch einige Nachbarn waren mit ihnen in den Lummeauen unterwegs und riefen nach Arno. Hier und dort sah man Taschenlampenkegel in der Landschaft aufblitzen. Doch es dauerte zwei Stunden, bis jemand ihn auf einer Eisfläche in knapp einem Kilometer Entfernung hörte und fand. Er war auf der buckeligen Eisfläche in eine tiefere Mulde geraten und konnte in seinen Gummistiefeln die nassen, schrägen Eisplatten nicht hochsteigen. Bei jedem Versuch, die Senke zu verlassen, rutschte er auf halbem Weg die schiefe Eisfläche wieder hinab. Bei Tageslicht wäre er weithin sichtbar gewesen, denn die Mulde war nur einen Dreiviertelmeter tief. So konnte er nur rufen und auf Hilfe hoffen. Es ging ihm gut, aber er hatte kalte Füße.

Ich wünschte Arno noch alles Gute, mit einem Gruß an seine Eltern. Dann ging jeder seiner Wege.

Mein Käsekuchen - Carlas Symbol – In der Schmiede

Eine eigene konditorische Kreation, von einer zutiefst persönlichen Verletzung und einer ehrrührigen Behandlung durch einen ehrenamtlichen Handwerker.

——

Zu Hause war ich der Koch und Meike die Bäckerin. Unsere bevorzugte Gemüseküche bereitete mir keine Probleme. Die Backarbeiten meiner Frau allerdings beobachtete ich häufig mit großer Bewunderung. Ihr Umgang mit den vielen Ingredienzien sowie ihr großes Talent, mit den Geh-, Ruhe- und Backzeiten umzugehen, forderten mir höchsten Respekt ab. Meine Geschicklichkeiten beim Kochen bezogen sich dagegen nur auf unterschiedliche Garzeiten und Ofenzeiten. Deshalb fragte ich Meike, ob ich nicht auch einen Kuchen backen dürfe. *„Nur zu"*, meinte sie und ich lud sie zur Beobachtung meiner Arbeiten und als Ersthelferin dazu ein. Es sollte ein Backpflaumenkäsekuchengebäck in einer besonderen Ausgestaltung werden.
Zuerst musste ein Mürbeteig angerührt werden, bei dem das Rühren so beschwerlich war, dass ich die Teigbrocken kurzerhand mehrfach durch den Fleischwolf drehte und eine wunderbar körnige Struktur erzielte. Nachdem der Teig eine Stunde geruht hatte, war ich auch ausgeruht. Dann hieß es, einen Boden und eine hohe Wand daraus zu formen und in

die Backform einzusetzen. Den Boden habe ich bis zum Erreichen der richtigen Stärke kräftig mit dem Koteletthammer traktiert, und da ich in Walztechnik bewandert war, walzte ich mit einer Rolle einen schönen Teigstreifen, der sich trotz seiner enormen Höhe gut in die Form einsetzen ließ.

Dann kam das Blindbacken. Die vorbereitete Form wurde mit trockenen Erbsen aufgefüllt, die nach dem Blindbacken entfernt werden mussten. Mir war nicht klar, warum man das so machen musste, aber ich vertraute dem Rezept. *„Nein, nein, hilf mir nicht, hilf mir nicht, ich will das selber machen"*, war öfter meine Rede. Also verband Meike mir unter halblaut glucksenden Heiterkeitsgeräuschen die Augen und ich bugsierte die Form in den vorgeheizten Backofen. Danach führte sie mich auf das Sofa. Bis die Backofenuhr zu hören war, verging eine endlos lange Zeit in der Finsternis, mit der Gelegenheit, mir über die wunderlichen Geheimnisse der Backkunst den Kopf zu zerbrechen.

Nachdem sich meine Augen an das Küchenlicht gewöhnt hatten, nahm ich die Isolierhandschuhe und zog das Zwischenergebnis meiner Bemühungen aus dem Ofen, mit dem Erfolg einer strahlenden Frau an meiner Seite. Die Teigwand, teilweise stark abgesenkt oder aus der Form gefallen, war mittelbraun und schien gelungen; wunderbar. Danach rührte ich die Quarkmasse an und gab reichlich Backpflaumen hinein. Die Backzeit, Auszeit und Entnahmezeit waren strengstens einzuhalten, also ging ich vorher auf den Balkon, um eine Zigarette zu rauchen. Als ich wiederkam, hatte Meike schon die Stoppuhr bereitgelegt. Also los.

Nach dem Einschieben des Käsekuchens rührte ich die Masse für die von mir ausgedachte Verzierung an. Dazu schlug ich mit dem elektrischen Quirl die Sahne steif, die, nicht steif genug, mit Gelatine doppelsteif gemacht wurde und mit reichlich Chilipulver ihren Charakter bekam.

Da Meike, die es nicht an Ermahnung fehlen ließ, kurz außer Hause war, um Besorgungen zu machen, entnahm ich den fertigen Käsekuchen alleine dem Ofen. Er sah prachtvoll aus, wie eine gelbe Wüste, die von tektonischen Rissen durchzogen, mit vielen dunkelrotbraunen, an Termitenhügel erinnernden und über die Fläche verteilten Strukturen versehen war. Dann konnte ich meine auf einem Blech vorgeformte Verzierung in den Ofen einwerfen. Als sie fertig war, versuchte ich, den unförmigen Fladen in die erwünschte Form eines rosa Stinkefingers zu bringen, was nicht gelang, weil die Masse zu fest war. Was tun? Handwerklich bewandert malte ich die erwünschte Kontur auf die Masse und sägte sie mit einer Laubsäge aus. Als ich fertig war, hatte Meike ihre Besorgung erledigt, betrachtete meinen Käsekuchen und war stolz auf mich − sagte sie. Den ausgesägten Stinkefinger klebte ich dann auf die Mitte meines Backpflaumenkäsekuchengebäcks.

***

Carla, die Kollegin aus dem anorektischen Verein in Waldhaus hatte einen Knoten. Nicht in ihrem Taschentuch und nicht in ihrer Brust. Sie hatte einen Knoten an der Anhängerkupplung ihres Autos und der war unglaublich dreckig. Es war früher ein Halstuch, aber seit längerer Zeit entnahm es bei jedem Regen den Dreck aus der Gischt der Straße. Seit über einem Jahr sah ich ab und zu ihren, allein an dem verknoteten Halstuch erkennbaren Wagen, wenn er auf einer häufig gefahrenen Bundesstraße vor mir fuhr. Während einer

202

Zusammenkunft des Vereins betrat ein Vereinskollege die Diskutierstube und fragte Carla: *„Haste deinen Knoten in der Wäsche?"* Carla schaute ihn überrascht an, sprang auf und lief hinaus. Wir sahen uns an: *„Wat hat die?"* Als Carla nach fünf Minuten wieder hereinkam, sagte sie nur: *„Ich hab es verloren"* und wirkte spürbar derangiert. Ein anderer meinte geringschätzig: *„Der Lappen"*, worauf Carla vernichtende Augenblitze auf ihn warf. Nach über zwei Stunden gingen wir alle hinaus, um uns voneinander zu verabschieden, als eine Kollegin rief: *„Das Tuch, es ist wieder da!"* Carla ging um ihr Auto und sah das frisch gewaschene, um die Anhängerkupplung geknotete Halstuch. Sie sagte leise: *„Jemand hat es angefasst."*

Ich ging zu Klaus Steineck, zog ihn auf die Seite und fragte gedämpft: *„Wat hat die jetzt schon wieder?"*

„Lass sie – Ein verletztes Symbol", raunte Klausi.

Auf dem Heimweg nahm ich zu Fuß eine Abkürzung durch eines der örtlichen Gewerbegebiete. Auf dem Gelände einer metallverarbeitenden Firma lief ein Schäferhund hinter einem Zaun ein Stück des Weges mit mir und blieb ganz ruhig. Als ich stehenblieb und ein paar Worte mit ihm sprach, schaute er mich an und drehte den Kopf ein wenig nach rechts. Welch eine wunderliche Kommunikation; wenn ich doch bloß mehr Übung im Verständnis seiner Gestik, seiner Sprache hätte. Ob Tiere auch Symbole kennen? Wohl nur durch Training. Aber „Symbole", ging es mir durch den Kopf, die gibt es doch überall. Gesinnungssymbole, Friedenssymbole und die vielen Symbole der Religionen, der Stern, der Leuchter, das Kreuz und die Taube. Und Carla hatte offenbar auch ein mit einem Tabu behaftetes Symbol, das für sie allein Bewegendes bedeutete. Als ich dann zu Hause war, ging mir eine schöne, melancholische Melodie durch den Sinn. Sie war von Casimiro de Grooth, dem Mann, der durch die Hose atmet.

***

Während unseres Besuchs des Hufschmiedemuseums in Helstorf hatte ich dann ein seltsames, mein Innerstes berührendes Erlebnis. Als wir die historische, bis in die sechziger Jahre betriebene Schmiede in einem alten Haus betraten, beherrschte ein in der Mitte des Raumes stehender mächtiger Amboss die Szenerie. Rechts daneben befand sich die Esse mit einer Wärme ausstrahlenden Kohlenmulde und überall waren an den Wänden Halterungen mit den unterschiedlichsten Zangen zu sehen. Weiterhin stand zur linken Hand eine große, grobe Werkbank mit einem hohen, beinahe schnörkelhaft ausgeformten Flaschenschraubstock sowie Wandhalterungen mit einer großen Zahl von Gesenken, Form- und Trennwerkzeugen. Daneben lag eine Anzahl verschiedener Setz- und Schmiedehämmer. In der Mitte dieses nach vertrautem Kohlenbrand riechenden Raumes stand ein riesiger Kerl mit haarigen Armen und einem umgebundenen Lederschurz. Der Hüne stocherte in der Glut der Kohlenmulde herum, als wendete er einen kleinen Gegenstand darin.

Als einige Leute in der Schmiede standen, zog er mit einer groben, langen Zange einen kleinen, hellrot glühenden Gegenstand aus der Glut und prügelte mit mächtigen Schlägen auf das kleine Teil ein, wobei er es mit der Zange, die er mit der linken Hand geschickt haltend, mehrfach wendete und drehte. Bereits nach kurzer Zeit konnte man einen länglichen, flachen Gegenstand erkennen, der mit dem weiteren Bearbeitungsverlauf zunehmend einem Messerblatt ähnelte. Bald legte der Schmied sein Werkstück wieder in die Glut und fragte in die Runde, wer denn auch an dem Amboss arbeiten möchte.

Ich drängelte mich vor und er gab mir einen Lederschurz. Danach nahm er mit einer großen Zange ein anderes rotglühendes kleines Teil aus dem Feuer, legte es auf den Amboss und reichte mir die Zange sowie einen kleineren Hammer, mit dem ich eifrig auf das Teil einschlug. Dabei machte der Schmied allerlei Anmerkungen zu der nötigen Kraft, die ich leider nicht hätte, und dem ebenfalls nicht gegebenen Sinn für Gestaltung. Dadurch beschloss ich, ihn auch zu demütigen, und nannte ihn einen gemüts-indolenten Dengelknecht und ausgemachten Rossklopfer.

Nach dieser kraftraubenden Demonstration sollte ich das Teil nummerieren. Dazu gab mir der mittlerweile rot angelaufene Hämmerling eine sogenannte Schlagzahl. Es war die »Vier«. Diese sollte mit einem noch kleineren Hammer auf das Werkstück geschlagen werden, was mir allerdings nicht gelang. Also fragte ich den brodelnden Hünen in Dunkelgrau, ob er mir die »Vier« mal reinhauen könnte, worauf er sagte, ja, er könne mir viermal eine reinhauen, ergriff mich an Revers und drohte mit seiner Rechten. Dann sah ich sie wieder, die schmutzige Hand vor meinem Gesicht, die schmutzige Hand meiner Visionen und Anwandlungen. Was tun? Was tun?

Nun, ich ergriff die schmutzige Hand mit meiner Rechten, schüttelte sie, bedankte mich für den äußerst lehrreichen Schmiedekurs und wünschte dem Herrn Schmied sowie seiner ganzen Familie einen schönen Tag. Dann eilte ich außer Griffweite des Barbaren. Bei unserem Handgemenge hatte mir das Aas beinahe einen Ärmel ausgerissen.

Auf der Rückfahrt gratulierte mir Meike zu der gelungenen Vorstellung und fragte, warum ich ihn denn so provoziert hätte. Ja, das wüsste ich auch gern, erwiderte ich nachdenklich, aber im Banne der ungewaschenen Hand war mir schlicht danach.

Daheim ging mir die Symbolik durch den Sinn, und es war naheliegend, dass die ungewaschene Hand meiner Anwandlungen ein Symbol darstellte, dessen Gehalt und Bedeutung ich noch nicht durchschaute.

Gefährliche Girlanden – Bei Maria Sommer – Wellen auf der Theke – Der Witwenerschrecker

Ein Unfall vor dem Kindergarten, meine Flucht vor platten Avancen, meine Bemühungen, in einer Apotheke Gehör zu finden und um eine Stellvertretung im Theater.

———

Einige Tage später musste ich wegen einer Computerangelegenheit in die Stadt und kam auf dem Rückweg an dem Kindergarten unseres Stadtteils vorbei. Die dortige Betriebsamkeit war bereits aus einiger Entfernung vernehmbar, und kurz darauf sah ich die mit Girlanden geschmückten Hecken des Horts, vor denen einige Kinder mit einer Betreuerin hin und her liefen. Als ich näherkam, erkannte ich den Grund für deren Tun: Eine Girlande aus vielen bunten Dreiecksfähnchen, wie sie auch bei Schützenfesten gebräuchlich waren, hatte sich bei dem starken Wind von der Hecke gelöst und wehte quer über die Straße, weshalb die Betreuerin und die Kinder versuchten, diese einzuholen. Indessen näherte sich ein aus dem nahen Schrebergartengelände eingebogener, hagerer Mann im Rentenalter mit zwei Blecheimern an seinem Fahrradlenker langsam und raumgreifend auf der Fahrbahn mäandrierend diesem Szenario. Indem sich die Girlande um seinen Hals legte, machte er einen gefährlichen Schlenker mit dem Lenker, strauchelte und stürzte unter undefinierbaren Mischlauten mit Klingeltönen und Blecheimerscheppern, das in sekundenwährendes Schürfen und Ächzen überging. Dabei verteilten sich einige Ackerfrüchte über die halbe Straße. Die Anwesenden erstarrten zunächst, liefen dann aber zu dem auf der Straße sitzenden alten Herrn, der sich langsam aufrichtete und unfeine Worte ausstieß: *„Fähnchen, Girlanden, was soll denn das!"*

„Unser Kindergartenfest", erwiderte eine Kinderfrau.

„Ach Kinder! Ich hasse Kinder, die können mich kreuzweise, ihre Kinder. Ich hab mich hier grad wegen eurem Scheißfest auf die Fresse gelegt", wetterte der Gestürzte.

„Aber -- die Kinder sind doch unsere Zukunft", wandte die Kinderhirtin fassungslos ein.

„Ich hasse die Zukunft, scheiß auf die Zukunft", schimpfte der Gestürzte, schaute sich seine Handballen an und zog die Luft zwischen den Zähnen ein. Die erste Kinderfrau kam mit einem Erste-Hilfe-Kästchen herbeigeeilt, doch der alte Herr stellte sein Fahrrad auf, korrigierte den Lenker, indem er das Vorderrad zwischen seine Beine klemmte, und hängte die Eimer daran. Zwei oder drei Kinder sammelten die auf der

Straße verstreuten Gartenerträge auf und füllten sie in einen
der Eimer. Ein Auto, das vor den hin- und herlaufenden Kindern gewartet hatte, fuhr weiter. Dann ging der Senior mit
den beiden Kinderhirtinnen, sein Fahrrad schiebend und umringt von Kindern auf das Kindergartengelände, lehnte sein
Rad an eine Hauswand und betrat, mit den Frauen sprechend,
das Haus.

***

Zu Hause war ein Brief an die Eltern eines ehemaligen Kollegen zu schreiben, den ich über die vielen Jahre aus den Augen verloren hatte und von dem ich mir Hilfe bei der textli-
chen Rekonstruktion unserer Sturm- und Drangjahre erhoffte. Die Sommers zogen damals in einen anderen Stadt-
teil, und Gerhard machte eine Schlosserlehre in Diepholz.
Dafür war er viel mit dem Bus unterwegs. Seine heutige Adresse war mir nicht bekannt. Mit einer Melderegisterauskunft
hatte ich allerdings die Adresse seiner alten Eltern erhalten.
Damals hielt ich mich ab und zu bei Gerhard Sommer auf. Er
rauchte nicht, trank nicht und war ein guter Kumpel. Seine
Schwester Maria war klein am Wuchs und groß an der
Klappe. Sie hatte undurchschaubar wechselnde Liebschaften.
Damals deutete sie mir an, dass ich auch noch an die Reihe
käme, und riet mir: *„Du musst auch kämpfen"*, will sagen:
alles bezahlen. Für mich war es denkbar grenzwertig, ihren
Vorstellungen zu folgen, ohne mich auf das Niveau eines
nützlichen Idioten zu begeben.
An einem Februarabend bei den Sommers sprachen Gerhard
und ich über den Kommunismus und die Terroristen der
RAF, wobei er in seinem Sessel einschlief. Da ich noch nicht

nach Hause fahren wollte, machte ich es mir im Zimmer seiner Schwester Maria auf dem Sofa bequem und schaute Fernsehen. Maria saß neben mir und schaute auch. Es wurde spät. Ich ließ mir Zeit und sie legte sich bequem in die Horizontale. Nach einer Viertelstunde hob sie ihre Füße vom Boden und legte ihre Beine auf meinen Schoß.

Vermutete sie bei mir die Ansprechbarkeit durch derart plumpe Darbietungen? Erst die Beine, dann der Kopf? So flach bin ich aber nicht gebaut, dachte ich, und hob nach einer Weile schweigend ihre Beine von den meinen, stand auf und entzog mich ihren Avancen. Draußen entfernte ich das Eis von der Windschutzscheibe meines alten Fords und fuhr heim. Was mir damals durch den Kopf ging, ist mit »emotionalem Kopfschütteln« ausreichend beschrieben. Meiner damaligen und heutigen Meinung nach sollten sich zwei Menschen umfassend füreinander interessieren, ihre Eigenschaften, Charaktere und Interessen kennenlernen, sie vergleichen und sich dadurch ähnlicher werden. Sie sollten auch einen Platz für das Leben finden wollen und die Ergänzung der eigenen Person um die andere zu einer gemeinsamen neuen Identität anstreben wollen. Im Gegensatz dazu könnte man die damaligen Gepflogenheiten des Umgangs miteinander durchaus als promiskuitiv beschreiben. Das war nicht meine Welt. Ich habe Maria später im Krankenhaus besucht. Bei Licht betrachtet - so dachte ich - hat sie vielleicht doch einen interessanten Kern, aber die Gespräche waren nichtssagend. Sie hatte den Kampf um mich verloren.

***

Bei meinem anschließenden Besuch der Apotheke wurde ich von einer Dame bedient, die aus einem hoffnungslos überforderten Make-up und Schallwellen bestand. Diese mittelalte Apothekenfrau suchte mir das erwünschte »Grinsolin-Forte« heraus und schlug alternativ ein Baldrianpräparat vor, von dem ich aber Abstand nahm, weil ich, wie ich ihr durch energische Intervention in ihren Redefluss zu erklären versuchte, keine Katze war. Auch ein Mittel gegen Fußpilz empfahl sie mir, was mir einleuchtete, denn wer vielen Fußpilz hat, hat nichts zu lachen. Ich war aber kein unglücklicher Besitzer von Fußpilz. Danach empfahl sie mir noch eine Reihe weiterer chemischer Gemeinheiten. Dabei geriet die Pillenfrau in einen derart dynamisch vorgetragenen Redefluss, dass ich beeindruckt an das physikalische Geheimnis der dualen Existenz der subatomaren Teilchen denken musste, die entweder als Korpuskel oder als Welle auftreten. Im Falle meiner Gegenüberin kam ich zu dem Schluss, dass sie aus Wellen, genauer gesagt, aus Schallwellen bestehen müsse, die, wenn sie nicht mehr schwingen würden, auch nicht existent seien. Weiterhin dachte ich über die Möglichkeit nach, Wellen durch entsprechend gleiche Gegenwellen zu neutralisieren. Es lag mir fern, die Dame vor mir inexistent zu machen - allein die Möglichkeit faszinierte mich. Ich kam aber zu der enttäuschenden Erkenntnis, dass diese Methode bereits häufig mit wenig Erfolg angewendet wurde, zum Beispiel in Redegefechten oder beim Kaffeeklatsch. Schallwelle gegen Schallwelle. Alle reden und keiner hört zu.
Im Verlaufe meiner Unaufmerksamkeit lagen zunehmend mehr Medikamente vor mir auf der Apothekentheke und die Unbremsbare hatte immer noch ihren Lauf. Wie sollte ich

mich bloß aus dem Joch ihres gnadenlosen Monologs heraus-
winden, ohne in den Verdacht zu geraten, ihr Leides antun zu
wollen? Ich drehte mich dann zum Schaufenster hin, um
mein Desinteresse, wenn auch nicht mit Worten, dann eben
mit einer deutlichen Geste kundzutun. Draußen stand ein
Mann in einem langen Mantel.

Die unerwartete Stille im Raum ließ mich die Neutralisierung
meiner Dialogfreundin durch jemand anderes befürchten,
doch nachdem ich mich wieder zur Theke gewandt hatte,
stand sie leibhaftig vor mir, schwieg und schaute mich an,
wie eine strenge Mutter, welche die mangelnde Fresslust an
ihrem Kind rügt. Ich nahm dann das »Grinsolin-Forte«. Sie
schwieg mit betretenem Gesicht und schaute mir hinterher.

Auf der Straße ging ich an dem Mantelmann vorbei, der einen Pappbecher in der Hand hielt und deutlich aufgebracht
schien. Jemand hatte ihm, der bloß seine Zigarette aufrau-
chen wollte, einige kleine Münzen in seinen Kaffee geworfen. Ob er aussehe wie ein Bedürftiger, fragte der Jägerähn-
liche. Nein, er sehe nicht bedürftig aus, versicherte ich ihm.
Dabei war ich mir des Unterschieds von körperlicher zu geis-
tiger Bedürftigkeit durchaus bewusst. Dies aber an ihm zu
befinden, stand mir nicht zu. Großzügigkeit ist mitunter auch
zum Kotzen.

***

In Waldhaus wurde ein Fest für die Bürger, Gäste und
Freunde der Stadt gefeiert, zu dessen Behufe man sich eine
Reihe von Veranstaltungen hat einfallen lassen, welche regionale Besonderheiten der Küche, der Kultur und der Stadtge-
schichte aufzeigen wollten; unter anderem eine

Streetfootmeile, eine Modenschau, ein Kinderfest, den Auftritt regionaler Bands und ein Mundarttheater. In einigen Straßen der Innenstadt waren lange Tische mit Stühlen aufgestellt worden, an denen Bürger und Gäste der Stadt einheimische Spezialitäten kosten konnten, welche von Anwohnern hergestellt worden waren. Sieglinde Mauss hatte uns zu einem Bühnenstück der Theater-AG eingeladen. Die Stimmung auf dem Rathausplatz war beschwingt und friedlich. Auf dem Beckenrand des Torfstecherbrunnens saßen einige junge Leute, vor denen einige kleine Flaschen auf dem Boden lagen. Am Beginn der Fußgängerzone standen einige Leute an Stehtischen und tranken eine urinähnliche, schäumende Flüssigkeit.

Meike und ich waren früh dran und nahmen einen Tisch auf der Terrasse des Cafés Voigt. Von hier aus hatte man einen guten Überblick über den Rathausplatz. Nach rund zwanzig Minuten kam Siggi zu uns und so spazierten wir gemessenen Schrittes zur Gesamtschule. Dort schauten wir uns dann das künstlerisch gewagt interpretierte Stück »Hänsel und Gretel« an. Nach der Aufführung saßen wir zufällig gemeinsam mit dem Ensemble in einem indischen Restaurant. Dort war auch die Rede von meinem Talent zum Witwenerschrecker, was Meike aufhorchen ließ: *„Witwenerschrecker?"*

„Da war was. Ich dachte, es sei nicht der Rede wert", gab ich zu und schilderte die Vorkommnisse bei der Theaterprobe:

„Nachdem Siggi uns zu dieser Aufführung eingeladen hatte, kamen mir Bedenken, ob ich das richtige Verständnis für ein Bühnenstück aufbringen könnte. Das Mimen-Genre - mir seit je völlig fremd - wollte vorurteilsfrei erfahren werden. Daher

wäre es gut – so dachte ich - einer Probe beizuwohnen, um Details und künstlerische Aspekte hinterfragen zu können. Siggi arrangierte das. Man übte ein Stück für Kinder ein, vielmehr wollte es einüben, aber es ging nicht, weil der Troll krank war. Deshalb wurde jemand gesucht, der die von einem älteren Mann zu spielende Rolle zumindest als Statist provisorisch übernehmen konnte. Man fragte herum, ich sagte ja und ging in die Maske, wo man mich in einen langnasigen, mit Flechtenzotteln behangenen, grün-braun geschminkten, knorrigen Waldgeist verwandelte. Nikotinus hätte seine Freude an meinem Anblick gehabt.

Dann entstand ein großes Durcheinander, weil das von Kira mitgebrachte Streifenhörnchen - immerhin einer der Hauptdarsteller - ausgebüxt war. Alle versuchten, das possierliche Tier einzufangen. Auch ich beteiligte mich an der konfusen Wildfangaktion und setzte dem flinken Nager durch verschiedene Räume nach, bis ich unversehens in einer geräumigen Cafeteria landete, in der ungefähr zwanzig ältere Damen unter den Klängen der Musik von Udo Jürgens bei Kaffee, Kuchen und Gesellschaftsspielen zusammensaßen. Mein stürmisches Erscheinen durch eine Verbindungstür beendete die geruhsame Stimmung und es begann ein langanhaltendes allseitiges »Huuuuuch«, wobei das Streifenhörnchen, über die Kaffeetische hin und her wetzend, die aufgestellten Spielfiguren durcheinanderwarf und manches Porzellanteil zu Bruch ging. Dann kletterte es einen Vorhang empor, die Schabracke entlang zu dem anderen Vorhang, hinter dem ich mich listig verbarg, um des Ausreißers habhaft zu werden. Aber Pustekuchen. Das Hörnchen nahm den Weg zurück und bewegte sich blitzschnell unter den Tischen hindurch, um schließlich *über die Schultern und Frisuren der kreischenden Seniorinnen hinweg geradewegs zur Tortentheke zu flitzen, auf der ich es mit einem finalen Hechtsprung ergreifen wollte, dabei aber bloß ins Leere griff, wonach unter mir die Theke in ihre Bestandteile zerbarst und ich bäuchlings, mit Sahnecreme verziert, auf den Trümmern lag.*

Wieder aufgestanden, schaute ich mich im Jagdeifer um und kostete dabei einige an meinem Kostüm anhaftende recht schmackhafte Kuchenreste. Der Nager war nicht mehr da. Ich hatte die ganze Zeit allein das Streifenhörnchen im Sinn gehabt und realisierte diese konfuse Lage erst, als das Schreien langsam in ein erleichterndes Lachen überging. Das Tier kehrte indessen von allein in seine Box zurück und erwies sich später als ein wichtiger Mitspieler in der Szene, in der die Gretel ihren Hänsel, also das Streifenhörnchen, aus den Fängen des mürrischen Trolls befreite. Während ich mich mit der Hilfe von Katy (der Gretel) und dem Regisseur von Kuchen- und Sahneresten befreite, saß der possierliche Artist vor seinem Gehäuse und mümmelte Nüsse. Danach spielte ich meine Rolle nach vorheriger Einweisung ohne Text und wurde danach mehrfach zur weiteren Mitarbeit an der Bühne ermuntert.“

„Wann war denn das?“, fragte Meike.

„Am vorletzten Freitag gegen Mittag, bevor ich beim anorektischen Verein war“, erklärte ich, *„Da hab ich mir dann die Reste der Trollschminke aus dem Gesicht entfernt. Die dachten erst, ich hätte mich geprügelt.“*

„Dein Part hat dem Ensemble gefallen“, warf Siggi ein, *„Obwohl du keinen Text sprechen musstest.“*

„Was mir auch Freude bereitete, war die Nachfrage nach weiteren Kurzauftritten als Witwenerschrecker. Das kam mir allerdings nicht lohnend vor, denn so eine Aktion würden bloß Minuten dauern und lebte sehr vom Überraschungsmoment", fügte ich hinzu.
„Das geheime Leben der Witwenerschrecker", resümierte Meike.

Die abnehmende Welt – Gänseblümchenwiese – Lohbruch, das arme reiche Dorf

Das Schwinden der Weite, das Schicksal einer schönen Grünfläche und die Vergewaltigung einer ländlichen Ansiedlung.

——

Klaus Steineck war Tourismuskaufmann und arbeitete in einem Reisebüro in der Innenstadt. In einem Cafe fragte er uns, welche Reisen wir bisher unternommen hätten. Wir zählten eine lange Liste unserer Unternehmungen auf, von den Radtouren in Norddeutschland, über Europareisen mit dem Auto, bis zu unseren Foto- und Filmtouren per Auto in Norddeutschland.
„Habt ihr denn keine Flugreisen gemacht?", fragte er.
„Bis auf eine Rucksacktour nach Island reichte uns das Auto und mit ihm die Autofähren. Europa sei ein wundervoller Kontinent mit einer sehr langen Küstenlinie von fast neunzigtausend Kilometern", erklärte ich, *„Dagegen hat Afrika lediglich eine Küstenlinie von gut dreißigtausend Kilometern.*

Europa sei ein sehr abwechslungsreicher Kontinent, auf dem allerdings auch viele Menschen leben".

Klaus verfolgte meine Ausführungen und fragte: *„Habt ihr denn niemals ein Interesse an Interkontinentalreisen gehabt?"* Darauf erklärte Meike, dass häufige globale Reisen die Weltkugel unter unseren Füßen schrumpfen ließen und nicht allein der Respekt vor der unendlichen Weite ihrer Oberfläche, sondern der Verbrauch an touristischen Ressourcen bald die Frage nach Neuem, nach noch weiteren Zielen, oder den Bedarf einer zweiten Erde erwecken könnte. Außerdem würden die Lebensweisen der Menschen exotischer Länder und deren Kulturinhalte unser Leben nicht bereichern. Ich Tourist bin überall fremd, bleibe fremd und bringe den armen Einheimischen bloß wenig Geld ein. Das Souvenir in der Vitrine würde noch nicht mal unseren Besuch dokumentieren; sowas könne man überall kaufen. Die Lebensarten der Europäer hingegen ließen sich für jeden anderen Europäer problemlos nachvollziehen; somit könne man ihnen einiges für das eigene Leben abgewinnen.

„Dann habt ihr die Touristikbranche nicht in Anspruch genommen?", fragte Klaus.

„Doch", antwortet Meike, *„Ich hatte für viele Reisen die Passagen auf den Autofähren in Reisebüros buchen lassen. Anders ging das nicht. Damals waren wir auch noch mit Eurochecks unterwegs"*.

Klaus erzählte von den Wohnraumproblemen der Einheimischen auf Sylt, den Kanaren und den Balearen. Die Touristikkonzerne müssten sich bewegen, sonst drohten der schönsten Zeit des Jahres böse Überraschungen. Ich nahm keinen zweiten Kaffee, er war nicht nach meinem Geschmack.

Anschließend erwähnte Klaus noch seinen letzten Arztbesuch, bei dem ihm die Zunahme von einem BMI 18 auf einen BMI 24 nahegelegt wurde. Dadurch wäre zwar seine Mitgliedschaft im anorektischen Verein gefährdet, aber man müsse die Glorifizierung des körperlichen Untergewichts ohnehin infrage stellen, fügte er hinzu.

Als wir das Cafe verließen, gab es im Eingangsbereich des Supermarktes ein Riesengeschrei. Eine junge Frau, Angestellte des Hauses, hatte Mühe, einen deutlich abgerissen wirkenden, älteren Mann festzuhalten, der eine Flasche mit einer braunen Flüssigkeit in einer Hand hielt. Die zur Hilfe heranstürmenden Kollegen überwältigten dann den sich heftig wehrenden Dieb und führten ihn ab. Solche Suchtbolzen mussten gesellschaftlich nicht mehr exekutiert werden, sie waren es schon lange.

***

Als ich wie so oft auf unserem Balkon stand, staunte ich über die wahre Pracht der über unsere ganze Wiese verstreuten Gänseblümchen. Welch ein Geschenk von wem auch immer, welch unverdienter Glanz für unsere graue Straße. Dies war ein Bildnis von keiner anderen Künstlerin, als von der Evolution, dieser Mutter der Gaia, der Biosphäre der Erde. Eine Gnade für alle durch das Menschenbild verletzten Augen. Wie schön.

Aber übermorgen kommt der Gärtner mit seiner Mähmaschine! Ja. Der Gärtner ist immer der Mörder, stets der Urian. Obwohl, so besann ich mich, er hat doch auch eine Familie, die hungert und friert, außerdem will er schließlich auch Brötchen und Bier haben.

Diese zwiespältigen Emotionen warfen mich eine Zeitlang hin und her, bis ich mich entschloss, die Banausenschleiferin Vera Riebetanz aus dem Kurs »Besser Essen« anzurufen, um sie zu fragen, ob man, nachdem man mit dem Kellner fertig ist, auch noch den Gärtner misshandeln dürfe. Nach ein paar Versuchen hatte ich sie am Telefon und erklärte ihr mein Begehr. Sie sagte, das mit dem Gärtner wäre zwar nicht ihre Fachrichtung, aber das könne ich schon machen. Bloß die Köche solle ich verschonen, die verkloppen einander schon genug in ihren Küchen. Man solle nichts übertreiben.

Nach einer Woche nahm mein blaues Auge bereits eine blassgrüne bis orange Farbe an und die Gänseblümchen waren alle nachgewachsen.

***

Wenn Meike und ich in Norddeutschland unterwegs waren, um Tiere zu fotografieren und zu filmen, machten wir gerne in einem Ort Station, der vor langer Zeit ein Dorf gewesen sein mag, aber nicht mehr war. Dazu muss ich erklären, was ich unter einem Dorf verstehe:

Bis in die sechziger oder siebziger Jahre gab es noch größere Bauernschaften, in denen ein kleiner Lebensmittelladen, ein Bäcker und eine Gastwirtschaft zu finden waren. Die Lebensmittelläden waren auch damals kleine Filialen großer Versorgerketten. Der Bäcker fuhr mit seinem Verkaufswagen von Hof zu Hof, und die Kneipe war das örtliche Kommunikationszentrum. Von überall her hörte und sah man Tiere. Hunde bellten, Katzen patrouillierten um die Höfe herum, Schweine, Kühe, Hühner und ganz früher auch noch Pferde stimmten in den Chor mit ein. Dann hörte man die alten Einzylinder-

Dieseltraktoren, mitunter eine Kreissäge oder Hammerschläge. Überall wurde gewerkelt, stets war die Arbeit schwer. Über allem zwitscherte, gurrte und sang es von den Bäumen und Häusern. Sperlinge, Stare, Tauben und Krähen ergänzten den Klang eines typischen Dorfes. Dazu kamen häufig auch noch Kinderstimmen oder abends die Rufe der Mütter, wenn das Abendbrot fertig war. Die Dorfstraße war teilweise bereits asphaltiert. Aber häufig zogen moderne Trecker alte Leiterwagen mit Heufudern polternd über die damals üblichen Kopfsteinpflaster und hinterließen Heufetzen an den herabhängenden Ästen der Straßenbäume. Das Alte und das Neue trafen in den Details normaler Vorgänge aufeinander, die sich dem zeitgenössischen Beobachter nur undeutlich als Zeitenwandel erschlossen. Erst im Zuge einer sortierenden Rückschau wurden die Verzahnungen der gegenständlichen Vertreter verschiedener Epochen deutlich sichtbar.

Auf den Feldwegen trockneten Kuhfladen, mit denen sich die Dorfjungen gegenseitig bewarfen. Die Fladen mussten dafür vom Vortag oder älter sein, dann waren sie fest genug und flogen so gut wie Frisbeescheiben. Es galt, sein Gegenüber mit den noch feuchten Unterseiten dieser Wurfobjekte zu treffen. Der Kontakt mit dem Dung der Rinder war zwar nicht angenehm, aber auch kein Weltuntergang. Aus neuster Sicht versahen uns die vorbenannten Umstände mit einer soliden Widerstandsfähigkeit gegen Allergien.

Diese Dorfjugend wusste, wie man auf Schweinen reitet und einen Trecker fährt. An diesen früheren Dörfern war nichts idyllisch - nur voller schwerer Arbeit. Kein Motiv für Nostalgie also. Nichts blieb, wie es war.

Nach und nach wurden einige landwirtschaftliche Betriebe aufgegeben, Städter fanden billiges Bauland und Äcker wurden zu Gewerbegebieten. Die Neudörfler kauften nicht in dem kleinen Laden, sondern in den Supermärkten der Stadt, in der sie arbeiteten. Der Laden verschwand, weil der Konzern es so wollte. Der Bäcker verschwand, weil der Umsatz nicht stimmte. Durch mehrfache Wettbewerbe von »Unser Dorf soll schöner werden« wurden die letzten vermeintlichen Schmutzecken bis zur Unkenntlichkeit aufpoliert. Dekorative Hecken, kunstvoll auf die Buchstaben des Ortsnamens getrimmt, standen dann am Ortseingang und am Ortsausgang. Das mit Strohgebinden verzierte Wagenrad an der Küchenwand war das Symbol des Niedergangs einer alten Welt. Das Dorf Lohbruch mag eine ähnliche Geschichte erlitten haben. Hier war es jetzt nachts so still, dass man die nächste Autobahn hören konnte. Die Technosphäre rückte näher. Hier war es jetzt auch tagsüber so still, dass man glaubte, auf einem Friedhof zu wohnen. Die Grundstücke der Neubürger waren ebenso klein wie jene in der Stadt, bei denen sich die Dachrinnen der Häuser nahezu berühren. Dieser Ort galt schon lange als Vorzeigedorf der Region. Eines, dessen geschichtlicher Wert nicht mehr erkennbar war; dem man nicht abnehmen konnte, jemals der Wohnort schwer arbeitender Generationen gewesen zu sein. Sein Aussehen setzte sich als das typische »Dorf« in der Erinnerung der jüngeren Besucher fest.

Ein alter Hofbesitzer hatte über viele Jahre landwirtschaftliches Gerät, dörflichen Hausrat, ein paar alte Trecker und vieles mehr zusammengetragen und in seiner Scheune aufgebaut. Er besaß nie genug Geld, die alten Stücke zu entrosten und zu konservieren. Die Räumlichkeiten waren feucht, so rostete alles vor sich hin. Auf seinem Grundstück stand eine große Tafel mit der Aufschrift: Museum. Niemand besuchte es.

Neuerdings hatte eine Initiative von Lohbrucher Altbürgern mit viel privatem Engagement einen kleinen Laden mit Cafe eröffnet. Es gab endlich wieder Brötchen in Lohbruch. Wir wünschten den Unterstützern dieses kleinen Ladens viel Kraft und einen langen Atem.

Dieses arme, reiche Dorf mit seinem vergangenen Charme bot uns häufig eine Unterkunft auf einem ehemaligen Bauernhof, in dessen Hauptgebäude einige Ferienwohnungen eingerichtet wurden. Dort wohnten Familien aus der Stadt lediglich für ein paar Tage; das musste reichen. Für deren Kinder wurden Ponys, einige Schafe und Kaninchen gehalten und auf dem Hof standen Kettcars bereit. Wenn Meike und ich die Beobachtungsmöglichkeiten in einem nahen Naturschutzgebiet zur Genüge genutzt hatten, wenn wir über tausend Fotos und fünfzig Minuten Video gespeichert hatten, war eine Woche vergangen. In dieser Zeit kamen uns die Vögel vor unserer Ferienwohnung so nahe, wie wir das in der Stadt noch nie erlebt hatten.

Kohlenklau – Pareidolie – Evolution – Die Hand

Eine Provokation führt in die Vergangenheit und Fliesen spiegeln die Psyche. Eine Hand bleibt rätselhaft.

———

Der Heimweg von einem Besorgungsgang führte an einem brachliegenden Grundstück und einem davorstehenden ebenso brachliegenden Traktor vorbei, dessen linker riesiger Reifen defekt und platt war. Für diese Maschine interessierten sich einige Kinder, die auch in den Fahrerraum kletterten, bis die auf dem Grundstück durch das Aufstapeln von Obstkisten abgelenkten Besitzer mit hocherhobenen Armen unter lauten Rufen herbeigestürmt kamen und die Kinder von dem havarierten Schlepper vertrieben.

Beinahe daheim war das Treiben vor einer Hausbaustelle interessant. Installateure trugen Werkzeuge, Kleinzeug und verschiedene Eimer von ihrem Transporter in den Neubau. Auf meine Frage, was das für ein Haus werde, beschied mich einer der Handwerker mit der Aufforderung, zu verschwinden. Ich blieb dennoch dort stehen, und als derselbe Handwerker mit je einer Klosettbrille unter den Armen vorbeikam, mutete ich ihm die Anmerkung zu, dass wir Brillenträger doch zusammenhalten müssten. Er war empört und wollte die Bauteile auf einer sauberen Fläche ablegen, um sich auf mich zu stürzen, aber ich war schneller. Manche mögen mich einen Provokateur nennen, aber die erfolgreiche Retourkutsche gegenüber dem unfreundlichen Installateur bestätigte meine Einschätzung, nichts verlernt zu haben.

Diese Begebenheit erinnerte mich an eine Naturkundestunde meiner zweiten Schulklasse, bei der wir Kinder in das nahe

Grünland geführt wurden, um dort die verschiedenen Wiesenkräuter und Gewächse kennenzulernen. Ich kenne heute noch Leimkraut, Löwenzahn, Rainfarn, Schafgarbe, Rispengras, Schlüsselblume, Spitzwegerich und Breitwegerich, Mohn, Roggen, Kornblume, Kamille, Gerste, Weizen, Hafer, Buschwindröschen, Aronstab, Weidenröschen und noch einige andere Arten. Außerdem lernten wir, wie man mit einem breiten Grasblatt, das zwischen die Daumengelenke beider Hände gespannt wird, Quietschtöne in verschiedenen Höhen erzeugen konnte. Ein höfliches Benehmen lernten wir dort allerdings nicht. Auf dem Rückweg zur Schule kamen wir an einem Haus vorbei, das mit Eierkohlen beliefert wurde. Bei dieser schweren Arbeit buckelte ein teilweise geschwärzter Mann einen fünfzig Kilogramm schweren Kohlensack und trug ihn ins Haus. Wenn jemand sechs Säcke gekauft hatte, musste der Kohlenmann sechsmal schwer schleppen. Indem wir dort vorbeigingen, fiel unsererseits das Wort „Kohlenklau“, was zu berechtigter Empörung des Lieferanten und einer Beschwerde bei unserem Klassenlehrer führte. Wer sich damals den „Kohleklau“ einfallen ließ, kann ich nicht sagen. Meiner Erinnerung nach war ich damals nur schüchtern und lieb.

***

Zu Hause beschäftigte mich immer noch die Umsetzung der seltsamen Bilder marmorierter Bodenfliesen in Bleistiftzeichnungen, die abenteuerliche und monströse Figuren ergaben. Das Erkennen von Bildern in den zufälligen Bildstrukturen von Bodenfliesen, in Bergsilhouetten, Eisstrukturen, Wolkentürmen und weiß der Teufel, was noch alles, nannte mein Neurologe »Pareidolie«. Mit diesen Arbeiten versuchte ich, meiner unbewussten Innenwelt näherzukommen. Unseren Arbeitsbereich daheim schmückten bereits über dreißig Zeichnungen, die seltsame Strukturen in mir andeuteten. Dies alles, diese vielen Bilder, betrachtete ich mit Interesse und Freude, sah ich doch in mir einen Künstler mit Zugang zur transzendentalen, uns fremden Welt heranreifen. Mein letztes Bild allerdings raubte mir die Fassung. Nachdem die Hauptlinien skizziert waren, entstand zunehmend ein Bild mit den Umrissen einer Hand, die jener aus meinen Visionen stark ähnelte. Nach der übernommenen Schattierung wurde klar, dass es sich dabei nicht um einen Schattenschlag, sondern um etwas anderes, auch um Schmutz, handeln könnte. Ich wurde nervös und Meike betrachtete kritisch mein Tun. Demzufolge konnte ich bei Nachtantritt schlecht einschlafen, lag lange wach und schlief unruhig.

Fassung bewahren musste ich dann auch nach dem Erwachen aus einem Traum: In ihm ging ich in die Küche, um einen Schluck Wasser zu trinken, und schaute aus dem Fenster. Auf den Dächern der Nachbarhäuser waren meine neuen Kunstwerke als große Plakate aufgespannt, als es anfing, schwarz zu regnen. Woher kommen all diese lustigen Erscheinungen in den Träumen? Mag sein, dass sie einer fremden Welt entstammten, die unser Wahrnehmungshorizont nicht einschließt? Musste ich zum Traumdeuter gehen oder mich doch exorzieren lassen? Nein, der schwarze Regen war keine schmutzige Hand und hatte nichts mit meinem Symbol zu tun. Wohl aber die den marmorierten Fliesen entnommenen und aufgezeichneten Konturen, die das Echo meiner Innenwelt auf die äußerlich wahrgenommenen Reize implizit darstellten. Die Bilder beschrieben meine Innenwelt und die marmorierten Fliesen stellten das Element des Zufalls dar. Da brauchte ich nicht lange zu grübeln, um auf die Funktionsweise der belebten Evolution zu kommen.

Diese besteht aus den Elementen des Zufalls und der Anpassung an die Umgebung. Die Erbmoleküle der lebenden Körper waren von jeher der kosmischen Strahlung und der Strahlung des irdischen radioaktiven Zerfalls ausgesetzt, die seit Milliarden Jahren zu weit mehr als erdenklich vielen genetischen Veränderungen führte und die sich mit wenigen Ausnahmen für den sie tragenden Organismus in Bezug auf seinen Lebensraum als unbrauchbar für die Fortsetzung der Erbfolge erwiesen hatten. Wenn aber - in seltenen Fällen die Mutation einen Vorteil für die eine an ihre Umwelt angepasste Kreatur darstellte, hielt die Evolution mit aller Macht an dieser Neuentwicklung fest, indem die durch die zufällige genetische Veränderung bevorteilte Kreatur seiner Aufgabe der Fortpflanzung besser nachkommen konnte als ihre Artgenossen. Die genetische Neuerung setzte sich durch.

Die äußeren Umstände geologischer und meteorologischer Natur waren seit je Veränderungen unterworfen, auf welche die genetischen Vorschläge erst mit großer Verzögerung erfolgten. So hatte es zu jeder Zeit bereits genetische Ansätze zur Warmblütigkeit gegeben, konnte aber dem Leben in der Frühphase der belebten Evolution, die in den Weltmeeren stattfand, keinen Vorteil erbringen. Die Warmblütigkeit war erst bei landlebenden Arten sinnvoll, da sie auch bei kälterem Wetter aktiv sein konnten.

Dass die genetische Antwort auf Umweltveränderungen auch schneller erfolgen konnte, sah man am Beispiel des

Birkenspanners im England der beginnenden Industrialisierung. Der Nachtfalter hatte hellgraue bis weiße Flügel und war auf den weißen Birkenstämmen von seinen Fressfeinden schlecht zu entdecken. Dadurch hatte er gute Überlebenschancen. Mit der frühen Industrialisierung und seinen rauchenden Schloten verfärbten sich die Birkenstämme durch Rußpartikel zunehmend dunkler, sodass der helle Birkenschwärmer auf den mittlerweile rußigen Stämmen für seine Fressfeinde gut zu sehen war und in vielen Gegenden dadurch so gut wie ausgerottet wurde. Erst ein durch genetischen Zufall dunkler gefärbter Schwärmer, der auf den Birkenstämmen nicht mehr leicht zu entdecken war, konnte seine Körperfarbe an seine Nachkommen weitergeben.

Das genetische Mutationsfeuer hatte einen Treffer gelandet. Es blieb zufällig, aber mit einer unglaublichen Streubreite an Möglichkeiten, die nach der Prüfung durch die Umwelt nahezu alle umgehend verworfen wurden, indem die betreffende Kreatur lebensunfähig war oder sich nicht in hinreichender Anzahl fortpflanzen konnte. Seit es Leben auf der Erde gibt, sind Veränderungsangebote und Brauchbarkeitsprüfungen die ständigen Akteure der Evolution. Tja, Darwin war mehr als gut.

Das zufällig entstandene Bild einer marmorierten Fliese stellte also in dem Kontext meiner Suche nach dem Auslöser einer traumatischen Störung das Element des Zufalls dar und die Brauchbarkeitsprüfung erkannte ich in den ausgegebenen Formen und Gestalten, die meine Fantasie den chaotischen grafischen Strukturen entnahm. Allerdings entstanden bloß Bilder, die bereits vorher in meinen psychischen Strukturen vorhanden sein mussten. Indem ich möglichst viele

Reflexionen aufzeichnen würde, so hoffte ich, hätte sich ein Gesamtbild meines Innenlebens abgezeichnet. Aber wie viele Bilder wären dazu anzufertigen? Und was wäre das für ein Gesamtbild? Wenn dieses Innenbild auch Rückschlüsse auf Traumaktivitäten erlaubte, käme ich meinen abstrusen und seltsamen Traumbildern auf die Spur. Zeigte aber die sich bereits nach dreißig Bildern herausbildende ungewaschene Hand in den marmorierten Strukturen als vorrangig an, dann wäre mir klar, was mich vor allem bewegte. Aus meinen Visionen wusste ich seit längerer Zeit, dass eine schmutzige Hand mich ärgert. Wo fände ich denn eine schmutzige Hand? Bei den Betreibern von Spülmaschinen, bei übergriffigen Kirchenmenschen oder bei einem Hufschmied? Diese spezielle Erscheinung in meinen Visionen und Anwandlungen hatte ich erst nach der Einnahme meines Medikaments, welches eigentlich zur Schonung meiner Mitmenschen und meiner Reputation gedacht war.

Das Schweigen – Im Kloster – Wir Zeitlosen - Der Multiperformator

Warum wir schweigsam sind und wie Schweigen zum Geschäft wird. Über die Eiligen, die alle Hände voll zu tun haben.

———

Um meine Gedankengänge zu sanieren, nahm ich mir vor, ein paar Reime zu schreiben. Und seien sie noch so simpel - sowas macht kregel und munter wie ein Sprung ins

Gurkenfass. Außerdem sollte ich ab und zu Freude empfinden. Also fing ich an:

Die Gedanken schweifen gerne
aus dem müden Leib hinaus
zu der schönen Jugendferne
und dem alten Elternhaus,

wo allmählich jene Frage
tief im jungen ……….

„Ach Herrje, - hab ich doch tatsächlich Juttas Geburtstag
vergessen?", überfiel mich ein Gedanke. Ich eilte zu meiner
Frau und fragte, was wir Jutta denn schenken könnten. *„Noch*
nichts, die ist für ein paar Tage in Hamburg, bei ihrer Freun-
din. Nächste Woche macht die was", beruhigte sie mich. Also
schrieb ich weiter:

……………Herzen fällt,
wen man trag' oder ertrage,
wer sich einem zugesellt.

Manche junge Liebe brannte
und verglühte über Nacht,
bis man endlich jene kannte,
die den besten Kaffee macht.

Erneut keine bis in höhere Sphären gelangende Wortkunst.
Bloß ein Machwerk für mein perversönliches Archiv. Wenn
es denn so sein sollte, na gut, mehr hatte ich an jenem Tag
nicht zu sagen.

***

Habe ich überhaupt was zu sagen? Man kommt nämlich denkbar gut ohne aus. Nicht nur, dass Meike und ich unsere Rede auf das Sinnvolle, zum Beispiel das Lästern über andere Leute oder das Schimpfen, Lachen oder Fluchen, beschränkt hatten und es beim Frühstück oder Mittagsmahl sowie bei heimischen Standardtätigkeiten deutlich wortkarg zugeht, nein, wir hatten auf vielen unserer Touren in der Natur gelernt, die Klappe zu halten, um die Tiere nicht auf uns aufmerksam zu machen. Zudem brachte die Filmerei es mit sich, nicht ohne Not die Tonspur der laufenden Kamera mit Geschwätz zu verunreinigen, da es ersatzweise erforderlich würde, eine Tonspur möglichst zeitnah in derselben Gegend ohne Gerede anzufertigen. Das wäre auch nur dann leicht zu machen, wenn im Film keine synchronen Passagen wie die Schnabelbewegungen eines Vogels bei seinem Gesang enthalten wären. Wir verlegten uns daher auf eine Zeichensprache für Wortkarge. Dabei verwendeten wir einige, mit einer oder zwei Händen ausführbare Bewegungen, die nicht erlernt werden mussten, da sie intuitiven körperlichen Bewegungsmustern entsprachen. Das hatte noch den großen Vorteil, dass unsere geheimen Informationen bis auf fünfzehn Meter Entfernung geräuschlos lesbar waren.

Diese Zeichensprache wendeten wir nicht nur im Feld und im Wald, sondern auch zu Hause an. Allerdings funktionierte das nicht bei Dunkelheit, wenn astronomische Aufnahmen anzufertigen waren, was aber ohnehin nicht störte, weil diese durchweg mit einem arhythmischen Klangteppich unterlegt werden. Mit der Zeit gewöhnten wir uns an die Stille zu Hause und waren in Anwesenheit eines Labersacks mit »Ertragen« beschäftigt. Unsere eingeschränkten

Kommunikationsabsprachen bedurften keines Vorbildes. Dennoch wäre unsere Zeichensprache für mit der Gebärdensprache vertraute ohne Weiteres lesbar gewesen.

Vor einem Vierteljahr war in einem bekannten Nachrichtenmagazin ein Artikel über Schweigeklöster zu lesen, der mein Interesse weckte, um zu erfahren, wie andere Leute mit ihrem Schweigen umgehen. Ein Wochenende in einem Schweigekloster.

Sowas wollten wir auch ausprobieren und besuchten eines im Weserbergland. Das mächtige Gemäuer unserer Unterkunft stand in einer waldigen Gegend. Hier wollten wir uns zwei Tage dem Silentium hingeben. Über dem Eingangsportal waren auf einem Schild in großen blauen Frakturlettern die Worte: „Halt die Klappe" zu lesen. Eine Broschüre gab Auskunft über die Leistungen und Kursangebote des ehemaligen Klosters. Dort war von allerlei esoterischen Ritualen die Rede, die der Zurücknahme auf sich selbst und der Kontaktaufnahme mit der Erdgöttin Gaia dienen sollten. Barfuß durch eine Tau-feuchte Wiese laufen und Wunschzettel schreiben gehörten dazu. Im erweiterten Angebot befanden sich gebetsähnliche Meditation, Atemübungen, Waldbaden und Baumumarmungen. In der primären Disziplin, dem Klappehalten, waren wir seit langem geübt. Bereits bei der Zuweisung der Zellen konnten wir den wortkargen Kuttenträger vielsagend anschweigen. Die Gebete bereicherten wir durch wechselweise artikuliertes buddhistisches „Ommmm" und freuten uns auf eine ruhige Nacht in einem alten Gemäuer - in einem schönen Wald - auf dieser wunderbaren Erde.

Am nächsten Morgen wurden wir barfuß über eine nasse Wiese geschickt, wovon wir lausig kalte Füße bekamen; das sollten wir auch noch genießen. Sie sagten, es erweitere das Körperbewusstsein. „Da kann ich mich genauso mit meinem Hämmerchen traktieren, das erweitert auch das Körperbewusstsein", dachte ich. Unser schweigend gemeinsam eingenommenes Frühstück war angenehm, keiner quatschte dumm herum. Dann wollten wir zum Waldbaden gehen, wozu ich Seife und Handtücher einpackte. Im Wald angekommen, suchte ich dann die Badewannen. Die Übungsleiterin empfahl aber, die Augen zu schließen und in die Geräuschkulisse des Waldes einzutauchen. Wie man davon sauber werden sollte, erschloss sich mir nicht, und Waldgeräusche kannten wir zur Genüge. Danach sollten wir Bäume umarmen, worin ich keinen Sinn entdecken konnte, denn wir waren bereits glücklich verheiratet.

Nach einem warmen Duschbad im Kloster und dem schweigsam eingenommenen Mittagsmahl sollten wir Wunschzettel schreiben und diese in einen kleinen Bach werfen, also sich von seinen Wünschen verabschieden. Das ging ganz gut, zumal sich die Tinte aus den vorgegebenen Tintenfüller-Schreibmitteln im Wasser schnell auflöste. Es ermögliche das „Loslassen" von den Dingen, erklärte ein imitierter Klosterfurz. „In den Hintern treten und Keller aufräumen", raunte ich leise, worauf er mich an das Schweigegebot erinnerte. Galt das auch für Raunen? Danach war die Verköstigung des eigenen Hausweines geplant, der in edlen Barriques gereift war, deren Dauben aus bei Mondschein geschlagenen Eichen bestanden. Wir räumten unsere Unterkunft, denn durch Saufen wollten wir unser Bewusstsein nicht erweitern.

Außerdem hätten wir dem mitternächtlichen Eierlauf mit Eiern von zur Sommersonnenwende geschlüpftem Federvieh nichts abgewinnen können. Beim Abschied schlug ich einem Eventmanager vor, die outgeburnten Gäste doch Briefe an sich selbst schreiben zu lassen, die sowohl Lob als auch Tadel und Beschimpfungen enthalten könnten, vermittels derer sie der Läuterung ihrer eigenen Lage näherkämen. Als meine Frau bereits draußen neben dem Auto stand, setzte ich noch hinzu, dass die durch Stress Geplagten dabei zusätzlich noch den River-Quai-Marsch flöten könnten. Das war denn doch zu viel für die Nerven des Schreiberlings. Er brüllte mich an, ich solle machen, dass ich verschwinde, worauf ich ihm empfahl: *„Halt die Klappe.“*

***

Über den Tag bis in den späten Abend sah man in der Stadt viele Leute auf Elektrorädern Botendienste verrichten, Pizza ausliefern oder sonst einer eiligen Tätigkeit nachgehen. Auf ihren Fahrzeugen standen Worte wie »Flott« oder »Schnell«. Die Auftraggeber dieser Botendienste hatten keine Zeit, weshalb sie diese Gänge nicht selbst erledigten, sondern von anderen erledigen ließen. „Endlich, endlich die Beine hochlegen!“ Aus purer Zeitnot speisten viele Leute auch nicht mehr zu Hause an einem Tisch, sondern beim Gehen, auf dem Fahrrad oder im Auto. Überstunden wurden angehäuft und nicht abgebaut oder nicht bezahlt. Die Menschen waren müde, konnten aber vor Müdigkeit nicht schlafen.
Meine ersten Kontakte mit der Arbeitswelt hatte ich mit dreizehn oder vierzehn Jahren. Für einen der ersten Supermärkte in der Stadt verteilte ich damals eintausend Werbezettel in

vorher angegebenen Straßenzügen und bekam dafür fünf Mark, ein Vermögen für mich. Zettel für Zettel in die Briefkästen zu stecken zog sich über den ganzen Nachmittag hin und der Stapel wollte nicht kleiner werden. Vor Trümmergrundstücken standen oft große Werbetafeln, hinter denen man mitunter einen verwitterten Stapel Werbezettel ausmachen konnte. Da hatte es sich jemand leicht gemacht. Doch die Verteilung wurde kontrolliert; auf das Wegwerfen ließ ich mich nicht ein.

Danach strebte ich eine längerfristige Stelle an.

Bei einer Apotheke war ich Laufbursche, der bestellte Medikamente auslieferte und mitunter ein kleines Trinkgeld kassierte. Wenn keine Auslieferungen anstanden, saß ich in einem Hinterzimmer und füllte Kräuterbonbons nach Gewicht in Tüten ab. Manchmal waren es Bayrisch-Malzbonbons, denen ich nicht widerstehen konnte; aber nur zweimal. Die Leute waren freundlich und mir ging es dort gut.

Eine andere Stelle fand ich bei einem Geschäft für Schreibwaren- und Zeichengeräte. Es war Winter und in den 60er-Jahren waren diese noch bannig kalt. Das hieß, auf einer längeren Liefertour per Fahrrad mit kalten Fingern zu rechnen. Während einer Lieferfahrt hatte ich dann derart kalte Flossen und Füße, dass mir vor Schmerzen die Tränen in den Augen standen. Das hatte ich nicht vergessen und seitdem war der Winter mein Feind. Als ich nach einer Lieferung wieder in das Geschäft kam, gab es dort ein riesiges Geschrei. Der cholerische Geschäftsinhaber tobte gegenüber seinem zusammengesunkenen Lehrjungen wegen eines mir nicht bekannten Ungeschicks. Die Schwester des Besitzers nahm mich auf die Seite und schickte mich in den Keller, um dort das

Altpapierlager aufzuräumen. In einem großen Raum erhob
sich eine Halde aus Papier bis unter die Decke, das wie Kraut
und Rüben durcheinander hingeworfen und mit Kugelschrei-
berminen, unbrauchbarem Dekomaterial sowie defektem
Zeichengerät durchmischt war. Dort konnte ich in der verbliebenen Stunde meiner täglichen Arbeitszeit die Halde
durch Sortieren und Stapeln um ein wenig sichtbares Stück
verkleinern.

Meine nächste Station war eine Lehrwerkstatt, in der für
mich eine neue Ära begann. Die Arbeitszeit betrug damals 40
Stunden in der Woche. Leistung ist Arbeit in der Zeit. Man
hatte zu tun, erhielt aber auch die Zeit dafür. In den späteren
Jahren wurde ich mehrfach aufgefordert, diverse Arbeiten
gleichzeitig zu erledigen. Multitasking heißt das neuerdings.

***

Vor unserem Baumarkt waren meine Einkäufe im Wagen
verstaut, als mir ein junger Mann auffiel, der mit unterschiedlichen Aufgaben gleichzeitig beschäftigt war. In der rechten
Hand hielt er einen Getränkebecher, mit der linken versuchte
er, einen flachen, aber großformatigen, hellbraunen Karton
zu halten, und in der Mitte rauchte er eine Zigarette. Dabei
wollte er sein Fahrrad besteigen, das er allein mit dem rechten Handgelenk am Lenker führen würde. In Erwartung eines
schönen Kunststücks blieb ich neben dem Wagen stehen und
schaute zu. Zunächst rutschte dem Mann der Karton, den er
mit der linken flachen Hand gegen seine Flanke presste, jedes
Mal aus der beabsichtigten Lage. So eierte er zwei bis drei
Meter auf seinem Rad. Nachdem er sich durch eine schnelle
Korrekturbewegung der Hand am Lenker ein Großteil seines

Getränks über Hand- und Lenkergriff ergossen hatte, spuckte er die Zigarette aus, stellte den Karton auf den Boden und lehnte ihn an einen roten Poller, der den Fahrradbereich begrenzte. Dann nippte er an seinem Becher und stellte ihn auf den Poller. Danach bestieg er wieder sein Rad, zog den Karton unter seinen linken Arm, nahm den Becher in die rechte Hand und fuhr heftig mäandrierend ein paar Meter, wobei ihm der Becher und der Karton entglitt. Er schaute jetzt deutlich ungeduldig auf den Karton und sein Fahrrad. Da sich in unserem Auto stets ein Taschenmesser befand, nahm ich dieses, ging zu dem angehenden Meisterperformator und schlug ihm vor, ein Griffloch in den Karton zu schneiden. Er schaute mich an, zog sein eigenes Taschenmesser aus einer Tasche und begann, ein passendes Loch herzustellen. So ging es dann.

Ein ähnliches Bild zeigte sich bei laufenden Kindern, die jedes Mal, wenn sie von ihrem Butterbrot abbeißen wollten, stehen blieben. Hier offenbarte sich die Grenze der Leistungsfähigkeit eines in der Entwicklung befindlichen Gehirns. Laufen und Abbeißen können nicht gleichzeitig geleistet werden. Die sogenannte Mehrfachaufgabenperformanz ist eine Aufgabe von Akrobaten, die dafür lange üben müssen.

Das freie Leben – Im Salon – Ecce Homo – Wo ist die Intelligenz? – Die ungerechte Welt

Die Suche nach dem Grund meiner Anwandlungen führt auf den Weg, den ein kleiner Junge eingeschlagen hatte. Ein lustiger Besuch im Frisiersalon, die Schläge auf die noch Schwächeren, die Frage nach dem Ort der Gedanken und Auslegungen von Recht und Gerechtigkeit.

———

Die Häufigkeit meiner wunderlichen Anwandlungen hatte nachgelassen. Schade, dachte ich, die waren doch vielseitig und unterhaltsam. Eventuell durchlief ich auch dank meiner Erinnerungskultur einen Prozess der inneren Reinigung. Doch wie eine schmutzige Hand zu meiner Reinigung beitragen sollte, war mir nicht klar. Die Suche nach ihr führte mich zu einem Ereignis, das nicht ohne Gefahren für den zehnjährigen Jungen ausging.

Aus mir heute mehr zugänglichen Gründen hatte ich beschlossen, für ein paar Tage die Schule zu schwänzen. Dazu nahm ich morgens meine Schultasche mit dem Pausenbrot und bog auf dem Schulweg an einer mir bekannten Stelle rechts ab. Von hier aus erreichte ich schnell den Ort in der Heide, an dem ich vor einiger Zeit eine knapp einen Meter tiefe Grube ausgehoben, sie mit Brettern abgedeckt und darauf die vorher sorgsam abgetragene Heidedecke gesetzt hatte, sodass eine gut getarnte Unterkunft entstand. Dort verbrachte ich die Vormittage und rauchte manchmal eine von den Zigaretten, die in meinem Unterstand versteckt waren. Mittags ging ich nach Hause und spielte die Bearbeitung meiner Hausaufgaben. Dann hatte ich frei. Das ging so ein paar Tage, während derer ich von einem Tag zum anderen dringender nach einer Lösung aus meiner misslichen Lage suchte, sie aber nicht fand.

Dann erfuhr ich - von wem auch immer - dass meine Klasse am kommenden Wochenende eine Fahrt zum Freilichtmuseum nach Cloppenburg unternehmen würde. Das wollte ich mir nicht entgehen lassen und plante, zur richtigen Zeit am Sammelpunkt für die reisebereiten Schüler zu stehen. Der Rucksack wurde mit Proviant gefüllt und ein paar Mark Taschengeld waren auch dabei. Ich stand dann auch pünktlich an der vorgesehenen Abfahrtsstelle, aber es kam kein Mitschüler und kein Bus. Immer häufiger schaute ich auf die Turmuhr der nahegelegenen katholischen Volksschule. Nach einer halben Stunde des Wartens wanderte ich auf Nebenstrecken zurück und umging in gebotenem Abstand mein Zuhause, um mich in Richtung eines fußläufig erreichbaren Ausflugsziels davonzumachen. Nach Hause konnte ich nicht, da mir keine passende Geschichte zu meinem derzeitigen Tun einfallen wollte. Außerdem hatte ich große Angst vor Schlägen. Nach zweistündiger Wanderung am Ausflugsziel angekommen verspeiste ich in einer Gaststätte eine Portion Kartoffelsalat mit einem Würstchen. Danach wanderte ich zu einer nahen Ziegelei und schaute mir die geräumigen Brennräume an. Auf dem Weg dorthin und zurück, sah ich die ziehenden Sommerwolken, sah die ruhige Landschaft am Rande eines Moores mit ihren verschiedenen Büschen und Bäumen, hörte die Goldammern und sang ein Wanderlied für mich ganz allein. Ich war glücklich und tief besorgt.

Mit jedem Schritt zurück quälten mich die Gedanken an zu Hause und meine Schulklasse. Wie komme ich da bloß heraus?

Aus einiger Entfernung beobachtete ich am frühen Abend das Haus meiner Eltern von einer erkletterten Fichte aus. Alles ging dort seinen Gang, als wenn ich nicht vermisst würde. Da musste ich hin! Und wenn die mir den Kopf abreißen würden, musste ich dahin, in den Hades, aus meinem Bockmist heraus. Ich ging dann auch mit dem Mut zum Unvermeidlichen und ---- nichts war. Nicht die erwarteten Prügel, keine Schreierei, nichts. Bloß Fragen zu meinen Taten, zu meinem Weg, zu der Woche vorher. Dann war ich wieder in der Schule, dem zweiten Teil des Hades, und erst hier wurde es brenzlig. Mein Klassenlehrer haute mir kräftig eine rein und schalt mich einen Idioten. Vom Englischunterricht wurde ich ausgeschlossen. Meine Reputationen waren schier unheilbar beschädigt und sie erholten sich auch nicht mehr vollends. Erst nach unserem Umzug nach Waldhaus begann ich, eine neue Identität zu suchen.

***

In der Kramkiste meiner Vergangenheit fand ich aber bisher keine schmutzige Hand. Die von meinem Lehrer war es nicht, denn dessen Wurstfinger hätte ich in meinen Visionen wiedererkannt. Wenn seine handgemeine Tat bloß eine Ausnahme darstellte, so war die Zeit in meiner neuen Schule deutlich spürbar von ständiger Gewaltbereitschaft durch die Kinder untereinander und die munteren Tänze der Bambusstöcke der Lehrer auf unseren Hintern und Handrücken geprägt.

Später wurde mein wiedererwachter Vorwitz unvorhersehbar ausgebremst. Im Geometrieunterricht zeichnete der sogenannte Lehrer mit einem großen Zirkel einen Kreis an die

Tafel und fragte uns Schüler, wie man dessen Zentrum ermitteln könne. Mir kam der Lehrer nicht ganz dicht vor: Warum fragte er, wenn er es doch besser wusste.

Danach zeichnete er zwei Sehnen in den Kreis und fällte auf deren Streckenhalbierenden jeweils das Lot, also eine rechtwinklige Linie zur Kreisinnenseite hin. Der Schnittpunkt beider Lotfällungen war der Kreismittelpunkt. Jetzt sollte ich das alles an der Tafel nachäffen. Dazu malte ich einen Kreis und zeichnete (jetzt kommt es) zwei deutlich unterschiedliche Sehnen ein, aus deren Halbierenden ich .... Zack, schon hatte ich mir eine gefangen. Warum, wurde mir nicht sofort klar. Sachlich war meine Konstruktion einwandfrei; etwas anderes war dem Lehrer als strafwürdig erschienen. Um zu zeigen, dass die Größe und Lage der Sehnen gleichgültig ist, enthielt meine Darstellung zwei stark unterschiedliche Sehnen. Damit hätte ich den Mittelpunkt ebenfalls gefunden. Weiterhin hatte der Lehrer vergessen, dass die Sehnenstreckenhalbierende mit einem doppelten Zirkelschlag des gleichen Radius ermittelt werden musste. Ich war ihm zu schnell, der Rüpel fühlte sich vorgeführt.

Da soll aus einem was Vernünftiges werden! Ich übernahm nicht das prügelnde Vorbild der Alten, sondern entschied mich für ein friedliches Leben mit den Menschen und beobachtete sie mit der Begabung, das Komische an ihnen wahrzunehmen. Dazu sollte es bald Gelegenheit geben.

***

In unregelmäßigen Abständen suchte ich einen Frisiersalon auf, um meine wenigen Haare formatieren zu lassen. Das war insofern erforderlich, als meine, über viele Jahre von der

Stirn in den Nacken gerutschte Frisur dort einen üppigen Wildwuchs veranstaltete, der, nach Meinung meiner Frau, zu einem unzivilisierten Aussehen führte, was mich selbst allerdings weniger störte, denn ich sah es ja nicht. Also folgte ich dem ästhetischen Empfinden meiner Meike und nahm allen Mut zusammen. Dazu lenkte ich meinen Körper in die Höhle des Figaro, wo ich beim Eintritt in die eitlen Hallen sehenden Auges vor eine Wand lief und erstarrte. Bis ich erkannte, dass es keine Wand, sondern eine dichte Wolke aus Lockstoffen oder Pheromonen war, die mich aber weder flehmen ließ, noch dass ich durch sie in Trance Balztänze ausführte, wurde ich von der Oberfigara hereingebeten. Die erklärte mir dann, dass es eine große Anzahl sogenannter Parfüms gibt, die dazu dienen, den Mitmenschen die Pestilenz der eigenen Körperausdünstungen zu ersparen. Das kam mir weitsichtig, begründet und mitfühlend vor. Schicksalsergeben wollte ich aber jetzt alles Werkeln an meinem Haupt klaglos hinnehmen. Allerdings wusste ich nicht mehr um ein angemessenes Betragen in den Fängen der Coiffeuse. Zu lange hatte ich meinen schwindenden Kopfschmuck mit einem Bartschneider traktiert.

Dann saß ich also dort und harrte des unausweichlichen Geschehens. Die Chefin fragte, wer es mir besorgen solle, die Jasmin oder die Judith. Mir sträubten sich die vorbenannten Nackenhaare noch stärker, als sie es ohnehin schon taten, doch trotz der eingeschränkten Auffassungsgabe meines schlichten Gemütes verstand ich sehr wohl, wie wohlerzogene Menschen ihre Rede aufzufassen haben. Dennoch enttäuscht wählte ich Judith, die war nach meinem Geschmack. Sie bot mir einen Kaffee an und erwähnte, dass Kaffee normal, Cappuccino oder Latte Macchiato möglich seien. Ich bevorzugte es, zu dursten. Jetzt hüllte mich die junge Frau in ein weites, schwarzes Cape und fragte nach meinen Wünschen. Nach kurzem Nachdenken erklärte ich Gesundheit und ein langes Leben für erstrebenswert. Darauf zählte das langmütige Frauchen die leider begrenzten Möglichkeiten meines schwindenden Haarwuchses auf: kurz, kürzer oder nichts. Ich wählte aber eine lila Dauerwelle, wonach die junge Kapperin mit ihrer Chefin tuschelte. Die Dauerwelle könne man nicht legen, da ihnen im Moment die Wellen ausgegangen seien, sagten sie mit bedauerndem Blick. Gespielte Ratlosigkeit und gespannte Erwartung lag in ihren Gesichtern, während sie mich mit ihren Blicken fixierten. Dann gewährte ich der lustigen Figara freie Hand, sie möge handeln nach Gusto - es gab schließlich genug Hüte, Mützen und Vollhelme auf der Welt.

In der folgenden Viertelstunde des Scherenklapperns, elektrischen Brummens und Bürstens lernte ich ihre Vorlieben, ihre Phobien, ihre politische Haltung und Teile ihrer Geschichte kennen. Allein den Tag ihres letzten Intimverkehrs nannte sie nicht. Meine Rede war hingegen nur: Ja, Nein, Oh, Ach du Schei… oder Hähähä. Interessant, so eine junge, von verbaler Inkontinenz bewegte Menschin. Als sie dann mit einem Gebläse ein paar Härchen von meiner Gestalt entfernte und ein kühler Hauch meinen Nacken umwehte, nahm sie einen Handspiegel, um mir das Ergebnis ihrer Klapperei allseitig ansichtig werden zu lassen. Nach Bewunderung des violett ausgefallenen Ergebnisses ihrer Kunstfertigkeit zahlte ich großzügig und träumte fürderhin von Judith, der rothaarigen

Coiffeurin. Später rätselte ich noch lange an der Frage, warum den Menschen Hornfäden aus dem Schädel sprießen.

***

Im Außenbereich eines Ausflugrestaurants wollten Meike und ich, ihr Mäuserich, ein attraktives, aber dennoch gesundes Mahl zu uns nehmen. Von zehn Tischen waren drei besetzt. Wir nahmen also Platz, studierten die Speisekarte und gaben bei einer geschätzt fünfzigjährigen, weißbeschürzten Dame unsere Bestellung auf. Während wir an unserem Mineralwasser nippten, trug jene besagte Dame die ersten Gänge der Bestellung eines anderen Tisches auf und verschwand im Gebäude. Kurz darauf hörte man ein lautes Porzellanscheppern mit nachfolgendem Schimpfen einer männlichen Stimme. Der ältere Gast eines anderen Tisches rief daraufhin: *„Jouh, alle Neune, weiter so!"*
Die vorbenannte Dame trug dann weitere Speisen mit sichtlich unsicherem Gang und Bewegungen auf, worauf sie wiederum im Haus verschwand und nachfolgend im Hauseingang ein Tablett ihrem Griff entglitt, sodass die ganze Ladung mit einem Haufen Scherben auf dem Boden landete. Dann hörte man noch lauteres Geschrei, eher ein Toben. Der mokante Gast gefiel sich dabei erneut in Spott und Hohn: *„Jouh, wieder alle Neune!"* Wir waren fassungslos angesichts einer solch niederträchtigen Ignoranz. Diese Frau brauchte weder Spott noch Hohn, sie brauchte dringend Hilfe.

***

An einem sehr warmen Sommertag - wir hatten an die achtunddreißig Grad Celsius - fuhren Meike und ich zum

Plaggenvenn, dieser Heidelandschaft westlich unserer Stadt, um nach dem Ergehen der Pflanzenwelt dort bei den hohen Temperaturen zu schauen. Der freie Parkplatz versprach einen ungestörten Rundgang. Indem wir dann langsam durch die Heideflächen schritten und ein schwacher Wind uns umspielte, waren weder Vögel zu hören noch Insekten zu bemerken. Nur Menschen gab es dort - aber nur zwei. Uns. Alle verkrochen sich, flüchteten und retteten sich in den Schatten. Die Sonne stand zwar heiß auf unseren weißen Hemden, aber diese Ruhe war fantastisch, und wie wir so langsam durch dieses Naturschutzgebiet schritten, war es durchaus erträglich dort. Während dieses Rundgangs kamen mir die Worte eines bekannten Wissenschaftlers in den Sinn, der als Neurologe der menschlichen Intelligenz, dem Geist, dem Ort der Gedanken auf der Spur war. Da aber im menschlichen Gehirn kein Nervenzentrum zur Verarbeitung einer unserer Gedankentätigkeit angemessenen Datenmenge mächtig, beziehungsweise überhaupt auffindbar war, blieb die Verortung unserer Gedanken und Ideen ein Rätsel. Es gebe im Gedankenfach bloß Leerstellen, Wachstafeln gleich, die beschrieben und danach wieder gelöscht würden, hieß es. Eine seiner Feststellungen war das Vorhandensein einer Intelligenz ohne Gehirn, wie sie sich in der erstaunlichen Steuerung der Evolution manifestiert. Eine Flut an Fragen taten sich dazu auf. Wo ist die Intelligenz der Natur und warum werden ihre Kreaturen ständig intelligenter? Werden sie überhaupt intelligenter? Ist es überhaupt richtig, nach Intelligenz zu suchen, oder sollte man eher die Intensität evolutionärer Vernetzung betrachten? Dies wäre auch nur dann sinnvoll, wenn wir unsere Betrachtungen in den Kontext langfristiger, das heißt,

Millionen Jahre unstet währender und regional sehr unterschiedlicher biologischer Zustände stellen.

Indem wir fragten, wo denn das Gehirn der Natur sei, bemerkten wir, dass wir es gewohnt waren, gegenständlich zu denken.

Eine Hypothese des vorbenannten Wissenschaftlers war die eines gehirnförmigen Empfängers von Intelligenz in jedem unserer Schädel. Dabei gäbe es gute, schlechte oder gestörte Empfänger, die während des Schlafes ihren Betrieb herunterfahren, sodass bloß noch ein Widerhall des Wacherlebens durch die älteren Hirnareale donnert. Das wären dann die Träume. Aber nichts von alledem ist in unseren Gehirnen zu finden - nur Leerstellen – weil man dinglich sucht.

Wir waren bald an dem breiten Sandweg angekommen, von dem aus man einen schönen Blick auf die zentral gelegene Wacholdergruppe werfen kann. Hier haben wir vor einem Jahr Wildbienen bei bergbaulichen Arbeiten fotografiert und gefilmt. Auch den Bienenwolf hatten wir aufgenommen. Er gräbt einen Schacht von bis zu einem Meter Tiefe, überfällt eine Biene, lähmt sie durch einen Stich und schafft sie in seinen unterirdischen Bau. Dort legt er ein Ei auf die Beute, die dem Nachkömmling als erstes Futter dient.

Indem wir weitergingen, sprachen Meike und ich über diese Intelligenzhypothesen und freuten uns auf einen schönen Schluck Wasser, den wir im Auto stets verfügbar hatten.

Als wir auf dem Parkplatz standen, sahen wir einen jungen Radfahrer, der mit einem weißen Kopfhörer auf dem Schädel freihändig fahrend ein wildes Solo auf seinem virtuellen Schlagzeug hinlegte und sich nach einem Schlenker beinahe selbst hinlegte. Wir scherzten über seine Erscheinung und vermuteten, dass der Kopfhörer eine Art Störsender darstellte.

Nachdem ich an einem der nächsten Tage unser Auto in der Garage abgestellt hatte, hörte ich das Gespräch zweier entfernterer Nachbarn, in dem es um Gerechtigkeit ging. Ein Nachbar entrüstete sich über die Tatsache, dass eine Mietpartei in unserem Haus zwei Garagen belegte. Er selbst wartete schon seit längerer Zeit auf das Freiwerden eines Automobilunterstandes und empfand den derzeitigen Zustand als ungerecht. Der andere Nachbar hielt dagegen und vertrat die Meinung, dass die Verhältnisse durch einen Mietvertrag legitimiert seien. Ich stellte mich dazu, weil einer von den beiden nach meiner Sicht der Dinge fragte. Doch ich wollte mich auf keine Seite schlagen und merkte lediglich an, dass das Wort »gerecht« von dem Wort »Recht« abgeleitet sei. Aber welchem Recht? Der Nachbar, der die gegebenen Verhältnisse verteidigte, wies auf Verträge hin, die auf der Basis von Gesetzen abgeschlossen wurden und unsere Gesetzgebung stelle schließlich eine hohe Art der Gerechtigkeit dar. Ich gab zu bedenken, dass subjektives Gerechtigkeitsempfinden die sonst respektierten Gesetze als nicht ausreichend ansieht und zwangsläufige Ungleichheiten als ungerecht kritisiert. Dies beträfe vor allem persönliche Verhältnisse, die sich dem Betreffenden durch die Ausblendung der Rechtsansprüche des Kontrahenten als ungerecht und beklagenswert darstellen würden.

Während diesem Hin und Her rollte Archies Karmann-Ghia auf den Hof. Eine Gelegenheit für mich, dem

Gerechtigkeitsgeplänkel zu entkommen. Während er das Cabrio-Dach seines Oldtimers schloss, wandte ich mich ihm zu: *„Löppt allens, Archie?"*

„Mutt!", meinte er und zeigte auf die Diskutanten: *„Wat heft die dann?"*

„De Hövelmann will en Garaasch hebben, aver all sünd besett", versuchte ich mich auf Platt.

„He steiht doch ümmer op 'n Radweg, mit 'n Auto. Dat warrt em woll to düer", vermutete Archie.

„Wahrscheinlich", befand ich, *„Er findet die Welt ungerecht."*

„Jo, da kann he woll recht hebben", schloss Archie.

Jetzt fängt der auch noch an, dachte ich, und ging zur Bäckerei Verhoek, Kuchen kaufen.

Plastikmalzeit – Müll am Bein - Auf dem Trödelmarkt

Unsere Überflussgesellschaft schlägt die seltsamsten Kapriolen.

——

Vor fünfunddreißig Jahren kochte ich wie heute öfter einen Eintopf, den wir dann in geeignete Kunststoffbehälter abgefüllten und einfroren. Das war sehr praktisch, denn wir konnten uns über den Tag hinweg in der Natur bewegen und zu Hause taute ein Eisblock still vor sich hin. Nach der Heimkehr gab ich eine halbe Tasse Wasser in den Eintopf, stellte den Herd an und schon bald stand ein vollständiges Mittagsmahl auf dem Tisch. Die dafür verwendeten Behälter von eineinhalb Litern Inhalt wurden danach gespült und als

Leerboxen in den Schrank zurückgestellt. Eines Tages fiel uns ein sehr unangenehmer Geruch in dem Schrankteil auf, in dem die Boxen standen. Wir schauten uns die Behälter an und rochen an ihnen. Widerlich. Die Dinger stanken. Also, weg damit. Ab dieser Zeit verwendeten wir zum Einfrieren bloß noch Edelstahlschalen, und unsere Abneigung gegenüber allem Kunststoff in der Küche ließ uns stets dann zurückschrecken, wenn wir von jemand eingeladen waren, bei dem Speisen aus Kunststoffbehältern angeboten wurden. Dazu gehörten vor allem die bis heute gerne verwendeten Plastikbehälter und Frühstücksbrotbehälter sowie Salatschüsseln. Warnende Hinweise sprachen von Phthalaten, Weichmachern im Plastik, die Allergien und Krebserkrankungen auslösen können. Ein extremes Beispiel für den Umfang der Plastikverwendung war eine bis unter die Decke mit Kinderspielzeug aus Plastik gefüllte Garage in der Nachbarschaft.

Vor vielen Jahren erkannte man bereits das große Problem des Mülls im Meer; man stolperte darüber. Weltweit gab es keinen Strand ohne angeschwemmten Plastikmüll. Dann schaute man genauer hin und entdeckte Mikroplastik, das auch im Fischfleisch nachweisbar war. Gleichermaßen war die chemische Belastung der Meere alarmierend hoch.

Damals besuchten wir verschiedene Produktionsstätten von Meersalz in Frankreich und kamen zu dem Schluss, dass in zu Salz eingedampftem Meerwasser die Konzentration von chemischen Einträgen hoch sein müsste. Und dann das:

Mit dem sogenannten Fleur de Sel, der Blume aus Salz, wurde das Meersalz populär gemacht. Jeder Fernsehkoch, der etwas Besonderes bieten wollte, empfahl Meersalz als

Geheimtipp, der von nun an nicht mehr geheim war. NaCl bleibt NaCl, und wenn die Begleitstoffe die Qualität ausmachen, dann haben die Köche uns einiges voraus. In vielen Verkaufsregalen stand und steht Meersalz mit seinen chemischen, leckeren Begleitstoffen und nachweisbaren Mikroplastikanteilen. Guten Appetit.

***

An einem Tag im Juni kam ich von der Bücherei und ging mit viel Zeit durch unsere Straße. Einer unserer automatisierten Müllwagen lärmte die Straße entlang. Um Personal einzusparen, hatte die Kommune diese seltsamen Maschinen angeschafft, welche die Mülltonnen selbsttätig greifen und entleeren können. Dazu mussten die Tonnen auf einem markierten Platz mit der Öffnung in einer vorgegebenen Richtung abgestellt werden. Wenn sie deutlich abweichend von der erforderlichen Position aufgestellt waren, konnte die Leerung nicht erfolgen. Tja, Technik ist ein Sensibelchen. Da haben wir uns seit den fünfziger Jahren in eine schöne Bredouille manövriert.

Als ich noch ein kleiner Junge war, stand in jedem unserer Zimmer ein Ofen, der morgens mit Papier, Reisig oder Spänen entzündet, mit Holz angeheizt und schließlich mit Eierkohlen oder Braunkohlenbriketts beschickt und unterhalten wurde. Wir hatten es warm, es roch gut, und der Aschenkasten des Ofens musste nur einmal am Tag in einer Aschentonne aus Stahlblech entleert werden. In der Tonne landeten auch noch Blechdosen, Flaschen, Tuben und vereinzelt auch Küchenverschnitt. Mit der Einführung der Mülltonnen aus grauem Plastik, auf denen der Hinweis stand „Keine heiße

Asche einfüllen", kam dann zunehmend mehr Plastikabfall dazu. Plastik in Plastik. Das Zeitalter der Plastiktüte hatte begonnen.

Die Aufgabe der Beseitigung dieser Stoffe wurde dann hier wie dort nach dem Prinzip „Aus den Augen – aus dem Sinn" gelöst. Das konnte man in der Oase Nefta in der Nordsahara studieren. Die Menschen im südlichen Tunesien waren es gewohnt, nichts wegzuwerfen; alles fand eine neue Verwendung. Mit dem Plastik kam das Problem der Weiterverwendung nicht haltbarer Gegenstände auf die Oasenbewohner zu. Man suchte sich eine abgelegene Dünenmulde und brachte die geplatzten Plastikeimer, gerissenen Tüten und Siebe sowie viele andere Kunststoffteile, aus denen die Weichmacher entwichen waren, an diesen Ort und überließ es dem Wind, diese unbrauchbaren Dinge mit Wüstensand zu überwehen und so aus der Welt zu schaffen. Nach einigen Jahrzehnten, wenn die Wanderdüne weitergewandert war, würde man am Fuße eines Sandbergs seltsame Dinge aus einer früheren Zeit entdecken und als archäologische Funde wertschätzen.

„Wat steihst du hier so rüm, hest du keen, den du argern kanns?" Archie stand neben mir.

„Ach Archie, ich schau mir nur den Müllwagen an."

„Jouh, de Dinger hebbt nu ok Naams. Dat is de Otto", Archie wies auf den weißen Müllwagen hin, der mittlerweile seine Tour auf der anderen Straßenseite zurück lärmte. Wir lachten.

***

Vor dem Bürgerbüro unserer Stadt hingen viele Plakate, welche im Kampf gegen die allgemeine Langeweile

Veranstaltungen bekannt machen sollten. Musiker, Theatertruppen, Witzbolde und verschiedene Ausstellungen buhlten um die offenen Augen und Ohren der Geneigten. Im Büro lagen kleine Veranstaltungskalender für das nächste Halbjahr aus. Dort fand ich einige interessante Termine, darunter eine Schimpfwort-Olympiade und einen Alltagsratgeber „Besser meckern". Zu Hause war ich in einen Text vertieft, als Meike mit dem Veranstaltungskalender in der Hand ins Arbeitszimmer trat und mir die Teilnahme an der Schimpfwort-Olympiade vorschlug. Ich beherrsche doch ein ansehnliches Repertoire an verbalen Unflätigkeiten, das könne ich doch auf die Probe stellen, schlug sie vor.

„*Die Veranstaltungsschlammquirler sollen sich einen anderen suchen, ich bin doch nicht Everybodys Lachsack*", erwiderte ich, „*Später mal.*" Meike schaute mich amüsiert an und sagte: „*Eben, du bist nicht zu bremsen.*"

Also verlegte ich mich auf die Notierung unbekannter Schimpfwörter wie Maulhansel, Strohkläffer, Giftzahn und Waschelfranz, wobei ich mir jegliche Tiervergleiche versagte. Friedrich Nietzsche befand: „*Wenn ein Mensch vor Lachen wiehert, stellt er sich noch unter das Tier durch seine Gemeinheit.*" Die ganze Sache gefiel mir nicht. Was blühte denn dem Gewinner dieses Wettbewerbs? Doch wohl nur der zweifelhafte Titel eines Bezirkssprücheklopfermeisters. Dies aber, so schien mir, wäre meiner Reputation zu abträglich. Wir reichten meine Vorschläge dennoch ein.

Nach einer Woche wurde der Gewinner gekürt. Ein gewisser Alfons Heyer errang die Urkunde mit Wortschöpfungen von derart ausgesiebter Boshaftigkeit, dass ich sie nicht in mein Vokabular aufnehmen wollte. Heyer war jetzt der Stinkstiefel des Jahres. Wie der Pokal aussah, wollte ich mir nicht ausmalen.

***

Da vermeinte ich, die Menschen zu kennen und war doch bei jeder Gelegenheit erstaunt, wie fremd mir viele ihrer Handlungsweisen und Vorlieben vorkamen. Unter Umständen sind diese Effekte aber auch meiner Weltfremdheit geschuldet. Während ich auf dem Balkon stehend die letzte Zigarette des Tages paffte und dabei die spätabendliche Ruhe in unserer Straße genoss, schob eine Frau mit zwei kleinen Kindern einen hoch gefüllten Einkaufswagen vor sich her und blieb vor dem einen oder dem anderen Haus stehen. Dann zog sie eine oder zwei prall gefüllte Plastiktüten aus dem Wagen und stopfte sie in die Mülltonnen der Anlieger, auch in unsere. Welch seltsame Szene.

Auf der gegenüberliegenden Straßenseite war am frühen Abend eine über acht Meter lange Front aus Sperrmüll aufgebaut worden, an der im Laufe der folgenden Stunden ständig verschieden Leute Interesse fanden. Indem sie in die aufgebaute Front des Sperrmülls Schneisen wühlten, nicht interessante Gegenstände auf dem Gehweg verteilten und ihn so in ein Trümmerfeld verwandelten, boten sie dem unwillkommenen Beobachter einen Einblick in ihre befremdliche Seele. Ein Gegenstand, eine mit vielem aus Glas geschliffenem Strass behangene Zimmerlampe, war mir in Erinnerung geblieben. Es gab den Fall einer Familie, die bei ihrem Wohnungswechsel einige Möbelstücke auf dem Gehweg abstellte und einen Trödelsammler unter Anwendung manueller

Argumente davon abhalten musste, sich an ihrem Eigentum zu vergreifen.

***

Auf dem jährlich abgehaltenen Trödelmarkt einige Wochen später auf der Festwiese unserer Stadt waren bereits ab acht Uhr in der Frühe beinahe einhundert Stände aufgebaut worden. Auf den teilweise überdachten Auslagetischen befand sich Second-hand-Bekleidung, alte Schallplatten, Möbel, Nähkästchen, Gesellschaftsspiele, kurz: Trödel; aber auch kommerzielle Ware wie kunsthandwerklicher Schmuck war darunter.

Dies war kein Ort, den Meike und ich aus Kaufinteresse besuchten. Unsere Wohnung enthielt zwar viele Dinge, aber allen konnten wir einen Nutzen zusprechen. Keine »Schätzchen« und keine Dekoration verstellte unseren Wohnraum, wir hatten alles und brauchten nicht mehr. Dennoch schritten wir durch die Reihen der Stände, schauten mal hier - mal dort auf die Auslagen und versuchten, hinter einem der Stände Sieglinde Mauss zu entdecken, die von solcherart Freizeitbetätigung angetan war. Ihr war vor allem der Second-hand-Gedanke dieser Veranstaltung wichtig. An einem Stand meinte ich, den Strasslüster aus unserer Straße entdeckt zu haben. Ich wollte Meike von der Herkunft dieser Zimmerlampe erzählen, aber sie war schon weiter gegangen. Die überschaubare Menge der Besucher ließ mich bald ihre winkende Hand entdecken. Sie hatte zwei Stände weiter Siggi Mauss entdeckt und stand neben ihr. Ich ging zu ihnen und warf einen Blick auf Siggis Stand. Auf einem Tapeziertisch war in Stellkästen eine ansehnliche Sammlung alter LPs

aufgebaut und daneben standen zwei Plattenspieler, Hüpf-
seile, Hula-Hoop-Reifen, Kristallgläser und einige in früheren Zeiten beliebte Setzkästen. Neben einem Kleiderständer
mit sehr unterschiedlichen Bekleidungsstücken waren an einem Gestell verschiedene Mobiles aufgehängt, die im seichten Wind spielten. Siggis Auslagen waren alle aus einer für
mich sehr bedeutsamen Zeit. Erstaunlich. Sie wandte sich mir
zu: *„Gefällt dir mein Angebot?"*

*„Ja, aber nicht als Kunde, mehr als Hobby-Historiker. Das
alles entstammt einer längst vergangenen Welt, die für sich
genommen auch vollständig war. Die Setzkästen, die Mobiles, der Dual-Plattenspieler. So einen hatten wir auch, danach kam ein Thorens."* Ich war seltsam berührt. Meike
schaute jetzt auch auf Siggis Auslagen, ging zu den LPs und
zog eine hervor: *„Schau mal, Van McCoy."*

„Gleich findest du Lynsey de Paul mit Sugar me", ahnte ich.
Siggi war mit einem Interessenten befasst und kam jetzt zu
uns: *„Die LPs, ja. Ein Verwandter wollte die wegwerfen.
Dann hat er sie mir gegeben."*

*„Das ist alles wie aus unserem alten Wohnzimmer. Ein Mu-
seum, das mich sehr berührt"*, erklärte ich.

Wenn ich jetzt mit der zwanzigjährigen Meike und mir, ihrem Verlobten zeitreisend sprechen könnte, was würde ich
den beiden sagen? Ist doch klar: *„Hallo, ey."*

Mal im Ernst, die kamen schließlich mit ihrem Geld einigermaßen hin, aber die Zukunft war so schrecklich unberechenbar - empfinde ich heute. Die als schrecklich empfundene
Lage erklärt sich aus unserem heutigen hohen Sicherheitsbe-
wusstsein. Uns hätte damals jederzeit eine Atombombe auf
das Dach fallen können. Damit mussten wir leben – und wir

lebten. Man sollte, wenn man könnte, seine schützende Hand über die beiden halten. Die großen Umbrüche standen ihnen noch bevor und es hat sie nicht zerrissen. Nach Jahren haben wir unsere Plattensammlung in die Tonne gehauen, haben keinen Setzkasten und keine Mobiles mehr aufgehängt und haben den Thorens-Plattenspieler zum Wertstoffhof gebracht. Dann kam das Telefon und später das digitale Zeitalter.

Die - oder wir – haben geahnt, dass es weitergeht und bisweilen die Vermutung gehegt, dass ein guter Geist seine Hand über uns hält.

Unsere Stadtverwaltung – Behäbig und Wichtig – Ruben Colditz - Tanzstunde

Seltsame Geräusche auf der Straße, eine Inspiration führte zu lustigen Reimen, ein Senior bestärkt mich in meinem Hang zum Schreiben, bevor ich zu einem Tänzer wurde.

——

Vor unserem Haus machte sich in letzter Zeit bei so gut wie jedem vorbeifahrenden Auto ein dumpfes Geräusch bemerkbar, dessen Herkunft unklar war. Nicht dass uns das „Klunk-Klunk" störte, aber es passte nicht in die gewohnte Akustik dieser Gegend. Bereits nach kurzer Zeit konnte ich das Geräusch einem lockeren Gullydeckel zuordnen, der, jedes Mal, wenn ein Auto ihn mit seinen Rädern überfuhr, in seiner Fassung kippelte. Der Unterschied von einem festen Deckel zu einem losen Deckel ist der, dass der lose Deckel zunehmend loser würde. Also rief ich bei der Stadtverwaltung an und wollte meine Beobachtung melden. *„Ich werde es weitergeben"*, sagte die Stimme am anderen Ende des Fernrohrs. Nach einer Woche hatte sich nichts getan. Ich rief erneut an. Diesmal hielt man mich mit dem Hinweis hin, der zuständige Kollege würde zurückrufen. Nach einer weiteren Woche ohne Rückruf schwoll mir der Kamm. Solche Hinhalterei nagte an der Sollbruchstelle meiner Gemütslandschaft. Ich rief Siggi Mauss an, die sich in allen Verwaltungsangelegenheiten bestens auskannte, und schilderte ihr meine Meldeversuche.

„Tja Piet, du hast doch selbst lange in einem Büro gearbeitet, dann müsstest du doch wissen, dass Antworten wie »Ich geb das weiter« oder »Ich ruf zurück« so viel heißen wie »Lass mich in Ruhe« oder »Klei mi an Mors«. Besser funktioniert der schriftliche Antrag auf ein Meldeformular, mit dem du im städtischen Tiefbauamt sofort eine Reparatur veranlassen kannst."

„Das ist ja erstaunlich einfach. Kannst du in diesem Fall die Sache etwas beschleunigen?"

„Kann ich. Mach ich mal. Gruß an deine Frau."

Am nächsten Nachmittag wurde der Gullybereich abgesperrt und die Fassung ausgetauscht. Unsere Stadtvergewaltung funktionierte einwandfrei.

***

In der Nacht warf mich eine seltsame Wachheit aus den Federn. So stand ich auf und genoss bei geöffneten Fenstern die für diese Gegend seltsame Ruhe. Dabei kamen mir die Worte des verehrten Nikotinus dem Allerwertesten in den Sinn. Er sagte: „*Des Nachts, wenn alles ruhig und still, klingt selbst ein Pups wie Sturmgebrüll.*" Welche von unergründlicher Intuition geleitete Beobachtungsgabe hatte doch dieser große Philosoph! Von einer merkwürdigen Inspiration bewegt, wagte ich einen Ausflug in das beschwerliche Ambiente unseres täglichen Umgangs miteinander und schrieb:

Herr Behäbig und Frau Wichtig
Trafen sich in Ristorante,
dass man seiner angesichtig
und danach viel besser kannte.

Außerdem erschien ein Rahmen
von exotischem Design
singulären Herrn und Damen
durchaus angenehm zu sein.

Darum schwollen ihre Herzen
hoffnungsfröhlich inspiriert,
weil ein Dinner unter Kerzen
manchmal in die Ehe führt.

Guter Sekt für nette Leute,
diese sprachen über Liebe,
meinten aber ihre Beute,
denn Gelegenheit macht Diebe.

So bedachte ihn beim Sitzen
die erotische Naive
mit gezielt graziösen Blitzen,
Wimpernklimpern inklusive.
Gerne folgte er dem Locken

visueller Körperproben
bis ins tiefe Tal der Glocken,
die sich ihm entgegenhoben.

Dabei zeigte nun der Bube
aus milieubedingtem Hang
eine solche Kinderstube,
dass der Abend grob misslang.

Madame Wichtig stellte offen
jede Harmonie infrage,
Behäbig ging derweil besoffen
In die waagerechte Lage.

Und schon bald war allen klar,
dass mehr Lenkung in den Trieben
mit Ziel der Ehe wünschbar war.
So sind sie denn allein geblieben.

Bei Gelegenheit wollte ich Klaus Steineck diese Zeilen vorlegen, auch auf die Gefahr hin, dass er mir triviales Handwerk vorwerfen sollte. Was blieb mir anderes übrig, als meinem inneren Sturm zu folgen! Solche produktiven Momente hat man nicht so oft.

***

Ruben Colditz war ein etwas steifer, dennoch mit junggebliebener Mentalität ausgestatteter, freundlicher Mann, der in unserer Firma früher eine langwährende und herausragende Position eingenommen hatte - kurz, er war eine Prominenz. Die meiste Zeit seines Arbeitslebens hatte er mathematische Aufgaben mit dem Rechenschieber gelöst. Das Erscheinungsbild des stets korrekt Gescheitelten war durch seine Bekleidung aus Anzug und Krawatte geprägt. Ruben ging öfter in den Wald, auch in Anzug mit Krawatte, um Beeren und Kräuter zu ernten, aus denen er dann Salate zubereitete. Gleichermaßen schätzte er ein Gläschen Wein zu manchen Gelegenheiten. Jetzt war er im Ruhestand. Bisher noch der gefragte Fachmann, so hatte von einem Tag auf den anderen niemand mehr nach seiner Expertise gefragt. *„Nobody knows you when you're down and out"*, hieß es in einem Blues und beschrieb damit auch Rubens Gang in den Ruhestand. Trotz alledem war diese Zeit für ihn eine Eröffnung ungeahnter Möglichkeiten: Er gab sich mit allen seinen Sinnen der Lyrik hin. Klaus Steineck machte mich auf einen Beitrag von Colditz im Stadtkurier aufmerksam, in dem er sich zur regionalen Mundart äußerte. Seine Telefonnummer war leicht zu bekommen. Ich rief ihn an und wir verabredeten uns auf der Terrasse des Cafe-Restaurants Voigt in der Innenstadt. Als ich über die Stufen einer breiten Freitreppe die Terrasse erreichte, saß Colditz bereits an einem freien Tisch. Wir begrüßten einander und bestellten Erdbeerschorle und Kaffee. Ein Gast am Nebentisch, der über seine eigenen Scherze als einziger und dabei sehr laut lachte, raubte mir die nötige Konzentration zur Führung eines mir wichtigen Gesprächs. Wenn sich jemand für längere Zeit intensiv mit Menschen beschäftigt, sie beobachtet, ihr Tun und auch die feineren Nuancen ihrer Gesten und Äußerungen zu verfolgen sucht, dann kann er nicht in eine Menschenmenge hineingeworfen sein, ohne dass ihn die übermäßige Anzahl der von den Anwesenden ausgesandten Signale zu erschlagen droht. In einer vergleichbaren Situation befinden sich jene Menschen, die mit einer

Form des Autismus leben müssen und häufig einer unerträglichen Reizüberflutung ausgesetzt sind.

Ich reichte Colditz drei oder vier meiner Arbeiten, die er durchlas, und sagte:

„Gut, Herr Baumann. Sie bevorzugen die sogenannte deutsche Volksliedstrophe, das heißt, einen vierzeiligen jambischen Drei-Vier-Heber mit Kreuzreim. Sie pointieren und beschreiben Details recht gut."

„Und dieses Stück?" Ich zeigte ihm mein letztes Elaborat, das er kurz überflog.

„Erotische Einspielungen sind in der seriösen Lyrik unüblich und eher ein komödiantischer Stoff."

„Bin ich dann ein Komiker?"

„Sieht so aus. Zumindest haben Sie einen Draht dazu, die Wellenlänge. Finden Sie Ihren Weg."

„Ich bin offenbar für Karrieren zu alt - aber für Schabernack jung genug", folgerte ich.

„Vielleicht. Je oller, je doller", schloss Colditz. Wir lachten. Ist ja klasse, ich bin ein Witzbold. Unter Umständen ja doch »Everybodys Lachsack«. Na, da kann ich aber noch reichlich nachlegen. Wir nahmen nochmal Kaffee.

Einige Personen traten auf die Terrasse und schritten zielbewusst auf den besagten Nebentisch zu. Man kannte sich. Ein lautstarkes mehrstimmiges Hallo erscholl und legte sich nicht mehr. Unter bedeutendem Lärm begann das große Knuddeln, Umarmen, Schulterklopfen, Drücken und Küssen. Man rückte zusammen und entlieh Stühle, auch von unserem Tisch. Ein Kellner kam ordnend hinzu und dirigierte das Zusammenstellen verschiedener Tische. Ich dachte, hoffentlich werden die nicht noch intim.

Colditz und ich erzählten dann noch über unsere ehemalige Firma und den unerwarteten Ausstiegsschock. Nach einem Gang zu den Parkplätzen trennten sich unsere Wege. Er wünschte mir noch viel Erfolg und ich ihm eine gute Zeit.

***

An einem der nächsten Tage kam ich auf der Heimfahrt von einem Klienten durch die Waldhauser Neustadt, einen eher straßendorfähnlichen Ausläufer der städtischen Bebauung. Hier wohnten Georg und seine Frau. Da ich die beiden auch ohne Anmeldung besuchen durfte, bog ich in die Lycker Straße ein, die in ihrem hinteren Teil aus einer einzigen Baustelle bestand. Nachdem ein entfernterer Parkplatz gefunden war, ging ich meinen Weg über Bretterwege und zwischen aufgestellten Barken hindurch. Am Ziel stand Jutta in der geöffneten Tür, durch die mir Musik entgegenscholl.
„Piet, tritt ein, was verschafft uns die Ehre?"
„Mein Gesprächsbedarf mit din Pap."
„Der ist noch nicht da, aber tritt ein, Mama und ich haben Tanzstunde."
Ich trat ein und sah eine strahlende Gerdi im Wohnzimmer. Sie stellte die Musik leiser und wandte sich mir zu: *„Georg kommt in einer halben Stunde, willst Du auch ein Tänzchen wagen?"*
„Lieber nicht, ich trete Euch ohnehin bloß auf die Füße, außerdem tanze ich nie, ich hab auch sowas nie gelernt. Regentanz und der gefährliche Pogo sind das Einzige, was ich kann, das brauchte ich aber nicht zu lernen."
Also zappelten Mutter und Tochter noch ein paar Mal im Foxtrott, im Quickstepp oder wie diese Hüpferei auch heißen

260

mag. Ich hatte meinen Kaffee und ertrug die triviale Musik, zeigte aber keinerlei Qual des Zuhörens, denn ich wollte den beiden ihre gute Stimmung nicht nehmen. Dann kam Jutta auf mich zu und zog mich, der sich heftig, aber höflich wehrte, auf die freigeräumte Fläche. Ihrer Gewalt nachgebend bog sie mich in die Ausgangsstellung für, wie sie erklärte, einen Foxtrott. Es folgte Schritt – Schritt – Seit - Schluss, Schritt – Schritt – Seit - Schluss und so weiter. Das machte zwar keine Freude, aber ich zeigte dennoch welche. Dann erlöste mich Georg aus der rhythmischen Umklammerung seiner weiblichen Restfamilie. Er hatte in seinem Fußballclub eine Diskussion über Fördermittel und stand schon einige Zeit mit einem Kaffee in der Tür. Wir zogen uns in sein Arbeitszimmer zurück.

„Bombige Stimmung bei Euch", befand ich.

„Wenn Gerdi Hausarbeit erledigt, stellt sie sich gern laute Musik an. Jutta mag das auch", so Georg. Ich erzählte von den Ereignissen in der Schmiede und von der schmutzigen Hand. Dazu fragte ich, ob wir in unserer Geschichte ein traumatisches Vorkommen in Verbindung mit einer schmutzigen Hand hatten.

„Schmutzig waren unsere Hände häufig, aber nicht so, dass man Angst vor ihnen bekommen hätte", erklärte Georg. Mein Rätsel harrte also weiterhin einer Lösung.

Als ich gehen wollte, fingen mich Gerdi und Jutta wieder ein. Ich sollte nochmal Foxtrott üben. Dann hatte Jutta die Idee, es mit Lambada zu versuchen, dem ich mich freundlich entzog. Die ganze Zeit stand Georg mit strahlendem Gesicht dabei. Wehe, wenn sie losgelassen.

Der Vortrag – Die Sprache der Tiere – Tango! – Christa Sollbeck

Meine Tätigkeit als Hobbyhistoriker zwang mich hinter das Pult, wonach ich versuche, mit einem Tier zu sprechen. Als Neutänzer erlebte ich couragierte Alttänzer, bevor eine unerwünschte Person zum zweiten Mal in mein friedliches Leben trat.

——

An langen Abenden schrieb ich an der Geschichte meiner Lehrzeit Anfang der siebziger Jahre. Da man mir die bildungsbezogene Verwendung meines Aufsatzes nahelegte, empfahl die VHS, einen Vortrag über dieses, die industrielle Geschichte unserer Gegend beschreibende Thema zu halten. Auf einer Bühne zu stehen, war noch nie mein Ding.

Im Vortragssaal der VHS war auf dem Podium ein Pult mit einem Mikrofon aufgebaut. Ungefähr sechzig Zuhörer waren anwesend, von denen mir einer auffiel. Der finster dreinblickende Mann hatte entfernt Ähnlichkeit mit einem damals stets fröhlichen Burschen namens Armin. Ich fing also an:

„Unsere Region war in den 60er Jahren noch sehr von der Industrie geprägt. Die Firmen konkurrierten untereinander um das reichhaltigste Angebot für Lehrlinge. Wir erlebten Leistungen wie Sportstunden, Lehrlingsfahrten und Weihnachtsfeiern als Selbstverständlichkeit, weil wir es nicht anders kannten."

Das Mikrofon war kaputt. Darauf herumtippen half nicht. Dann eben ohne, aber mit lauterer Stimme.

„Zweifellos kam die damalige Lehrzeitausgestaltung unseren Jahrgängen sehr zugute. Die Umgangsform in meiner Lehrfirma war durch die natürliche Autorität der Lehrmeister und deren Geradlinigkeit geprägt. In der Lehrwerkstatt fanden

die Lehrlinge ihren Platz in einer geordneten Gruppe und im besten Fall eine Identität mit Vorstellungen von Maß und Ziel.

Nachdem ich im Herbst 1969 mit einem Sinn für Sabotage die von meinen Eltern angemeldete Aufnahmeprüfung an der Kaufmannsschule in den Sand gesetzt hatte, weil ich kein »Koofmich« werden wollte, besorgten sie mir bei der Firma Rockfeld eine Lehrstelle zum technischen Zeichner. Beim Eignungstest erhielt der Proband einige Aufgaben, die den Sinn für das Gegenständliche überprüfen sollten; z.B. musste eine Anzahl Bauteile zu einem funktionierenden Gebilde montiert werden. Als geübter Fahrradbastler war das nicht zu schwer für mich.

Im April des folgenden Jahres standen wir zwölf neue Lehrlinge frisch blau gewandet in der Lehrwerkstatt und ließen uns durch unseren Lehrmeister und Ausbildungsleiter in die wichtigsten Regeln der Lehrwerkstatt sowie des Umgangs der Kollegen untereinander einweisen. Die Ausbilder für die Schlosser und für die Maschinenarbeiter standen ihm zur Seite.«

Eine Dame meldete sich zu Wort: „*Wurden denn keine Mädchen ausgebildet?«*

„*In dieser Firma nicht. Es gab noch keine Girlsdays.«*

Raunen unter den Zuhörern. Dann beschrieb ich im Einzelnen unsere Arbeit an der Werkbank mit den verschiedenen Werkzeugen und unsere Tätigkeiten an den Maschinen. Ich fuhr fort:

„*Die Ausbildungsvergütung betrug im ersten Lehrjahr 55 DM und wurde monatlich in einer kleinen Tüte in Bar samt*

*dem Lohnstreifen mit Lohnsteuer- und Sozialversicherungs-
daten überreicht.*

*Der Umgangston in der Lehrwerkstatt war robust, aber nicht
grob. Ein Ausbilder kommentierte einen, Coca-Cola in sich
einfüllenden, beleibten Lehrling mit den Worten: »Darum
bist du auch so aufgeschwemmt, du Schnarcher«. Auch »Du
Flabmann« gehörte unter uns ebenso zur normalen Sprache
wie »Ich glaub, ich spinne« oder »Ich mach dich nass«, sowie
»Ich brech zusammen« und »eine Zigarre bekommen«, als
Umschreibung des Erhalts einer Zurechtweisung. Andere Aspekte jener Zeit waren aus heutiger Sicht noch befremdli-
cher. Die Eltern eines Lehrlings hatten einem Ausbilder erlaubt, ihren Sohn zu schlagen, falls er nicht »spurt«. Auch in
vielen Schulen wurde damals noch geschlagen."*

Eine junge Frau kommentierte: *„Mittelalter".*

„Nein, nur fünfzig Jahre her", korrigierte ich.

Es folgten noch verschiedene Fragen zu den verwendeten
Werkzeugen. Nach meinem Dank an die Zuhörerschaft gab
es einen kleinen Applaus, dann war ich fertig, aber auch mit
meinen Nerven.

Mein Mitteilungsbedürfnis war seit jeher mäßig ausgeprägt,
daher wollte ich einen solchen Vortrag nicht wiederholen.
Ich hielt diesen auch nur auf Drängen zweier Bekannter von
VHS, die der Meinung waren, ich sei der ideale Vortragende.
Vielleicht meinten sie auch nicht »Vortragende«, sondern
»Märchenonkel«. Auf dem Heimweg begegnete ich einem
Hund, der einen Mann an der Leine hinter sich herzog. Der
Mann redete unmäßig auf die scheinbar fassungslose Kreatur
ein. Auf meine Frage, was denn passiert sei, sagte er, das Tier
müsse gehorchen. Der Hund kam mir bekannt vor. Ich

begegnete dem Schäferhund oder besser der Schäferhündin früher auf dem Heimweg vom Anorektischen Verein. Damals schauten wir uns an, schwiegen und versuchten, mit unseren Gesichtsausdrücken zu kommunizieren. Dass Hunde vor allem in menschlichen Gesichtern lesen, war mir bekannt. Das Tier und ich hatten damals nicht umfänglich diskutiert, aber die paar Momente waren eindrucksvoll. Ich sagte dem Herrn an der Leine, seine Hündin sei ein kluges Tier, und er möge nicht so streng mit ihr sein. Mein Gegenüber war sprachlos. Als ich dann weitergegangen war, rief er mir hinterher, sein Hund ginge mich nichts an. Da ich kein Messer in den Rippen haben wollte, setzte ich meinen Weg fort und dachte noch eine Weile über die Beschränktheit der menschlichen Wahrnehmungsfähigkeit nach, bei soeben erlebter Gestalt unbedingt inklusive.

***

Im Juli des gleichen Jahres verschlug es Meike und mich aus einer Verlegenheit in ein uns unbekanntes Lokal. Wir tranken Kaffee, als eine laute Ansage zum Tanzen aufforderte. Es erklang Tangomusik, dazu jammerte ein Bandoneon im Schmerz »Melancholie fatal« und zwei Paare betraten die bisher nicht als eine solche wahrgenommene Tanzfläche.
Als die vier ihre ersten graziösen Armbewegungen und Tanzschritte vollzogen, eilte ein drittes Paar aus einer dunkleren Ecke des Raumes hinzu und fand sogleich in die vom Rhythmus der Musik getragene Abfolge verschiedener Intentionsandeutungen, die man auch Tanz nannte.
Da diese Art der Gymnastik für mich eine völlig fremde Welt darstellte, möge man mir die laienhafte Beschreibung des

Tanzes nachsehen. Die beiden Nachzügler, eine korpulente Mittfünfzigerin und ein spindeldürrer, jüngerer Mann, schritten erstaunlich behände über die Tanzfläche, doch jedes Mal, wenn eine Kehre zu vollziehen war, vernachlässigte der sichtbar leichtere Mann seine Bodenhaftung, fand sie aber schnell wieder. Die beiden sahen aus, wie eine dicke Erde, welche von ihrem Mond umflogen wurde. Doch bei der nächsten kritischen Stelle verlor die Erdin ihr Gleichgewicht, stürzte und riss ihren Mond mit sich aufs Parkett. Sekundenlang lag er verblüfft auf der Dame (vermutlich stellte sie ein komfortables Polster dar), rollte unwillig ab und half der amüsierten Pummeligen auf die Beine. Allseitiger Applaus erscholl, als sie sich voreinander verneigten und ihren Tanz fortsetzten. Sie zeigten auf beispiellose Weise Haltung, Humor und Stil. Es wurde Zeit, dem von uns beabsichtigten Besuch eines Livemusikshops nachzugehen.

***

Es gibt eine Frau, der ich in hohem Maße dankbar bin, dass sie einen Hang zu Eskapaden hatte. So disqualifizierte sie sich durch ihr Verhalten im Wettstreit um meine Nähe. Ohne ihre Fehltritte wären wir längere Zeit zusammengeblieben, doch so konnte ich meine Verachtung ihr gegenüber ausgiebig genießen und in Ruhe auf ein Mädchen warten, das mir nicht auf den Keks ging. Das ist lange her. Man mag es „nachtragend" nennen, doch in Anbetracht meines darauffolgenden glücklichen Lebens nannte ich es „Dankbarkeit".
Sie rief an. Wer? Na, Christa Sollbeck, die vorbenannte Tante. Nach mehr als vierzig Jahren hatte sie sich die Mühe gemacht, meine Telefonnummer zu ermitteln. Eine Adresse

bei der Behörde nachzufragen ist leicht, aber eine Telefonnummer bekommt man da nicht. Sie, die aus meinem Leben seit Ewigkeiten verschwunden war, rief an, als hätten wir uns vor zwei Wochen noch gesehen. Sie wollte mich zu einem Treffen des Waldhauser CVJM-Tanzclubs einladen und merkte dabei an, dass ich ja dort auch sehr gerne meine Abende verbracht hatte. An häufig dort verbrachte Abende konnte ich mich nicht erinnern und fragte:

„Wie hieß ich denn damals?"

„Na Piet", so die Verachtete.

Derartige Unterstellungen meiner früheren Umgangsgewohnheiten waren offenbar den Spielarten einer lebhaften Fantasie geschuldet. Ich versuchte, mir ihr aktuelles Äußeres vorzustellen und sah vor mir eine schlaksige Gestalt mit langen Haaren, die sie sich damals zu meinem großen Bedauern abnehmen ließ, wodurch ich gewarnt war. Wenn ein Mädchen ihr Äußeres so radikal ändert, kann ihr Inneres für Überraschungen sorgen. Sie war ab dann, obwohl noch nicht volljährig, voller gespielter Souveränität. Von einer Woche zur anderen wurde sie eine genusssüchtige Taschengeldempfängerin, eine typische Gestalt der hedonistischen späten 70er Jahre. Sie dürfte jetzt achtundfünfzig Jahre alt sein. Tanzen auf Krücken oder so ähnlich. Ich merkte an, dass ich notorischer Nichttänzer war und daher kein Interesse an einem Besuch eines Tanzclubs hatte. Das Gespräch war damit beendet. Ich wirkte offenbar immer noch auf sie anziehend; na ja, ihr Problem. Hauptsache nicht ausziehend - in ihrem Alter. Zudem betrachtete ich ihre Kontaktaufnahme als den Versuch, die von mir hochgeschätzte, ihr geltende Verachtung aufzuweichen. Aber woher wusste sie, dass mir das Freude bereitete?

Beim Neuro – Auf dem Bolzplatz – Lustiges Reimen – Licht und Lärm

Ein Besuch beim Arzt bringt mich auf der Suche nach meinen Anwandlungen nicht weiter, aber ich lerne etwas über das Lachen, was ich auf dem Fußballplatz gebrauchen konnte. Nach der Freude am Reimen wird meine Stimmung durch eine Lichtshow gedämpft.

——

Es stand ein Besuch bei meinem Neurologen an. Ich würde ihm berichten können, dass die Anwandlungen und Visionen nicht mehr auftreten. Wiedermal stand ich dann vor dem weißen Schild mit der Aufschrift: »Dr. Rheinhard Weiz, Neurologe und Psychologe« Auf der Treppe des Ärztehauses fiel mir ein, dass ich ihm die Auswirkungen meines besonderen Talentes in all seinen Spielarten bisher verschwiegen hatte, da ich Bedenken hatte, er könne mich in eine Facheinrichtung einweisen. Dort wollte ich aber nicht hin, denn mit der schmutzigen Hand ließ es sich ganz gut leben und lustig waren die Anwandlungen auch. In der Erzählung »Simplicissimus« ließ der Autor Hans Jacob Christoph von Grimmelshausen seinen Protagonisten von seinem Aufenthalt bei einem französischen Arzt berichten, von dem er gelernt hatte, dass alles eine Krankheit sei. Selbst das Lachen sei eine Krankheit, die man aber nicht heilen müsse, weil es eine sehr lustige Krankheit sei. So ähnlich ging es mir auch. Ich könnte den Neurologen im Konjunktiv fragen, ob von solchen

Anwandlungen eine Gefahr für meine Umgebung und mich ausginge. Als ich eintrat, bearbeitete er intensiv seine Tastatur, schaute kurz auf und bat mich, Platz zu nehmen. Danach stellte er die Standardfragen nach Befinden und Medikamentenbedarf sowie nach Nebenwirkungen meines Medikamentes. Überrascht gab ich zu, Visionen gehabt zu haben, allerdings sei es bereits eine Weile her. Ich erzählte von einigen Erlebnissen, über die wir lachten, worauf er nach wiederkehrenden Merkmalen fragte. Ich nannte die ungewaschene Hand als sowohl drohende als auch strafende Erscheinung. Weiz machte sich Notizen. Dann fragte ich noch, ob Lachen eine Krankheit sei. Eine Krankheit sei das nicht, antwortete er, aber dass es eine der wichtigsten emotionalen Äußerungen ist und zu positiven wie negativen Anlässen auftritt. Fallweise kann es auch krank machen. Im schlimmsten Fall könne man sich totlachen. Beschwingt verließ ich das Sprechzimmer und bemerkte im Wartezimmer meinen Nachbarn Eltmann mit einem jungen Mann. Wir grüßten einander mit einem Handzeichen.

Auf der Straße ging mir das Gehörte durch den Sinn und ich beschloss, mich nicht totzulachen, auch wollte ich mich nicht auf eine Karriere als »Everybodys Lachsack« einlassen. Besser sei es, die milde Form des Lachens, das Lächeln vorzuziehen.

***

Auf dem Heimweg spazierte ich an dem nahegelegenen Bolzplatz vorbei, blieb stehen und schaute dem Spiel der gemischten Mannschaften zu. Es waren junge und ältere Burschen, Männer und zwei Frauen auf der Wiese und riefen sich ständig etwas zu, was ich nicht verstand. Ein schönes Bild der Gemeinsamkeit unterschiedlicher Menschen. Während eines Einwurfs beschimpfte ein Spieler der »Blauen« heftig einen Hundegänger, der seinen über den Platz wetzenden Jack-Russel mit Mühe eingefangen hatte. Der »Blaue« empfahl dem Herrchen, er möge sich samt seinem »Verschmutzer« zum Teufel scheren. Der keifte zurück. Dann kam mein Einsatz. Ein Ball ging erneut ins Aus und rollte geradewegs auf mich zu. Jetzt konnte ich, der ich noch nie einen Ball richtig getroffen hatte, zeigen, was noch so in mir steckte.

Ich stoppte den Ball äußerst elegant und nahm zwei Meter Anlauf, trat mit aller Macht auf das Sportgerät, oder wie man heutzutage einen Ball nennt, und trat daneben, rutschte durch den Schwung des vergeblichen Tritts aus und landete auf dem Rücken.

Die amüsierten Spieler forderten mich unter ermunternden Zurufen zu einem erneuten Versuch auf, den ich dann auch unverdrossen des misslungenem, mit einem ehrgeizigen Anlauf begann, nachdem ich mir den Ball, der bei meinem ersten Versuch bloß ein wenig seitlich abgelenkt wurde, zurechtgelegt hatte. Ein kräftiger Kick und – Pustekuchen, beziehungsweise Pusteball. Das Ding, sehr gut von mir getroffen, sagte nur: „Flapp", flog vier Meter weit und rollte müde eiernd ein paar Meter über die Wiese. Ein Spieler hob den Ball auf und drehte ihn in der Hand; die Luft war raus. Andere Spieler kamen hinzu und schauten sich die Bescherung an, beäugten auch meine Schuhe, ob sie nicht zu spitz waren. Ich fragte, was geschehen sei, worauf sie mich beruhigten: Ich hätte nichts kaputt gemacht; sie nähmen ihren Ersatzball.

Ich war nicht zum Fußballspielen geboren, und wenn man mich schon mal an den Ball ließ, ging das auf jeden Fall daneben. Zu Hause klopfte Meike den Staub von meiner Jacke und fragte, ob ich jetzt mit dem Fußballspielen beginnen wolle. Ich wollte nicht, wunderte mich allerdings über den mir immer noch innewohnenden Gemeinsinn. Als Hobbymenschenfeind war mir das nicht leicht erklärbar.

***

Seit meinem Gespräch mit Ruben Colditz versuchte ich öfter, Worte in kurzen Sätzen mit schwingenden Zeilenenden so aufzustellen, dass ihre Gesamtheit eine sinnvolle Aussage ergibt. Das war nicht leicht. Dazu brauchte man eine Vision, eine erzählbare Geschichte, die in starken und aussagekräftigen, dieweil verdichteten Sätzen ausgedrückt wird.
Im Folgenden beschrieb ich die Enttäuschung über die moderne Ignoranz gegenüber den schönen Worten, mit der Konsequenz einer Neuorientierung zum heiteren Fach. Diese kurze Beschreibung ließ sich dann dergestalt darstellen:

Öfter wollte ich probieren,
zarte Sinne lichterloh
samt und sonders zu entführen,
irgendwie nach irgendwo.

Dass ich leise Worte schriebe,
die in aller Tiefe glüh'n,
wo ein Stück von mir verbliebe,
wenn wir auseinander geh'n.

Doch mit Poesie entzünden

Colditz würde mich lieben - oder, äh – hoffentlich nicht. Jedenfalls würde ihm mein Entwurf gefallen.

Am Abend des gleichen Tages ab zweiundzwanzig Uhr wurde im Stadtpark eine Lichtshow veranstaltet, für die einige Baumgruppen und Gebäude mit Strahlern in das Licht von ständig wechselnden Farben gehüllt wurden. Gleichzeitig führte ein Schauer aus weißen Lichtpunkten, der unter sehr tiefen Bässen der akustischen Anlage aus den Bäumen auf uns niederprasselte, zur völligen Desorientierung. Auf der großen Festwiese, die in einen dünnen Nebel gehüllt war, entstand ein Hologramm, ein dreidimensionales Bild der Gesamtgestalt einer ehemaligen, verehrten und stadtbekannten Eiskunstläuferin, das sich mit der Ausdünnung des Nebels langsam verflüchtigte. Für den Genuss dieser Lichteffekte wurde extra eine Tribüne aufgebaut, die am Abend auch gut besetzt war. Neben der umzäunten Tribüne stand ein Kassenhäuschen und daneben eine Getränkebude. Dazu erklang an verschiedenen Orten Sphären- und Space-Musik, die ohne rhythmische Elemente komponiert war und mir gefiel, weil diese Art der Akustik gut für Himmelsvideoaufnahmen verwendet werden konnte. Wir gingen um die Festwiese bis zur Tribüne und schauten uns das Treiben an. Dabei fragte ich mich, warum die Besucher den Eintritt für die Tribüne zahlen, wenn man das Hologramm auch danebenstehend anschauen konnte. Weiterhin fiel mir der verbreitete Alkoholkonsum auf, obwohl ich wusste, dass das bloß die Spitze eines Eisbergs ist. Seltsam fand ich die Begeisterung der Menschen für die künstliche Verfälschung des natürlichen Farbeindrucks dieser schönen Gegend. Anders ausgedrückt: Wer mag schon blaue Spaghetti? Obwohl – ich kannte einen, dem war das zuzutrauen.

Das alles wurde lange vorher auf Plakaten angekündigt und erforderte auch einen hohen Aufwand an elektrischen Geräten und eine ansehnliche Kabelstrecke. Es sollte noch an einigen Tagen im Rahmen der Aktionswochen für die in den Ferien daheimgebliebenen Mitbürger wiederholt werden. Ich wunderte mich sehr über die Begeisterung der Leute für das Farbenspiel und fragte mich, welche Aussage diesem Spektakel zugrunde liegt. Wer Farben mag, wäre doch mit einem Kaleidoskop gut bedient. Oder, wer die Farbspielerei für das Eintauchen in eine andere Welt hält, dem hätte ich mein Medikament empfehlen können. Seine Nebenwirkungen ersetzten so manchen LSD-Trip - nur für Momente zwar, aber die waren bisher äußerst unterhaltsam und machten nicht süchtig.

Was die Farben angeht, bin ich nicht ohne Zweifel, ob mein »Rot« auch des Anderen »Rot« ist. Wir sind es gewohnt, Farbeindrücke den unterschiedlichen Dingen zuzuordnen. Es ist eine Vereinbarung. Meine rote Farbe nenne ich »Rot«, auch wenn sie für den Anderen blau aussieht und er diese ebenfalls »Rot« nennt. Dann könnte man nach der wahren Farbe des Mondes fragen.

Eine Geburtstagsfeier - Im Sportgeschäft

Die Details eines Festessens. Danach wurde der Schelm in meinem Nacken gefordert.

——

Im Sommer des gleichen Jahres feierten wir den Geburtstag meiner Frau und luden dazu fünfzehn Gäste ein. Die Verwandtschaft war aus der weiteren Umgebung angereist. Zwei von denen mochten wir nicht. Dennoch wollten wir auch sie gut bewirten und es sollte ihnen an nichts fehlen. Also fingen wir bereits am Vortag an. Wir mussten jetzt alles listen, Bestände prüfen, nichts vergessen, kaufen, packen und sortieren, Kisten schleppen, Weine wählen, Gläser und Bestecke zählen.

Dann wurde die ganze Küche zur Konditorstube und Meike begann mit ihrem wundertätigen Handwerk. Formen, Siebe, Schüsseln, Löffel, Waage, Rolle, Mehl und Eier, Gelatine, Butter und die Kuvertüre wurden auf geheimnisvolle Weise zu drei Prachtgebilden für die Genießer der süßen Nachmittagsstunde.

Am Tag der Einladung ging es bereits nach dem Frühstück weiter. Zwiebeln schälen, Speck zerlegen, Arbeitsplatte vorbereiten, Rouladen dick mit Senf bestreichen, Zwiebel und den Speck hinzu, Rouladen rollen und fixieren, in der Pfanne kräftig bräunen, in dem Topf im Wasser garen, salzen, pfeffern und probieren, schließlich Soße reduzieren. Dann der große Schulterbraten, knusprig braun und wohlgeraten, wollte noch, dass seine Soße angedickt und abgeschmeckt den Wohlbefund der Gäste weckt. Kartoffeln waschen und dann kochen, pellen und schneiden, Gurken, Zwiebel,

Mayonnaise, mäßig Salz und Pfeffer nehmen und den Löffel Senf hinzu. Dann das Schnippeln von Salaten, Waschen, Zupfen und Zerteilen, Schneiden, Wenden, Ölen, Würzen, Dressing rühren - fertig waren die Rohkostschalen.

Dann das Stellen von Getränken: Tische richten, Stühle rücken, Küche putzen, Teller stapeln, Servietten und Bestecke, manches besser dekorieren und die Speisen präsentieren.

„So! - wann kommen die denn?"

Um achtzehn Uhr belebte sich dann unsere Wohnung. Der hochgeschätzte Hort der Ruhe wurde zu einem brodelnden Ort der Betriebsamkeit und sehr vieler Worte. Getränke auftragen, Grüßen, Drücken, Korken knallen, Gratulieren, Geschenk auspacken, sich erfreuen, Danke sagen und Anstoßen, Lachen, Prosten, Witz erzählen.

„Die Küche ist eröffnet!"

Braten richten, übergießen und tranchieren, alles prüfen, sich beeilen.

Eine Landschaft prachtvoller Speisen tat sich vor den Gästen auf. Das sollte sie beeindrucken und ihnen sagen, dass in diesem Haushalt eine anspruchsvolle Küche gepflegt wurde. So bediente man sich und die Geräuschkulisse im Esszimmer wurde leicht reduziert. Später prostete man sich erneut zu, lachte oder schimpfte auf Leute, die nicht anwesend waren. Unzählige Male begegnete ich meiner Frau auf dem Flur. Wir trugen auf, trugen ab, trugen volle Flaschen und leere Flaschen, leere Gläser und volle Gläser, bis es von der Küche her nach Kaffee duftete. Dann klapperten die kleineren Geschirre. Dazu haben wir Kuchen auf bunten Glasplatten serviert und angeschnitten. Bei höherem Geräuschpegel, dem auch viele Komplimente zu entnehmen waren, erzählte man bis in den späten Abend hinein. Als sich der Getränkebestand schließlich neigte, kamen mir Bedenken zur anfänglichen Einschätzung der Vorräte. Gegen Mitternacht brachen dann einige Gäste auf. Nur vier oder fünf Anverwandte saßen noch dort und sprachen gedämpft. Dabei fiel mir mein Kurzgedicht ein, das ich auf Anraten von Klaus Steineck anlässlich eines Lyriker-Wettbewerbs eingesandt hatte:

Schon zieht die Abendkühle
durch den Laternenschein.

Im Labyrinth der Stühle
sitzt jemand ganz allein
und hört Zikadenlieder
von dunklen Bäumen her.

Noch lacht man immer wieder
und schweigt nur umso mehr.

Nachts waren wir endlich allein. Wir räumten das Esszimmer auf und stapelten Teller, stellten Gläser zusammen und Besteck, sortierten volle und leere Flaschen und entfernten Speisereste. Dann saßen wir einen Moment zusammen und ich bekam ein Hungergefühl. Den ganzen Abend haben wir gemacht und getan, gerichtet, gerührt, serviert, nur gegessen hatte ich noch nichts. Es waren noch eine halbe kalte Roulade und ein paar trockene Stücke von Schulterbraten übrig. Zusammen mit einer Portion Kartoffelsalat hatte ich ein üppiges Nachtmahl. Nach einer Stunde am Spülbecken war die Ordnung in der Küche hergestellt. Vier Flaschen Bier haben wir dann im Spülbecken entleert und zwei Flaschen Wein konnten wir verschenken.

***

Einige Tage später wandte ich mich erneut meinen Bildern aus der Pareidolie zu und betrachtete die Extrakte aus zufälligen Schlieren. Dann setzte ich mich wie so oft im Bad auf einen Hocker, um in den Bodenfliesen neue Bilder zu erkennen und zu skizzieren. Da die Lehrstühle für Parapsychologie bereits alle aufgegeben wurden, gab es mithin keinen Ansprechpartner für rätselhafte Erscheinungen, und in einer Glaskugel wollte ich auch nicht nach Antworten suchen lassen. Zunächst hatte ich meine Ergebnisse. Dann musste ich nachdenken. Welche Symbolik steckte hinter der »Schmutzigen Hand« und welche Rolle spielte dabei mein Medikament, durch dessen Nebenwirkung sie auftrat? Opioide waren in meinem Medikament nicht enthalten, auch kein Lysergsäurediethylamid. Kein Trip, wat dann? Ich wollte abwarten und beobachten.

Später streifte ich gedanklich nochmal den Ausflug ins Grüne mit meiner zweiten Schulklasse, auf dem wir so viele Gräser und Pflanzen kennengelernt hatten. Auf dem Rückweg zur Schule kamen wir damals an einem Haus vorbei, vor dem ein Kohlenhändler mit dem Schleppen von Kohlensäcken beschäftigt war. Indem wir dort vorbeigingen, fiel in unseren Reihen das Wort „Kohlenklau", worauf der Kohlenlieferant, außer sich vor Empörung, etwas tat, bevor er sich bei unserem Klassenlehrer beschwerte. Was tat der Mann mit den schwarzen Händen? An diesem Erinnerungsort muss ich weiterbohren. Dazu wollte ich bei Gelegenheit meine ältere Schwester fragen, ob sie mir Auskunft über die frühere Zeit geben könne.

***

Um ein Sportgeschäft aufzusuchen, machten meine Frau und ich, ihr Mäuserich, uns zu Fuß auf den Weg in die Innenstadt. Auf der Wiese vor unserem Haus werkelte der ältere Sohn der Steiners an seinem Fahrrad. Wir standen auf dem Zugangsweg und schauten ihm bei seinen Bemühungen zu. Er hatte Probleme mit dem Auflegen der Kette, denn das Rad hatte ein Schutzblech aus Kunststoff, vielmehr einen Schutzkunststoff, der seine Hantierungen arg behinderte. Fahrradmontagen hatte ich in jungen Jahren häufig gemacht. Diese Fertigkeiten konnte ich gut auf einer Fahrt durch das weitere Stadtgebiet gebrauchen, als die Kette meines Rades riss. Ich hatte keine große Lust, das Gefährt über drei Kilometer nach Hause zu schieben, daher probierte ich folgendes: Ich legte die Kette auf die Zahnräder, sodass das hintere Ende weit herabhing und das vordere Ende ausreichend auf dem großen Kettenrad saß. So konnte ich jeweils mit einer halben Tretkurbelumdrehung das Fahrrad antreiben und mit der nachfolgenden halben Umdrehung im Rücktrittfreilauf die Kette in ihre Ausgangsstellung zurück kurbeln, da sie durch das Eigengewicht ihres herunterhängenden Endes das Antriebsritzel um den verstellten Betrag zurückdrehte. Ich war dabei zwar nicht schnell, musste das Rad aber auch nicht schieben. Dazu kam mir die Erinnerung an eine sehr gefährliche Begebenheit.

Vor einer Radtour oblag es jedem von Teilnehmer, sein Fahrrad auf Tauglichkeit zu überprüfen. Wer das wirklich tat, weiß ich nicht. Jakob jedenfalls hatte sein Rad nicht überprüft. Auf einer Fahrt zu den Laufener Bergen ließen wir Schopswehe hinter uns und strampelten einen langgezogenen

Anstieg hinauf. Danach genossen wir ein ebenso langgezogenes Gefälle und ließen unseren Rädern freien Lauf. Dabei vertrauten wir unseren Bremsen, von denen jedes Fahrrad zwei besaß. Entweder vorne und hinten jeweils eine Felgenbremse und Rücktrittfreilauf oder nur vorne eine Felgenbremse und die Rücktrittbremse im Dreigang-Getriebe. Jakobs Rad verfügte über Letzteres. Seine Vorderradbremse war jedoch schon längere Zeit defekt. Er hatte nur noch seine Rücktrittbremse. Auf der Gefällestrecke wurden wir schneller und schneller. Dabei rief Jakob, seine Kette sei abgesprungen; er hatte jetzt keine Bremse, beschleunigte aber weiter. Am Ende der Gefällestrecke befand sich eine belebte Landstraßenkreuzung mit einer Ampelanlage, da mussten wir stehen. Hier half allein, kräftig in die Pedale zu treten, Jakob einzuholen, sein Fahrrad mit einer Hand zu halten und das Gespann mit einer eigenen Bremse zum Stehen zu bringen. Das gelang dann auch. Im Bewusstsein, Schlimmerem entgangen zu sein, legte Jakob danach mit zitternden Knien seine Kette auf die Zahnräder. Der Technik kann man nur soweit vertrauen, wie es die eigene Aufmerksamkeit zulässt. Wenn ich meinem Tun nicht vertraue, kann es gefährlich werden.

Steiners Sohn hatte mittlerweile die Kette seines Rades aufgelegt und zog an dem Hinterrad, um die Kettenspannung einzustellen. Hatte er ganz gut gemacht.

Im Sportgeschäft angekommen gingen wir zuerst in die Schuhabteilung, denn meine ausgelatschten, gern getragenen alten Schuhe sollten ersetzt werden - meinte Meike.

Meine alten Schuhe waren hilfreiche Begleiter auf vielen Wegen und wirkungsvolles Werkzeug für manchen

Arschtritt. So auch auf Oskar Diesels goldener Hochzeitsfeier, dem ich half, sein beim Husten in die Toilette gefallenes Gebiss aus der Senke zu angeln. Ein mir nicht gut bekannter Gast fiel angesichts unserer Bemühungen derart ausgiebig in Spott und Hohn, dass ich ihm sein Verschwinden durch einen heftigen Tritt in die entlegenere Körperregion nahelegte. Die gut gemeinten, wiewohl vergeblichen Tritte nach einem Fußball waren eine weitere, wenn auch unrühmliche Geschichte. Das Misslingen der Tanzversuche mit Ellen Förster war nicht allein meinen eiskalten Händen geschuldet, auch meine geschätzten Schuhe der Größe 46 hatten durch die unbeabsichtigte Beeinträchtigung ihres zierlichen Laufwerks einen großen Anteil daran.

Die alten Schuhe, in denen ich flache Bäche durchwatete, Alpenlandschaften durchmaß und in die ich nach einer anstrengenden Wanderung vor unserem Zelt jeweils eine Dose mit isländischem Prips blau (einem Schwachbier) stellte, um ein eindrucksvolles Dokument von der Haltbarkeit guten Fußwerkzeugs zu erstellen, das ich auch bei Arztbesuchen, Trauerfeiern und Familienfeiern trug und dies weder ihrer vergangenen Eleganz noch der konventionellen Inkorrektheit wegen für bedenklich hielt, haben mich weit getragen. Diese südlichen Verlängerungen meiner Gestalt hatten ausgedient. Ich wollte keine Verbeugung vor einem leblosen Ding machen, doch im Herannahen einer Zeit des unangenehmen Eintragens eines neuen Paares empfand ich die Trennung von meinen guten alten als eine Zeitenwende für die Befindlichkeit meines Bewegungsapparates.

Ein junger Verkäufer fragte mich:

„Was machen Sie?"

Irritiert antwortete ich: *„Ich stehe hier.“*

„Äh - ich meine, was sie so machen?“

Meike half mir: *„Welche Sportart du betreibst.“*

Ich verstand: *„Unterwasser-Schach.“*

Damit war der junge Mann einverstanden und zeigte uns einige Modelle, die für diesen Sport ausgezeichnet geeignet waren. Da Schwimmflossen aber nicht in unseren Schuhschrank passen würden, fand ich dann ein anderes, vielseitigeres Modell.

In der Rucksackabteilung ging es auch seltsam zu. Ein anderer junger Verkäufer fragte nach unseren Wünschen, worauf Meike unser Interesse an einem Rucksack äußerte.

Dann fragte er: *„Unisex?“*

Ich war empört. Wie kommt der Lümmel dazu, meine Frau nach Intimitäten auszuhorchen? Er meinte aber - wie er schnell ergänzte - den Rucksack, worauf ich mich wunderte, dass heutzutage Rucksäcke von unterschiedlichem Geschlecht hergestellt werden. Interessiert fragte ich: *„Wo hängen denn die Rucksäckinnen?“*

„Dort“, sagte der junge Mann und wies auf ein entfernteres Gestell hin. Ich untersuchte darauf mit großem Interesse eine Rucksäckin, konnte aber nichts Weibliches an ihr finden. Allein die beiden Außentaschen waren deutlich geräumiger. Enttäuscht ging ich zu meiner Frau, die ein passendes Modell gefunden hatte. Es war ein Rucksack.

Als wir heimkehrten, stand vor dem Eingang unseres Hauses ein Kinderfahrrad. Die Kette war ab.

Vertrauen – Die Liebe – Ausritt der Schatten – Wahrnehmung und Zeit

Auf die Grundlagen unseres Zusammenlebens gerichtete Gedanken wurde durch einen Ausflug aufgelockert. Danach ernüchterte eine Begegnung meinen verklärten Blick auf unsere Vergangenheit.

——

Ruben Colditz ermunterte mich kürzlich, den Kurs zu halten und auf mein Tun zu vertrauen. Vertrauen ist ein großes Wort, das eine Umgangsqualität bezeichnet, die in unserer Lebenswelt überall funktionsnotwendig ist. Gleichermaßen kann das Misstrauen gegenüber einer Technologie, einer unbekannten Gegend, dem dünnen Eis oder einem leichtfüßigen Hallodri uns vor gefährlichen, mindestens unangenehmen Situationen bewahren. Wir vertrauen, wenn wir in einen Bus oder ein Flugzeug einsteigen, oder wenn wir einen Gegenstand verleihen. Wie könnte ich neben meiner Frau sorglos einschlafen, ohne das Vertrauen, dass sie mich nicht, während ich schlafe, in die Schnauze haut. Auch der Umgang in Kollegenkreisen ist auf Vertrauen gebaut. Wenn dies nicht der Fall sein sollte, wäre das Betriebsklima nur schwer erträglich. Vertrauen, das missbraucht wird, ist schwer wiederzuerlangen, vor allem nicht auf Befehl. Sogenannte „Vertrauensbildende Maßnahmen" sind der vollkommen sinnlose Versuch, eine Überzeugung herzustellen, die nur von allein wächst und sich nicht kritisieren lässt. Friedrich Nietzsche brachte es auf den Punkt: *„Ein Mangel an Vertraulichkeit unter Freunden ist ein Fehler, der nicht gerügt werden kann, ohne unheilbar zu werden."*

Kürzlich hörte ich von einem Geschäftsmann, der für ein Jahr aus seinem intensiven Alltag ausstieg und für die Zeit einer Weltreise seine Firma dem Personal anvertraute. Vorgelebtes Vertrauen wäre der beste Weg zur Vertrauensbildung, wobei in diesem Falle allerdings das Vertrauen der Belegschaft zu den Stellvertretern leiden könnte.

Meine Schwester Claudia rief an. Nachdem ich ihr meine Suche nach einer schmutzigen Hand erklärt hatte, versprach sie, darüber nachzudenken und später anzurufen.

***

Das Schreiben von kleinen, gereimten Geschichten beschäftigte mich im September derart, dass ich die Küchenpflichten vernachlässigte und Meike mich darob ermahnte. Ich versprach Besserung. Dennoch gab es immer wieder Gelegenheiten, Zeilen mit gleichklingenden Satzenden bei Sinnhaftigkeit zu einer Geschichte hinzubiegen, ohne dem Reimkrampf zu verfallen. Von einer dieser Arbeiten sei hier noch einmal die Rede, bei der es um die Verwechslung von Liebe im Sinne von Treue und Fürsorge beziehungsweise das geistige Zusammenwachsen zweier oder mehrerer Personen, oder von Liebe als flüchtige promiskuitive Begegnung geht:

Die Liebe

Der Tag ist grau und kalt und lang,
die Nacht voll obsessiver Träume.
Doch gibt es ja noch, Gott sei Dank!
erholungsreiche Zwischenräume.

Speziell für diese Tagesstunden

und seinem Hang gerecht zu sein,
hat man bald jemand gefunden
und lädt ihn auf ein Gläschen ein.

Erst sind es zwei, dann immer mehr.
Man rückt sich gerne auf die Pelle,
als wenn man in der Ehe wär
und geht ins Bad – für alle Fälle.

Was kann am Abend schöner sein,
als dass wir uns besäßen,
bei Schummerlicht und süßem Wein,
mit prallen Blutgefäßen.

Dabei hat - Hurra, Caramba!
sich bei Trübsinn stets bewährt,
wenn ein glühend heißer Samba
vom Gehirn ins Weichteil fährt.

Verkennend nennen sie es Liebe,
wenn zum Gruß man sich beschlafe.
Doch es folgt dem wüstem Triebe
manchmal auf den Fuß die Strafe.

Denn wenn jemand leicht zu haben,
war er es für andre schon,
mit der schärfsten seiner Gaben,
nämlich einer Infektion.

Wem aber je die Lunte brannte
und das Flötenfieber plagte,
fügt sich nur in das riskante
Spiel, wenn er zu leiden wagte.

Und - als will man nicht verspüren,
was ein Paar für länger bindet,
steht man eilig in den Türen,
lacht, bedankt sich und verschwindet.

Wegen einer Besorgung in der Stadt stellte ich meinen Wagen auf den zentralen Parkplatz und wunderte mich über die Absperrungen der Polizei. Ich wollte nicht gaffen, sah aber aus einiger Entfernung auf dem anderen Ende des großen Parkplatzes ein Auto auf seinem Dach liegen. Ich fragte einen anwesenden Mann mit Krempenhut, was geschehen sei. Jemand hatte ausgeparkt und lag nun auf dem Dach! Wie machen die das?

Es war nicht weit bis zu dem Reisebüro, in dem Klaus Steineck arbeitete. Ich hatte mein neues Stück dabei und Klaus schaute es sich an: *„Wilhelm Busch lässt grüßen. Handwerklich Ok, aber Lyrik?"*

„Ja", erwiderte ich, *„Lyrik sind in Worte gefasste Emotionen, aber die machen nicht so viel Freude wie meine Geschichten. Aufgeschriebene Gefühlsduseleien liegen mir nicht. Ich weiß ja nicht einmal, ob ich zu Gefühlen fähig bin."*

„Immerhin, Piddie, mit solchen Arbeiten befindest du dich in bester Gesellschaft", so Klaus, *„Mach einfach weiter."*

Ich machte einfach weiter – aber wie weit?

***

Wenn man unsere Stadt in südlicher Richtung verließ, lagen zur linken Hand die Sportanlagen und eine Firma des Landmaschinenbaus; danach durchquerte man ein Wäldchen und sah, nachdem man die Hochspannungsleitungen hinter sich gelassen hatte, auf der rechten Seite einen großen Reithof.

Hier hatten wir trotz fehlender Reitkenntnisse öfter Pferde entliehen und wagten einen Ausritt in der umliegenden Landschaft. Die Pferde waren ihre Reiter - die städtischen Anfänger - gewohnt, sie kannten die Gegend und die möglichen Rundgänge durch das Wäldchen, die alten Dünen mit ihrem Wacholderbestand, an der Sandgrube vorbei bis durch die Weiden. Wenn ein Ortsunkundiger auf seinem Rücken den Weg zurück nicht mehr fand, konnte er getrost darauf vertrauen, dass sein entliehenes Pferd von allein zurückfand, zum Stall und zum Futter.

So standen diesmal die Kollegen vom anorektischen Verein Klaus Steineck, Thor Meyering, Carla Weise und ich vor dem Stall und ließen uns unsere Pferde herausführen. Carla, die sich an dem Tag einen dicken blonden Zopf geflochten hatte, schien bereits Routine im Reiten zu haben; sie saß schnell im Sattel. Ihre Jackentaschen waren prall gefüllt mit den Äpfeln, die sie von einem Pferdepfleger bekommen hatte, um ihrer Stute unterwegs Gutes zu tun. Auch Meyering hatte weniger Probleme mit dem nicht stillhaltenden Steigbügel. Nach ein paar Minuten und ein paar Flüchen saß auch ich dort oben. Ich nahm die Zügel in die Hände und wusste nicht viel mehr, als dass „links ziehen", „links abbiegen" und rechts das Gleiche andersherum heißt. Als Letzter stieg Klausi auf. Unter seiner langen, dürren Gestalt nahm sich das Pferd wie ein großer Hund aus. Nach einigen Bemühungen saß auch er im Sattel, aber irgendeine Zutat fehlte noch an seinem Reiterbild.

So machten wir uns auf den Weg. Ein Kenner dieses Freizeitvergnügens empfahl, im Beisein des Pferdes einen Ast abzubrechen und ihn auf dem Pferd mit sich zu führen. Dabei sollte man das Pferd aber nicht schlagen. Unsere Formation löste sich bald auf. Ich wählte den Reitweg durch den Wald und musste mich rechtzeitig unter Ästen wegducken. Man sagte, die Pferde wollten ihren Reiter abstreifen und allein nach Hause gehen. Da hatten sie nicht mit mir gerechnet, denn so ein Pferdehals ist ein gutes Liegekissen. Bald verließen mein Pferd und ich das Wäldchen und kamen an einer Sandgrube vorbei, in der Meyering mit den Zügeln in der Hand neben seinem Ross stand, das ein vergnügliches Sandbad nahm. Dabei wälzte es sich von einer auf die andere Seite und zappelte zwischendurch mit den Beinen in der Luft. Na, das konnte dauern. Carla kam hinzu, schaute sich die Szenerie ebenfalls an und verspeiste dabei einen Apfel nach dem anderen. Meyering fragte sie nach einem solchen, um sein Pferd zum Aufstehen zu bewegen, doch Carla hatte nur noch einen Apfel und den wollte sie selber essen. Noch ein paar Mal wälzte sich der Gaul in dem hellen, lockeren Sand, dann stand er auf und ließ Meyering nicht aufsteigen. Jedes Mal, wenn er ein Bein hob, um in einen Bügel zu steigen, drehte sich das Tier flink links ausweichend. Meyering führte daraufhin das Pferd so nahe vor einen Baum, dass es nicht ausweichen konnte, und saß bald im Sattel. Mittlerweile war Klausi hinzugekommen und schlagartig fiel mir ein, was an seiner Statur fehlte. Es war sein Knappe Sancho Pansa auf einem Esel. Das Bild war jetzt vollständig. Carla war bereits weitergeritten, vermutlich um auf dem Reiterhof Äpfel nachzuladen. Auf unserem Rückweg ging Klausi auf der Rosinante vor mir und ich wurde das Empfinden nicht los, dass er einen dramatischen Kampf gegen Windmühlen gefochten hatte. Auf dem Hof angekommen erwartete uns Carla, die auf einem Gatterbalken saß und Äpfel aß. Meyering nahm auch einen, gab ihn seinem Gaul und schloss so mit ihm Frieden. Die Frage an ihn, warum sein Pferd ein Sandbad gemacht habe, erklärte er mit dem Hinweis auf seinen rutenähnlichen, unterwegs abgerissenen Ast. Ich wollte dann auch einen Apfel probieren, wovon mir der Pferdepfleger wegen ihrer Wurmstichigkeit abriet.

Die Szene von Meyerings Pferdeaufstiegstrick erinnerte mich an eine Begebenheit in meiner Kindheit. Ein älterer Nachbarssohn und wir fünf jüngeren Kinder streunten in den nahen Wäldchen unserer Heimat herum, als der Ältere in einem Gebüsch ungestört ein Geschäft zu erledigen suchte. Da wir aber einen noch kleineren Dötz dabeihatten, der überall herumwuselte, stellte der Ältere ihn an einen kleinen Baum, zog dessen elastischen Hosenträger nach hinten und steckte einen Stock quer zwischen den Hosenträgern und dem Baumstamm hindurch. Der kleine Wusel war fixiert und der Ältere konnte in Ruhe seiner unedlen Verrichtung nachgehen.

***

Wie an beinahe jedem Morgen bereiteten Meike und ich, ihr Mäuserich, uns auch heute ein reichhaltiges Frühstück zu, welches durch Variationen innerhalb unseres Geschmackshorizontes für uns beide jedes Mal ein Quell der Freude war. Dabei fiel mir auf, dass ich für die Dauer des Zubereitens intensiv über das Phänomen des Momentes nachdachte, über die seltsame Erscheinung des »Jetzt«. Was ist das: »Jetzt«? Aus einer nur schwer vorhersagbaren Zukunft fliegen uns die Umstände des »Jetzt« um die Ohren. Dabei fügen sie sich hinter dem »Jetzt« als das »Gewesene« in das weite Feld der im Dunst des Vergessens verschwindenden Geschichte. Das »Jetzt« ist schwer beschreibbar, auch mathematisch nicht quantifizierbar. Es ist ständig da, ständig in unseren Sinnen, dieses dynamische Nichts. Allein im Schlaf unternimmt unser Gehirn mitunter geheimnisvolle Ausflüge in die archaischen Areale unseres Gedankenfachs. Den Zeitverlauf zu beschreiben, ist ebenso eine Aufgabe von Psychologen wie die Suche nach der Substanz unserer Gedanken.

Mittlerweile stand das Frühstück auf dem Tisch. Nichts fehlte, alles befand sich an seinem vorgesehenen Ort und keinerlei Dekoration verunstaltete den Frühstückstisch zweier Puristen. Während wir so zusammensaßen, galt meine Aufmerksamkeit selbstverständlich meiner Frau und dem ersten Mahl des Tages.

Das Puzzle der morgendlichen Handlungen war so eingeübt, dass ich die zu seiner Verrichtung erforderliche Zeit nicht wahrnahm. Alles ging reflexartig von der Hand und jede Änderung in ihrem Ablauf, das Entfallen oder Hinzukommen eines Elements konnte mich leicht für Momente aus dem Takt bringen. Ein Blick auf die Uhr zeigte dann den nicht wahrgenommenen Zeitfortschritt an und vermittelte den Eindruck ihres beschleunigten Verlaufs. Dabei wurden lediglich weniger emotionale Stimmungsbilder unserer Handlungen erkannt, und diese wenigen, niedrig prioritären Zeitmarken rauschten durch ihre automatische Abfolge, von uns nahezu unbemerkt, dahin. Warum war das so? War es Denkökonomie oder Abgelenktheit? Der einzige Effekt: Wir vermeinten, schneller zu altern.

***

Bevor es jedoch zu spät sein würde, wollte ich den ehemaligen Kameraden Matthias treffen, um ihm einige, in meiner Erinnerung fragmentierte, Einzelheiten zu unserer damaligen Zeit aus der Weste zu leiern. Matthias hatte, wenn wir Auseinandersetzungen unter lautstarkem Schimpfen ausfochten, stets dazu gelacht und so die Wogen unserer Emotionen schnell geglättet. Er wohnte in der Kreisstadt und ging einer mir nicht bekannten Tätigkeit nach. In der Cafeteria eines Möbelhauses, das in die Räumlichkeiten unserer gemeinsamen ehemaligen Lehrfirma eingezogen war, trafen wir uns. Es war kein Kennzeichen vereinbart, deshalb prüfte ich die Gesichter der Anwesenden nach diskreten Ähnlichkeiten mit Matthias. Ein alleine sitzender alter Herr fragte auf meine Ansprache: *„Piet?"*

Matthias hatte äußerlich nur noch wenig Ähnlichkeit mit dem vor langer Zeit erlebten jungen Menschen, zumal Glatze und dicker Bauch aktuell derart starke Erscheinungsmerkmale waren, dass man deren Ausgangsgestalt, eine ehemals drahtige, gertenschlanke Figur, nicht darin vermuten wollte. Nein, es waren diskrete Ausdruckselemente des Gesichts, die keinem auffallen würden, hätte er Matthias früher nicht gekannt.

Unser Gespräch verlief distanziert, aber freundlich. Matthias hatte nicht viel auf der Pfanne, aber die wenigen gebotenen Erinnerungsinhalte konnten durch ihre Detailtreue die Authentizität des Gegenübers zweifelsfrei belegen. Aus eigener Erfahrung war es verständlich, dass die Geschichten nicht so aus ihm heraussprudelten, wie zu erhoffen gewesen wäre. Ich befasste mich dahingegen bereits seit längerem mit der alten Zeit und konnte demzufolge sehr viele Details benennen, hatte aber vergessen, wie dünn die Ergebnisse auch meiner ersten Lotungen in der gemeinsamen Historie waren.

Eine irritierende Fremdartigkeit in Matthias Ausstrahlung störte mich, was mir aber bald durch die Tatsache unserer begrenzten gemeinsamen und weit in der Vergangenheit zurückliegenden Zeit verständlich wurde. Der große folgende Rest war das Leben.

Nach unserem einstündigen Gespräch wandelten wir durch die alten Werkshallen, in denen die Hallenkräne noch erhalten geblieben waren, mit denen damals die schweren Bauteile zu und von den Bearbeitungsmaschinen transportiert wurden. Indem wir an verschiedenen Plätzen stehenblieben, uns umschauten und unvermutet erwachende Detail zu den damaligen Verhältnissen ansprachen, fanden alleine durch das erneute Erleben eines altbekannten, obwohl durch andere Wandfarben veränderten, Ambientes verschüttete Erinnerungen auf erstaunliche Weise Worte, die von Matthias leider in einem Tonfall der Nebensächlichkeit hervorgebracht wurden. Dabei wurde mir langsam klar, dass die von mir so häufig als bedeutend empfundene alten Zeit, bei Licht betrachtet, weit weniger glanzvoll war.

Wir waren uns fremd geworden. Ohne ein weiteres Treffen vereinbart zu haben, gingen wir unserer Wege.

Nikotinus – Der Watschenbaum und die Hand – Fußballversicherung

*Ein verehrter Philosoph, die Enttarnung einer schmutzigen Hand,
mein Fußballtalent und die bedrohliche Nähe einer Verschmähten.*

———

Wenn ich an Nikotinus dachte, stellte sich mir nicht die
Frage, warum ich einen anderen Menschen bewundere. Im
Falle meines Idols war es die Freiheit der Gedanken, der Mut
und die Fähigkeit zu einer unkonventionellen Erkenntnis wie
dieser:

*Der Mensch lebt nicht von seinem Brote
und der Arbeit ganz allein,
auch die gut gewürzte Zote
kann von hohem Nährwert sein.*

Seine Mündigkeit und sein Mut fielen nicht vom Himmel.
Die schreckliche Kindheit in einem protestantischen Heim,
die Irritationen einer suchenden Jugendzeit, sein hartes Arbeitsleben als Torfstecher und die nachfolgende Abwendung
vom Menschen zeichneten das äußere Bild seines schweren
Lebens. Doch er fand eine neue Heimat in der Natur, bei den
Tieren und in seinen Meditationen auf dem Ameisenhaufen
unter dem Gesang von Goldammern und Heidelerchen. Er
wurde Imker, lernte Flachteichschwimmen und härtete sich
regelmäßig durch Brennnessel-Geißelungen. Bei seinen häufigen Moorbädern sang er mit den Grillen und diskutierte mit
dem Kuckuck. Der Eremit glaubte nicht an den Gott der
Menschen, der noch nie einem Flehenden zur Hilfe kam. Allein der Tiergott war seine höchste Instanz; bei ihm machte

sich Nikotinus einen weißen Fuß. Er verachtete den Beton und die Straßen der Zivilisation und beschrieb sie so:

Es eilt das Rad, der Mensch regiert.
Das Straßenband mit Blut beschmiert
zerreißt, erschlägt, betäubt, zerfetzt
schier unentwegt und nicht zuletzt
wirst Du erlegt.
Da ist kein Gott, den das bewegt!

Mit fünfundzwanzig Jahren wurde er von einem naturliebenden Industriesoldaten an die Hand genommen und lernte von ihm den Umgang mit der Menschenwelt. Er las den Knigge und studierte die Welt der Galanterie sowie das Brimborium der menschlichen Balz und galt kurzzeitig als ausgemachter Schwerenöter. Ihm erschlossen sich dabei die Niederungen der dampfenden Rotlichtgefilde unserer Gesellschaft, die er in seinen Schriften mokant und mit gebührendem Zynismus bedachte. Doch stets sah er in jedem Kraut und in jeder Kreatur seinen Naturgott walten. Langsam bekam Nikotinus ein anderes, auf andere Art distanzierendes Bild von den Menschen und begann, aus dem Wald heraus zu uns zu sprechen. Er wurde Forstgehilfe, schließlich Ranger. Dabei machte er sich bei den ausschwärmenden Städtern einen Namen als gefürchteter Knöllchenverteiler und Fahrradreifenstecher, wenn diese die Wanderwege verließen. Doch er vergaß niemals die strafende, schmutzige Hand des Heimleiters beim Morgenappell und die dürren Finger der Diakonisse. Dazu schrieb er Folgendes:

Der Blick zurück

Manchmal ist mir furchtbar schlecht,
das kommt von allzu vielem Wein.
Geschieht mir recht.
Ich lass' es sein.

Manchmal hab' ich in Gedanken
meinen Untergang gesehen.
Geriet ins Schwanken.
Doch blieb stehen.

Manchmal such' ich einen Ast,
weil alles so vergeblich ist.
Doch keiner passt.
Na, so ein Mist!

Manchmal lockt ein junges Weib
aus lauter Übermut im Spiel
mit ihrem Leib.
Das ist zu viel.

Manchmal geht die Uhr nicht richtig,
alles scheint sich links zu dreh'n.
Ist nicht wichtig.
Lass uns geh'n.
Man sollte nur nach vorne seh'n.

Nikotinus der Allerwerteste, dieses menschliche Grundelement mit Moos hinter den Ohren kam aus dem Nichts. Er kannte die Sprache der Kolkraben ebenso wie das Gemecker der Touristen. Er hatte bereits seit langer Zeit ein Dauerwohnrecht in meiner Welt - dieser Zarathustra aus dem Moor.

Ein Klingeln zitierte mich ans Fernrohr. Meine Schwester hatte das lange Tuch ihrer Erinnerungen kräftig ausgewrungen und berichtete mir:

„Damals kamst du mit einem schwarz verschmierten Gesicht nach Hause und warst verstört. Die Mutter fragte deinen Lehrer, was passiert sei und der erzählte von deiner Ungezogenheit gegenüber einem Kohlenhändler. Der hatte dich damals geschlagen."

„Der Kohlenklau! Jetzt wird mir einiges klar. Ich hab zu dem damals nicht »Kohlenklau« gesagt, das war ein Mädchen, aber weil man Mädchen nicht schlug, hat er mir eine reingehauen. "

„Da hast du Pech gehabt", befand meine Schwester.

„Ja, dass fremde Erwachsene einen schlugen, kam schon mal vor. Danke, Claudi, Tschüss. "

»Die ungewaschene Hand«, ein altes Trauma?

Langsam dämmerte mir ein fast verschüttetes Stimmungsbild. Zuerst war da ein sehr lauter Knall, bei dem mein Kopf auf eine Schulter geschlagen wurde. Bei lautem Pfeifen und Dröhnen im Kopf erkannten meine tränenüberfluteten Augen unscharf die dunkle Gestalt eines Erwachsenen, der mich mit irgendwelchen Worten anbrüllte. Meine Antwort war Geschrei. Das Pfeifen in einem Ohr hab ich dann noch zwei Wochen lang vernommen. Meine Mutter meinte, ich würde es wohl verdient haben. Ich wusste aber nicht, wofür. Die Frage, wem meine Mutter näherstand, ihrem Kind oder dem Gerechtigkeitssinn eines Fremden, gab mir zu denken – bis heute.

Nach dieser Entdeckung rotierte meine Denkmaschine. Ich saß auf dem Drehstuhl vor unserem Schreibtisch und ließ im Stillen meinen Emotionen freien Lauf.

Und die Fliese? Sofort eilte ich ins Bad und suchte mit meinen bestechlichen Argusaugen die Fliese Nr.15, die Hand - und ich fand sie. Indem ich zufrieden um die Fliese herumging, zeigte sich jedoch irritierend ein anderes Bild; als ich noch weiter herumging, sah ich - noch irritierender - ein weiteres Bild. Eine Fliese mit zufällig entstandenen Schlieren zeigte aus jeder Blickrichtung ein anderes, die Fantasie mehr oder weniger anregendes Bild. Eine Fliese – vier Bilder oder viele Bilder, eine Sache der Blickrichtung. Auf dem Kopf stehend zeigte die Fliese Nr.15 denn auch das seltsame, einer Geheimschrift ähnliche Gekritzel. Die ungewaschene Hand war enttarnt. Aber schön war es doch.

***

Da wäre ich doch beinahe in die Welt der Fantasterei abgetrieben. Dabei wollte ich zum Anpfiff eines Fußballspiels auf dem Sportplatz sein. Mit Eile waren Meike und ich noch rechtzeitig in dem Bereich gegenüber den Trainerbänken angekommen. Es spielte der örtliche PSV gegen eine Auswahl der Feuerwehr samt Freiwilliger Feuerwehr. Die Trikotfarben waren rätselhafterweise Blau und Rot und die Spieler mittleren Alters sahen gut durchtrainiert aus. Mir war vollkommen egal, wer das Spiel gewinnt. *„Geh hin und schau es dir an"*, haben sie gesagt, *„es ist Spannung pur"*, haben sie gesagt und *„man muss doch mitreden können."*

Vor dem Anpfiff stand jeweils ein Spieler einer Mannschaft und ein Schiedsrichter im Mittelkreis, wo Letzterer einen

kleinen Gegenstand in die Luft warf, den keiner von den Spielern auffangen konnte. Die Drei starrten auf die Erde und einigten sich auf - weiß ich doch nicht. Dann begann das Spiel, in dem sich beide Mannschaften einiges schenkten, das heißt, man war freundlich, höflich und zuvorkommend auf dem Platz. Das schien mir sehr verständlich zu sein - hatte man doch bei der Feuerwehr und der Polizei sehr darauf zu achten, verletzungsbedingte Ausfälle zu vermeiden. Erneut ging ein Ball ins Aus und das in meiner Nähe. Da in unserem Bereich kein anderer Zuschauer stand, holte ich den Ball, um im Bewusstsein der vielen Zuschauer einen sehr schönen Kick hinzubekommen. Ich nahm Anlauf und --- Flapp! Den Rest kannte ich gut. Der Ball war platt, die Luft war raus. Nachdem zwei Spieler hinzukamen und argwöhnisch meine Schuhe beäugten, wurde ein neuer Ball geholt und das Spiel konnte fortgesetzt werden. Meike fragte, was ich getan habe. Ich verwies auf das Vorkommnis am Bolzplatz und gestand meine fehlende Eignung als Fußballspieler. Darauf empfahl sie mir, meine Haftpflichtversicherung explizit auf Fußbälle zu erweitern. Hatte sie das im Ernst so gemeint?
Am nächsten Tag besuchte ich dann meine Versicherungsgesellschaft in der Kreisstadt. Nach einer kurzen Wartezeit saß ich einer gesetzten Dame mit Meckifrisur gegenüber, deren Name auf einem kleinen Schildchenreiter stand. Sie hieß »Herr Heiner Kriegel«, was mich verunsicherte, denn er hatte eine sehr hohe Stimme. Herr Kriegel erkannte meine Verwirrung und lachte mit spitzen Meckerlauten. Herr Kriegel hatte Urlaub. Mir gegenübersaß vertretungsweise eine Dame, deren Namen ich glücklicherweise vergessen habe.

„*Nun*", begann sie, „*Sie wollen eine Fußballversicherung abschließen?*"

„*Ja.*"

„*Wollen Sie eine ganze Veranstaltung, einen Verein oder nur die Spieler versichern?*"

„*Nichts dergleichen, ich will meine Haftpflichtversicherung speziell auf Fußbälle erweitern.*"

„*Bälle?*"

„*Ja.*"

„*Dann darf ich Sie bitten, zu meiner Kollegin dort drüben zu gehen, die erledigt dann alles für Sie.*"

Darauf erhob ich mich und ging zu dem besagten, im Moment verwaisten Schreibtisch, nahm unaufgefordert Platz und las auf dem dortigen Namensschild: »Frau Christa Sollbeck«. Ich drehte mich erstarrt langsam nach links aus dem bequemen Stuhl und verließ, leise eine Melodie pfeifend, das Büro. Hinter mir hörte ich noch, wie eine Jemandin „*Piet*" rief. „*Wir brauchen eine Fußballversicherung!*", ging es mir auf meiner heimlichen Flucht durch den Kopf, „*eine Fußballversicherung.*"

Zu Hause saßen Meike mit Jutta und Line Schneider beim Tee und feierten Lines Verbeamtung. Sie hieß Karoline, aber ihre bereits verstorbenen Eltern nannten sie Line. In ihrem großen Bekanntenkreis ist es dann bei dieser Kurzform geblieben. Jutta und Line hatten sich einen Prosecco eingeschenkt. Für Line war das Erreichen des Beamtenstatus eine wichtige Etappe. Danach war alles offen.

Im Wildniscamping – Der Friedel vom Kiosk – Wandertag – Dunkle Wolken

Verschiedene Erlebnisse mit Menschen unterwegs, und einer Laus, die mir über die Leber lief, welcher ich ein Sonett entgegensetzen konnte.

——

Im anorektischen Verein wurde ein neues Mitglied aufgenommen. Der achtunddreißig jährige Hinrich Brandstätter besaß einen Wildnis-Campingplatz im Deister, auf den er uns zu einem Besuch einlud. Er war ein netter Kerl, der mehrfach für zwei Wochen allein durch den nordschwedischen Sarek-Nationalpark gewandert war. Meike und ich nahmen die Einladung an und besuchten dieses Camp an einem Werktag im August. Wir brauchten nur Schlafsäcke und unsere Körperpflegemittel. Das Camp bestand aus sechs oder sieben rustikalen Hütten, die jeweils ein grobes Strohlager und einen kleinen Tisch mit Bestuhlung enthielten. Weiterhin gab es eine offene Wasserstelle und einen Lagerfeuerplatz. Außerdem stand zwanzig Meter entfernt ein Toilettenhäuschen mit einem ausgesägten Herzen in der Tür. Das entsprach nicht ganz unseren Erwartungen, denn uns schwebte mindestens eine Ferienwohnung mit zwei Schlafzimmern und einem geräumigen Bad vor. Da wir Hinrich nicht durch unsere Abreise brüskieren wollten, richteten wir uns in einer Hütte ein und harrten des weiteren Verlaufs. Über dem knisternden Lagerfeuer hing ein hoher Topf mit kochendem Wasser an einem dreibeinigen Stahlrohrgestell. Um die Feuerstelle waren einige kurze Baumstämme als Sitzplätze angeordnet, auf denen wir Platz nahmen und das Aufgießen eines Tees durch einen jungen bärtigen Mann verfolgten, wofür er aus dem großen, hohen Topf heißes Wasser in zwei Tassen goss. Er sprach Englisch und wurde Marc gerufen. Seiner Begleiterin erzählte in einem schönen englischen Dialekt von den morgendlichen Tierbeobachtungen. Bald setzten sich drei junge Leute zu uns und berichteten von ihren Erlebnissen in einem Protestcamp im rheinischen Braunkohlenrevier. Vor einer entfernteren Hütte standen zwei junge Frauen und putzten sich die Zähne. Hinrich kam zum Lagerfeuer und warf einige Handvoll Kaffeepulver in den Topf, in dem für einen Moment Schaum aufstieg, der sich schnell wieder legte. Dann mussten wir warten, bis sich das Kaffeepulver auf dem Topfboden abgesetzt hatte, dann wurde ausgeteilt. Selbst einen Schuss Milch gab es zum Kaffee. Dann fragte uns der Brite, was uns denn dazu brächte, in der Wildnis zu lagern. Ich erzählte von meinen Erlebnissen an der Aller, von unseren Scherzen und von den nachts auf einem nahen Acker ausgegrabenen Kartoffeln. Ich berichtete von den nächtlichen Rufen der Käuzchen, dem Milchstraßenband, den nicht ganz legal besorgten Holzscheiten und dem vor zornigen Wildbienen flüchtenden Jakob, in dessen Nase sich danach eine große Fliege verirrte. In der Runde wurde dazu häufig gelacht. Eine junge Frau mit einem Palästinenser-Schal fragte, wann wir unsere Touren denn unternommen hätten. Nachdem ich den Zeitraum umrissen hatte, meinte sie, dass damals ihre Eltern noch nicht geboren waren.

Am späten Mittag wurde ein großer Topf mit kleingeschnittenem Gemüse über die Glut gehängt, in dem das Wasser auch bald zu sprudeln begann. Der Brite berichtete von seinen Touren im Snowdonia-Nationalpark in Wales. Meike erzählte von unseren Aufenthalten in Betws-y-coed, der Insel Anglesey und von dem Örtchen Tywyn mit seinem schönen Dolgoch-Wasserfall. Dann setzten sich die beiden Mädels zu uns, die vormittags vor ihrer Hütte Zahnpflege betrieben hatten. Eine von den beiden hieß Britta; sie hatte ihre blonden Haare zu einem dicken Zopf geflochten; ihr fehlte der rechte kleine Finger. Die jungen Frauen kamen aus Rostock und waren auf einem europäischen Fernwanderweg mit dem Ziel der Karlskapelle in Aachen unterwegs; und dies nicht aus Religiosität, sondern aus Begeisterung für die europäische Idee. Eine politische Pilgerreise. Tolle Leute hier, dachte ich. Damit hatten wir nicht gerechnet. Nachdem jeder eine kräftige Portion Gemüse verspeist hatte, fragte ich die Runde, ob denn alle Anwesenden Vegetarier seien. Nein, meinte Hinrich und lachte, das Gebrutzel käme am frühen Abend.

Gegen siebzehn Uhr kam Carla dazu. Noch eine Blonde mit Zopf, dachte ich. Später sammelten wir Holz für das Lagerfeuer und gingen ein paar hundert Meter bis zu einem westlichen Waldrand, um die untergehende Sonne zu betrachten; die Mutter all unserer Energie.

Am Abend wurde dann gebrutzelt, erzählt und gelacht. Wir genossen das Lagerfeuer, bekamen heiße Gesichter und kalte Rücken. Dabei fiel mir ein Gedicht von Friedrich Nietzsche ein, das ich dann vortrug:

Schön ist's miteinander schweigen,
Schöner, miteinander lachen, -
Unter seidenem Himmelstuche
Hingelehnt zu Moos und Buche
Lieblich laut mit Freunden lachen
Und sich weiße Zähne zeigen.

Macht' ich's gut, so woll'n wir schweigen;
Macht' ich's schlimm, so woll'n wir lachen
Und es immer schlimmer machen,
Schlimmer machen, schlimmer lachen,
Bis wir in die Grube steigen.

Freunde! Ja! So soll's gescheh'n? -
Amen! und Auf Wiedersehn!

(Auszug aus »Unter Freunden – Ein Nachspiel«, Friedrich Nietzsche)

In der Nacht war das Fenster unserer Hütte geöffnet, so hörten wir die Käuzchen neben anderen Vogelrufen. Unser Strohlager war sehr unkomfortabel, aber wenn man schlief, ging es. Auch der Gang zu dem Donnerbalken, für den man unbedingt eine Taschenlampe benötigte, war für uns Zivilisten sehr gewöhnungsbedürftig. Um sechs Uhr wurde ich durch die Stille wach, scheuchte die Mäuse aus meinen Schuhen und schaute mich in dem Camp um; so eine Ruhe! Am Morgen schlugen wir uns eine Ladung kaltes Wasser in das Gesicht und genossen den Duft von Kienspänen, mit denen Marc das Lagerfeuer angefacht hatte. Dieser herrliche Duft des brennenden Nadelbaumharzes zog durch das ganze Lager und lockte auch Meike aus der Hütte. Brittas Kameradin und Carla waren ebenfalls früh auf; sie standen an der noch nicht wärmenden Feuerstelle, rauchten und froren. Nach einem Kaffee bedankten wir uns bei Hinrich für den schönen Abend und die Unterkunft; dann fuhren Carla und wir beide, Meike und ich, in Richtung Waldhaus. Wenn Carla vor uns fuhr, sah man den schmutzigen Knoten an ihrer Anhängerkupplung, das Halstuch, das für uns Rätselhaftes - für sie aber Bedeutendes verkörperte.

Während eines Besorgungsgangs in der Stadt lief ich einer Jemandin in die Arme. Bevor ich realisieren konnte, wie mir geschah, wurde ich auch bereits heftig gedrückt und eine Parfümwolke raubte mir die Sinne. So sieht also Nächstenliebe aus, dachte ich, da käme man ja zu nichts, wenn alle Welt liebevoll miteinander umginge. Atemluftnöte und Hungersnöte würden drohen, bei all dem Knuddeln. Langsam ließ die Flächenpressung zwischen unseren Gestalten nach und ich gewahrte ein rot-blond behaartes Weibsstück, das mich anstrahlte und – jetzt nicht mehr anstrahlte. Sie wich drei Schritte zurück und schaute mich erschreckt an:

„Oh, Entschuldigung, eine Verwechslung, ich dachte, Sie wären ein alter Kollege. Nochmals Pardon!"

Ich war zwar überrascht, aber nicht erschreckt - eher amüsiert:

„Aber bitte sehr. Angenehm, Ihre nähere Bekanntschaft gemacht zu haben. Mit wem habe ich denn das Vergnügen?"

Die Dame um die fünfzig blickte sich nervös um, stammelte verlegen einige Worte und entfernte sich eilig ohne ein Wort des Abschieds. Ich prüfte die Anwesenheit meiner Brieftasche, des Autoschlüssels und des Haustürschlüssels. Die hatte mich nicht beklaut.

Rot-blond - wie Kerstin Wolfgard, eine junge Kollegin. Ich zielte damals ganz langsam mit dem Zeigefinger auf ihre Nasenspitze, in der Absicht, diese zu berühren. Doch es kam nicht dazu, denn eine statische Ladung sprang bereits bei einem Abstand von ungefähr zehn Millimetern auf ihre Nase über. Erst kam der Schreck und dann das Lachen, seitdem war sie von meiner Energie überzeugt. War das Erotik?

Wenn Ja, dann war sie platonisch. Wir verloren uns aus den Augen, als sie die Arbeitsstelle wechselte. Ich war damals nicht im Mindesten an mehr als einer Nasenberührung interessiert, denn meine Frau und ich schrieben das zehnte Ehejahr und das neunzehnte Jahr des gemeinsamen Weges.

***

Wenn man die Innenstadt in nördlicher Richtung verließ, gelangte man an einen Kreisverkehr, der es ermöglichte, entweder rechts in die Waldhauser Neustadt, geradeaus nach Bremen oder nach links in ein Gewerbegebiet zu gelangen. Vor diesem belebten Kreisverkehr stand seit ewigen Zeiten der Kiosk der Frau Heynes. Bereits vor fünfzig Jahren kaufte ich dort Sahnekaramellen und bisweilen ein Comic-Heftchen mit Geschichten von »Nick, dem Weltraumfahrer«. Mickymaus dagegen fand ich albern, Donald Duck ging. Ich kannte Frau Heynes nicht, habe sie als Mädchen nie gesehen oder wahrgenommen. Nur bei den Einkäufen eines Nachrichtenmagazins oder ein paar Flaschen Mineralwasser führten wir kurze Gespräche und tauschen Freundlichkeiten aus. Sie müsste ungefähr zehn Jahre jünger sein als ich. Seit einigen Jahren half ihr ein schmaler Jüngling mit einer blonden Pumuckl-Frisur, wenn Kartons getragen, Ware eingeräumt oder Getränkekästen geschleppt und gestapelt werden mussten. Er war oft mit einem Fahrrad unterwegs. Ich habe ihn damals für den Enkel der Frau Heynes gehalten. Bei einer Gelegenheit fragte ich Frau Heynes, ob er ein Verwandter sei oder sie einen Angestellten habe. Mit Hinweis auf meine jahrzehntelange Kundschaft erzählte sie die Geschichte, wie sie zu dem Jungen gekommen ist.

304

Fünf Jahre zuvor stand ein zwölf Jahre junger Bursche am frühen Abend im Eingang ihres Kiosks und verlangte mit vorgehaltener Waffe, einem Teppichklopfer, die Herausgaben aller Kaugummivorräte, worauf sie ihn ergriff und mit seiner Waffe handfest Mores lehrte. Danach sperrte sie ihn in die kleine Toilette, mit dem Vorhaben, ihn später nach Hause zu bringen. Der Knabe sträubte sich mit allen seinen Fasern gegen eine Auslieferung an - offenbar - seinen ärgsten Feind. Nachdem sie ihn mit einem Kaugummi besänftigt hatte, erzählte er von zu Hause und was ihn dort erwarten würde. Frau Heynes musste nachdenken und machte dem Jungen ein Angebot. Wenn er ihr ab und zu helfe, mit der Ware umzugehen, könne er sich genügend Kaugummi bei ihr kaufen und erhielte darüber hinaus noch ein paar Euro auf die Hand. Er willigte ein. Ab der Zeit kam Friedhelm nach Verabredung zu dem Kiosk und half der Frau Heynes. Er war auch dort, um seine Hausaufgaben zu bearbeiten, bei denen ihm seine neue Chefin half. Seiner Mutter fiel dann bald auf, dass er immer Kleingeld in der Tasche hatte, sodass sie ihn fragte, ob er sie bestohlen habe. Darauf erzählte er ihr, was ihn an manchen Nachmittagen beschäftigte. Sie hatte dann aber nichts gegen seinen neuen Umgang und wollte auch nichts von seinem kleinen Taschengeld haben. So lief es weiter. Er machte seinen Hauptschulabschluss, wonach Frau Heynes und er eine Lehrstelle bei einem metallverarbeitenden Betrieb ganz in der Nähe finden konnten. Zum Abschluss des Lehrvertrages besuchte Frau Heynes die Mutter ihres Schützlings, um sich ihres Einverständnisses und ihrer Unterschrift zu vergewissern. Das ging alles gut. Friedhelm war jetzt im zweiten Lehrjahr. Ab dieser Zeit kam er erst gegen siebzehn

Uhr zum Kiosk, schleppte dann wie an jedem Tag Getränkekästen und sortierte Leergut. Außerdem hatte er mittlerweile
einen erbaulichen Freundeskreis, von dem er sich jedes Mal
verabschiedete, wenn seine zweite Mutter Hilfe brauchte.
Ich fragte Frau Heynes, was sie dazu bewegt habe, sich für
einen angehenden Räuber einzusetzen. Als sie mit der Bedie-
nung eines Kunden fertig war, ging sie nicht auf meine Frage
ein, sondern erzählte kurz von Hans-Rolf, ihrem Sohn, an
dem sie viel Freude hatte. Auf dem überladenen kleinen
Schreibtisch an der Hinterseite ihres Geschäftsraums stand
das Bild eines jungen Mannes, der über seine Schulter
schaute. Er kam mir bekannt vor.
Wieder zu Hause berichtete ich Meike von dieser Geschichte.
Über ihr Buch hinwegblickend fragte sie: *„Frau Heynes?“*
„Ja, die von dem Kiosk an der Bremer Straße.“
Meike legte ihre Lektüre beiseite: *„Die hatte nur einen Sohn.
Der studierte in Clausthal-Zellerfeld Geologie. Bis zu dem
Eisenbahnunglück bei Wolfenbüttel. Schlimme Geschichte
für die Frau. Dass die nicht verrückt geworden ist, vor Kummer. Line kannte ihren Sohn; aber sprich sie nicht auf ihn
an.“*
„Ach du Scheiße“, warf ich ein und wunderte mich, wie ein
so entfernt gewähntes Drama unversehens in unsere unmit-
telbare Nähe rückte.
*„Damals gab es nicht viele Opfer, und ausgerechnet den hat
es erwischt. Aber für andere Leute ist sowas auch schlimm;
das ist immer schlimm!“,* schloss Meike.

***

Gemäß der verbreiteten Erkenntnis, dass dem Wackeln mit den Beinen ein gesundheitsförderlicher Effekt anhängt, hatte sich eine Veranstaltung wachgehalten, die seit ihrer ersten Austragung vor fünfzig Jahren auch in unserer Stadt zu einer Tradition wurde. Gemeint ist der Wandertag, mit dem die Bevölkerung zu der natürlichen Betätigung des Gehens animiert werden sollte. Erstaunlich dabei war die fürsorgliche Art der Vermittlung dieser Verhaltensweise. *„Ein Kilometerchen für die Mama, eins für den Papa, eins für die liebe Oma und eins für den lieben Herrn Gesundheitsminister. "* Gleichzeitig mit den ersten Veranstaltungen hatte man damals auf vielen Wanderrouten rustikale Gymnastikstationen aus Hangelgerüsten, Recks, Balancierbalken und Knüppeln für Freiübungen eingerichtet. Vielerorts verrotteten diese Stationen mit den Jahren, allein der Wandertag war uns erhalten geblieben. Dazu wurden vier Strecken unterschiedlicher Länge festgelegt, nach welchen die Teilnehmer beim Erreichen des Ziels für die erwanderte Strecke durch Wanderabzeichen belohnt wurden.

Anfang Juni war es so weit. Meike und ich trafen im Stadtpark auf viele Wanderer, die den Beginn der Stempelkartenausgabe erwarteten. Wie in jedem Jahr wähnten sich einige Teilnehmer eher bei einem Marathonlauf als bei einer Wanderveranstaltung. Dementsprechend waren sie schon von der Kleidung her als Leichtathleten erkennbar. Beim Start enteilten sie in kürzester Zeit und entschwanden unseren Blicken hinter einer Staubwolke. Die anderen Piepel, von mäßigerem Ehrgeiz angetrieben, setzten sich, nach Erhalt ihrer Stempelkarten, gemächlicher in Bewegung. Als Gerdi, Jutta und Georg dann am Startposten mit der Kartenausgabe eintrafen,

war das Gros der Wanderer bereits unterwegs. Jutta schloss
sich einer Gruppe Bekannten an, mit denen sie fünfzehn Kilometer wandern wollte. Wir bevorzugten unterwegs eine
eher stillere, von keiner Eile getriebene Stimmung; Beschau-
lichkeit war uns wichtig. Dazu eignete sich eine Strecke von
zehn Kilometern, die uns zunächst südlich der Stadt durch
ein Fichtenwäldchen führte. Nachdem wir es durchquert hatten, brach die Bewölkung auf und Gerdi stopfte ihre Jacke in
ihren kleinen Rucksack. Von hier aus konnte man in südlicher Richtung den bekannten Reitstall sehen. Ich erzählte
Georg von meinem Ausritt mit den Leuten des anorektischen
Vereins, worüber er herzlich lachen musste. Gerdi erzählte
von einer ehemaligen Kollegin, die ihren Papagei mit ins
Büro gebracht hatte. Der sorgte dort für einigen Wirbel, weil
er die heimischen Rauchmelder perfekt imitieren konnte und
Gerdis Kollegen mehrfach auf der Brandsuche wild umher-
liefen.
Als wir eine Stelle mit Fichtenwindbruch passierten, roch es
stark nach Nadelbaumharz. Bei solchen Düften dachte ich
unwillkürlich an die Kieferrodung, in der mein Vater die
Stubben ausgrub, um sie dann anzusägen und mit Keilen, die
er mit der Rückseite eines Beils in den Stamm trieb, zu spal-
ten. Das so gewonnene Kienholz wurde dann zu Spänen zer-
kleinert, die wir zum Anzünden unserer Kohlenherde benutz-
ten.
Das Hauptfeld der Wanderer war bald weit auseinandergezo-
gen; wir vier gingen jetzt allein, Gerdi neben Meike, dahinter
Georg und ich. Wir sprachen über Fototechnik, die chinesi-
sche Marktpolitik und über einen Bekannten, von dem manche Frauen behaupteten, er würde sie mit den Augen

ausziehen. Einer ihm völlig unbekannten Frau hatte er ein Kompliment für ihr schönes Arschgeweih gemacht. Die Dame war empört und verwirrt; wie konnte er von diesem Tattoo wissen?

Die ersten Fußkranken rasteten auf einem Baumstamm sitzend am Wegrand; und das nach erst sechs Kilometern. Manche Schuhe tun schon zu Hause weh. Unsere Strecke führte jetzt an Pferdeweiden vorbei. Zwei belgische Kaltblut-Pferde begleiteten uns einige Meter entlang des Weidezauns. Meike streichelte eins auf der Stirn, worauf es mit dem Kopf starke Nickbewegungen ausführte, ihn hochriss, sich umdrehte und davonstob.

Wir erreichten eine Binnendünenlandschaft mit Heidebewuchs, Ginster und sporadisch verteilten jungen Kiefern. Die Strecke bog dann links in Richtung der Lummeauen ab. Nach weiteren zwei Kilometern teilte sich die Wanderstrecke. Wer zehn Kilometer wandern wollte, musste den linken Weg einer Gabelung wählen. Wir fanden eine Bank und tranken aus den mitgeführten Wasserflaschen. Einige Jogger, trotz des warmen Wetters in Jacken eingepackt, schnauften an uns vorbei. Eine der von Schweiß überströmten Gestalten hatte sich ein Handtuch um den Hals gelegt. Die Gefahr eines Hitzschlags war denen nicht bewusst.

Georg machte den Vorschlag, aus dem Brimborium des Wandertags auszusteigen und nach Lust und Laune unsere Landschaft zu durchmessen. So zogen wir also geradeaus weiter zu den Auen und trafen bald auf eine Gruppe jüngerer Leute, aus deren Mitte uns Jutta winkte.

Während wir eine Stunde lang durch Wiesen und an vereinzelten Gehölzen vorbeiwanderten, hatten wir ab und zu einen schönen Blick auf die in diesem südlichen Abschnitt noch unberührten Flusswindungen. Dort konnten wir bei jedem unserer sommerlichen Besuche gebänderte Prachtlibellen sehen, die, einander umspielend, über dem Wasser flatterten. Danach kehrten wir im Cafe-Restaurant Arglust ein und nahmen einen Tisch auf der Terrasse. Die Wirtin hatte früher ihre Gäste in einer Art Ranschmeißinitiative zu gewinnen gesucht. Auf der Terrasse bediente sie diesmal nicht. Gerdi fragte nach dem Fortschritt meiner geschichtlichen Menschenbetrachtung, welche ich dann, um einen passenden Einstieg bemüht, lustlos hölzern beschrieb:

„In der Jugendzeit vor der Paarsuche war der Weg noch offen - allzu offen. Um eine Radtour, einen Badenachmittag oder ein nächtliches Lagerfeuer zu unternehmen, brauchten wir etwas von dem knappen Geld und etwas von der raren Zeit."

„Eure gemeinsame Zeit", warf Gerdi ein.

„Ja. Dabei zeigten sich auch Unverträglichkeiten, Sympathien, Vorlieben und Charaktermerkmale: Eigenschaften, die den Besitzern noch auf lange Zeit erhalten blieben."

„Und Streitigkeiten, die nie beigelegt wurden", ergänzte Georg in Anspielung auf meine Zwistigkeiten mit Jakob. In diesem Moment kam Jutta mit einem jungen Mann auf die Terrasse, sah uns und stand auf einen Gruß an unseren Tisch. Sie gab mir die Hand und schaute mich groß an: *„Mann, hast du kalte Hände!"*

Ich musste lachen und erwähnte kurz mein Erlebnis mit meiner damaligen Kollegin Ellen Förster. Jutta stellte uns dann den jungen Mann vor und setzte sich mit ihm an einen anderen Tisch. Wir bestellten verschiedene Salatteller, danach

Kaffee und wählten den direkten Heimweg. Gegen achtzehn
Uhr waren wir zu Hause.

Warten auf den Gast – Morgennebel – Verse jenseits von »Das sagt man nicht«

Von der Last meiner Suche nach dem sich wiederholenden seltsamen Bild einer Hand befreit, verlegte ich mich mehr auf ruhige Betrachtung der Details im Alltag, fiel während einer Reise in Poesiestimmung und betrachtete meine fast vergessenen dichterischen Frühwerke.

———

Um meinen Gast von der Bushaltestelle abzuholen, stand ich
hier bereits eine Weile und beobachtete die Umgebung mit
wechselndem Interesse. Wie ich so nach dem Überlandbus
ausschaute, fiel mein Blick auf eine zirka fünfzehn Meter zur
linken Hand entfernt stehende junge, hochgewachsene Frau
mit langen dunklen Haaren, die eine schwarze Hose mit an-
gedeutetem Schlag und ein recht knapp bemessenes, bauch-
freies Top gleicher Farbe trug, an dem sie ständig herumzog
und zupfte, um es in die richtige Lage zu bringen. Vor ihr auf
dem Boden stand ein Handtäschchen und eine größere Tasche, der sie, nachdem sie in die Hocke gegangen war, eine
Haarbürste entnahm, die sie sich mit langen, langsamen Bewegungen der Länge nach durch die Haare zog. Dreimal auf
der linken Seite und dreimal auf der rechten Seite. Dann verschwand die Bürste rasch in der großen Tasche und ein Spiegel wurde daraus hervorgezogen, der in dem offenbar nicht

makellosen Gesicht der Exotin Verbesserungsbedarf rekla-
mierte. Also wurde gekratzt, gezupft und getupft, um sodann
den Spiegel kritisch prüfend vor die linke Schläfe über die
Stirn zur rechten Schläfe zu führen, bis offenbar alles makel-
los und vorzeigbar erschien. Dann griff sie abermals zur
Haarbürste und zog sie noch einige Male durch ihre langen
Haare, bis sich die Hübsche ihrem, diese äußerliche Feinab-
stimmung erforderlichen, weiteren Weg zuwandte und um
die nächste Ecke verschwand. Dazu erinnerte ich mich an die
folgenden, aus meinen früheren Dichtversuchen stammenden
Zeilen:

Es dient dem Menschen die Frisur
zum Wohle der Gesamtgestalt,
denn stimmt die eitle Haarkontur,
gewinnt auch schon die Seele Halt.

Im Verlaufe der unterhaltsamen Hantierungen vorbenannter
Frau versammelten sich zu meiner rechten Seite einige Menschen, die offenbar ebenfalls den Fernbus erwarteten. Von
Zeit zu Zeit blickte ich stadtauswärts unsere lange Wohnstraße entlang, bis ich an ihrem Horrorzont in der wuselig belebten teleskopischen Perspektive eine größere, sich bewe-
gende Struktur gewahrte, welche im Flimmern der warmen
Mittagsluft zunehmend deutlicher den Umrissen eines unserer Überlandbusse ähnlicher wurde.
Die ungefähr fünfzehn mit mir hier stehenden Leute rückten
langsam an die zu erwartenden Stellen der Buseinstiege. Ich
stand unbeteiligt abseits dieser Gruppe, mein Gast würde
mich hier leichter finden. Der Bus kam. Ein Ungeheuer in
Grün und Weiß, mit an der Front angeordneten, wie die

Fühler einer riesigen Ameise aussehenden Spiegeln, sprang unter Geräuschen seiner Druckluftbremse hinter einer dünnen Staubwolke in den Bereich der Haltestelle. Das Fahrzeug neigte seine rechte Seite zu den barrierefreien Rampen hinunter. Dann kam Bewegung in die noch vor Momenten beinahe statische Aufstellung der Wartenden. Leute stiegen vorne und hinten aus, Taschen, Rucksäcke, sowie ein Rollator wurde heraus gereicht und die dazugehörige Seniorin an der Hand geführt. Dann stiegen die ungeduldig drängelnden Reisebedürftigen in den vorderen und hinteren Eingang, um die ihnen zusagenden Sitzplätze einzunehmen. Einige Rollkoffer, die man hinter einer Personengruppe aus den Unterflurgepäckräumen entladen hatte, wurden umgehend von ihren Besitzern einem Ziel entgegengezogen. Die Bustüren schlossen sich unter den zischenden Lauten der Wagenpneumatik. Der Fernbus fuhr ab, hinterließ eine schwarze Rußwolke und eine flüchtige Menschenansammlung. Ich blieb noch ein paar Minuten dort stehen. Mein Gast war nicht dabei.

Als ich dann vor unserer Haustür stand, drängte sich mir der Fortgang des Alltags in Form der akustischen Teilhabe eines Streites auf. Die in unserer Hausgemeinschaft nie richtig angekommenen Nachbarn im Parterre diskutierten auf ihre laute Art die fehlende Übereinstimmung ihrer Sichtweisen auf einen Belang. Obwohl das Haus, in dem wir wohnten, solide gebaut war, nahm doch jeder unserer Nachbarn an dem außerordentlichen Kommunikationsdesign der beiden teil. Als ich auf der zweiten Etage angelangt war, hatte ich den passenden Einstieg zu einer gereimten Beschreibung des soeben Erfahrenen im Sinn:

Noch in tiefste Friedlichkeit
war das Appartement gehüllt.
Plötzlich ist es dann so weit:
Diese keift und jener brüllt!

Teller fliegen durch die Luft,
wüstes Lärmen ist im Haus,
eine Schlampe und ihr Schuft
sehen gar nicht glücklich aus.

Gerne zieht man an den Haaren,
reißt am Ärmel, tritt ins Leere,
zeigt ein derartiges Gebaren
als wenn heute Kampftag wäre.

Endlich Stille - wie zum Troste
liegen Seufzer in der Luft,
alles ruht, was noch erboste
eine Schlampe und den Schuft.

Nachdem es da unten stiller geworden war, wurde es da unten wieder lauter. Nicht ganz so laut wie zuvor, aber doch unwillkürlich vernehmbar. Ein notorischer Detektiv hätte vermutlich auf »versuchte Tötung« getippt, aber es war eher das Gegenteil.

Am Abend des nächsten Tages stand ich wieder an der Haltestelle, um meinen Gast zu dem erneut vereinbarten Termin abzuholen. Die Ankunft des Busses war für 21 Uhr geplant. Durch den Regen des Tages war auf der Straße vor der Haltestelle eine großflächige Pfütze entstanden, in der vom Wind leicht bewegte, farbig schillernde Schlieren ständig ihre

Gestalt wechselten. Ein Blick stadtauswärts ließ das Näherkommen einer behäbig sich bewegenden Struktur mit einem
großen Fahrlichtabstand erahnen. Ich stand wie zuvor abseits
der Haltestelle, um den Anschein eines Transportbegehrs zu
vermeiden, denn ich wartete schließlich bloß auf meinen
Gast. Der Bus kam dann auch mit dem erwarteten Schwung,
bremste aber vor der Wasserlache so stark ab, dass sich um
die Vorderräder nur harmlose Bugwellen bildeten. Als der
Bus stand, öffneten sich die Türen unter pneumatischen Ent-
lüftungsgeräuschen, blieben eine Weile offen und schlossen
sich danach, ohne dass jemand ausstieg oder einstieg. Dann
fuhr der Bus weiter und hinterließ - wie gestern - eine
schwarze Rußwolke. Und mich - ohne meinen Gast.
Indem ich den Rücklichtern des Busses hinterherschaute, ir-
ritierte mich eine kleine Bewegung im Augenwinkel, deren
Ursache in der Dämmerung nicht auszumachen war. Eine
kleine Bewegung von etwas in meiner Nähe. Ich schaute in
eine andere Richtung, aber dort nahm ich ebenfalls eine
kleine Bewegung in meiner Nähe wahr. Der Alarmcharakter
von im Augenwinkel erkannten Bewegungen war mir bekannt. Was stimmte hier nicht?
Was verunsicherte mich? Was entzog sich meiner Kontrolle?
Bei nächtlichen Gängen durch einen Wald hatte ich diese
Empfindung bereits mehrfach gehabt. Hinter jedem Baum,
hinter jedem Strauch vermutete ich ein lauerndes, bedrohli-
ches Monster. Dieser Instinkt wurde vor langer Zeit in uns
Menschen angelegt, als die Möglichkeit noch sehr real war,
von einem wilden Tier angefallen zu werden. Aber hier lagen
die Dinge ganz anders: Ich war nicht im Wald und die gefährlichen Tiere hatten heutzutage eher das Format einer

Zecke oder eines Virus. Als ich nach diesen Überlegungen den Heimweg einschlagen wollte, bemerkte ich abermals eine kleine Bewegung in meiner weiteren Umgebung und musste an die bei Isländern fest etablierte Überzeugung der Existenz von Elfen denken, die auf der vulkanischen Insel im Nordatlantik in verschiedenen, von den Insulanern hoch respektierten und deshalb geschützten Felsen wohnten. Hatte ich etwa eine Elfe oder gar Harvey den Hasen eingeladen? Eine Gestalt näherte sich und blieb vor mir stehen:

„Piet Baumann. So spät noch unterwegs?"

„Holger! Ja, ich erwartete einen Gast. Er war nicht im Bus", stammelte ich, frisch meinen Gedanken entrissen. Holger Blumenkamp war mir aus dem Bürgerverein bekannt. Ich hatte ihn und seine Familie zu Hause besucht. Wie wir so beieinander standen, machte Holger eine schnelle Kopfbewegung, schaute sich um und machte abermals eine solche in eine andere Richtung.

„Fledermäuse! Da! Und jetzt da", stieß Holger aus und wies mit der Hand in verschiedene Richtungen. Interessiert flog mein Blick in der Dämmerung hin und her: *„Tatsächlich. Und ich dachte schon, ich spinne."*

„Vor drei Jahren hatte der NABU hier im Grünstreifen eine Reihe Fledermauskästen aufhängen lassen. Hoffentlich finden die Flatterlinge genügend Insekten hier in der Stadt", befand Holger. Ein paar Minuten standen wir noch zusammen und gingen danach unserer Wege, nicht ohne einander eines baldigen Wiedersehens vergewissert zu haben. Mein Gast war nicht dabei.

***

Wenn ich früher bei Nachrichten über die Giftverwendung im Ackerbau, exzessive Gülleinträge in die Böden und die damit verbundene Zerstörung umfangreicher Lebensräume für Insekten, Vögel und Säugetiere öfter gesagt habe: „Haut die Bauern!", so musste ich mich jetzt zurückhalten, denn ich wollte nicht unsere Unterkunft aufs Spiel setzen, indem ich hier auf dem Bauernhof meinen vorbenannten Unmut leichtfertig laut werden ließe. Auf unserer Reise zu den Vogelzugmotiven nach Ostfriesland ergaben sich dann aufschlussreiche Einblicke nicht allein in die großartigen Naturvorgänge, sondern auch in die Lebenssituation der dort lebenden Landbevölkerung. Gewohnt haben wir auf dem Hof von Alf Rakers, dessen Alltag nichts mit dem verklärten Blick der Städter auf das Landleben gemein hatte. Unsere Unterkunft war karg ausgestattet, so mochten wir es. Aus einem mir verborgenen Grund wurde ich mehrfach bereits gegen halb fünf in der Frühe wach und blieb wach, um mit offenen Sinnen die Eindrücke dieser frühen Stunden in allen Nuancen wahrzunehmen. In einer dieser frühen Stunden machte ich einen Spaziergang durch den dichten Bodennebel in der Nähe des Hofes. Zunächst sah ich nur die nah am Wegrand stehenden Weidenpfosten zur linken und rechten Seite der Fahrspur. Die Kühe standen in unmittelbarer Nähe, denn ich hörte sie deutlich das Gras rupfen. Auf meinem Rückweg senkte sich der Nebel dergestalt, dass die jetzt teilweise sichtbaren Kühe in einer dichten Milchsuppe zu waten schienen. Dieses Naturerlebnis inspirierte mich zu folgenden Reimen:

Noch liegt der Nebel auf dem Grund,
Kühe schreiten durch das Grün.

Aus dumpfer Ferne bellt ein Hund.
So ruht das Dorf in Frieden stumm
und während Gänse nordwärts ziehn
dreht sich der Mensch noch einmal um.

Ein fahles Licht von Osten drängt
das schwarze weite Sternenband
ins Meer - für lange tief versenkt.
Und wie der Ruf nach Helligkeit
ergießt sich auf das flache Land
ein roter Strahl - es wird nun Zeit.

Wie auf den Hahnenschrei genau
riecht es im Stall nach frischem Heu,
der Sonnenschein fließt in den Tau,
das Vieh will nun gefüttert sein,
die ganze Welt ist wieder neu,
so kehrt ein Tag in Friesland ein.

Nach meinem Ausflug in eine dichterisch verkürzte Welt klappte ich den Klapptop zusammen und deckte den Frühstückstisch. Dann kam auch Meike mit den frischen Brötchen.

***

Der Besuch eines Naturschutzgebietes in Westfalen sollte zum Ausklang der diesjährigen warmen Jahreszeit mit Beobachtungen von Ringelnattern und seltenen Wasservögeln schöne Motive vor unsere Objektive bringen. Für die Abende hatte ich einige Denksportaufgaben in Gestalt unfertiger Gedichte dabei. Ein Tiefdruckgebiet mit Niederschlägen schränkte dann die Möglichkeit unserer Ausflüge so ein, dass

die alternative Heimtätigkeit, meine Textaufgaben, bald getan sein würden – dachte ich. Aber mein früheres, als zügellos beschreibbares Talent zur rhythmischen Wortfindung hatte sich in ein schwerfälliges Kämpfen um jede Zeile verwandelt. Die Einzelaussagen mussten in Einklang mit dem Gesamtkontext gebracht werden. Dabei durfte keiner Sinnverzwergung Raum gegeben werden. Das alles sollte einem ästhetischen Anspruch gerecht werden, den ich in früheren Jahren nicht für wichtig hielt. Diese gemeinen einzelnen Worte, ihre Synonyme und ihre Passung ließen mich nur selten zurücklehnen und genussvoll meinen Text betrachten.
Aber zunächst hatten wir andere Probleme. Es war nicht das Wetter, das ich, stets auf der Lauer nach niederschlagsfreien Stunden, mittels eines im Internet verfügbaren Regenradars im Auge behielt. Nein, es war das Badezimmer unserer Unterkunft, von dem bereits ohne seine Benutzung ein übler Duft ausging.
„Im Bad riecht es wie im Arsch", berichtete ich Meike, die darauf fragte: *„Wie riecht es denn im Arsch?"*, was mich zu der zirkelbezüglichen Aussage brachte: *„Wie im Bad."*
Das nächste Ärgernis bestand in der lasterhaften Angewohnheit der ansässigen Restaurantbesitzer, den Reisenden am Montag kollektiv jegliche Speisung zu versagen. Nach einigem Suchen fanden wir dann doch ein unscheinbares Gasthaus, welches seine Geschäftsaktivitäten durch die Zwänge der Pandemie auf Außerhauslieferungen und Abholungen reduziert hatte und nur noch zu einem kleineren Teil auf die Bewirtung von Gästen im eigenen Haus eingestellt war. Nach der Vertilgung eines unter geschmolzenem Käse

verborgenen, viel zu großen Fleischstücks war ich sowohl praktisch als auch sprichwörtlich bedient.

Hier half nur noch Bewegung, die wir während einer halbtägigen Regenpause bei einem Rundgang durch das Naturschutzgebiet fanden und dabei Wildgänse, Enten, Reiher, Flussregenpfeifer, Uferschnepfen, Rotschenkel und Kiebitze fotografierten und filmten.

An den folgenden Tagen war ich erneut mit einzelnen Worten befasst, die nicht passen wollten, bis mir eines Vormittags ein harmonischer Text gelang, den ich wieder und wieder las – auch laut - und keinen Fehler in ihm entdecken konnte. Ich wollte ihn Tage später noch einmal lesen, weil der Blick für die Harmonien dann unverkrampfter sein konnte. Und so ging das Stück:

Aufbruch

Geborgenheit und nur das Beste,
im Hort der elterlichen Pflege,
schauten wir gern aus dem Neste
- zum Horizont - auf seine Wege.

Wie weit das Land und klein der Ort.
Kaum wähnten wir uns noch daheim,
zieht es uns von der Heimstatt fort.
Erfahrung will erfahren sein.

Kein Pfad, der noch so schwierig wär
hemmt unsre neue Regsamkeit.
Gestern noch an Zweifeln schwer,
so ist uns heut kein Ziel zu weit.

Manche Schönheit ging verloren,
wo wir schon viel zu lange waren.
Zu oft das Gleiche in den Ohren,
in den Augen - komm, wir fahren.

Uns in der Weite bald verlierend,
zu straucheln - mutig aufzustehn,
und stets was Neues ausprobierend.
Zu gehn - ohne sich umzudrehn.

Wir haben unsern Weg gefunden,
der Nase nach – ein erster Schritt.
Die Bedenken sind verschwunden,
Fernweh glüht und reißt uns mit.

Die Motivation zu diesem Thema bekam ich aus dem mehrfachen Erleben des Antritts einer Reise mit völlig unbekanntem Verlauf. Das waren fantastische Eindrücke – wahre
Leuchtfeuer im Nebel des Vergessens. Die anderen Stücke
beanspruchten meine Nerven weniger arg. Einerseits durch
ihre geringe lyrische Tiefe, andererseits durch ihre heitere
Thematik forderten sie jedes Mal den Schalk in meinem Nacken heraus, der sich mit possenhaften Stoffen gut auskannte
und sehr wohl dabei fühlte. Das Grundgerüst des folgenden
Stückes entstammte meinen frühen Versuchen, die bereits
den Geist eines Spötters in sich trugen:

Südliche Gewalten

„Der Mensch lebt aus der neusten Sicht
am besten nach Moralstruktur.
Ganz ohne geht es leider nicht,
denn Laster schaden der Figur. “

Oh weh, du schmale Lebenslust,
was sollte man an dir noch trimmen,
freudlos, sinnlos, ganz bewusst.
Diese These kann nicht stimmen.

Daher reicht man sich die Hände
hoffnungsfröhlich inspiriert,
dass man bald die Wahrheit fände,
auch wenn die Suche strapaziert.

Und begibt man sich seinem Hange
zur erquicklichen Genüge
zwecks Versorgung der Belange
in ein dampfendes Gefüge.

Dabei toben die Gewalten
südlicher vor allen Dingen
in den handelnden Gestalten,
statt dem Geiste zu entspringen.

Schweigen nach der Eskapade,
den Exzessen knapp entkommen.
Hatte man figürlich gerade
etwa Schaden angenommen?

„Nein", so ruft man, lacht und spricht:
„Wir sind noch völlig unblessiert."
Wohin das führt, das weiß man nicht,
drum lebe man ganz ungeniert.

Der mokante Stil war mir seit jeher auf die Fahne geschrieben
und ein entscheidendes textliches Werkzeug meiner Gering-
schätzung für die ständig inflationär auf die Menschen ein-
dreschenden, herztriefenden Balzschmalz-Themen in Foto,

Film und Musik. Im Vordergrund stand allerdings die bei ihrem Pheromon-getriebenen Tun lächerlich wirkende menschliche Figur, der ich um ihrer möglichst originellen Darstellung willen viele Stunden meiner Freizeit schreibend widmete und dabei von wenigen ästhetischen Beschränkungen gebremst wurde.

Das kühle, regnerische Wetter ließ immer noch keine Ausflüge zu; so las ich zum wiederholten Mal die alten Texte meiner früheren Jahre, um eines seiner Aufarbeitung Wertes zu finden. Da war zunächst das Stück: *»Auf der Platte mit Musike«*. Ich schaute weiter und fand: *»Die Leichtigkeit der Pein«*, danach *»Die Glocken«, »Fridolin«* und *»Am Ort der Ruhe«*.

Diese Texte waren jenen Menschen unzugänglich, die alle auch nur im Ansatz pikanten Geschichten als ihr moralisches Empfinden verletzend entschieden ablehnten und sich einem gereimten Vergnügen allzu schnell verschlossen.

An einem dieser Tage wurde uns ein Restaurant empfohlen, dessen Spezialität - das Rumpsteak - als ein besonderes Geschmackserlebnis angepriesen wurde. Wir wollten das mal ausprobieren.

Inmitten eines kleinen benachbarten Dorfes lag die karnivorische Kultstätte, allein, als seien die alten Bauernschaften dem Restaurant als fragwürdige Zierde angeheftet worden. Keine Kneipe, keine Brötchen gab es dort; nur zufällig ein Tierarzt und dieses Steakhaus.

Nach dem Betreten des Restaurants geleitete uns ein imitierter Gaucho an einen schweren Eichentisch, der auch dem gröbsten Umgang mit schweren Esswerkzeugen gewachsen war. Es sollte das besagte Rumpsteak sein, dessen vermeintliche Eigenschaft als kulinarisches Erlebnis ich erforschen wollte. Meike bestellte für sich einen Spieß vom Grill. Das alles sollte mit Salaten umgeben werden. Zwischendurch brachte eine Dame in Schwarz-Weiß unser Mineralwasser. Dann näherte sich mir jemand unvermittelt von hinten und band mir in Windeseile ein neckisch besticktes Lätzchen um, dessen ich mich schlagartig schämte. Ich war verblüfft: Halten die mich für ein Kleckerchen, oder was?

Nachdem das Rumpsteak auf einem heißen Stein serviert war, probierte ich vergeblich die speziell zu seiner Vertilgung beigelegten Werkzeuge und befand sie als wenig geeignet, einer Schuhsohle Herr zu werden. Daher sah ich mich bemüßigt, in Erinnerung an die flegelhaften Tischsitten eines alten Kameraden, meinem Unwillen durch ein unkonventionelles Verhalten dem hiesigen Personal gegenüber Form und Ausdruck zu verleihen.

Ich befreite mich von dem Lätzchen, nahm das Rumpsteak mit einer Serviette in die Hand und ging gemessenen Schrittes zur Kellnertheke, an der die vorbenannte Kellnerin und ein Rumpelsteakchen standen, reichte der Kellnerin das Lätzchen und bestellte eine weitere Flasche Wasser, wobei ich mehrfach kräftig in das Steak biss. Auf meinem Rückweg zum Tisch vernahm ich in meinem akustischen Rückfahrscheinwerfer Kichern und Tuscheln. Nach dem ungewöhnlichen Erlebnis der Steakverköstigung nahm ich ein großes Glas Mineralwasser zu mir und beantwortete alle offenen Fragen mit einem tiefgründigen Rülpser. Das Blumenwasser rührte ich allerdings nicht an.

Der Hintergrund meines Tuns war die Idee, dem Gastgeber ebenfalls ein besonderes Erlebnis zu bieten. Da ich nur dieses eine Programm auf Lager hatte und nicht langweilen wollte, suchten wir dieses Steakhaus nicht mehr auf.

Wir waren noch weitere drei Regentage im Münsterland, während derer Meike ein ganzes Buch las und ich auf der Suche nach verwendbaren alten Werken auf meinen Klapptop glotzte, wobei ich öfter ob der eigentümlichen Gedankengänge meiner spätadoleszenten Phase schmunzeln musste. Dabei fand ich eine angenehme Leichtigkeit in den beschriebenen Geschichten, die ich nach mehr als dreißig Jahren noch so gut nachvollziehen konnte, als hätte ich sie gestern geschrieben.

Warten auf Noah – Der Besuch – Warten im Treppenhaus

Auch in diesem Kapitel geht es um die ruhige Betrachtung meiner Umgebung und die Wahrnehmung des Zeitflusses. Der erwartete Besuch belebte unseren Alltag.

——

Wir hatten oft warten müssen. Auf einen Rückruf, auf einen Termin, auf die Öffnung einer Tür und auf Noah. Oft war die damit verbundene Untätigkeit oder Störung im Ablauf des Tagesplans ein solches Ärgernis, dass wir, Meike und ich, dieses in ein Erlebnis umzukehren gedachten. Daher nutzten wir unruhige Szenerien zur Einübung emotionaler Selbstbeherrschung, was wir auch zu beschaulicheren Gelegenheiten nachvollziehen konnten. Das führte mitunter zu seltsamen

Reaktionen unserer Mitmenschen. So war es auch an einem Mittag im Frühjahr vergangenen Jahres.

Am nördlichen Rand des Großen Moores erhob sich eine teilweise von einem lichten Föhrenwald überwachsene Dünenlandschaft, die gern von Wanderern besucht wurde, weil man von hier aus einen guten Überblick auf die von Menschenhand noch unberührten Bereiche der Niederung hatte. Meike und ich saßen dort auf einer Bank und genossen die Ruhe, als drei Spaziergänger zu uns hochstiegen, von denen einer fragte, ob wir auf etwas warten. Ich bejahte seine Frage und gab mich meiner Kontemplation hin, bis er mich erneut fragte, diesmal, worauf wir denn warteten. Zum zweiten Mal in meiner Ruhe gestört sagte ich ihm, dass wir das nicht wüssten, aber es würde passieren. Er kam sich veralbert vor, stellte sich ein paar Meter abseits an das aus jungen Kiefernstämmen grob zusammengenagelte Geländer, das die Ausblickrichtung grob vorgab, und schaute sich die von Tümpeln durchsetzte, grünbraune, vereinzelt mit Jungbirken bestandene Moorlandschaft an.

Einem anderen Spaziergänger, der uns Wochen später in einer vergleichbaren Situation an einem anderen Ort auf unser Warten ansprach, hatten wir die philosophisch wirkende Antwort zugemutet, dass jeder wartet: auf den Bus, auf ein Paket, auf besseres Wetter oder auf das Ende der Schmerzen. Wir stehen herum und warten auf das nächste Stadium des für uns Erreichbaren; eines weiteren oder des letzten Kapitels unserer ungeschriebenen Biografie. Der, der uns gefragt hatte, fragte nicht weiter.

Wir warten, sind voller Erwartung, entsprechen Erwartungen – oder entsprechen ihnen nicht.

Durch die Einbindung in unsere soziale und technologische Sphäre ist das Warten eine unabänderliche Disziplin, die umso erträglicher wird, je mehr man sich um ihre Beherrschung bemüht. Lektüre oder die Beschäftigung mit multimedialen Geräten kratzen bloß an der Oberfläche des Mangels an Gelassenheit. Wenn wir es nicht schaffen, eine bessere Affektkontrolle zu gewinnen, und ungeduldig werden, kann dieses Unvermögen zu sozialen Spannungen oder technisch gefährlichen Situationen führen. Ungeduld war eine Eigenschaft, die Meike und ich aus unserem Leben weitgehend verbannen konnten. Wir waren bestens eingestellt. Das mussten wir auch, denn mein Neffe Noah hatte sich wieder angekündigt.

Er wollte uns für ein paar Tage besuchen, um in den Mooren der weiteren Umgebung biologische Untersuchungen anzustellen, die er für seine Diplomarbeit brauchte. Meine Schwester Claudia hatte mich gewarnt, ihr Junge sei ein ganz besonderer Mensch. So kannte ich ihn von früher. Er wuchs in bäuerlicher Umgebung auf und war gern allein. Er hielt sich früher gern in den Ställen der Milchbauern auf und stieg mitunter auf den Heuboden einer Scheune, um gemeinsam mit den befreundeten Bauernkindern von dort oben in einen unten aufgetürmten Heuhaufen zu springen. Wenn ein Heugebläse aufgestellt war, mit dem man das Heu auf den Boden befördert hatte, rutschte Noah während der Betriebspausen in dem achtzig Zentimeter durchmessenden Förderrohr des Gebläses vom Dachboden bis auf den Grund hinab. Das war die erwachsene Ausführung einer Spielplatzrutsche. Von Zeit zu Zeit machte er auch chemische Experimente, indem er zum Beispiel Waschpulver mit Soda und Essig aufkochte und sich danach über das wundersame Ergebnis, vor allem den Geruch, wunderte. Seine Versuche mit Schwarzpulver hatte mein Schwager rechtzeitig unterbunden. Mehrfach wurde er gesehen, wie er auf einer Kuh ritt. Dafür brauchte er das Einverständnis des Bauern und das der Kuh. Offenbar konnte er beides erlangen. Seine Mentalität war der meinen in jungen Jahren ähnlich, dennoch gab es Unterschiede. Zum einen war es mir in meiner Kindheit mehrfach gelungen, auf Schweinen zu reiten, zum anderen bestanden derzeit die aus unserem unterschiedlichen Alter herrührenden Gemütsdifferenzen. Dennoch bestanden beste Voraussetzungen für eine gedeihliche Zeit.

Nachdem ich an zwei Tagen vergeblich auf seine Ankunft an der Haltestelle des Fernbusses gewartet hatte, waren wir gespannt, wie und wann er bei uns eintrifft; ob er heute oder morgen kommt.

Während Meike und ich es uns bei einem guten Schluck Mineralwasser gemütlich gemacht hatten, verfolgten wir eine abendliche Fernsehsehsendung, die von allerlei Härten berichtete, welche die genannten Potentaten um des Machterhalts willen ihren Völkern zumuteten. Danach folgte ein Bericht über eine unsichere Großstadtgegend. Dazu wurden Passanten nach ihrer Meinung zu wiederholt vorkommenden Belästigungen gefragt. Warum ist die Meinung der Passanten zu den betreffenden Vorkommnissen so wichtig? Warum soll ich wissen, was Herr B. zu dem Unglück von Frau C. denkt? Ist es so, dass die Berichterstattungsmedien uns zu nachrichtensüchtigen Glotzern erziehen – zu Gaffern?

Der Vorwurf der Gafferei vieler Autofahrer, Beifahrer oder Passanten ist der schwerwiegende Befund eines bevölkerungsweiten Effektes, an dessen Wesen und Entstehung die Soziologen zu forschen haben. Die durch die Medien zu Gaffern erzogenen Zuschauer bleiben Gaffer an Unglücksorten, auch auf der Autobahn.

Eine erstaunliche Meldung besagte, dass gewaltbereite Menschen immer jünger werden. Demnach wäre die Gewalttätigkeit ein Jungbrunnen für alle, die nicht gern alt werden wollen. Meike, die in die Küche gegangen war, um unsere Gläser nachzufüllen, hatte die Meldung verpasst. Als sie ins Wohnzimmer kam, schlug ich ihr vor, Gewalttätigkeit einzuüben, um unserer Alterung entgegenzutreten. Kurzfristig zweifelte sie an meinem Verstand.

In der Nachrichtensendung erklärte eine Moderatorin ihre Arbeit, die auch aus der Einordnung und Filterung der Nachrichten besteht. Dabei kratzt ich mich kräftig hinter dem Ohr. Wer kann schon für mich filtern? Eine Vorauswahl der Nachrichten beraubt mich der Möglichkeiten zur wiederholten Erkenntnis der Verdorbenheit unserer Gesellschaft, mithin der Möglichkeit, zynische Genugtuung zu erlangen. Während ich zu einem langen Zug aus meinem Glas ansetzte, ging die Türklingel und mein Begrüßungsautomat zeigte »Angemeldeter Besuch« an. Noah.

Der Sechsundzwanzigjährige und sein Papagei waren von Bad Pyrmont bis hierher mit dem Fahrrad angereist. Die beiden mussten ein herrliches Bild abgegeben haben: Er tritt in die Pedale und sein Graupapagei feuert ihn an. Noahs dunkelblonde Langhaarfrisur war nur noch eine Halblanghaarfrisur, und ein dünner Kinnbart, wie er in der Jazzszene verbreitet war, rahmte sein wenig gealtertes schmales Gesicht ein. Noah hatte für seinen Papagei nur eine Sitzstange und Futter in seinem Gepäck. Er konnte den an ihn gewöhnten Vogel frei fliegen lassen, weshalb für den Papagei die Reise eher eine durch seinen Menschen begleitete Flugreise war. Das Tier hatte keinen Namen, wenn Noah es ansprach, dann jedes Mal mit: *„Ey."* Nachdem mein Neffe sein schmales Gepäck im Gästezimmer abgestellt hatte, wurde den restlichen Abend erzählt. Der uns aus alten Erinnerungen als wohlschmeckend bekannte Vin de Sable wurde von ihm gern angenommen. Am Frühstückstisch des folgenden Tages besprachen wir die nähere Topografie und gingen danach in die Stadt, um die zuständige Naturschutzbehörde aufzusuchen.

Noah machte seine ph-Messungen und war ein angenehmer Gast, der nur einmal auffiel, als er zu einer frühen Abendstunde im Torfstecherbrunnen in der Innenstadt ein ausgiebiges Bad nahm, das von der lokalen Presse willkommen dokumentiert wurde. Außerdem sah man ihn mehrfach mit einer hiesigen Pomeranze; er hatte schnell herausgefunden, wo die wahre Seele unserer Landschaft zu finden war.

An einem wolkenverhangenen Morgen kam ich vom Brötchenholen, schritt langsam durch den leichten Regen und genoss die Ruhe unserer tagsüber betriebsamen Gegend. Als ich in die Nähe unseres Wohngebäudes kam, erschrak mich ein langgezogenes, überaus kraftvoll gebrülltes: *„Scheiße!!"*, das durch die ganze Nachbarschaft hallte. Als ich unser Heim betrat, stand Meike im Flur und schaute mich an: *„Was hat der?"* Sie meinte unseren Neffen, der noch in seinem Zimmer rumorte. Am Frühstückstisch erklärte er seinen Unmut dieses grauverhangenen Wetters gegenüber; an einem Tag, an dem er unter der Sonne zu einem entfernteren Moor radeln wollte, um die dortige Flora zu registrieren. Er erwachte, öffnete das Fenster und schimpfte gegen die Natur an, obwohl er wusste, dass gegen die Natur kein Meckern hilft. Und wie sollte er als angehender Biologe der Natur keinen Respekt zollen?

Noah war noch weitere drei Wochen unser Gast, in denen er Archie und den NABU-Mitarbeiter Volker Preuss kennenlernte. Meike zeigte ihm viele von ihr in den Mooren fotografierte Bilder von Pflanzen, Tieren und solche mit stimmungsvollen Ansprüchen. Tagsüber war er mit seinem Instrumentarium, seinen Listen und seinem »Ey« in der weiteren Gegend unterwegs. Bei einem seiner Gänge ins Moor fiel der Vogel in einen Tümpel und schwieg nach seiner Errettung stundenlang in beleidigter Manier. Zu Hause stellte ihn Noah auf seiner Sitzstange in die Dusche und spülte die Moorreste mit warmem Wasser aus seinem Gefieder, was dem Vogel bei andauerndem hysterischen Lachen, Gezeter und kräftigem Flügelschlagen sichtlich Vergnügen bereitete. Das artete in eine riesige Spritzerei aus, und dann sage noch jemand, ein Zwischenhirnwesen wie ein Vogel könne keine Freude empfinden. Den Föhn allerdings - den mochte der Papagei nicht; er hatte panische Angst vor dem Heuler.

An den frühen Abenden saß Noah in seinem Zimmer an seinem Laptop und ergänzte seine Datenaufnahme. Abends spazierten wir mehrfach durch die Lummeauen, sprachen über Musik und Evolution, weiterhin über sein Arbeitsthema, die Moorbiologie, während sein Papagei den Flusslauf inspizierte. An einem anderen Tag erwähnte ich den Philosophen Nikotinus, was ich an ihm so schätzte und dass ich ihn bald treffen wollte.

Bei einem Anlass kam ich auf meine Mundspülung »Grinsolin forte« zu sprechen, die er dann auch probieren wollte und es auch tat. In der Folge erzählte er uns am laufenden Band Papageienwitze, über die sein Graupapagei laut mitlachte; nach einem flacheren Witz gar als einziger, was sich derart komisch anhörte, dass wir alle lachen mussten.

Am Abreisetag gab es eine günstige Wetterprognose. Die fünfundachtzig Kilometer bis Bad Pyrmont würde Noah in vier Stunden geschafft haben. Als er dann sein Gepäck auf dem Fahrrad befestigte, standen Archie und ich dabei. Der Papagei saß auf einem der unteren Äste einer Zeder vor unserem Hauseingang und kommentierte seine für uns Menschen unmöglich nachvollziehbaren Geistesregungen oder dergleichen. Meike trat aus dem Hauseingang und reichte Noah einige frische Feigen, die sein »Ey« so gern verspeiste. Zum Abschied drückte sie ihn noch kräftig und bestellte Grüße an Claudia. Wir klopften uns auf die Schulter und versprachen einander ein baldiges Wiedersehn. Als er dann, mit seinem Papagei auf der Schulter, in die Pedale trat, schauten wir ihm noch eine Weile nach, wobei Archie folgende Feststellung traf: *»Den fehlt bloot noch de Snaak, denn weer he en tweet Zarathustra.«*

***

Ich hatte einen Termin. Man riet mir, nicht nur pünktlich, sondern bereits eine halbe Stunde vorher anwesend zu sein. Nach einem schnellen Frühstück um halb Sieben verließ ich das Haus. Eine hochgewachsene junge Frau eilte mit raumgreifenden Schritten auf dem parallel zu meinem Weg verlaufenden Grünstreifen an mir vorbei, wobei sie einen Irisch-

Setter an der Leine hinter sich herzog. Früher hatte ich auch mal eine schnellere Gangart.

Beim Betreten des geräumigen Treppenhauses eines im Baustil der Gründerjahre gehaltenen Gebäudes war es still und kühl. Hier wirkten die ohnehin hohen Decken durch die vertikale Öffnung des Treppenhauses doppelt so hoch. In diesem Haus war ich früher bereits mehrmals. Vor vierzig Jahren gaben sich Meike und ich hier im ehemaligen Standesamt unserer Stadt das Ja-Wort. Es war ein Regentag - aber ein schöner Tag.

Ich stieg langsam die Stufen aus blaugrauem Konglomeratstein bis zur ersten Zwischenetage hinauf und schaute mich um. Von hier aus hatte man einen guten Überblick auf die bereits eine halbe Stunde vor Öffnung einer viel beachteten Tür schweigend im Treppenhaus wartenden Personen. Einige von ihnen waren um die Sechzig. Eine junge Frau mit braun gebranntem Gesicht stand inmitten der Gruppe und schaute stoisch geradeaus ins Nichts. Auf der Treppe saß ein älterer Herr, der sich mit zittrigen Fingern an seiner abgegriffenen Multimedia-Maschine abarbeitete und mit ihr einen Teil seiner Persönlichkeit und seines Gehirns mehrfach auf- und zu klappte. Die Maschinen denken für uns, nur die Zeiterträglichkeit wurde noch nicht automatisiert.

Eine blonde Frau, um die fünfzig Jahre alt, saß auf der weiter nach oben führenden Stahltreppe und blätterte in einer großformatigen Tageszeitung, deren labile Seiten sich einem drei Stufen unter ihr sitzenden Mann nach Art einer unwillkürlichen Hutpracht öfter auf den Kopf legten, wobei ihm bei jedem Papierkontakt die Augenbrauen in die Höhe sprangen.

Als zuletzt Angekommener fand ich einen Sitzplatz auf einer Fensterbank der Zwischenetage und schaute auf meine Uhr. Kein Pieps und keine Melodie eines Smartphones waren im Treppenhaus zu hören. Ich schwieg ebenfalls und ließ die Zeit vergehen - unangenehm vergehen. Mein Tinnitus klang wie das weiße Rauschen der kosmischen Hintergrundstrahlung, ohne Reiz und ohne Ansprache. Ich ließ meinen Blick durch den Raum wandern, untersuchte mit ihm die gusseisernen, verschnörkelten Treppengeländer und die Stuckelemente der Decke. Der Boden der Zwischenetage war mit einem diagonal angeordneten Schachbrettmuster handtellergroßer schwarz- und weißer Fliese ausgelegt. Nach einer Viertelstunde kündeten Geräusche vom Parterre her die Belebung dieser schweigsamen Szene an; es kamen weitere zwei Personen die Stufen empor, sprachen ein paar Worte miteinander und blieben dann schweigend unterhalb der Zwischenetage auf der Treppe stehen. Jetzt waren wir schon acht. Alle hielten die Klappe. Mit einem Blick aus dem großen Fenster gewahrte ich die Ankunft verschiedener Autos, die auf reservierten Parkplätzen abgestellt wurden.

Eine junge Frau klapperte von der zweiten Etage die Stahltreppe hinab, wobei jeder ihrer Schritte wie ein kleiner Hammerschlag auf der Metallkonstruktion der Stiege klang. Auf den Steinstufen hörte man ihre Schritte weniger laut, aber längere Zeit, bis ins Kellergeschoss. Die Bauart der Treppe zum oberen Geschoss passte nicht zum Stil des Gebäudes und war wohl einem veränderten Nutzungskonzept späterer Zeiten geschuldet. Wer mag hier früher gewohnt haben?

Da die Wartenden auf der ersten Etage in großen Abständen voneinander standen, sah ich dort einen Platz für mich und stieg an zwei auf der Treppe sitzenden Personen vorbei auf die erste Etage hinauf. Aufstieg. Aufsteiger sind doch die Radfahrer mit dem goldenen Lenker. Nach einer Dienstreise, die mein Chef und ich durchführten, fragte ein Kollege, ob ich bei den Gesprächen mit dem Vorgesetzten meine Karrierechancen verbessern konnte. Aber ich wollte keinen grundlosen Aufstieg - nur gut arbeiten. Die Inkompetenz der Chargen ist unerträglich. Musste ich in Konsequenz meiner kritischen Gedanken zurück auf die Fensterbank? Dort saß jetzt eine Frau im mittleren Alter und las in einem Buch. Die Nachrücker verhinderten den Schritt zurück.

Diese Stille bei Anwesenheit vieler Menschen beunruhigte mich. Ein weiterer Blick auf die Uhr zeigte noch zwanzig zu schweigende Minuten an. Mittlerweile trafen weitere Personen aus dem Parterre ein. Die zwölf Wartenden besetzten jetzt die Treppe vom Erdgeschoss bis zur ersten Etage sowie diese selbst und die halbe Treppe bis zum zweiten Geschoss. Weitere Personen kamen hinzu.

Ein bereits vor mir anwesender Mann sprang schlagartig auf und eilte die Treppen hinab. Durch das große Fenster sah ich ihn den Parkplatz überqueren und an den Bäumen vorbei in Richtung der Straße verschwinden. Zeitfluss scheint unerträglich zu sein.

Ein gut fünfzigjähriger, schlanker Mann stieg die Treppe an der Reihe der Wartenden vorbei bis auf die erste Etage herauf und stellte sich zu uns. Keiner rief: „Vordrängeln is nich!“ Alle bisher Anwesenden hielten sich stillschweigend an das Prinzip: »Wer zuerst kommt, mahlt zuerst« und beschieden sich mit ihrem Platz in der Reihe - bis ich durch meinen Aufstieg als Erster mit dieser Regel brach. Bescheidenheit mag eine Zier sein, doch die alte Erinnerung an eine ehemals erlittene Wartezeit von über zwei Stunden rechtfertigte diese kleine Dreistigkeit - mit dem Verbleib eines kleinen schlechten Gewissens.

Der zweite Regelbrecher stand jetzt neben mir. Gegen zehn vor acht prüfte ich nochmal die Anzahl der Geduldigen; es waren mittlerweile derer sechzehn. Kurz darauf ging hinter der Tür aus Milchglas das Licht an, man hörte Geräusche. Um fünf vor acht wurde die Tür geöffnet.

Der Sinn des Lebens - Die geschlagene Generation – Dunkle Wolken

Die Abgründe des Selbstverständnisses und das Verhältnis von uns jungen Leuten zu unserer Elterngeneration.

—

Es gab nur wenige Menschen, deren Gebaren ich völlig missbilligte, ohne den Versuch unternommen zu haben, für ihr Tun auch nur ein Quäntchen Verständnis aufzubringen. So war es auch bei einem Widerling aus der weiteren Nachbarschaft, der, jeder Zurechtweisung zum Trotz, keinerlei Einsicht zeigte und seiner legendären Flegelhaftigkeit bei völliger Absenz jeglichen Anstands durch manch einen respektabel hervorgebrachten, rektalen Kommentar die Krone aufsetzte. Einmal mehr sah ich mich genötigt, sein Benehmen durch meinen Hinweis auf einen unehrenhaften Eintrag in dem Buch seiner unsäglichen Geschichte zu kritisieren.

Dieser Lümmel, dessen Name hier aus Rücksicht auf seine leidgeprüfte Mutter nicht genannt sei, war durch seine Kleidung, seine Frisur und weiterer Attribute seiner sich von den Mitmenschen distanzierenden Kultgruppe gekennzeichnet. Nur setzte er noch einen drauf, indem er nicht nur symbolisch, sondern auch in seinen Taten gegen andere und - so schien es - gegen seine eigene Existenz rebellierte.

Er sei nicht gefragt worden, ob er auf die Welt kommen wolle. Solcher Befindlichkeitsäußerungen konnte man sicher sein, wenn man die Gelassenheit aufbrächte, ihm zuzuhören. Er litt an einer, einem Autoimmundefekt ähnelnden, sich selbst verzehrenden Haltung. Er litt. Oder empfand er gar Freude am Untergang? Empfand er jemals Freude? Manchmal fragte ich mich, wie der Vorbesagte wohl zu einem Mister Hyde werden konnte und ob jemals wieder ein Doktor Jekyll durch den finsteren Schatten des Hyde blinzelt.

Früher hätte man ihn als einen Punk erkannt, aber die sind mittlerweile auch um die fünfzig. Ich sprach meinen Nachbarn Eltmann auf den vorbenannten Renitenzler an. Er kannte den Betreffenden und wandte ein:

„Der Bursche gehört der falschen Konfession an und Hilfe ist für ihn daher nicht anbietbar, geschweige denn, dass er sie überhaupt will. Es ist jedoch wahrscheinlich, dass sich der junge Mann auf der Suche nach dem Sinn seines Lebens verrannt hat. Der Sinn seines Lebens liegt im Sinn des Lebens schlechthin und erfordert auf jeden Fall den Respekt vor der Natur. Jeder geht seinen Weg. Einen Weg, der für uns Menschen zwar ein wenig komplizierter sein kann als für das Tier – allerdings auch weitaus ungefährlicher.“

Das hätte ich dem Eltmann jetzt nicht zugetraut. Alle Achtung, er kann philosophieren.

Da ich mich der fraglichen Person nicht annehmen musste, blieben mir nur die Akzeptanz seiner Erscheinung und eine gebotene Zurückhaltung ihm gegenüber.

In einer der dem Treffen mit Eltmann folgenden Nächte ließ mich die folgende Vision nicht recht zur Ruhe kommen. In ihr wurde jeder potenzielle Neumensch gefragt, ob er - nachdem man ihm die Gefahren des weltlichen Lebens beschrieben hatte - auf diese kommen wolle, was dazu führte, dass die Erde nur von einigen wenigen Menschen besiedelt war.

∗∗∗

Ein beliebter Spruch unter uns Jugendlichen war damals: *»Wir sind die, vor denen unsere Eltern stets gewarnt haben.«* Protestsongs stellten damals die kommerzielle Seite einer Zeit dar, in der die junge Generation nicht mehr belogen werden wollte - Love and Peace; wobei der politisierte Teil des Protestes leider in dem unsäglichen RAF-Terror mündete und unsere gesamte Gesellschaft schwer belaste.

Der Anarchismus eines begrenzten Teils der jungen Generation war für mich Laien nur schwer zu verstehen.

In meiner Jugendzeit gab es ebenfalls Abgrenzungserscheinungen eines Teils der Jugend. Es waren keine Protestmärsche, auf denen ich meinem Unmut eine laute Stimme gab. Sowas spielte sich im alltäglichen Umgang miteinander ab.

Es waren diese vielen kleinen Respektlosigkeiten und – ja, Aufsässigkeiten, so nannten das meine Eltern. *„Sitz anständig!"*, war die Aufforderung am Abendbrottisch. *„Was ist anständig?"*, meine Frage darauf, die dann mit einer Ohrfeige beantwortet wurde. „*Warum ist das so?*“, war meine Frage, „*Darum*“, die Antwort. Wie sollte man in einer derart ignoranten Krippe zu einem nützlichen Glied der Gemeinschaft heranwachsen? Welch leuchtende Vorbilder! Welch eine Rechtfertigung für Misstrauen und Protest!

Meiner Elterngeneration wurde das, was man eine Jugendzeit nennen kann, vorenthalten. Viele haben gehungert, viele erlebten eine gefährliche Flucht und hatten den Zusammenbruch der ihnen in den Kopf gesetzten Ideale zu verkraften. Ihre nationale Identität gab es nicht mehr und es dauerte viele Jahre, bis ein zögerlicher, halbwegs aufrechter Gang wieder möglich schien, wobei die alten Schreckensbilder lange nicht verblassten.

„*Junge iss! Was du gegessen hast, kann dir keiner mehr nehmen*“, waren mitunter die Worte meiner Mutter. Die Erinnerung an Hungerzeiten hatte sich derart in die Menschen eingebrannt, dass sie ihr ganzes Leben beeinflusste. Das Einwecken und die Lagerhaltung waren unverzichtbare Bestandteile ihrer Lebensführung, die uns jungen Leuten wie aus der Zeit gefallen zu sein schien, zumal Lebensmittel überall im Überfluss verfügbar waren. Dass sie mit ihrer konservativen Lebenshaltung gegenüber einer die Freiheit gewohnten, progressiv denkenden und provozierenden Jugend in Konflikt gerieten, konnte man leicht einsehen. Damals gab es noch keine Behandlungsmöglichkeiten posttraumatischer Belastungsstörungen; jeder musste mit dem Erlebten selber klarkommen und Seelsorge allein bringt noch kein Seelenheil. Die psychische Entwicklung einer ganzen Generation, also vieler Millionen Menschen, hatte Schaden genommen.

Später begegnete mir der Begriff der inneren Läuterung, die ohne die Hilfe von Fachleuten zu suchen und ohne sich in spirituelle Sphären begeben zu müssen, einen entlastenden Effekt auf die eigene Innenwelt bewirken kann. Dafür sollten möglichst viele Erinnerungen notiert werden, die, einmal auf dem Papier, ihre zeitliche und umstandsbezogene Zuordnung erlauben und dem Schreiber Zusammenhänge vor Augen führen können, welche in der unsortierten Erinnerung der fehlenden Anschaulichkeit halber ungleich schwerer zu Einsichten führen würden. Inwieweit eine selbst herbeigeführte Bewusstmachung tatsächlich die richtigen Fragen an das belastete Ich stellen kann, konnte ich nicht sagen; aber der Versuch lohnt sich.

***

Schwere Gedanken waren nicht dazu angetan, einen dunklen Regentag heiter zu beginnen. Letztlich drehte sich aber meine Stimmung, als mir im Treppenhaus der Nachbar Hesterloh entgegen stieg. Er hatte eine weiße Gans unter dem Arm. Ich grüßte erst ihn und danach die Gans, die ich dabei Gertrud nannte.
Hesterloh fragte, ob ich sie persönlich kenne. Ich verneinte und verwies auf eine Gans mit gleichem Namen, welche von ihrem Besitzer, dem Isländer Hans, während seiner Reise zum Mittelpunkt der Erde ständig mit sich geführt wurde. Auf meine Frage, wann es denn bei ihm einen Braten gäbe, erklärte er, das Tier nicht seinem Ernährungswohl zuführen zu wollen; er habe die Gans vielmehr adoptiert, was meinerseits zu allerhand, teils unsäglichen, Annahmen führte, denen

ich, jedem Menschen einen bunten Lebenswandel zugeste-
hend, nicht weiter nachgehen wollte.

Mit diesen Gedanken verließ ich das Haus. Es war auch jetzt
noch dicht bewölkt und laut der Meteorologie kein erfreuli-
cher Sonnenstrahl zu erwarten. Meine Stimmung war im Keller. Kein Witzbold in der Nähe, keiner mit einer weiteren
Gans oder mit einem ihm aus dem Kopf wachsenden Gummibaum, wie er mir in einer meiner früheren Visionen bereits
erschienen war. Wir und mit uns die Tierwelt sind ständig
Stimmungen unterworfen, die eine wichtige Steuerungsfunk-
tion bei der Verrichtung der lebensnotwendigen und fort-
pflanzungsnotwendigen Tätigkeiten darstellen. Man kann sie
nicht abstellen - nur überlisten, indem man sich einer, seiner
derzeitigen Stimmung deutlich entgegengesetzten Situation
aussetzt - was allerdings einer mentalen Gewalttat nahekäme.
Der erreichte Effekt wäre auch nur oberflächlich wirksam.
Man versuche beispielsweise, sich im Falle eines vorstellba-
ren Lachkrampfes beim Zahnarzt durch die Betrachtung eines Zigarettenschockbildes so zu beruhigen, dass die Behandlung fortgesetzt werden könnte. Ein anderes Beispiel
wäre in meinem Falle die Betrachtung einer Anzahl moder-
ner Gemälde. Das würde meine Stimmung nicht nur dämpfen, sondern darüber hinaus Aggressionspotenziale freiset-
zen. Aber wer wollte sich schon freiwillig von einer guten in
eine schlechte Stimmung versetzen lassen? Andersherum
wäre eine List zur Verbesserung der Stimmung leichter vorstellbar – dachte ich. Das Erzählen eines Witzes während einer Trauerfeier wäre durch die Verletzung von Konventionen
keine gute Idee.

Was gäbe es denn da noch? Die moderne Malerei machte mich zwar meistens ungehalten, einige Objekte veranlassten mich aber auch zu herzhaftem Lachen. Funny Art. Aus beiden Fällen wäre dem Kunstwerk keinerlei seriöse Aussage zu entnehmen. Sollte die Kunst ein Katalysator für meine Stimmungen sein, so löste sie in mir entweder Ablehnung oder Erheiterung aus. Diese Möglichkeiten einer emotionalen Lenkung wollte ich im Blick behalten und versuchte, meine Befindlichkeit in einem Sonett zu artikulieren:

Indem ich darüber nachdachte, mit welchem Mittel meiner bedeckten Stimmung beizukommen wäre, fiel mir auf, dass ich selten laut lachen musste. Nie *über* andere, weil das »*über*« eine andere Person vor mir erniedrigen würde. Eher schon über das eigene komische Spiegelbild. Eine Eigenschaft, deren allseitige Anerkennung mir vor längerer Zeit durch die Verleihung eines seinerseits komischen Humorordens zuteilwurde. Während ich gedankenversunken auf einer Bank am Rand unseres Bolzplatzes saß und nur ein paar Elstern auf der Wiese miteinander stritten, näherte sich eine vertraute Gestalt und blieb vor mir stehen:
„Allens klaar, Piet? “
„Archie, ja, alles klar. Ich denke darüber nach, wie ich die dunklen Wolken aus meinem Kopf vertreiben kann. “
„Düüster Wulken in dien Kopp? Dat hebbt wi gliek“, so Archie.
Er drehte sich um, hob seinen Pullover ein Stück und zog seinen Hosenbund ein wenig herunter, sodass ein vielfarbig prangendes, prächtiges Arschgeweih bewundert werden konnte. An diesem Tag brauchte ich kein »Grinsolin Forte« mehr. Unter dem Eindruck der soeben erlebten Emotionen

hab ich die Dichterfeder erhoben und klapperte folgendes in
die Tastatur:

Geduld

*Erst gestern hab ich mit großem Genuss
bedacht, was noch alles so in mir steckt!
Am Morgen jäh aus dem Schlafe geweckt
empfand ich nur Leere und Überdruss.*

*War derart um die Beherrschung gebracht,
dass kaum ein klarer Gedanke gelang -
ich stundenlang gegen Erschöpfung rang.
So finster und grau war mein Tag gemacht.*

*Doch hat Geduld endlich dort hingeführt,
wo mir zum dauerhaften Verbleibe
aus völliger Ödnis Beherztheit gedeiht.*

*Die Kraft - der Wille in mir war geschürt,
dass er eine solche Stärkung betreibe,
die manchen Trübsinn gelassen verzeiht.*

Ein Besuch bei den Offroadern – Biotop infam – Schlagende Wetter – Brötchen für alle

*Menschen und ihre Hobbys, verschiedenen Auseinandersetzungen
zwischen Mensch und Tier.*

——

Ungefähr fünfzehn Kilometer nördlich von Waldhaus, über
die Bremer Straße erreichbar, lag ein Waldstück, in dem man

Johannisbeersträucher fand, an deren Früchten man sich zu gegebener Jahreszeit bedienen konnte. Dieser junge Wald war früher das Rollfeld eines ehemaligen Fliegerhorstes, dessen betonierte Fahrstraßen in den 60er Jahren aufgebrochen und entfernt wurde. Durch die Spende eines in der Region ansässigen Industriellen konnte man damals Bäume kaufen und dieses Areal mit ihnen bepflanzen. Mitten durch diesen jungen Wald führte eine Landwirtschaftsstraße, auf der ich bereits mehrfach an den Ort meines heutigen Besuchs gelangte.

Es war das am östlichen Waldrand gelegene Gehöft eines ehemaligen landwirtschaftlichen Betriebes, in dem die Freunde des Offroadsports mit ihren geländegängigen Fahrzeugen Unterstand sowie Werkstattraum fanden. In einem Nebengebäude des Hofes hatte sich eine Rockband einen Übungsraum eingerichtet. Regelmäßig konnte man, durch die dicken Mauern des alten Hauses gedämpft, den musikalischen Exzessen des von ihnen bevorzugten Genres folgen.

Das Übungsgelände der Geländefahrer war eine ehemalige Tongrube in der Nähe, die meiner Frau und mir vor über dreißig Jahren auch als Testgelände für unseren neuen Geländewagen gedient hatte. Verschieden Sprunghügel und Senken, in denen damals knietief das Wasser stand, bescherten uns ein Fahrerlebnis ungeahnter Art. Das Verhalten eines Geländefahrzeugs am Hang oder bei der Abfahrt einer sehr steilen Strecke wollte geübt sein.

Auf dem Schraubergehöft standen bisweilen die abenteuerlichsten Fahrzeuge, von Lada Niva über Jeeps, Landcruiser und Unimog bis zu dreiachsigen Lastwagen militärischer Herkunft. Die Freunde des Offroadsports nahmen bei

Gelegenheit an internationalen Geländewettbewerben, sogenannten Trials, teil und brachten manchmal einen Pokal mit
nach Hause.

Ein ehemaliger Angehöriger unseres jugendlichen Bekann-
tenkreises, Björn Plaggenhauer, berichtete öfter als freier
Journalist von solchen Veranstaltungen und war ein häufiger
Begleiter auf den Reisen des Freundeskreises zu den Veran-
staltungsorten, die vor allem in Tschechien und Ungarn lagen. Björn nahm mich mit auf den Hof und da ich technisch
interessiert war, verweilte ich auch nach unserem gemeinsamen Besuch von Zeit zu Zeit bei den Offroadern. Dabei
schaute ich mir gerne deren Fahrzeuge an. Beeindruckend an
ihnen waren die Portalachsen und eine Antriebtechnik, die
enorme Achsverschränkungen erlaubte. Ich lernte nach und
nach den Freundeskreis kennen, denn Fachsimpelei verbindet. In diesen Kreisen gehörten Schlamm und Schmutz auf
ihren Fahrzeugen zum guten Ton. Er galt als die Patina der
Geländegängigkeit, mithin eine Art der Adelung eines Ge-
ländewagens.

Nach ihrer täglichen Berufstätigkeit kamen die Offroader regelmäßig zum Schrauben und Erzählen auf den Hof. Bisweilen stand auch der Vermieter dabei, der mit seiner Familie
und dem Wolfspitz »Hexe« in einem Haus nebenan wohnte
und sich die abenteuerlichen Gefährte mit Interesse anschaute.

So war es auch an diesem bedeckten Sonntag. Lutz Lüders,
der vierzigjährige Elektromeister mit lichtem dunkelblonden
Haaren, und seine Freunde hatten sich neben den offenen
Fahrzeugunterständen einen Raum mit einigen Sesseln und
einem kleinen Tisch eingerichtet und nannten ihn »Kontor«.

Heute hatte »Kawi«, Kai Winkler, seine Freundin mitgebracht. Die beiden waren zirka dreißig Jahre alt und die jüngsten dieses Kreises. Auf dem Hof entfernte Ralf, der rund vierzigjährige Wirtschaftsingenieur, mit einem Hochdruckreiniger die gröbsten Schlammklumpen aus den Radhäusern seines Landrovers. Der Wolfspitz des Vermieters begrüßte mich und ich ihn auch.

Als ich das Kontor betrat, überlegten die anwesenden vier Personen, wie ein Weltrekord aufzustellen wäre, um im Guinnessbuch der Rekorde eine gebührende Erwähnung zu finden. Das Luftanhalten konnten die Apnoetaucher besser. Das Vielsaufen machte sowieso jeder und das Klositzen war auch nicht zu überbieten. Die Weltmeisterin in dieser Disziplin hatte über hundert Stunden auf dem Thron gesessen und musste danach operativ von der Klosettbrille getrennt werden. Einen Riesenkürbis wollte man auch nicht züchten.

Die Freunde fragten sich gerade, was sie am besten könnten, als ein sehr übles Odeur durch die Gruppe der Sessel zog und den Gesichtern der Anwesenden einen leidenden Ausdruck aufzwang. Einer riss das Fenster auf und meinte: *„Ich muss gleich kotzen."* Die Freundin von Kawi richtete ihren Zeigefinger auf Udo Jeschke, den blonden Freund der Musik von AC/DC, und beschuldigte ihn: *„Du hast geschissen, du hast geschissen."* Udo stritt jegliche Undichtigkeit ab. Nachdem die Tür eine Weile offen gestanden hatte, war die Luft im Kontor wieder erträglich.

Aus vorbenanntem Grunde auf der Flucht, rauchte ich draußen eine Zigarette und stand noch einen Moment bei Lenny Wolters, der die Werkstatt aufräumte. Als er fertig war, grüßten wir die von den Offroadern »Krähen« genannten Musiker und betraten gemeinsam das Kontor, wo wir erneut mit der Frage konfrontiert wurden, wie denn ein Weltrekord zu bewerkstelligen sei. Lenny schlug vor, es mit Weitscheißen zu probieren, was von den anderen mit Gelächter missbilligt wurde, weil dies bereits eine olympische Disziplin und er ein olympisches Sackgesicht sei.

Nach dem Öffnen einer Bierflasche suchte Ralf unüblicherweise nach einem Bierglas und handelte sich die vorwurfsvolle Frage ein, was der Herr denn noch alles brauche, um ein Bier zu trinken; solle man ihm gar Messer und Gabel reichen? Er sagte nichts dazu, sondern wusste diesen Anwürfen auf seine Art zu begegnen. So goss er sein Bier in eine geeignete Porzellanschale, die er im Sideboard gefunden hatte, fand auch eine Gabel und begann, sein Bier quantenweise mit der Gabel zu sich herüberzuleiten.

Udo Jeschke erzählte von seinem letzten Trial im Elsass und von den Protesten der ansässigen Bevölkerung gegen die Störung der Brutgebiete von Uferschwalben und Bienenfressern in der großen Sandgrube. Dort würde man bald keine Trials mehr fahren können. Ralf fragte nach dem Essen und Trinken im Elsass, das sei doch bekannt für erlesenste Qualität. Das Essen hätte man dabeigehabt und ausreichend Bier auch, so Udos Antwort. Einmal wäre er in einer Auberge gewesen, aber da hätte man ihm erst nach mehrfacher Bitte das Weinglas ganz voll gemacht.

„Und sonst?", fragte Ralf.

„Ja, Weng und Peng und vom Arsch de Brüh."
Daraufhin protestierten einige Anwesende und Udo entfernte sich zum Zweck der Abhilfe seines Bauchgrimmens.

Kawi sprach von seiner bevorzugten Art, zu sterben. Wenn es denn so weit wäre, so fabulierte er, möchte er von drei riesigen Brüsten erschlagen oder erstickt werden. Ralf fragte, warum es denn ausgerechnet drei sein müssten und bezweifelte, dass Kawis Freundin seine Mörderin sein könne. Die sagte nichts dazu, blätterte bloß unbeteiligt in einem Off-road-Magazin und kommentierte einen Artikel über Lagerfeuerromantik und Grillkultur. Dabei kamen mir die »Trucker« genannten einsamen Brummifahrer in den Sinn, die, vieler Möglichkeiten einer Identitätsfindung beraubt, mitunter zum Lagerfeuer mit Cowboyhut und Countrymusik fanden. Früher kommunizierten sie noch auf CB-Funk; das ist aber schon lange her.

Indessen verabschiedete sich Lutz und sprach draußen noch ein paar Minuten mit einer mir unbekannten bärtigen Gestalt in einer schmutzigen Regenkombi. Ich nahm mir einen Kaffee aus der Glaskanne, die bereits einige Zeit auf der Heizplatte gestanden hatte. Die pechschwarze Suppe war auch mit viel Milch ungenießbar. Ich nahm mir vor, demnächst eine ganz normale Kaffeemaschine mit Thermoskanne mitzubringen. Auf der Heimfahrt hielt ich in dem Wald, durch den die Zufahrtsstraße führte. Ich stieg aus und schaute mich um. Hier gab es verschiedene Kräuter, die von Pflanzenkundigen gerne zum Verfeinern ihrer Speisen gesammelt wurden. Auch Ruben Colditz schätzte diesen Ort als willkommenen Wildgarten zur Bereicherung seiner Naturküche. Dann fuhr ich heim.

***

Von der örtlichen Grundschule wurde bekannt, dass sich dort bei Kindern die Läuse sehr wohlfühlten. Woher diese Besiedlung stammte, konnte man nicht sagen und Spekulationen überließ das regionale Tagesblatt der Boshaftigkeit der Leser. Die Schulleitung empfahl den Familien eine Essigspülung mit nachfolgendem Auskämmen der Haare. Von dem Eingreifen eines Kammerjägers wurde strikt abgeraten, weil sich das Aufstellen von Läusefallen als ineffektiv herausgestellt hatte. Also Essigspülung und Läusekamm. Auch unsere Nachbarn Steiner hatte es erwischt, was man von Zeit zu Zeit an dem Gebaren des älteren Sohnes ablesen konnte, wenn er beim Spielen voller Ingrimm seine Frisur mit den Händen bearbeitete.

Die Läuse leben dort, wo sie gut leben können. Die Felsentauben und die Ratten haben ebenfalls in der Nähe des Menschen ein gutes Auskommen und da es sehr viele Menschen gibt, haben sehr viele dieser Tiere ein gutes Auskommen. Aber es sind nicht nur die vorbenannten Tiere, die mit uns leben. Auf und in unseren Körpern leben Milliarden Mikrolebewesen, mit denen wir teilweise eine Symbiose bilden und die deshalb für uns lebenswichtig sind.

Um diesem großen, kleinwüchsigen Zoo ein würdiges Denkmal zu setzen, wollte ich anfangs ein Epos auf deren Liebesleben schreiben, was ich aber eingedenk meines dürftigen Fachwissens wohlweislich aufgab und meine Sinne stattdessen auf die lyrische Beschreibung des Zusammenlebens von Mensch und Tier ausrichtete. Da eine schöngeistige Betrachtung für mich mit der Gefahr verbunden war, von den Lesern meines Werkes als Künstler wahrgenommen zu werden und ich dieses vermeiden wollte, musste ich meine federführende

Aufmerksamkeit in die Wesensnähe eines Scherzkekses rücken, und entwarf mit frischem Elan ein Drama. Ein scherz-
haftes Drama. Aber - sind Dramaturgen Künstler?

Biotop infam

*Eine Filzlaus wandert munter
auf Ernährung konzentriert,
in der Kleidung rauf und runter,
was den Träger furchtbar stört.*

*Darum kratzt er unverdächtig
- wenn es grade keiner sah -
öfter mal am Tage mächtig
mit der Hand an Haut und Haar.*

*Kampf ist nicht zu unterbinden,
all die Neckerei entfacht
Sinnesplagen weiter hinten
wo das Viech Gelände macht.*

*Endlich denkt der Kleintierhasser
seinen Quälgeist umzulenken
und versucht im Badewasser
diesen grausam zu ertränken.*

*Doch dem Manne leider fehlte
Kenntnis über Läusebrut,
denn es schwimmt die Auserwählte
wie ein Fisch und taucht sehr gut.*

*Schneller als man es bedächte
greift er zum Rasurbesteck,
schert den Kopf und das Geschlechte,*

doch die Laus ist noch nicht weg.

Der von Peineslast gebückte
trachtet endlich, seine Plagen
durch speziellere Produkte
aus der Kleidung zu verjagen.

Kratzen, Scheren und Ersäufen
amüsierte jenes Luder.
Um sich teu'rer zu verkäufen
greift der Mensch zu buntem Puder.

Und weil man was Starkes brauchte,
wär ein Mittel ideal,
das auch gegen Löwen taugte,
darum: Chemo-Radikal!

Viel hilft viel, so denkt er stündlich
in der allergrößten Not,
Firma Maier macht es gründlich
und nun sind sie beide tot.

Ein Doppelmord? Es war sehr verwunderlich, wohin einen die Wogen der Verse tragen können. Kriminalgeschichten lagen nicht auf meiner Wellenlänge; sowas hatte ich nicht im Urin. Krimi war mir zu albern. Aber jetzt, da sie tot waren, wollte ich die Sache auf sich beruhen lassen.

***

Am Anfang dieser Geschichte erwähnte ich Meikes und meine entschiedene Zugewandtheit zu den Tieren. Ob klein oder groß, sie alle hatten unseren Schutz verdient. Davon ausgenommen waren lediglich die Mücken, derer wir uns mit dem Recht des Besitzes eines die ungestörte Nachtruhe garantierenden Mietvertrags nach besten Kräften erwehrten. Im Gefolge der Menschen ging es aber noch anderen Tieren erklecklich gut, die nichts anderes taten, als sich an ihre Umgebungen anzupassen, um eine erträgliche Ernährungslage zugunsten eines entsprechenden Fortpflanzungserfolges zu nutzen. Ich meine die Ratten, die, auch in gepflegteren Wohngegenden, vor allem bei Dunkelheit unterwegs waren, um ihr Auskommen zu finden. Dabei kannten sie ihre Reviere sehr genau, ob Vogelhäuschen, Mülltonne oder die gefährliche Straße.

Die allgemeine Abneigung diesen Tieren gegenüber war im kollektiven Bewusstsein der Menschen seit langem eingebrannt. Das »Große Sterben« oder »Der schwarze Tod« halbierte in den Jahren 1347 bis 1353 die Einwohnerzahl Europas. Die kleinen Nagetiere trugen die Pest in die Nähe des Menschen. Ihre Flöhe waren nach dem Verenden des possierlichen Wirts heimatlos, hatten aber bereits von dem roten Saft des Wirts gekostet. Sie nahmen mit dem von ihm gesaugten Blut ein Bakterium namens »Yersinia pestis« auf, konnten aber durch den verklumpenden Effekt der Bakterienmahlzeit kein weiteres Blut aufnehmen und spülten bei ihrem nächsten Saugstich diese bakterielle Verklumpung in das Blut des neuen menschlichen Wirtes. Der war jetzt infiziert.

An einem frühen Morgen verließ Frau Steiner das Haus, um zu ihrer Arbeitsstelle zu fahren. Beim Aufschließen ihres Fahrrads vor dem Haus lief ihr eine Ratte über einen Fuß, was sie zum Ausstoßen eines markerschütternden, spitzen Schreies veranlasste. Herr Steiner schmierte Pausenbrote für seine Jungens. Er eilte die Treppe hinab und fand seine

Frau erblasst und in Schockstarre vor. Ratten! Hier bei uns! Ja. Auch Ratten bevorzugen eine angenehme Umgebung: schön dunkel, mit vielen Versteckmöglichkeiten und schmackhaften Speiseangeboten. Man möchte mitunter eine Ratte sein.

Herr Steiner begleitete dann seine Frau bis in die erste Etage ihrer Wohnung, wo sie sich bald von ihrem Schrecken erholte. Noch am selben Tag ließ er von der Hausverwaltung einen Kammerjäger bestellen, der in der darauffolgenden Woche Giftfallen aufstellen wollte. Das ging Steiner nicht schnell genug, denn seine Frau traute sich nicht mehr aus dem Haus. Auch die Kinder durften nicht mehr zum Spielen vor die Tür. Also begab er sich selber auf die Suche nach Rattenlöchern, die er provisorisch mit Erde verfüllte. In weitere Erdlöcher gab er groben Schotter, doch in der darauffolgenden Nacht liefen wieder Ratten über die Straße.

Derzeit standen einige Fahrzeuge vom städtischen Tiefbauamt direkt vor geöffneten Gullydeckeln auf unserer Straße, wobei der ganze Bereich durch Barken markiert und abgesperrt war.

Nachbar Steiner hatte eine perfide Idee, wie seine Familie zu schützen sei. Er besorgte sich eine große Flasche Feuerzeuggas, einen dünnen, mindestens einen Meter langen Schlauch und eine Handvoll Putzlappen. Dann kniete er vor einem großen Erdloch, schob den Schlauch möglichst tief in den unterirdischen Gang und dichtete das Loch um den Schlauch mit Putzlappen ab. Dann setzte er die Gasflasche auf das Schlauchende und füllte eine halbe Flasche Butangas in das unterirdische Revier der Nager. In der Erwartung, eine umfangreichen rattischen Emigrationsbewegung beobachten zu können, stand er auf unserer Wiese und beobachtete den Boden unter den randständigen Sträuchern. Nichts geschah. Der Nachbar, nicht faul, setzte die Flasche mit Feuerzeuggas erneut an den Schlauch und gab den Rest aus der Flasche ins Erdreich. Dann nahm er ein Feuerzeug und hielt die Flamme an den frisch abgedichteten Höhleneingang. Dadurch entzündete sich ein zartes blaues Flämmchen, das über den Lappen tänzelte, bis ein dumpfer Knall die Luft erzittern ließ, wobei die Lappen aus dem Loch flogen und ein schönes Stück der Rasenfläche geringfügig angehoben wurde, sich aber sogleich wieder absenkte. Steiner stand wie von diesem Donner gerührt auf der Grünfläche und wusste nicht, was passiert war. Auf der Straße stiegen zwei Kerle vom Tiefbauamt bemerkenswert eilig aus dem Untergrund und liefen aufgeregt hin und her, fluchten fürchterlich und telefonierten. Das bemerkte auch Steiner, der erahnte, dass sein Anschlag nicht unbemerkt geblieben war und ihm möglichweise bergrechtliche Konsequenzen drohen könnten. Also tat er so, als wenn nichts geschehen sei, und pfiff eine undefinierbare Melodie. Damit verschwand er in seiner Wohnung. Die Leute von der Stadt sprachen dann noch mit Archie, der mit dem Fahrrad unterwegs war und nichts von alledem mitbekommen hatte. Am nächsten Morgen sah ich eine Ratte auf der anderen Straßenseite. Nachdem die Kanalinspekteure weitergezogen waren, hatten wir aber keine tierischen Besuche mehr. Kürzlich las ich den Aufmacher der Waldhauser »Rattenrundschau«: *Schlagwetterexplosion in Schacht 315 in der Göttinger Straße. Opferzahlen sind nicht bekannt. Schacht 315 wurde evakuiert.*

***

Der dicke Sohn unseres Bäckers, Christoph Verhoek fuhr jeden Morgen ab fünf Uhr die bestellten Brötchen aus. Dazu legte er die weißen Tüten mit dem begehrten Gebäck vor die Haustüren der Besteller. Das ging lange gut, wenn auch mitunter die abgelegten Köstlichkeiten ein wenig regenfeucht wurden. An einem frühen Morgen flog der verlockende Geruch des edlen Backwerks einem großen schwarzen Vogel um den Schnabel. Das intelligente Tier untersuchte daraufhin eine der weißen Tüten, indem es das Papier entfernte und der wahren Pracht des Inhalts ansichtig wurde. Mahlzeit! Bald wurden viele der vor den Haustüren liegenden schmackhaften Tüten aufgerissen und geplündert. Zu den großen schwarzen Vögeln kamen Singvögel, Eichhörnchen und Ratten, die an den abgelegten Speisen Gefallen fanden. Einige Brötchenkunden stellten Körbe oder Eimer vor die Tür, mit der Bitte an Verhoek Junior, diese über die Brötchentüte zu stülpen. Das war mitunter wirkungsvoll. Noch wirkungsvoller war aber der große Appetit des adipösen Junior-Bäckers. Während einer Auslieferungsfahrt mit dem schwarzen schweren Firmenfahrrad hatte Christoph bereits die Hälfte seiner Brötchen verteilt, als die Technik unter ihm versagte und unter einer Kakofonie undefinierbarer Geräusche zusammenbrach. Der Gestürzte saß zwischen zwei halben Fahrrädern auf der Straße und rieb sich Ellenbogen und ein Knie. Danach folgte eine unter Stöhnen und Schnaufen ausgestoßene Reihe unappetitlicher Anmerkungen dessen, der humpelnd die auf der Straße verteilten Brötchentüten aufsammelte. Die Auslieferung der Brötchen wurde eingestellt.

Chronik der Popmusik - Radau

*Musik war für mich der Schlüssel zu den Stimmungen und dem Am-
biente vergangener Zeit. Daher schlug ich ein Buch auf und war
bewegt von dem Wandel der emotionalen Akustik. Ein Gang durch
die Stadt führte mich durch eine akustische Hölle.*

———

Bei einer Gelegenheit blätterte ich in einer Chronik der Popmusik und kratzte mich dabei derart hinter dem Ohr, dass
Meike nach einem Erste-Hilfe-Kasten eilte. Der erlittene
Schreck erforderte einige Mühe, meine Stirnfalten zu glätten.
Der Grund war die Thematik der seichten Musik. Da die Welt
meiner bevorzugten Popmusik mit den Beatles begann, ließ
ich mich auf die Betrachtung deren Arbeiten ein und stellte
fest, dass die frühen Kompositionen durchweg Herz-
Schmerz-Schnulzen waren. An der Vorstellung, dass vier
hormondurchflutete Jünglinge sich auf eine Bühne stellen
und Liebesliedchen säuseln, konnte ich nichts Seriöses finden. Die Begeisterung der Freunde der Beatmusik kam nur
durch die Machart dieser Lieder zustande. Nachdem die »fab
four« über einige Jahre viele Aspekte aller möglichen Bezie-
hungskisten durchgeknetet und verdaut hatten, wandelten
sich die Themen ihrer Musik, indem sie alle möglichen Spielarten menschlichen Zusammenlebens betrachteten. Selbst
Gesellschaftskritik, Politik und Religion waren davon nicht
ausgenommen. Zwischendurch konnte man von den Beatles
das eine oder andere Liebesliedchen hören, das aber in seiner
instrumentalen Machart neuartig war und daher den Ansprüchen der Freunde ihrer Musik gerecht wurde. Die Beatles hatten die Motive ihrer Musik über die Jahre hindurch aus dem

Herz-Schmerz gelöst und waren einem breiten thematischen Wandel bis zum Schluss treu geblieben.

Nach dem Weiterblättern stieß ich sogleich einen kurzen Angstschrei aus, der Meike mich sorgenvoll anschauen ließ: Ich war bei den deutschen Hitparaden angelangt.

Nachdem ich ihr den Grund für meine panische Äußerung gezeigt hatte, schaute sie zum Fenster hinaus und zählte von eins bis zehn. Liebesschnulzen in rauen Mengen und die schlimmsten von ihnen, bestehend aus geduztem, schwül gehauchtem Schmachtgesülze, waren lichtjahrweit entfernt von lyrischer Emotionalität. In ihnen wurde notorisch das vertrauliche „Du" bis zur Unglaubwürdigkeit millionenfach breitgetreten und ausgewalzt. Beim Anhören solcher Elaborate wähnt man sich in eine dampfende Parfümwolke geworfen. Große Liebe! Was ist ein solches Lied noch wert? Scheißegal, Knete her, das wars. Die kommerziellen Erfolge gaben den Produzenten recht: Ihre Kunden (oder auch Fans) hatten nichts anderes verdient.

Sie hatten noch weitaus mehr verdient als nur die deutschen Schmalzinterpreten zu ertragen, denn aus vielen Ländern strömten Schnulzer auf den deutschen Markt, um in exotisch artikuliertem Deutsch ihre verschlungenen Herzensangelegenheiten vorzuschluchzen. Deren wunderlicher Akzent wurde dann so beliebt, dass einige deutsche Profiseufzer sich aus monetärem Begehr anschickten, diese seltsamen Dialekte doppelkomisch zu imitieren. Jene von mir damals nur peripher wahrgenommene Versündigung am guten Geschmack musste ertragen werden. In der Überzeugung, dass alle die banausischen Akteure dieses Genres in die Hölle kommen, wandte ich mich beruhigt dem Jazz und dem Rockjazz zu.

Ich blätterte weiter und gelangte an eine Stelle, die sich mit progressiver Rockmusik befasste. Dieses weite Feld war mit wechselnd begabten Instrumentalisten besiedelt, deren Ehrgeiz sich aus Verpflichtungen gegenüber ihrem Plattenlabel speiste. Bemerkenswert war die durchweg männliche Besetzung der Rockszene. Einzelne Genies stachen durch die Souveränität im Umgang mit ihrem Instrument hervor, was sie aber nicht vor dem kommerziellen Ansinnen ihrer Manager bewahrte, die nicht verstanden hatten, dass auch ein Genie Zeit brauchte, um Ideen, Sichtweisen und damit verbundene Stimmungen in Euphonien zu verwandeln. Bisweilen prägte ihre außergewöhnliche Spielweise ganze Epochen, oder bildete einen neuen Musikstil, der von vielen nachkommenden Musiker beackert, und gerne zur Bereicherung ihres eigenen musikalischen Spektrums übernommen wurde. Viele der damals herausgegebenen Musikstücke wurde zu Erkennungsmelodien von Lebensabschnitten und zu Hymnen vergangener Jahre.

Einige Seiten weiter las ich die Abkürzung NDW, für neue deutsche Welle. Frisch, frech, witzig, mutig und originell in die Musikwelt geworfen, mit teilweise verblüffend minimalistischem Instrumentarium, brachte dieses neue Genre einige Talente hervor. Wenn es die NDW nie gegeben hätte, so dachte ich mir, müsste man sie umgehend erfinden. Auch der von mir bevorzugte Komponist hatte seine Wurzeln in dieser Epoche.

Ich überschlug einige Seiten der Chronik und stellte zu meiner Verwunderung fest, dass die Musikfreunde bald nicht mehr den Musikern zujubelten, sondern denen, die mit einem Knopfdruck deren Musik abspielten, obwohl die Ära der

Schallplatte längst der Vergangenheit angehörte. Die Kultur der Discjockeys hatte sich aus dem gewohnten und beliebten Dasein eines Zampano der Klänge ergeben, der mit passenden Kommentaren die Stimmung der sich zu den seltsamsten Rhythmen verbiegenden Masse anheizte. Der Discjockey war ein täglicher Ersatz für die Originalmusiker.

Der Anrufung eines seelischen Beistandes nicht mehr fern, besann ich mich auf die Grundtugend der Stoizismus, der Gelassenheit in allen Lebenslagen und blätterte weiter.

Ganz hinten in der Chronik fand ich eine Stelle, die von einem Schlagersternchen erzählte, dessen kommerzieller Erfolg legendär war, obwohl es, in einem Badeanzug auftretend, lediglich Liedchen trällerte. Der ganze Rest ihrer Show bestand aus einer unglaublich teuren Bühnenausstattung und einem Fankult, der von einer in die Jahre gekommenen Vorgängerin übernommen wurde. Dieses Schlagersternchen - so dachte ich mir - hatte sich erfolgreich einer Madonnisierung unterzogen und, da heutzutage alles politisiert wird, in diese Hinsicht bisher Stillschweigen bewahrt. Eine offizielle Aussage wurde so lange vermieden, bis der Musikkonzern eindeutig feststellen konnte, in welcher diesbezüglichen Richtung eine politische Verortung der Sängerin den größeren kommerziellen Erfolg verspricht. Tränen, Freundschaftsbändchen, Liebe. Wes Kind sind bloß diese Menschen? Welch ein Quell misanthropischer Fantasien!

Bei solchen Betrachtungen wünschte ich mir, in das Paradies eines abgelegenen Waldes versetzt zu sein - mit seinen feinen Tönen unter dem Rauschen der Baumkronen im Wind. Ein schöner Traum. Aber wir hatten Realität und ich beugte mich bereits seit einer Stunde über diesem dicken Buch.

Als ich dann von meiner Lektüre aufschaute, war ich nicht angenehm unterhalten, eher von Unmut erfüllt. Warum machen Menschen Musik? Ist sie eine Erweiterung seiner Sprache - oder eine Transzendierung seines, für ein höheres Tier schon einzigartigen Artikulationsvermögens?
Wie gut ging es mir doch bei jedem Konzert von Casimiro de Grooth, dem Mann, der durch die Hose atmet.

***

Nachdem wir unser Auto in der Nähe abgestellt hatten, betraten wir ein Matratzengeschäft und sahen uns dort dicht von Kissen, Deckenstapeln, Betten, Hochbetten, Doppelbetten, Matratzen, Kopfkeilen und Fußkeilen umgeben. Nach einigem Warten und mehrfachem Rufen erschien eine dunkelhaarige Dame mit sympathisch klingendem polnischem Akzent, die uns freundlich auf zwei opulenten Polstersesseln Platz zu nehmen bat. Als wir dann tief genug in die uns fast vollständig umschließenden Polster eingesunken waren, fragte sie nach unseren Wünschen. Da ich seit einiger Zeit unter Verspannungen im Rücken litt, baten wir um das Angebot verschiedener Matratzen, auf denen ich dann Probeliegen wollte. Sie zeigte uns vier Modelle, die ich nacheinander ohne Schuhe besteigen sollte, um sie in den unterschiedlichsten Lagen zu prüfen. Während ich mittlerweile die Matratze Nummer Drei prüfte, wollte Meike sich noch verschiedene Kissenbezüge zeigen lassen, wofür sich die Frauen entfernten und derart viel Zeit ließen, dass ich, des vielen Probeliegens müde geworden, einschlief. Als der Schlummernde am Horizont seiner Wahrnehmungen störende Laute gewahrte, standen Meike und die Verkäuferin strahlend neben dem von

360

mir okkupierten Testobjekt, wobei Meike, an meinem Ärmel zupfend, mich zu erwecken suchte. Bekannterweise belohnen frisch aufgerüttelte Menschen ihren Wiedereintritt in die Wachwelt nicht unbedingt mit großer Freude und Freundlichkeit. So war es auch jetzt, doch ich hielt mich sehr zurück, fluchte nur nach innen, schimpfte nicht nach außen, sondern wetterte inwendig und behielt die beiden wachen Frauen lauernden Blickes unter Kontrolle, um bei der nächsten, sich bietenden Gelegenheit meinen so jäh unterbrochenen Schlummer fortzusetzen. Dazu brauchte ich nicht lange zu warten, denn die beiden verschwanden abermals aus meinem Gesichtsfeld und ich wandte mich interessanteren Dingen als Kopfkissenbezügen zu. Da mich die physikalischen Eigenschaften der Dinge bereits seit meiner Kindheit ansprachen, war es die Matratze Nummer Vier, deren erwähnenswerte Besonderheit mich fesselte. Eines ihrer Elternteile entstammte vermutlich einer Trampolinfamilie. Entsprechend war ihr ungezügeltes Schwingungsverhalten so ausgeprägt, dass ich, dessen Spieltrieb mit zunehmendem Alter nicht erloschen war, mich dazu ermuntert sah, dieses durch entsprechende Körperbewegungen noch zu verstärken, wobei ich mich einem imaginären Sparringpartner gegenübersah und munter linke und rechte Haken austeilte.

Als ich dann eine ansehnliche Schwingungshöhe erreicht hatte, unterlief mir ein kleiner fataler Bewegungsfehler, der meine vergnügte Person seitwärts von der Matratze auf eine Gruppe Plüschsessel schleuderte, wo ich mich zwischen deren zwei auf dem Boden sitzend wiederfand. Noch ein wenig benommen wähnte ich mich im Polsterhimmel, bis ich zwei Gestalten vor mir erkannte, von denen eine rief:

„Piet, was machst du da?"

„Na ja, äh, schön weich hier - hier unten", versuchte ich zu erklären und stand auf.

„Du siehst ja aus, als wärest du in der Mauser", schob Meike vorwurfsvoll nach und klopfte mir einige Federn von der Jacke. Die Verkäuferin stand derweil daneben und schaute uns vergnügt zu. Wir kauften dann zwei Matratzen der Nummer Drei. Auf unserem Heimweg stellte ich mit Befriedigung fest, dass ich schon ganz gut springen konnte; jetzt fehlte nur noch ein Boxtraining, dann könnte ich auch so ein wunderbares Bett kaufen.

***

An einem außergewöhnlich warmen Maitag hatte ich die Idee, unseren Balkon mit Sonnenblumen zu verschönern, damit diese auch für alle Vorüberschreitenden eine Freude seien. Dazu musste ich zum Hoffmann gehen, um dort alle Utensilien zur Aufzucht der Keimlinge zu kaufen. Sein Geschäft lag in der parallel zur Göttinger Straße verlaufenden Bremer Straße. Mein Weg dorthin führte durch die Jägerstraße, in der Arnos Eltern wohnten. Auf der Bremer Straße angekommen, tauchte ich in nördlicher Richtung gehend in die gewalttätig anmutende Akustik der Hauptverkehrsstraße ein, wo ich versuchte, die vielfältigen Geräusche nach ihrer Art durch Vergleiche zu beschreiben. Früher hörte man die Motoren der Fahrzeuge noch ohrenbetäubend rattern. Von deren Betriebslauten waren mittlerweile nur noch die Abrollgeräusche der Reifen übriggeblieben, die, bei wohlwollender Fantasie, mit der Brandung von Meereswellen vergleichbar wären. Je schwerer die Autos, desto lauter die Brandung.

Zwischendurch gackerte immer wieder der Zweitaktmotor eines Mopeds hysterisch auf und entfernte sich unter beständigem Krähen. Je kleiner das Gefährt, desto lauter der Motor. Ich stand jetzt gegenüber dem Gasthaus »Zur Sonne« und wunderte mich über die Nervenstärke einiger Gäste, die in dem kleinen Außenbereich des Lokals unter Sonnenschirmen an Tischen saßen und ihr Carpaccio oder ihre Erdbeerschorle in der Abgaswolke und unter dem Schalldruck des in unmittelbarer Nähe brandenden Autoverkehrs offenbar mit großem Appetit genießen konnten. Einige betrieben gar eine Art gebrüllte Konversation. Wie genügsam manche Leute doch sind.

Bis zu Hoffmanns Sämereiengeschäft war es nicht mehr weit. Einigen wild gewordenen Radfahrern ausweichend ging ich das letzte Stück auf der Fahrbahn und betrat den kühlen Verkaufsraum des hoffentlich hilfreichen Händlers. Dabei wurden meine durch den Straßenverkehr noch etwas betäubten Horchorgane deutlich aufnahmefähiger. Was hörte ich denn da aus den hinteren Räumlichkeiten? Das ist doch der Walzer Nr. 2 von Dmitrij Schostakowitsch. Welch eine Gnade, welch eine Wohltat für mein geschundenes Gehör. Welch eine wohlverdiente Euphonie umspielte meine Sinne in einem Sämereienfachgeschäft. Noch ein wenig weggetreten erkannte ich vor mir eine lächelnde blonde Frau, die eine kurze Weile schweigend vor mir stand und anschließend fragte:

„Womit kann ich dienen?"

„Ihre Musik, die ist wunderschön", antwortete ich.

„Ja, wir hören uns sowas gerne zwischendurch an", erklärte sie, *„der lauten Straße wegen."*

Dann trug ich meine Wünsche vor und wusste schon bald, wie mit einer Anzuchtschale, der richtigen Erde, der richtigen Temperatur, der Erdfeuchte und den Lichtbedingungen zu verfahren sei. Für sechs Sonnenblumen wollte ich zwölf Keimlinge heranzüchten, was die Sicherheit ergab, dass mindestens sechs Samen angehen würden und zusätzlich die Möglichkeit eröffnete, überzählige Sonnenblumensprösslinge in unseren Vorgarten zu setzen. Auf meinem Rückweg beschäftigte mich die Frage, warum Pflanzen völlig ohne Radau heranwachsen können.

Anekdoten aus dem Hamsterrad

In diesem Teil beschreibe ich die innere Bewegtheit bei äußerer Öde.

———

Auf unseren Reisen besuchten wir mehrfach einen Küstenort und unternahmen beinahe täglich Wanderungen durch die sich kilometerweit hinziehende Flussdeltalandschaft mit ihren dem Strand nachgelagerten Dünen. Während dieser Tagestouren, auf denen wir Muschelschalen und leere Meeresschneckenhäuser, vor allem in der Form des sogenannten Pelikanfußes sammelten, sah man im Osten immer einen weißen Leuchtturm, dem wir uns stets auf einige Kilometer näherten, aber jedes Mal wieder umkehrten, weil unsere Sammlung schon reichhaltig war. Der Leuchtturm war zunächst nicht unser Ziel. Wir wollten anfänglich nur

Strandwanderungen machen, doch fanden mehrere dieser, wie der Fuß eines Wasservogels geformten, Gehäuse einer Wasserschnecke, was unsere Wanderungen später zu Sammelwanderungen geraten ließ. Indem wir mal hier, mal dort den Strand und vor allem die Spülsäume absuchten, entfernten wir uns unmerklich immer weiter von dem Küstenort unserer Unterkunft und konnten nach einigen Stunden der Suche kaum noch seine Hafenmole ausmachen. Auf dem Campingplatz spülten wir dann den Sand von den Schalen und erholten uns bei einem selbst gekochten Mittagsmahl oder bei Kuchen und Kaffee. Danach genoss ich manchmal eine von den kleinen Zigarren, die sich oft in unserem Reisegepäck befanden.

So oder so ähnlich ging es mehrmals in den Jahren unserer dortigen Besuche. Nie kamen wir dem weiter im Hinterland stehenden Leuchtturm nah, weil entweder, wie bei den ersten Strandwanderungen, unsere Muschelschalensammlung bereits üppig war, oder der Weg ins Hinterland durch einen kilometerlangen, wassergefüllten Graben von unbekannter Tiefe versperrt war. Dieses Gewässer war für uns unüberwindlich, weil wir fotografisches Gerät mit uns führten und nach einer Wanderstrecke von ungefähr acht Kilometern durch einsame Landstriche keine Experimente wagen wollten. So blieben wir auf der Strandterrasse, genossen den Blick auf vereinzelt sich aus der Landschaft erhebenden Dünen und machten uns auf den Rückweg. Der Leuchtturm musste aber doch auf anderen Wegen zu erreichen sein. Eine Landkarte dieser Gegend gab keine Auskunft über einen gangbaren Weg dorthin. Ich träumte bereits von dem Albturm - dem Leuchttraum.

Während des letzten Besuchs dieses Küstenortes begannen wir unsere Wanderschaft auf einem unscheinbaren zweispurigen Weg durch das Hinterland, der uns, so schlossen wir aus seiner generellen Richtung, zu dem fraglichen Leuchtturm führen würde. Auf diesem Weg konnte man weder Muschelschalen noch Pelikanfüße finden, dafür waren wir einem wechselnd unangenehmen Untergrund aus zunächst Bauschutt aus Ziegeln und zerschlagenen Waschbecken, dann grobem Schotter, sandigen Mulden oder dicht verbuschten Streckenabschnitten ausgesetzt. Von hier aus strich der Blick zur linken Hand über die sumpfige Ebene des Flussdeltas, deren satt grüne bis beige Bodenvegetation aus Queller, Salzmelde und Sodakraut nur durch vereinzelt in der Landschaft stehende Tamarisken unterbrochen wurde. Den Hintergrund bildete der gebirgige Horizont des Nordens. Auf der rechten Seite unseres Weges erlaubten spärlich bewachsene Dünen nur an wenigen Stellen den Blick zum Meer. Zwischen unserem Weg und den Dünen zog sich der vorbenannte wassergefüllter Graben kilometerweit hin. Ab und zu geriet ein Schwalbenschwanz oder ein Segelfalter in die optimale Entfernung für unsere Kamera. In der Ferne sah man manchmal eine Formation Flamingos vorbeifliegen. Sonst bot die baumlose Landschaft wenig Anlass, fotografische Anstrengungen zu unternehmen. Wir hatten nur die Sonne und den Weg; heiß von oben – rau von unten. So ging es ohne Abwechslung Schritt für Schritt.

Angesichts der reizarmen Landschaft flogen mir allerlei Gedankenfetzen durch den Kopf. Dabei fielen mir meine Bemühungen zur Konstruktion einer aufblasbaren Toilette für das kleine Geschäft ein. Wer kennt nicht das drängende Problem der kleinen Notdurft auf manchem Spaziergang? Die Suche nach einem möglichst verborgenen Winkel, vor allem in der offenen Landschaft, hatte uns oft zu Kompromissen genötigt, die einer entspannten Verrichtung Hohn sprachen. Bei meinen Bemühungen ging es darum, einen Camouflage-gemusterten Sichtschutz herzustellen, der sich mithilfe einer Gaspatrone in Sekundenschnelle aufblasen ließ. Der Haken an der Sache war die Entlüftung danach. Mehrfach versuchte ich, einen Praxistest im Stadtwald durchzuführen, war dann durch meine ungeschickten Hantierungen so auffällig, dass mir schon bald ein paar Menschen dumme Fragen stellten und meinen Unmut provozierten.

Die monotone Landschaft um uns behielt ihren statischen Charakter. Kilometer um Kilometer unseres Weges veränderte sich die Perspektive auf die spärlichen Landmarken nur unmerklich. Nicht nur die beanspruchten Beine, auch das Einerlei der Umgebung ermüdete zusehends. Vereinzelt bewegten sich verwehte weiße Plastikfetzen an den Zweigen vertrockneter Büsche im schwachen Wind. Wandelten wir auf einer Horizontweiten Müllkippe?

Wie kann man Einöde beschreiben? Friedrich Nietzsches Worte waren: *„Wenn du zu lange in einen Abgrund schaust, schaut auch der Abgrund in dich hinein.“* Die strukturarme Landschaft schaute jetzt in mich hinein. Unbeschreiblich. Worüber kann man überhaupt schreiben?

In der Waldhauser Neustadt stand auf einem zugänglichen Privatgrundstück ein offener Bücherschrank, in dem den Passanten Druckwerke zur Verfügung gestellt wurden. Es wurden von Nachbarn manchmal Bücher hinzu gestellt, auf dass sie dem Geneigten zur Freude dienen mögen. Eine Tauschbörse für Leseratten.

Archies Kumpel Alwin hatte diesem Schrank einmal einen abgegriffenen Buchblock entnommen, dessen Einband und die erste Seite fehlten. Weder der Titel noch der Verfasser waren ihm also bekannt. Wenn Archie auf dem Hof mit seinem Oldtimer befasst war, saß Alwin oft auf dem Beifahrersitz und las. Oft explodierte er dann förmlich aus der Tiefe seiner Lektüre und erging sich in entfesseltem, fast hysterischem Gelächter. Auf spätere Nachfragen zu diesem Buch sagte Alwin, es sei schon schlimm und er habe es in den Schrank zurückgestellt. Das will etwas heißen, wenn eine robuste Natur wie Alwin das Buch als schlimm bezeichnete.

Vor uns sahen wir, durch den ungeraden Verlauf unseres Weges bedingt, den weißen Leuchtturm mal links vor unserem Weg – mal rechts vor ihm liegend, immer noch nicht deutlich größer erscheinend als beim Beginn unserer Tour.

Meine Schuhe hatten bereits vor dieser Tour eine Einlaufstrecke von etwa acht Kilometern hinter sich. Sollte reichen, dachte ich, doch mittlerweile waren die fehlenden Feinheiten einer guten Passung deutlich zu spüren: Ich ging im Schongang. Wenn das mal reicht, wir sind noch nicht da, waren meine Gedanken. Meike schien zu wissen, was mich beschäftigt, ihr Blick war vielsagend. Immer wieder hatte sie mich ermahnt, die neuen Schuhe häufiger zu tragen.

Wir näherten uns einer Gruppe Tamarisken, in denen ein Stinkhahn - ein Wiedehopf - auf der Suche nach Insekten herumhüpfte. Er war an seiner markanten Silhouette leicht zu erkennen, und wir freuten uns, in dieser strukturarmen Landschaft einen solch seltenen Vogel zu sehen. Fotografieren konnten wir ihn nicht, denn unsere kleine Objektivauswahl war den Erwartungen gemäß auf Landschafts- oder Makromotive ausgewählt. Man kann nicht alles mit sich herumschleppen.

Nachdem jeder einen kleinen Schluck aus der Wasserflasche genommen hatte, fielen wir wieder in den immer gleichen Schritt, mal hintereinandergehend, mal bei nur wenigen Worten nebeneinander schreitend. Nach etwa zehn Kilometern endete der Graben zu unserer Rechten und die Dünenreihe gab den Blick auf das hinter einer breiten, gewölbten Strandterrasse liegende Meer mit seinem an den heranwallenden Schaumkronen erkennbaren Wellenschlag frei. Welch willkommene Abwechslung nach dem Einerlei des bisher gegangenen Weges.

Ich hatte mich vor langer Zeit gefragt, welche gegangene Wegstrecke wohl an einem normalen Arbeitstag zusammenkäme. Dazu stellte ich mir vor, dass unser ständiges Hin- und Hergehen an einem Tag zu einer geraden Strecke aneinandergereiht eine ansehnliche Wanderschaft ergäbe. Wenn wir durch unser tägliches Laufpensum nicht müde würden, dürfte der gestreckte Weg ebenfalls wenig ermüdend sein. Das wollten wir ausprobieren und wählten dafür einen Samstag im Sommer. Ein Ziel, das um einiges weiter entfernt war als die Hälfte der geschätzten Alltagskilometer, war schnell gefunden. So machten wir uns auf den Weg und gingen andere Routen als die mit dem Auto befahrbaren großen Straßen. Je näher wir dem Ziel kamen, umso euphorischer straffte sich unser Schritt – ging es voran. Am Ziel, einer bewaldeten Flussschleife, saßen wir in einem Biergarten und spürten unsere beanspruchten Laufwerke. Dann kam der Rückweg und mit ihm ein gutes Stück Arbeit. An jenem Tag liefen wir in zwölf Stunden eine Strecke von dreiundvierzig Kilometern, viermal so viel, wie das geschätzte Tagespensum. Die Blasen an unseren Füßen behinderten unseren Gang noch mehrere Tage.

Der Leuchtturm war jetzt deutlich näher gerückt; man erkannte die in seiner Nähe stehenden Kiefern als einzelne Bäume. Nach etwa elf Kilometern hätte man an eine Pause denken können, aber wir waren damals der Meinung, auch während des Gehens ausruhen zu können.

Wie wir so fast unmerklich unserem Ziel entgegenstrebten, überkam mich ein nicht seltener Lachanfall. Meike fragte, ob ich mir einen Witz erzählt habe, worauf ich ihr von einer Tischszene erzählte, die mein alter Kumpel Herbert durch sein Verhalten für mich unvergesslich gemacht hatte. Nach einem unserer gelegentlichen Fressorgien vor über dreißig Jahren tupfte er sich mit einer Serviette zunächst den Mund ab, stand auf, drehte sich dabei um und zog die Serviette der Länge nach über seinen nicht entblößten Jeanshintern. Meike schmunzelte und schüttelte den Kopf.

Nach einer weiteren halben Stunde des Gehens vermeinte ich, eine Bewegung auf einer der zur rechten Seite sich wieder auftürmenden Dünen erkannt zu haben. Beim Näherkommen waren wir uns sicher, dass keine Fata Morgana mit unseren Wahrnehmungen scherzte: Auf einer Düne bemühten sich zwei langhaarige Mädchen - geschätzt fünfzehn Jahre alt - um irgendetwas, wohl um die Herrichtung eines ebenen Sonnenplatzes. Eine war mit einem weiten, bunten Sommerhemd und einem ebenso weiten schwarzen Shorts bekleidet. Die andere trug einen bunten Bikini, dessen Unterteil nach der damaligen Mode einem winzigen Faltenrock glich. Wie kommen die in diese abgelegene Gegend?

Der bisher zweispurige Weg verengte sich auf einen noch gut gangbaren Pfad. Von hier aus konnte man an vielen Stellen über die Dünen auf die Strandterrasse gelangen, auf der an vielen Stellen ehemals überflutete Bereiche mit ihrer lehmartig klebrigen Oberflächenbeschaffenheit das Fortkommen erschweren würden, weil sich schon nach wenigen Schritten – wie wir es früher einmal versucht hatten - kiloschwere Lehmklumpen unter den Schuhen aufbauten. Diese grüngrauen Bereiche behinderten damals einen Versuch, vom Strand in das Hinterland bis zu dem Leuchtturm zu gelangen. Letztendlich standen wir aber vor dem kilometerlangen, unüberwindlichen Graben und schauten noch einmal kurz über die trübe Brühe hinweg zum Leuchtturm. Dann kehrten wir durch den Klebkram zum Strand zurück und traten den Heimweg an.

Unser Weg wollte nicht enden. Mittlerweile waren wir etwa vierzehn Kilometer gelaufen, und der verdammte Leuchtturm wollte nicht größer werden. Am nördlichen Horizont zogen wieder Flamingos in ihren typischen Formationen dahin. Die helfen jetzt auch nicht. Man wird älter.

Was verbessert die körperliche Leistungsfähigkeit? Natürlich Sport. Diesen Ratschlag nahmen Meike und ich in unserer frühen Zeit ernst und verordneten uns Sport bei jeder Gelegenheit. Morgens, vor der Arbeitszeit, eilte ich in den Stadtwald, um eine Runde zu joggen. Nach der Bürozeit holten wir die Fahrräder aus dem Keller und fuhren eine größere Runde durch unsere nordniedersächsische Landschaft, um danach im städtischen Hallenbad ausgiebig zu schwimmen. Zuhause griff ich dann zu den Hanteln. Unser sportliches

Leben ging mit wechselnden Betätigungen intensiv so weiter, bis wir nach einer Woche erschöpft einsahen: Winston Churchills Lebensmotto war nicht völlig von der Hand zu weisen. Die Wahrheit ist immer der Kompromiss. Und weiter. Links – Rechts – Links - Rechts:

Klotz – Klotz - Klotz am Bein, Klavier vorm Bauch,
wie lang ist die Chaussee.
Links stehn Bäume, rechts stehn Bäume, in der Mitte Zwischenräume.
Klotz – Kotz – Kotz ...
So geht es nicht, hier sind keine Bäume. Ich sollte reimen:
Hoch auf meinem Dache oben
sitzt ein Vogel, singt und scheißt.
Dies wär immerhin zu loben,
träf' er mich nicht allzu meist.
So geht es auch nicht. Warten und Ertragen. Links – Rechts – Links – Rechts …

Warum erkennt man in den zufälligen Schlieren mancher Arten der Bodenfliesen die Konturen und Gesichter furchtbarer Gestalten, die einer Hölle zu entstammen schienen, in die wir hineingeworfen zu werden fürchten. Warum erkennen wir keine Stühle, Ligusterhecken oder Taschenmesser? Sind sie eine Äußerung unserer – oder meiner – zutiefst angsterfüllten Natur? Ich fühle mich aber nicht wie ein schlotterndes Handtuch, eher wie jemand, den die ganze Welt im Zweifel mal am Buckel lecken kann.

Indem meine Gedanken hin und her flogen, gelangten wir an eine Mulde, in der tiefer trockener Sand das Fortkommen arg behinderte. Nach einer Biegung unseres von Tamarisken gesäumten Weges in der Mulde trafen wir auf ein seltsames

Gespann: Ein Mann im mittleren Alter versuchte, einen mit einem Jüngling besetzten Rollstuhl durch den tiefen Sand zu schieben, konnte ihn aber nur zentimeterweise voran bewegen. Ich wollte dem Schieber raten, zurückzufahren, worauf er nur Worte in einer mir völlig unbekannten Sprache von sich gab. Auch meine zeichensprachlichen Versuche konnten ihn nicht zur Umkehr bewegen. Sich mit einem Rollstuhl auf einen mehrstündigen, beschwerlichen Weg zu machen, hatte schon etwas Verwegenes; sich dann in eine solche Mulde zu wagen, etwas Leichtsinniges, ja Verrücktes. Wenn dieser Weg letztendlich nur die Rückkehr ermöglichte, halfen wir diesem seltsamen Paar in eine Falle. Aber wir halfen.

Da verstehe einer die Menschen. (Sich selbst verstehen ist sicher einfacher – oder?)

Vor vielen Jahren traf ich Boris, einen Wiesbadener, der aus mir nicht bekannten Gründen mit seiner asiatisch aussehenden Freundin ein paar Jahre in Waldhaus lebte und mit den Offroadern bekannt war. Er fuhr einen für schweres Gelände ausgelegten Jeep Renegade. Boris und ich sprachen über die Trennung unserer dinglichen Welt und der Welt der Atome durch die sogenannte Emergenz. Deren Verständnis machte mir damals wie heute einige Schwierigkeiten. Weiterhin diskutierten wir mehrfach die Unterschiede der eigenen Erlebniswelt und die Wirklichkeit der anderen Menschen. Dazu riet er mir, von den Menschen in meiner Umgebung zu schreiben. Schreiben? Das konnte ich nicht, das können nur Schriftsteller. Nein, sagte Boris, du kannst es. Schriftsteller können auch nur die Welt beschreiben, wie sie ihrer eigenen Erfahrung nach entspricht. Sie haben nur mehr Übung in der Wahrnehmung und der nachfolgenden Schilderung ihres

Erlebens durch einen reichhaltigen Wortschatz, also schreibe. Und so schrieb ich. Seit geraumer Zeit glühte meine Tastatur. Boris wohnte mittlerweile wieder in Frankfurt, wohin ich ab und zu ein Manuskript sendete. Er will ein Buch daraus machen.

Nach dem Verlassen der etwa einhundert Meter lange Sandmulde öffnete sich die Umgebung und unser Blick fiel auf den nahen Leuchtturm.

Welch ein ernüchterndes Bild gab dieses schwer erwanderte Ziel doch ab. Der ehemals weiße Turm hatte seine beste Zeit längst hinter sich. Neben ihm stand eine von einigen Kiefern umstandene Kate mit rostigem Wellblechdach. Auf dem lückenhaft eingezäunten Gelände liefen ein paar Hühner herum. Die letzten hundert Meter bis zu unserem Sehnsuchtsort ersparten wir uns und genossen die entdeckte Täuschung.

Auf dem Rückweg begegneten wir dem seltsamen Gespann aus der Mulde, was noch eines verblichenen Wunders harrte. An jener Stelle unserer Sicht auf die Mädchen bogen wir auf einen unscheinbaren Pfad links ab und fanden einen annehmbaren, festen Weg zum Strand. Nachdem Meike und ich unsere beanspruchten Füße aus den Schuhen gelöst hatten, kühlten wir sie im Meerwasser, wo sie sich auch bald erholten. Dann tranken wir einen guten Schluck aus der Wasserflasche und fanden einige Pelikanfüße.

Zwischendurch erzählte ich Meike von einer Begebenheit vor dem Brauhaus am Vorabend unseres Reiseantritts. Einige junge Leute standen vor einem beleuchteten Biergartenbereich auf dem Bürgersteig, als ein heller Schrei durch die Straße gellte. Einer von denen hatte in der Tasche seiner Fleecejacke mit seinem Feuerzeug gespielt und die Jacke in

Brand gesetzt. Die Umstehenden halfen beim Ersticken des Feuers. Der Feuerteufel in eigener Sache trug einige Brandwunden davon.

Für den Rückweg über den Strand brauchten wir deutlich länger als für den Anmarsch. Nach insgesamt elf Stunden waren wir zurück am Lagerplatz, wo ich Rumpsteak mit Kartoffeln und Salat zubereitete. Im Liegestuhl vor dem Zelt fiel ich dann bald in einen tiefen Schlaf.

Gespräche am Fluss

In diesem Teil bewegt sich ebenfalls das Innere bei Betrachtung des Äußeren.

———

Im letzten Sommer fanden Klaus Steineck und ich Gelegenheit für einen Spaziergang durch die Auen der Lumme. Dabei sprachen wir anfangs, noch im Bereich der Gärten, über die Ähnlichkeit meiner Anwandlungen mit einer posttraumatischen Belastungsstörung und über deren Unähnlichkeiten, danach über meine Versuche, mich in die Lyrik einzuarbeiten, und später über die Komplementarität von Kunst und Wissenschaft - von der scheinbaren Gegensätzlichkeit zweier ähnlicher, aber unvereinbarer Erscheinungen oder Wege ihrer Äußerung, die in ihrer Gesamtheit einen höheren Blick auf Teile der Natur erlauben. Innerhalb einer Flussschleife stand eine Bank, auf der Meike und ich gerne saßen und den Uferschwalben an der Steilwand des gegenüberliegenden Ufers zuschauten. Manchmal sahen wir dort auch einen

Eisvogel auf seinem Ansitz, der kurze Zwitscherlaute von sich gab und sich nach ein paar Minuten ins Wasser stürzte. Kurz danach saß er mit einem kleinen Fisch im Schnabel wieder auf demselben Ast, schlug seine Beute mehrfach auf einen Ast und verschlang sie so zubereitet, mit dem Kopf voran. Diese Beobachtungsstelle war vorzüglich; so nahmen Klaus und ich Platz und verfolgten das Treiben der Vögel über dem Flusswasser.

Nach längerem Schweigen setzten wir unser auf dem Weg zuvor geführtes Gespräch fort, indem ich die Vermutung anstellte: *„Wenn die Komplementarität zweier widersprüchlicher, sich methodisch ausschließender und die Grenze des Verstehbaren berührender Disziplinen ihre Ähnlichkeit beinhaltet, müsste man doch sagen können, dass die Kunst wissenschaftliche und die Wissenschaft künstlerische Wesenszüge in sich trägt. "* Worauf Klaus sinngemäß geantwortet haben mag:

„Ich kann in der Kunst genauso wenig Wissenschaftliche wie in der Wissenschaft künstlerische Elemente erkennen. Vielmehr glaube ich, dass der Begriff der Komplementarität – ehemals von Niels Bohr geprägt – die Grenze aller für uns verstehbaren Dinge und Vorgänge markiert. Der seinerzeit deutlich gewordene Welle-Teilchen-Dualismus ist bis heute mathematisch nicht geklärt. "

„Meinst du, Niels Bohr hatte mit der Erklärung der Komplementarität den Offenbarungseid seines Faches erklärt? ", fragte ich.

„Nein, das meine ich nicht ", erwiderte Klaus. *„Er hatte vielmehr den Mut, die Fähigkeit und die Autorität, die Komplementarität der Erscheinung, ich meine, die*

Zusammengehörigkeit zweier völlig verschiedener Äußerungen einer Sache als eine Eigenschaft dieses Universums anzuerkennen. Einstein war da anderer Meinung. Seiner Überzeugung nach musste alles mathematisch nachvollziehbar sein. Ihn hatte diese Thematik bis zu seinem Lebensende nicht losgelassen. Selbst die Formeln, die nach seinem Tode auf der Tafel seines Arbeitszimmers standen, befassten sich mit der alten Problematik des Wellen-Teilchen-Dualismus. Dabei hatte ihn seine Relativitätstheorie mehrfach selber an den Rand des Verstehbaren geführt. Die Grenze des Verstehbaren wird auch in der Kunst manchmal gesucht. Sie findet aber kein so deutlich erkennbares Limit wie in der Atomphysik, weil ihre Thematik breit gestreut ist. Viele Künstler tasten allein im Dunkeln herum, jeder für sich. Sie finden Effekte, stellen sie dar und vermarkten sie. Da gibt es kein gemeinsames Arbeiten an einer Aufgabe.

„*Könnte man Kunst wissenschaftlich betreiben?* ", fragte ich, worauf Klaus nach einem Moment des Besinnens antwortete: „*Mit welcher Aufgabenstellung sollte denn das vor sich gehen? Wahrnehmung wird bereits durch die Medizin, und die Erkenntnistheorie durch die Philosophie beackert. Im Falle des Leonardo käme noch die Ingenieurwissenschaft dazu. Er verkörperte allerdings die Nähe von Kunst und Wissenschaft auf eine Art, die man im Kontext der Entwicklung beider Disziplinen in seiner Zeit sehen muss. So nah wie in seinem Schaffen waren sich Kunst und Wissenschaft nie mehr wieder. Bei dem weiten Feld künstlerischer Thematik heutzutage fehlt es zu einer Kunstwissenschaft wohl an der Definition eines Forschungsgegenstandes. Der Weg von der Kunst zur Wissenschaft scheint mir schwierig zu sein. Dahingegen erfordern viele Wissenschaftszweige über ihre Disziplin hinaus kreatives Denken. Das freie Denken lässt sich nicht gerne disziplinieren, die Disziplinierten dahingegen müssen zum freien Denken ermuntert werden."*

Nach einer kurzen Pause, während der wir den kunstvollen Flug der Uferschwalben und zwischen Wasserdost und Blutweiderich den über dem Wasser sich umspielenden Prachtlibellen zuschauten, nahm ich das Gespräch wieder auf und sagte*: „Werner Heisenberg hatte einmal erklärt, dass bei aller Stringenz des mathematischen Weges auch die Fantasie unerlässlich bleibt, um den Ort seiner formalen Ermittlungen mit allgemeinverständlichen Worten zu beschreiben. Fantasie in der Physik. Das Gleiche hatte auch schon Niels Bohr gesagt, der seine Arbeiten weniger mathematisch als durch unendliches Fragen und Antworten mit einem ausdauernden Gesprächspartner gestaltete."*

Indem wir sinnierend auf der Bank verweilten, näherten sich uns zwei Spaziergänger, von denen ich einen erkannte und bei seinem Vorbeigehen grüßte.

„Wer ist das?", fragte Klaus.

„Der Florian Wollbaum; der wohnt dort hinten in der Neustadt. Ein Phlegmatiker ersten Ranges. Dass der überhaupt die Mühe auf sich nimmt, zu atmen, geschweige denn einen Spaziergang zu machen, grenzt an ein Wunder. Der hat schon in der Schule sehr langsam gesprochen und auch langsam gedacht. Und sein Lachen erst - er ist ein Wunder." Bei diesen Worten fiel mir ein, dass ich über einen Menschen redete, obwohl ich mir vorgenommen hatte, weniger über einen Menschen als mit einem Menschen zu sprechen.

„*Ein schwieriger Mitmensch, dieser Wollbaum*", sagte Klaus.

„*Vielleicht nicht schwierig, nur lähmend langsam*", erwiderte ich und fuhr fort, „*schwierig war ein anderer.*"

Vor dem Beginn meiner allzu leichtfertig angekündigten Rede zog das Sonnenlicht unwillkürlich meinen Blick auf sich, um Momente danach in einer Explosion meines oberen körperlichen Endes zu kulminieren. Dieser lautstarken Störung ursächlich war ein isoliertes Ereignis in den oberen Gängen meines Geruchsorgans. Nachdem mit einem Tuch ausreichend getupft und mein Gegenüber um Pardon gebeten wurde, war die Contenance wieder hergestellt; so konnte ich mit meinem Bericht beginnen.

„*Vor längerer Zeit unterlief mir das Malheur der Bekanntschaft eines Menschen, der seine Mitmenschen durch einen eigenartigen Humor verunsicherte und manchmal sogar verärgerte.*"

„*Jetzt komm was!*", warf Klaus ein.

„*Lass mich erzählen*", fuhr ich fort, „*Der wurde wohl schon als Stänkerer geboren, was man daran erkennen konnte, dass er alltägliche Situationen zu herabsetzenden, fäkal-sprachlichen Anmerkungen nutzte, die nicht dazu geeignet waren, einen großen Freundeskreis um ihn zu scharen. Einige dieser verbalen Untaten führten zu Beschwerden beim Personalbüro seiner Firma, die wahrscheinlich nur deshalb folgenlos blieben, weil man einen jahrzehntelang Beschäftigten in den letzten Jahren seiner Berufstätigkeit eher ertragen, denn hinauswerfen wollte. Seine Haltung disqualifizierte ihn aber zur Führung hilfreicher, erbaulicher Gespräche unter Kollegen, die man im Arbeitsleben manchmal braucht.*"

„*Ein Minus-Mann. Manche Leute werden durch Unglück glücklich*", kommentierte Klaus.

„*Jetzt, im Ruhestand, macht er einsame Spaziergänge, bei denen er oft an einer belebten Straße steht und die Autos zählt.*"

„*Autos zählt?*", fragte Klaus.

„*Ja, was denn sonst*", antwortete ich, „*sollte er vielleicht seine Freunde oder Bekannten zählen? Damit wäre er aber schnell fertig. Ich glaube, ohne eine Aufgabenstellung, neuerdings Projekt genannt, degenerieren die grauen Zellen. Man muss immer Kohle vor der Hacke haben, dann bleibt man hell in der Birne.*"

Wir machten einigen Radfahrern Platz, die, uns entgegenkommend, umständlich um eine größere Pfütze herumfuhren. Danach standen wir vor dem kleinen Gewässer und sahen, dass es in seinem Mittelteil sehr flach war, sodass wir es mit unseren normalen Straßenschuhen mittig durchqueren konnten.

„*In Altenheimen*", nahm Klaus das Gespräch wieder auf, „*werden die Senioren durch das Hören alter Schlager aus den fünfziger Jahren aus der Lethargie geschüttelt. Manche singen auch mit. Da ist viel verschüttet und das Verbliebene kann man nur oberflächlich ankratzen.*"

„*Schade um die vielen Geschichten*", merkte ich an, „*Wenn man heute das Tagebuch eines römischen Plebejers finden würde, wäre das ein einzigartiges Dokument. Schriften aus der Hochkultur gab es ja mehrere.*"

Ich kam nochmal auf das Verhalten von kritisierten Frauen zu sprechen:

„Die verrichten ihre Arbeit ja ebenso gut wie die Männer, aber sie haben viel mehr zu verlieren. Wenn ihre berufliche Reputation bei ihren Vorgesetzten auch nicht beschädigt würde, so verzeihen sie sich selbst nicht den kleinsten Fehler. Berufsfrauen müssen fehlerfrei sein, um es in der Wertigkeit mit den Männern aufnehmen zu können. Der kleinste Fehler ist eine Katastrophe.“

„Stecken Männer Kritik anders weg?“, fragte Klaus.

„Ja, konstruktiver. Soziologen könnten vermuten: Männer unter Männern. Das können sie auch, weil sie wissen, dass ihnen nichts Böses geschieht. Wenn damals jemand meine Arbeit kritisiert hat, war ich froh für den Hinweis; das half mir weiter. Dafür habe ich mich bedankt. Unter Kollegen wurde schon mal gesagt: »Hier wird keinem der Kopf abgerissen«. Unter Männern gab es manchmal den Nachsatz: »Aber der Sack«.“

Schweigsam setzten wir unseren Spaziergang fort und passierten den mit Sand zu einem karibischen Strand aufgeschütteten Teil eines Flussufers, auf dem einige junge Leute an der in einem Holzverschlag untergebrachten Bar im Gespräch vertieft waren. Andere ergingen sich in konzentriertem Nichtstun. Wir schauten uns diese Szenerie eine Weile an und folgten wieder unserem Weg.

Dabei löste sich der Senkel meines linken Schuhs. Um diesen Mangel zu beheben, begab ich mich in eine sportliche Rumpfbeuge, als uns zwei berittene Damen entgegenkamen, deren Pferde plötzlich stehen blieben. Eine der Reiterinnen grüßte und bat mich:

„Würden Sie bitte eine aufrechte Haltung einnehmen? Die Pferde kennen so eine gebeugte Körperform nicht und gehen *nicht weiter.“* Ich wunderte mich über ihre Worte und war belustigt, dann aber daran interessiert, kein Tier zu erschrecken. Als ich mich wieder aufgerichtet hatte, ließen sich die Gäule dazu bewegen, an uns vorbeizuschreiten. Eine aufrechte Haltung ist einem couragierten Menschen zu eigen. Pferde mögen also nur mutige Leute. Sieh an, sieh an.

„Was ist eigentlich Faulheit?“, fragte Klaus unvermittelt, möglicherweise durch die Müßiggänger am Strand inspiriert. Nach einigem Nachdenken versuchte ich eine Antwort: *„Faulheit ist die Haltung eines Menschen, durch die er die von ihm erwarteten Aktivitäten vernachlässigt.“*

„Das hast du schön gesagt“, befand Klaus und fügte hinzu: *„Soweit sich das Maß der Untätigkeit auf Gemeinschaftsaufgaben oder die Versorgung Abhängiger erstreckt, kann man von asozialem Verhalten sprechen. Oft ist es aber die Bequemlichkeit, eine latente Form der Faulheit, die mit dem Ausspruch »Kein Bock« ausreichend beschrieben werden kann.“*

Wir gingen, unseren Blick häufig auf das gemächlich dahinfließende Gewässer werfend, langsam weiter. Die langen grünen Strähnen der Wasserschraube wedelten gemächlich in der Strömung der Lumme. Ein vernehmbares Rauschen kündete von der Nähe des Wehrs. Wir bogen links ab, verließen den schattenreichen Baumbestand des Flusslaufs und verweilten an einer Rinderweide, deren Belegschaftsmitglieder sich manchmal für einen Moment die Stirn kraulen ließen, bei einer unsanften Bewegung unsererseits jedoch mit einem schnellen Schritt erstarrten, sich blitzschnell umdrehten und davonstoben. Klaus beendete unsere Sendepause, indem er sagte:

„*Mit Null-Bock wird richtig Knete gemacht.*"

„*Mit Nichtstun Geld verdienen?*", fragte ich.

„*Ich meine die vielen kleinen Helferchen. Mit der Bequemlichkeit der Leute ist die Wirtschaft ja gut vertraut. Die lebt von der Herstellung und dem Verkauf arbeitssparender Produkte, die zwar oft sinnvoll eingesetzt werden, teilweise aber vollkommen überflüssig sind*", erklärte Klaus, worauf er fortfuhr:

„*Diese Helferchen - neuerdings auch Gadgets genannt, also Gerät - verführen den Kunden zu einem unnötig steigenden Stromverbrauch, der in den Zeiten der Abkehr vom Energiegewinn durch Verbrennung ohnehin zu hoch belasteten Netzen führt.*" Ein letzter Satz zu diesem Thema war mir ein Bedürfnis: „*In diesem Zusammenhang drängt sich der Verdacht auf, dass marginale, oft auch sinnlose, Veränderungen an einem Produkt allein dem Zweck dienen, etwas Neues auf den Markt gebracht zu haben. Die Funktionalität des Gerätes wurde dabei verschlechtert und der Mehrwert hatte ein negatives Vorzeichen.*"

Unser Weg führte noch einmal ein Stück an der Lumme entlang. So näherten wir uns einem beliebten Angelplatz, hinter dem der Fluss eine Biegung nach Osten machte und wir nach links abbiegend den Heimweg antreten wollten. An dem Angelplatz, vor dem die Lumme flach und breit gemächlich fließt, ging es wider Erwarten sehr temperamentvoll zu. Zwei Angler waren aneinandergeraten, wobei einer einem anderen Petri-Jünger empfahl, sich zum Teufel zu scheren. Erzürnt packte dieser sein Geraffel zusammen und verließ den Platz unter Zitierung bekannter ordinärer Empfehlungen. Hier hielten wir uns nicht auf, wollten wir doch den Dingen des

Alltags anderer Menschen nicht im Wege stehen. Indem wir den Lumme-Uferweg verließen, musste ich plötzlich lachen. Auf Klaus Nachfrage erzählte ich von einer Auseinandersetzung zweier meiner Kollegen:

„Der Ackers hatte ein Angebot einer Maschine ausgearbeitet, das in den folgenden Tagen einem Kunden unterbreitet werden sollte. Er gab es unserem Konstruktionsleiter Wensky zur technischen Prüfung, worauf der zu Ackers sagte, er könne sich mit der Ausarbeitung den Arsch wischen. "

„Kann denn dein Kollege die Arbeit des anderen Kollegen so einfach ablehnen? ", fragte Klaus.

„Wensky war da ein bisschen impulsiv. Nach der Änderung einiger Details ging es dann doch. Mir gefiel die Direktheit bei deren Wortwechsel. "

„Ihr seid ja ganz schön robust gebaut", so Klaus.

„Ist eigentlich normal unter uns ", fuhr ich fort.

„Eigentlich?", fragte Klaus.

„Na ja, bei unseren Kolleginnen ist das ganz unterschiedlich. Die einen verteidigen ihre Arbeit verbissen bis zum Letzten und bei den anderen fließen gleich die Tränen, wenn man nur den Ansatz einer Kritik äußert. Offenbar stecken Männer Kritik anders weg, obwohl es da auch Unterschiede gibt", erklärte ich.

„Ich hab da keine Erfahrungen, unsere Chefin ist da ganz locker. Die erzählt sogar manchmal leicht anzügliche Witze, was unserem Klima sehr guttut"; schloss Klaus.

Während wir uns dem Ortsrand der Neustadt näherten, erzählte ich Klaus von meiner Begegnung mit Kira, der zwölfjährigen Schülerin. Sie gehörte zum Ensembles der Theater AG und hatte zu dem Stück »Hänsel und Gretel« einen der

Hauptdarsteller – ein Streifenhörnchen – mitgebracht. Als wir damals über die Theatertruppe sprachen, erwähnte sie auch eine Eichhörnchen-Auffangstelle in der Neustadt. Da Klaus und ich ein Interesse an der Verbesserung der Situation unserer heimischen Wildtiere hatten, wollten wir diese Notunterkunft besuchen. Also lenkten wir unseren Gang zu der genannten Adresse, die sich unweit unseres direkten Rückwegs befand, und standen schon bald vor einem freistehenden Einfamilienhaus von der Bauart der 70er Jahre. Sein ehemals weißer Rauputz enthielt schon den Staub von Jahrzehnten. Nach dem Klingeln öffnete ein älterer Herr, der nach unserem Begehr fragte und uns nach dem Vortrag unseres Anliegens einzutreten bat. Nachdem wir den engen Flur durchquert hatten, gelangten wir in das im Stil vergangener Zeiten eingerichtete Wohnzimmer. Durch sein großes Fenster fiel unser Blick in einen geräumigen Wintergarten, dessen Interieur aus verschiedenen Volieren und Käfigen die ungewöhnliche Nutzung des Raumes erkennen ließ. Darin sahen wir eine schlanke Fünfzigjährige und eine etwas jüngere rundliche Dame bei der Verrichtung nicht erkennbarer Handlungen an einer Anrichte stehen. Bei unserem Eintreten in den Anbau begrüßte uns Frau Weiden. Die andere Dame war – welch Überraschung – das mir schon zweimal zuvor begegnete Osterei. Frau Weiden erläuterte ihre Bemühungen um das Wohlergehen ihrer verwaisten oder verletzten Schützlinge, während die Ostereifrau an den Volieren stand und mit den darin herumspringenden Eichhörnchen zu sprechen suchte. Nachdem wir der Pflegemutter ein paar bunte Scheine übergeben hatten, gingen wir ebenfalls zu den Volieren und wollten uns einen Überblick über die große Anzahl

der Patienten machen, als von der Anrichte her die Stimme der Ostereifrau zu hören war: *„Nee, wie süüüüüß! Kuck mal. Sind die nich drollig? Und so süüüüüß! Darf ich mal eins streicheln? ---- Au!! -- Das hat mich gebissen!"*
Sie hatte die Lizenz zur Selbstverstümmelung.
Am Torfstecherbrunnen angekommen, sagten wir dann Tschüss, bis demnächst.

<u>Auf dem Heimweg</u>

In eigener Sache – Wanderjahre eines Idols

Welchen Wert stelle ich für die Anderen dar? Eine Erklärung. Die Geschichte meines bevorzugten Philosophen.

An einem frühen Sonntagmorgen im Mai war es in unserer Straße noch still. Allein Meisen, Heckenbraunellen, Zaunkönig, Hausrotschwanz, Rotkehlchen und Amseln brüllten in vereinter Stärke durch die Häuserflucht unserer Siedlung. Es bedurfte eines Momentes der Besinnung, um den tiefen Frieden des anbrechenden Tages wahrzunehmen. Gegenüber der Straße ratterte Archie auf einem rostigen Fahrrad langsam mäandrierend stadtauswärts. Er summte ein Lied. Archie kannte ich schon so lange und wusste bis heute nicht, was er beruflich machte. Ich wollte ihn auch nicht danach fragen, denn so, wie er war, hatte er seine Werte für mich.
Es gab in der Stadt einige Menschen, die mir gegenüber eine deutliche Distanz für sinnvoll hielten, denn es hatte sich im

kollektiven Bewusstsein mancher Waldhauser Bevölkerungsteile festgehalten, dass der Umgang mit mir das Risiko barg, mein unorthodoxes Verhalten ertragen zu müssen. Das störte mich. Nicht jeder wusste, dass die Wirkung meines Medikaments, dazu das regelmäßige autogene Training und Meditationen unter den sphärischen Klängen einer Euphonie von Casimiro de Grooth mich zum Weglächeln mancher Stresssituation erbauen ließen. Und es war nicht so, dass während meiner häufigen Spaziergänge durch unsere Gegend die Mütter in Panik ihre Kinder von der Straße holten und eilig die Wäsche von den Leinen nahmen. Auch blieben mir Anzeigen wegen Körperverletzung erspart. Nur Beschwerden wegen Ehrverletzung hatte ich hinzunehmen, was mir aber in Anbetracht der Beschwerdeführer nicht sonderlich schwerfiel. Ich hatte mir ein Bild von den Menschen gemacht und da mein Blick auf die anderen auch mich selbst beschreibt, brauchte ich bloß noch jemanden, der meinen Blick auf die anderen beschreibt, um mir den Spiegel vorzuhalten. Die Schriften von Nikotinus dem Allerwertesten haben häufig geholfen. Vor allem seine Erzählung »Unter Torfköppen« verschaffte mir Einblicke in den Engel-Teufel-Dualismus der menschlichen Seele.

Mitunter begegneten uns aber Menschen, die mit großer Ausdauer gegen alle Regeln des friedlichen Zusammenlebens verstießen. Als hätten sie ein Gespür für die perfidesten Intrigen, Diffamierungen und Verleumdungen im täglichen Umgang miteinander, bewiesen sie höchste Perfektion auf dem Gebiete des Unfriedens. Ihnen schien es wichtig zu sein, ständig auf ihre Rechtschaffenheit hinzuweisen. Der Grund für den Niedergang solcher unfriedlichen Gestalten liegt nicht in der Magie meines Missfallens. Auch praktizierte ich keinerlei Schadenzauber nach Voodoo-Art. Nein, der Grund liegt in der kräftezehrenden Gedankenwelt der häufig isolierten Zankartisten selbst, die mit ihren, aus Fehleinschätzungen abgeleiteten Ansprüchen und einem bis zu anwaltlichen Drohungen reichenden martialischen Gebaren ihre Kräfte maßlos überschätzten. Aus ihrer Sicht sind die Umstände sehr bedauerlich, zumal es sehr anstrengend ist, sich gegen alle und jeden wehren zu müssen. Die Wiedererlangung friedlicher Verhältnisse gelang in der Regel durch gelassene Betrachtung der Lage; vereinzelt aber auch nur durch Flucht.

Geräusche aus der Küche, Meike war aufgestanden. Jetzt machten wir beide uns ein schönes Frühstück.

***

Nikotinus war nicht gekommen, um etwas von uns zu verlangen. Nein, er wollte uns etwas geben. Am Ende der ersten Ausgabe seiner Schrift »Unter Torfköppen« drohte er: „Ich werd' euch geben!" Danach versuchte er, uns allen durch einen achtunggebietenden Lebenswandel den rechten Weg zu zeigen. Damit begannen seine Wanderjahre.

Während einer ersten kurzzeitigen Anstellung als Hausmeistergehilfe eines industriellen Produktionsbetriebes war er nach einem halben Jahr der Arbeit mit dem Versuch gescheitert, eine Regelung zur Pausenordnung einzuführen, die besagte, dass eine Mittagspause nicht gestört werden dürfe und im Falle von Verstößen erneut begonnen werden müsse. Das Vertrauensverhältnis war dadurch entscheidend beschädigt.

Sein nächster Versuch einer ehrenhaften Tätigkeit verschlug ihn in die Klostergärtnerei einer Abtei im Weserbergland.

Dort wurden neben Gottesdiensten auch Hochzeiten, Taufen und Trauerzeremonien abgehalten. Nach einer kurzen Einarbeitungszeit als Hilfsgärtner traute er sich bereits zu, selbstverfasste Predigten zu halten, und durfte vor einigen Mönchen eine Kostprobe seines neuen Talents abgeben. Darin kritisierte er Gottes Verweigerung jeglicher Nothilfe an seinen Schäfchen und nannte die kirchlichen Würdenträger »alte Männer in Frauenkleidern«. Zudem geißelte er die Verwendung von Weihwein in Taufbecken, da diese Zutat - so seine Begründung - eine Säuferkarriere nach sich zöge. Der Abt nannte Nikotinus einen Häretiker und zog in Erwägung, ihn zu exorzieren oder – schlimmer noch – ihn zu exkommunizieren. Als Nikotinus dann auch noch die Weihweinvorräte vernichtete, musste er seine Stechkarte und seinen Löffel abgeben.

Eine weitere Probeanstellung begann vielversprechender. Er wurde Rausschmeißer in einer Nachtbar. Wenn einer der Gäste dem Umsatz nicht im Mindesten förderlich erschien, wurde er umgehend extrahiert. Doch durch tagelange handwerkliche Unterforderung überfordert, vergriff sich Nikotinus wegen einer Nichtigkeit an dem ihm vorgesetzten Oberentgaster und warf ihn vermöge seiner, durch die Torfstecherei erworbenen Kondition handmächtig auf die Gasse. Den Barbesitzer, dem ein solches Gebaren nicht konvenierte, setzte er ebenfalls mit einem Tritt in den Steiß an die frische Nachtluft. Zudem misshandelte er einige Gäste, die dem Barchef zur Hilfe eilen wollten. Hier erlernte er die Schliche des Rotlichtetablissements, duzte die Rote Leni und den Lodenloddel, wässerte den Siebenzagel und schleppte

Champagnerkisten. Bald verließ Nikotinus die Szene, um sein Erfahrungsspektrum anderweitig zu bereichern.

Ein Stellenangebot als Fliegenfänger schlug er aus weltanschaulichen Gründen aus, denn zu den Einstellungsbedingungen gehörten auch Fertigkeiten im Beineauszupfen.

Nach ein paar Wochen des Selbstzweifels wurde Nikotinus Kulissenarbeiter an einem Theater in der Landeshauptstadt. Bei einer Aufführung des »Cyrano de Bergerac« sprach der Cyrano mit seinem Freund Christian von Neuvillette über einen Brief an die von beiden verehrte Roxane, als Nikotinus von der Bühnenflanke aus, die Schauspieler sehen konnte und angesichts der urkomisch gestalteten Figur des Cyrano einen derart heftigen Lachanfall erlitt, dass er zum Auslachen in den Keller geschoben wurde. Das Publikum war jedoch infiziert und hatte viel Freude. Der Skandal war perfekt, die Schauspieler entrüstet, das Haus blamiert und Nikotinus entlassen.

Die Odyssee durch die Welt der Werktätigen hatte ihn stiller und ernster werden lassen, als hätte er den Schalk im Nacken verloren. In dieser Lage wandte er sich an seinen väterlichen Freund, den Industriesoldaten, und sortierte mit ihm die umfangreichen Aufzeichnungen aus seinen Wanderjahren. Nikotinus kehrte heim und wurde für viele Jahre Angestellter der Forstbehörde im Solling. Er führte dort verschiedene Tätigkeiten aus, darunter auch die eines öffentlich bestellten Waldschrats, Touristenschrecks und Vogelimitators. Die Zahl der von ihm stillgelegten Mountainbikes war legendär. In seiner Freizeit sah man Nikotinus öfter auf der Terrasse seiner Unterkunft Flugübungen durchführen. Dabei konnte er sich, wild herumflatternd, immerhin einige Sekunden in der Luft halten.

Aus dieser Zeit stammen seine Werke »Aphorismen zur Gaia-Hypothese«, »Der Mensch - Natur - Dualismus« und »Edukation unter der Hand«, die ich alle gelesen habe und die eine Bereicherung meiner schmalen intellektuellen Ausstattung ausmachten.

Mein Idol Nikotinus hatte einen großen Einfluss auf meine Weltsicht. Wie ihm, so war auch mir jeglicher Alarmismus zuwider. Wie er, so liebte auch ich die Tiere und wollte eher mit ihnen, als von ihnen oder über sie hinweg leben. Doch auch die Menschen gehörten zu unserer Welt.

Eines meiner Lebensziele war, mit jeder Person, die mir begegnet, egal wie beladen sie auch sein möge, so umzugehen, dass sie mich mit erleichtertem Herzen und als fröhlicherer Mensch verließe. Ich meinte fröhlich! Von Lachen hatte ich nichts gesagt. Vielleicht waren vorbenannte Menschen auch heilfroh und erleichtert, wenn sie meine Gesellschaft überstanden hatten.

Das war auch im Falle des Jünglings so, dem mein Nachbar Eltmann beistand, um ihm auf die Spur zu helfen. Bei einem Besuch des Wildniscamps von Hinrich Brandstätter zeigte man mir einige große Ameisenhaufen, die sich für eine von Nikotinus praktizierte Art der Meditation eignen könnten. Ich erzählte Eltmann von der Möglichkeit, hormonelle Turbulenzen durch Meditation zu dämpfen. Mein Nachbar war skeptisch; favorisierte er doch das Exorzieren durch einen Eingeweihten der Kirche. Letztlich ging er auf meine Empfehlung ein. Er fand in einem der bewaldeten Höhenzüge des Weserberglands einen geeigneten Ameisenhaufen und befahl seinem Adepten, auf ihm Platz zu nehmen. Dann sollte der junge Mann seine Gedanken an sich vorüberziehen lassen. Das brauchte Zeit, die er nicht hatte, denn schon bald verspürte er die Wehrhaftigkeit der Waldameisen. Durch sein Geschrei aufmerksam geworden, kam ein Wildhüter hinzu und verprügelte den Knaben, wie auch Eltmann. Dann erteilte er den beiden ein Waldverbot und riet ihnen, sich zum Teufel zu scheren. Der Eltmann glaubte mir nichts mehr, aber er hatte eine schöne Sonnenbrille auf.

Briefe an mich – Frühe Kunst – Georg liest Gottes Brief

In diesem Teil beschreibe ich die selbstverschuldete Konsequenz aus meiner Dreistigkeit im Umgang mit einem Gott. Danach beschäftigt mich die Relativierung meiner Kritik an der Kunst.

———

An einem Tag, wie jeder andere, leerte Meike den Briefkasten und legte mir die entnommenen Sendungen auf den Schreibtisch. Beim Sortieren dieser Eingänge landete bis auf einen unscheinbaren Brief ohne Absender alles in der Tonne. Der verbliebene enthielt Folgendes:

Jambo Alter,
du bist schwer in Ordnung ey, echt cool und du machst alles richtig. Lass mal wieder die Sau raus und hau auf die Kacke. Scheißegal, was die anderen denken, die können dich sowieso mal am Buckel lecken. Und vergiss nicht: Sex and

drugs and Rock`n`Roll, oder wat! Es ist immer wieder stark
mit dir, Mann. Ich bin echt froh, dich zu kennen.

Hau rein, Mann

Ich

Wer schreibt mir denn da? Wer ist denn „Ich"? So viel Bestätigung in einem kleinen Brief, das muss ein Freund sein,
ein wahrer Freund. Aber wer?
*„Na du, den Brief hast du an dich selbst geschrieben, ich hab
ihn abgeschickt"*, erklärte Meike, die neben mir stand. Ich
erinnerte mich.
*„Ja, ich hab ihn liegen lassen, weil ich nicht sicher war, was
man sich so schreiben sollte."*
Es war bereits einige Zeit her, seit ich ihn aufsetzte. Beim
wiederholten Lesen der Zeilen fiel mir auf, dass der Text seltsam inhaltsleer war. Nur Belanglosigkeiten und stereotype
Aussagen.
„Und der zweite Brief, hast du den auch abgeschickt?",
fragte ich.
„Ja, der müsste eigentlich auch bald kommen."
Das Schreiben des Briefes hat mehr Freude gemacht als das
Lesen als Empfänger. Es sollte andersherum sein.
Ein paar Tage später erhielt ich auch den besagten zweiten
Brief. Ich öffnete ihn und geriet außer der Spur. Den Text
kannte ich noch, aber ein Detail war anders. Dass der verbes-
serte Tag-Nacht-Umschalter noch nicht fertig war, störte
mich auch nicht, umso mehr diese seltsame Ergänzung hinter
dem Gruß. Unfassbar.

Lieber Piet,

Lange schon werfe ich unter Stirnrunzeln meinen Blick auf dein Treiben. Deine Tierliebe und dein harmonisches Eheleben werden schon bald aufgewogen gegen deine lasterhafte Vorliebe für Mineralwasser, deine Freude an ordinärer Sprache, deinen Hohn für die Kunst und deine Respektlosigkeit mir gegenüber. Dazu gehört auch deine Vorliebe für dicke Möpse, du Schwein. Dass du die institutionelle Kirche ablehnst, ist nicht schlimm, das tue ich ja auch.

Mit deren Vertretern habe ich es seit Langem sehr schwer, zumal es mich schmerzt, dass diese schwarzen Schafe so schmutzige Finger haben. Aber meine Einflussmöglichkeiten sind begrenzt, da ich noch intensiv an einem verbesserten Tag-Nacht-Umschalter arbeite. Ich segne dich und verleihe dir die Kraft zu der Erkenntnis, dass die »Heisenbergsche Unschärferelation« nicht stimmt.

Mit vielen Grüßen vom Rand des Universums   auch von Jakob - bis bald

Dein Gott.

Meike sah, dass ich still vor mir hinschauend, mit dem Briefbogen in der Hand am Schreibtisch saß, und kam herbei. Sie las und schaute mich an: *„Hast du das so geschrieben?"*
„Nein, du hast den Text doch vorher gelesen und noch mit dem Kopf geschüttelt. Da stand sowas nicht drin."
Ratlos schauten wir auf den Brief und wussten die seltsame Ergänzung nicht zu erklären. Und was soll denn das: bis bald. Ich habe nicht vor, bald abzutreten.

Sowas kann ich doch keinem zeigen, die halten mich nachher noch für das, was ich im Grunde schon immer gerne war: Ein bisschen verrückt.

***

An einem Freitagnachmittag stand die Sonne auf den weißen Häusern der anderen Straßenseite, die ihr blendendes Licht reflektierend in unser Wohnzimmer fluteten. Während sich meine Gedanken noch um die Gespräche bei einem Klienten drehten, dessen Patentansprüche zu vertreten waren, schaute ich den sich munter an den dargebotenen Erdnüssen bedienenden Meisen auf unserem Balkon zu. Indem es langsam stiller wurde in meinem Kopf, besann ich mich auf meinen alten Konflikt mit der Kunst. Dabei kamen mir die alten Fotos meiner jugendlichen Wandmalerei in den Sinn. Schnell war am PC der Ordner mit den alten Scans geöffnet, und da wir nicht viele alte Bilder hatten, waren die aus allen möglichen Perspektiven fotografierten Bilder schnell gefunden.
Die bemalte Wand war auf der linken Seite durch eine Dachschräge begrenzt. Die dargestellte Figur hatte die Kontur eines Papageienkopfes, der angefüllt war mit an Organe erinnernden Adern und drüsenähnlichen Figurationen. Das Bild wurde auf der rechten Seite durch eine Art Wirbelsäule dominiert, die in ihrem oberen Teil über den Kopf hinwegreichte und in einem Schnabel auslief. Die linke Bildfläche bestand aus konzentrisch angeordneten schwarzen und weißen Strahlenlinien, die an Pharaonenbekleidung erinnerten. Das ganze Bild bestand aus acht Abtönfarben, die pur in voller Farbstärke und bloß an einigen wenigen Stellen als

395

Mischfarben verwendet wurden. Am rechten Bildrand waren einige Bereiche weiß übermalt worden.

Neben diesen frühen Kunstversuchen hatte ich noch gegossene Acrylbilder angefertigt, die dann auch einige Jahre in meinem Zimmer hingen. Danach kam der Zeichenstift mit Comicfiguren, die meinem (aber leider nicht dem allgemeinen) Geschmack entsprachen. Die Fotografie erweiterte unsere Möglichkeiten. So haben wir eine Kamera über einen Eimer mit weißer Farbe installiert, in das Weiß einen Schuss Schwarz hineingegeben und verschiedene Grade der Verrührung fotografiert. Weiterhin experimentierten wir mit labortechnischen Entfremdungen wie Solarisationen in Schwarz-Weiß und Farbe. Diese Phase ließen wir dann bald hinter uns. Kunst war uns nicht fremd, nur gelang es uns selten, ihr eine Aussage oder Botschaft zu geben.

***

Die Türklingel ging. Mein Besucherautomat zeigte die versuchsweise eingeführte Option »Uninteressanter Besuch« an. Das war interessant, ich öffnete. Georg stand vor der Tür:

„Ich bin also uninteressant", begrüßte er mich.

„Äh, so hast du dich angemeldet, aber komm rein, ich muss dir was zeigen."

Wir schauten uns gemeinsam meine alte Wandmalerei an, die er noch von früher kannte.

„Du hast damals richtig Kunst betrieben. Woher kommt denn deine heutige Distanz zu dem Metier?"

„Zu viel Schindluder und zu viel Betrug gesehen. Warte, ich zeig dir noch was."

Nach ein paar Versuchen, andere Kunstbilder von uns zu finden, gab ich auf. Unser Archiv war nur annähernd nach

Jahrgängen geordnet. Da hätte ich zwanzig Minuten suchen müssen, um das Passende zu finden.

„Du wolltest mir einen Brief zeigen“, kam Georg auf das Thema seines Besuchs.

„Ja, schau dir das an.“

Ich gab ihm den Brief von Gott. Er sah, las und lachte: *„Wie kommst du auf solche Ideen?“*

„Ich wollte mir Mut machen, mich aufmuntern, also spielte ich Gott.“

„Und lehnst du die Heisenbergsche Unschärferelation ab?“

„Natürlich nicht, das isses auch nich, ich meine etwas anderes, hier, diese Ergänzung hab ich nicht reingeschrieben. Als ich den Brief jetzt zurückbekam, stand sie drin.“

Georg schaute sich den Brief genauer an und raunte: *„Da erlaubt sich jemand einen Scherz mit dir. Stand denn der Absender »Gott« auf dem Kuvert?“*

„Nein, ich habe keinen draufgeschrieben, auch jetzt steht nichts drauf. Hier, der Umschlag.“

„Ich halte dich weder für verrückt noch unterstell ich dir, mich auf den Arm nehmen zu wollen, aber das hier ist mir entschieden zu hoch. Vielleicht ist es ein Link zu einer transzendenten Sphäre.“

Ich hatte neben unserem Gespräch im Bilderordner weitergesucht und konnte Georg die Fotos von den Rührzuständen zeigen. Intentionsfreie Chaosbilder sehen wir von morgens bis abends. Allein, wenn man Wolken sieht oder einen Wasserstrudel, alles Alltäglichkeiten. So scheinen auch viele vermeintliche Kunstwerke eingefrorene Trivialitäten zu sein.

***

Unsere Bücherei hatte eine gemütliche Leseecke, und weil man dort einen Kaffee oder Tee bekam, ließ sich manche Leseratte hier gerne zu einem gemütlichen Probelesen nieder. Bei einer dieser Gelegenheiten traf ich dort meine Unwohltäterin. Sie saß mir unversehens gegenüber und ich hütete mich, sie als Frau Unwohltäterin zu begrüßen. So sagte ich brav: *„Guten Tag, Frau Lenders, schön, Sie zu sehen."* Das war zwar glatt gelogen, aber es entsprach den guten Umgangsformen. So entwickelte sich ein freundliches Gespräch in gedämpfter Lautstärke.

„Tja", sagte sie, *„Es kommt nicht häufig vor, dass ein Patient so freundlich mit dem zahnmedizinischen Personal spricht."* Das hat jetzt aber die gesagt, waren meine Gedanken.

„Können sie Gedanken lesen?", fragte ich.

„Manchmal, wenn ich mir die Patienten nach einer Zahnreinigung so anschaue. Aber es ist weniger Gedankenlesen als eine Vermutung ihrer Gedanken", sagte sie.

„Da kann ich Sie trösten, ich habe Sie nur fünf Minuten lang gehasst."

„Nicht länger?"

„Nein, nur fünf Minuten. Das Hassen bereitet mir große Schwierigkeiten, es ist mir nicht in die Gene geschrieben", erklärte ich.

Ihr Gesicht erhellte sich. Wir konnten jetzt nicht mehr weitersprechen, weil eine weitere Bücherfreundin Platz nahm und beim Lesen sicherlich ihre Ruhe haben wollte. Vor der Bücherei sagten wir dann Tschüss, wobei sie empfahl: *„Schauen Sie mal wieder rein."*

Ohne Tiefschlag ging es in ihrer Branche nicht.

Meditationshilfe gesucht – Vermenschlichung eines Idols

In diesem Teil fragte ich mich, wer mir bei Meditationen helfen könnte. Danach erzähle ich von einem erbaulichen Treffen.

Ein Link zu einer anderen, höheren Bewusstseinsebene wäre interessant. Dazu bedurfte es Unterstützung. Ich wusste schließlich nicht, wie man mit denen da oben redet. Vielleicht sollte ich auch auf einem Ameisenhaufen meditieren oder meine Mondbäder wieder aufnehmen. Oder mir würden ausgiebige Waldbäder helfen, wonach ich mich in Trance schmieden könnte. Was dabei wohl herauskäme? Etwa ein kleiner, viereckiger, ausschließlich von Eingeweihten erkennbarer Buddha? Auch an die westafrikanische Naturreligion des Voodoo hatte ich gedacht. Die ermöglicht Schadzauber, indem man dem Bild seines Feindes die Augen aussticht oder das Bild aufspießt, was jedoch in Ermangelung eines wahrhaften Feindes für mich ein schwieriges Unterfangen wäre. Auch das Handlinienlesen wäre keine Option für mich; hatte ich doch bis zum Überdruss mit schmutzigen Händen zu tun. Kann man auch in schmutzigen Händen die Lebenslinie lesen? Vielleicht sollte ich es Simplicius in Grimmelshausens Simplicissimus gleichzutun, der auf einer Wallfahrt ins schweizerische Einsiedeln getrocknete Erbsen in seine Schuhe füllen musste und sie ob der Qual während eines Aufenthaltes im Südschwarzwald kochen ließ. Eventuell hätte dies meine Meditationsfähigkeiten gefördert, aber anstatt die Erbsen zu kochen, hätte ich noch die Möglichkeit, mir mit einem Hämmerchen auf die Finger zu klopfen, um den Schmerz von den Fußsohlen in die Finger zu lenken.

Auch diesen Gedanken verwarf ich angesichts meiner gepflegten, schlanken Bürokratengriffels umgehend.
Vielleicht sollte ich Carla fragen, um ihre Erfahrung mit tiefer Emotionalität anzuzapfen. Obwohl die unsensible Apfeldiebin mit dem Herzen für Symbolik nicht leicht ins Vertrauen zu ziehen wäre, wiese sie doch durch ihre Art der grobmotorischen Nahrungsaufnahme einerseits und ihres tiefen Feingefühls für einen Knoten andererseits eine zu zwiespältige Eigenschaftslage für die Einarbeitung in meine Problematik auf. Ich verwarf also auch dies. Eine weitere Möglichkeit wäre die Arbeit mit einem großen Blumentopf, in dem ich, wie mein Nachbar, meditieren könnte. Solche Töpfe waren allerdings sehr teuer geworden, nachdem die Töpferei die Vermarktungsmöglichkeiten solcher Objekte entdeckt hatte. Hesterlohs Blumentopf konnte ich mir auch nicht ausleihen; er war kaputt, nachdem seine Frau und er sich nachts um einen Platz in ihm gestritten hatten.
Und was ist mit Eva? Eva wusste damals von sich, mit einer Lebensberatungskompetenz versehen zu sein. Sie hatte dann auf dem weiteren Lebensweg diverse Rückschläge einstecken müssen, um auf die älteren Tage das vermeintliche Talent in Form des Handlinienlesens und Handauflegens neu zu entdecken, obwohl sie den nüchternen Beruf einer Chemielaborantin gelernt hatte. Dazu kam die Technik des Handauflegens per Telefon. Meiner Meinung nach funktioniert das allein bei Brustvergrößerungen. An sich selbst hatte sie das offenbar nicht ausprobiert, denn wie sollte sie sich auch selbst anrufen. Mit mehr Fantasie wäre sie in der Lage, manchen Mann zu verunstalten. Viele Menschen lieben solchen

esoterischen Quatsch, der seinen Gipfel darin findet, dass er bezahlt wird.

Wer hätte mir denn noch bei meinen Meditationen helfen können? Da blieb nur noch Zarathustra. Um mehr über ihn zu erfahren, ging ich in eine Bücherei und ließ mir einige Schriften zeigen. Eine hatte es mir angetan. Sie hieß »Also sprach Zarathustra«. Nachdem ich die ersten Seiten gelesen hatte, kamen mir Zweifel, ob diesem Propheten nachzueifern wäre, denn ich hatte keinen Adler und keine Schlange. Zudem wäre es problematisch, in unserer Wohnung Wildtiere zu halten. Dennoch fand ich es sehr schön, wie Zarathustra zu der Sonne spricht: *„Du großes Gestirn! Was wäre dein Glück, wenn du nicht die hättest, welchen du leuchtest?"* Letztlich fing mich die Pragmatik ein und ich akzeptierte die Tatsache, dass wir heutigen Menschen nur die Neandertaler unserer Nachkommen sein können. Dann besann ich mich auf die Zuverlässigkeit der Deutschen Post und plante, einen weiteren Brief im Namen Gottes an mich zu senden.

∗∗∗

Bereits seit längerer Zeit trug ich mich mit dem Gedanken, Nikotinus zu treffen, um mit ihm existenzielle Themen anzusprechen. Der so häufig gehörten Meinung, das Leben sei ein Jammertal, hatte ich einiges entgegenzusetzen, deren ich mich durch die Sicht dieses Philosophen zu vergewissern suchte. Er dürfte jünger sein als ich und hatte seinen Wohnort im Weserbergland.

Bei einem Besuch des Kreises der regionalen Mundartdichter, dem ich auf Einladung von Ruben Colditz beiwohnen durfte, erfuhr ich, dass Nikotinus in der Eingangshalle eines kleinen Verlages namens H. G. Burgstätter in dem Örtchen

401

Wilmenholtz einen weiteren Band seiner Reihe »Unter Torfköppen« vorstellt. Geladen waren Vertreter der Fachpresse und norddeutscher Dichtervereinigungen.

Die Fahrt durch die norddeutsche Tiefebene, vorbei an schwarzbraunen Feldern und grünen Wiesen, schließlich die Weser überquerend, gestaltete sich auf dem letzten Streckenabschnitt umständlich, da eine großräumige Umleitung eingerichtet war, auf der ich, wegen des durch die Bewölkung fehlenden Sonnenstandes, völlig orientierungslos auf die Umleitungsschilder angewiesen war. Es ging links herum, rechts herum, links herum, dann nochmal links herum und lange geradeaus. Gleichzeitig fiel mein Blick häufig auf die mahnende Uhr. Mit zunehmender Unruhe kreuzte ich in einer mir völlig unbekannten Gegend und war erleichtert, als ein erstes Hinweisschild meiner Vermutung, völlig abwegig zu sein, widersprach. Das Ende der Umleitung führte dann auf die Hauptstrecke zurück und die dichter werdende Bebauung ließ mich meine Ankunft in Wilmenholtz erhoffen. Schließlich passierte ich das ersehnte Ortsschild und befand mich in dem Verkehrsgetümmel einer Umgehungsstraße, der ich durch die Weiterfahrt in Richtung Zentrum entkommen konnte. Nach einigen Ampelkreuzungen stand ich in der Fußgängerzone des Ortes und wusste nicht weiter. Ich stieg aus und fragte eine korpulente, schwarzhaarige Frau, die vier Kinder führte, nach dem Weg. Sie kannte sich nicht aus und empfahl in gebrochenem Deutsch, in das örtliche Gewerbegebiet »Lindenhof« zu fahren und dort weiter zu fragen. Also wendete ich und folgte den Schildern nach »Lindenhof«. Dort angekommen hielt ich vor einem eingezäunten Gelände, auf dem sich eine nicht sehr hohe weiß gestrichene

Industriehalle befand. Vor der Halle standen zwei Kleinlastwagen, aus denen einige Leute Flüssigkeitsbehälter und langstielige Besenwerkzeuge luden. Über ihnen, auf dem Hallendach, agierten zwei Männer, indem sie auf den Fenstern des Scheddachs, einer sägezahnartigen Dachform, mit einer Art Schrubber eine hellblaue Flüssigkeit verteilten. Ich stieg aus, schloss die Autotür und wollte die vor der Halle tätigen Personen nach dem Verlag fragen, als einer der beiden auf dem Dach arbeitenden Menschen auf der Flüssigkeit ausglitt und bäuchlings rückwärts, mit den Füßen voran das Dach herabrutschte. Dabei versuchte er, mit den Schuhspitzen auf der Dachoberfläche Halt oder ein Hindernis zu finden, um dadurch seine Rutschpartie zu beenden. Doch er konnte mit den Schuhen selbst in der Dachrinne nicht einklinken und schien dem verderblichen Sturz ausgeliefert zu sein. Am Ende der fatalen Rutschpartie hielt er sich mit beiden Händen an der Dachrinne fest und rief um Hilfe. Die vor der Halle stehenden Leute gingen zu ihm und deuteten ihm an, er möge sich fallen lassen, es sei nicht mehr weit bis zum Boden. In der Tat hing der geängstigte Kerl mit den Füßen gerademal einen Meter über dem Boden. Es dauerte einige Momente, bis er, seinen Reflexen widerstehend, die Dachrinne losließ und unten von seinen Kollegen abgefangen wurde. Aus der Entfernung vernahm ich einige unchristliche Verwünschungen. Die hatten zu tun, dachte ich und fragte eine zirka vierzig Jahre alte Frau, die ein Fahrrad mit einem durch Plastikblumengebinden verunzierten Lenker auf dem Bürgersteig schob. Der H.G. Burgstätter-Verlag, ja, da könne sie mir weiterhelfen, sagte sie freundlich und wies auf die besagte

Industriehalle hin. Auf der anderen Seite der Druckerei würde ich das Verlagsgebäude finden.

Dort angekommen parkte ich vor einem grauen, zweistöckigen Kasten, welcher der Industriehalle vorgebaut war und wunderte mich über die vielen freien Parkplätze. Auf der Gebäudefront prangte in großen roten Buchstaben der Schriftzug »H.G.BURGSTÄTTER«. Es brannte Licht, so trat ich ein und wurde von einer jungen Dame nach meinem Begehr gefragt. Die Präsentation sei bereits vorbei, sagte sie bedauernd, aber ich könne die Neuerscheinungen ab jetzt im Buchhandel bestellen.

Wer zu spät kommt … Gorbatschow lässt grüßen.

Ich fühlte mich wie frisch vom Dach gefallen. Auf der Heimfahrt gingen mir viele Gedanken durch den Kopf und in dieser Flut kam verdächtig oft das Wort »Trottel« vor. Nach ein paar Minuten der Fahrt stand ein hochgewachsener Mann auf der rechten Straßenseite. Er hatte eine beige Einkaufstasche in der linken Hand und hielt mit der anderen den Daumen in den Wind. Da ich Ablenkung von meinem Groll erhoffte, hielt ich an und fragte den Anhalter nach seinem Reisewunsch. Der ungefähr Fünfzigjährige mit hellgrauem Kinnbart und halblangen, nach hinten gekämmten, mittelblonden Haaren nannte Nienburg als sein Ziel. Also gut, das lag auf meinem Weg. Sein Bus sei ihm entwischt, und bis zum nächsten wolle er nicht warten - dann lieber trampen, erklärte er beim Einsteigen. Ich erzählte von einer verpassten Präsentation im H.G.Burgstätter-Verlag, was ihn aufhorchen ließ.

Er fragte: *„Nikotinus?“*

„Ja, ich kam zu spät, wegen einer großräumigen Umleitung“, erwiderte ich.

„Tja, der ganze Zauber hat nur eine Stunde gedauert", so mein Beifahrer.

„Sie waren auch da?", fragte ich neugierig.

„Ohne mich ginge es ja nicht", so der Anhalter.

Ich war sprachlos: *„Nikotinus?"*

„Ja, auch, aber Henk Jung privat, und wer ist mein Taxifahrer?"

Meine Hände und - vielleicht auch meine Stimme - zitterten: *„Piet Baumann aus Waldhaus. Ich wollte mit Ihnen einige existenzielle Themen besprechen."*

(Wie ist das, wenn ein makelloses Leitbild übergangslos zu einem möglicherweise mit Fehlern und Schwächen behafteten Menschen wird? Ist man enttäuscht, nimmt ein Weltbild Schaden oder wird man depressiv, wenn das vermeintlich fehlerfreie, unbefleckte Idol sich als Unsympath erweist? Vor meinem geistigen Auge sah ich kreischende Teenies vor einer riesigen Bühne, auf der die Beatles mit ihren Verstärkern akustisch wenig gegen die tobende Menge ankamen. Kreischen bis zur Ohnmacht. Nein, ich war kein Teenie; nur ein stiller Bewunderer eines starken Geistes, der sich in der Hoffnung, einem wesensverwandten Menschen zu begegnen, auf den Weg gemacht hatte.)

„Dann haben Sie mich ja exklusiv. Worüber sprechen wir denn?"

Ich nannte die unmerkliche Vorbestimmtheit aller Vorgänge und das Verhältnis der Menschen zu den Tieren. Mein Fahrgast erklärte, dass man die Freiheit des Willens, wie wir sie empfinden und verstehen, in unserer Lebenswelt überall vorfindet, wenn nicht psychische Zwänge diese Freiheit im Lichte allgemeiner Moralvorstellungen allzu sehr einschränken. Die von der Physik erklärte Determiniertheit oder Vorbestimmtheit sei ein theoretischer Begriff, welcher zwar die Macht und Allgültigkeit der Mathematik betont, in unserer Makrowelt aber keine Rolle spielt. Nach ein paar Minuten – oder Kilometern – fragte ich Henk Jung, warum er mit dem Bus gekommen sei. Er habe kein Auto und bevorzuge eine einfache, wenn auch beschwerlichere Art zu reisen, erklärte er. Sowas ergäbe jedes Mal Begegnungen der unerwarteten Art. Auch den angebotenen Fahrdienst des Burgstätter-Verlages habe er nicht nutzen wollen.

In Nienburg, an seiner Unterkunft angekommen, lud er mich zur Fortführung unseres Gespräches in ein Cafe ein. Dort erzählte ich von meinen Erlebnissen mit einer ungewaschenen Hand, meiner Vorliebe für naiv interpretierte Metaphern und deren zwischenmenschliche Auswirkungen, worüber wir herzlich lachen mussten. Zwischendurch telefonierte ich mit Meike. Auf meine Frage nach seinem Pseudonym erklärte Henk, dass er noch nie geraucht habe, sein Alias-Name ihm aber viel überflüssige Kommunikation erspare. Wir saßen bis zum frühen Abend in unserem Gespräch vertieft zusammen, bis ich aufbrechen musste. Henk gab mir seine Postadresse in Rinteln und bestellte unbekannterweise Grüße an meine Frau. Am nächsten Tag wollte er per Fernbus oder mit einem Boot auf der Weser nach Hause fahren. Wir versprachen, in Kontakt zu bleiben.

Untergänge – Ein Brief von mir an mich

Die Last des baldigen Gehens. Um meiner schweren Stimmung zu entkommen, schrieb ich einen weiteren Brief.

——

Daheim schauten Meike und ich noch eine Weile mit unserem neu erworbenen Spiegelteleskop in den klaren Nachthimmel und fanden Jupiter, danach Saturn. Dabei fielen mir die Worte des Nikotinus ein: *„Seid nicht erschreckt, wenn ihr - aller vermeintlichen Täuschungen enthoben - keine bessere Welt vorfindet. Es gibt nur diese eine, im Spannungsfeld zwischen Paradies und Jammertal."*

Der Mensch wirft einen kurzen Blick
durchs Fenster der Evolution.
Kaum reicht es für ein kleines Glück,
da springt er in die Grube schon.

Doch das Letzte, was ihm blühte,
wär, dass diese Welt verglühte.
Übrig bliebe - mit Verlaub -
ein Sack voll altem Sternenstaub.

***

Da jeder ein Kind seiner Eltern ist, kann man von den leisen kleinen Kindern, von den lauteren größeren Kindern, den sehr lauten erwachsenen Kindern und wieder stilleren, älteren Kindern sprechen. Die ganz alten Kinder hört man nicht, die sind zu sehr mit ihrem Gleichgewicht, der Führung ihres Rollators und der Linderung ihrer Schmerzen beschäftigt.

Drei von denen waren mir von Sehen her bekannt. Über die möchte ich kurz berichten:

Ein alleinlebender alter Herr wohnte in einem Haus gegenüber. Früher grüßte er schon mal mit „Buon giorno", während er sein Auto belud. Kürzlich sah ich mehrfach, wie er sich mit einem Rollator langsam zum Einkaufen bewegte. Eines Nachmittags standen auf der gegenüberliegenden Straßenseite zwei Frauen neben ihren Fahrrädern und sprachen miteinander, als sie jählings ein seltsames Geräusch vernahmen. Sie schauten schlagartig in dessen Richtung. Die korpulente Gestalt des alten Herrn lag neben seinem Rollator auf dem abgesenkten Bordstein und glich einer auf dem Rücken liegenden Schildkröte. Die beiden Frauen ließen ihre Räder stehen und halfen dem alten Herrn. Zu zweit konnten sie ihn aber nicht aufrichten, er war zu schwer. Weitere Leute eilten herbei, um den Gestürzten auf die Beine zu stellen. Zu dritt schafften sie es mit Mühe und begleiteten den Senior nach Hause.

Ein Untergang.

Eine Nachbarin - auch im Haus gegenüber - hatte seit langer Zeit einen kleinen Hund, den sie mehrfach am Tag ausführte. Sie ging dabei nur ganz langsam ein paar Meter, blieb stehen, ging wiederum ganz langsam ein paar Meter und blieb stehen. Der Hund war kurzbeinig, da kam keine Strecke zusammen. Diese Frau ging irgendwann nicht mehr ganz langsam mit ihrem kleinen Hund ein paar Meter, blieb nicht stehen, ging nicht ganz langsam ein paar Meter und blieb nicht stehen. Nach zwei Monaten sah ich sie mit zwei Krücken zentimeterweise sich den Bürgersteig entlang quälen. Sie war gestürzt. Eine befreundete Nachbarin führte von jetzt an den kleinen Hund aus. Ein paar Meter mehr, blieb stehen, dann ein paar Meter mehr und blieb erneut stehen. Das Hundefrauchen blieb ab jetzt in ihrer Wohnung; sie war über viele Jahre sehr wenig gelaufen. Nur ganz langsam ein paar Meter, um dann stehenzubleiben, ganz langsam ein paar Meter weiter, um dann stehenzubleiben. Ein Untergang.

Ein entfernter Bekannter war seines mittelmäßig ertragreichen Lebenslaufes gram geworden. Dennoch trug er sein Los äußerlich mit fataler Ergebenheit und schrieb sich die Brüche in seiner Biografie selber zu. Die Vergangenheit war ihm wenig des Besinnens wert. All diese unsäglichen, bisweilen auch schönen Dinge waren in die ungreifbare Ferne eines ständig dichter werdenden Nebels gerückt, vor dem sich eine gebückte Gestalt den Staub der Jahrzehnte vom Ärmel klopfte. Nichts war real, das Alte nicht und das Neue nicht, nur die Schmerzen durch den Verfall der eigenen Hülle spielten eine sich ständig wiederholende, viel zu laute Melodie in scharfen Tönen. Seine Frau, der er - wenn überhaupt - nur wenig emphatisch gedachte, war schon lange verstorben. Die Ehe war nicht auf eine lebenslange Kameradschaft ausgelegt, nur zur Versorgung des einzigen Sohnes, der den Namen des Schutzheiligen jenes Sehnsuchtsortes trug, den sein Vater mit seiner Frau in der Jugendzeit so gerne besuchte. Der Sohn lebte mit seiner Familie in einer anderen Stadt und rief seinen Vater nur alle paar Jahre an. Dem Alten fehlte weder seine Frau noch sein Sohn, nur dessen Kindern hätte er schon gerne von einem bequemen Verandagestühl aus im Garten beim Spiel zugeschaut. Wenn sein Telefon klingelte, hob er nicht ab, sondern wartete auf den Inhalt der Sprachbox, um einen ihn interessierenden Teilnehmer danach zurückzurufen. Es war still geworden um ihn, viel zu still. Die moderne Kommunikationstechnik war längst seinem Verständnis enteilt und die Umgangssprache enthielt zunehmend unbekannte Wörter; auch solche, die ehemals als äußerst obszön galten und seine Distanzierung von der Sprache der heutigen Menschen und von ihnen selbst antrieb. Die Welt hatte sich ihm schleichend entfremdet – und er sich der Welt, während sich das Bücherregal in seinem Langzeitgedächtnis unaufhaltsam leerte. Seine Aufgaben waren erledigt, er konnte gehen.

***

Nach diesen Betrachtungen gingen mir die vielen Menschen meiner Umgebung durch den Sinn. Jeder auf seinem ruhigen, angespannten oder gefährlichen Weg. Alle hatten ihren Aufgang. Jeder war ein Kind mit hellen, neugierigen Augen. Alle kamen egal woher, gingen egal wo hin oder warteten auf egal wen, egal was. Alle waren von unterschiedlichen Kräften bewegt, hatten Wünsche, Vorlieben, Neigungen, waren interessiert oder ignorant. Diese Wege gingen die meisten nicht allein. Nur im Alter wurde es stiller und einsamer um sie. Welch eine zweifelhafte Gnade.

In der Jugendzeit, bevor man sich in die Augen schaute, waren die Wege noch offen. Um eine Radtour, einen Badenachmittag oder ein nächtliches Lagerfeuer zu gestalten, brauchte man ein wenig von dem knappen Geld, ein wenig von der raren Zeit und Gleichaltrige, die gleichen Geistes waren. Dann wurde spontan agiert und in tragfähiger Stimmung ein Nachmittag verbracht. Jede Generation hatte ihre vorübergehenden Identitätsmerkmale, brauchte den Abstand vom Nest, konnte sich die Schuhe schon selber schnüren. Doch es

410

zeigten sich auch Unverträglichkeiten, Sympathien, Vorlieben und Charakterfehler: Eigenschaften, die den Besitzern noch auf lange Zeit erhalten blieben. Gemeinsinn und Naturnähe konnten all jene genießen, die einen hinreichend stabilen familiären Rückhalt genossen. Dass nach der Schulzeit eine Berufsausbildung, die sogenannte Lehre, absolviert wurde, war eine Selbstverständlichkeit. Viele setzten ihre Ausbildung in weiterbildenden Einrichtungen wie Abendschulen mit nachfolgenden Examen fort. Andere blieben in ihren Lehrfirmen oder bauten ihre Einkommenslage auf anderen Wegen aus.

Wie man sich fand und wie man sich band, war eine extrem vielseitige Geschichte, zu deren Beschreibung man viele Tagebücher hätte zurate ziehen müssen, so sie denn geschrieben worden wären. Bei manchen war die Findung eine schnelle und langlebige Entscheidung, andere ließen sich Zeit und hielten es bei mehrfachen Brüchen über Jahre in den Milieus der Suchenden aus, bis schließlich eine mehr als nur erträgliche Passung gefunden wurde, die perspektivisch den Vorstellungen für ein erfülltes Leben nahekam. Diese Zeit war mit den Anfängen und Fortschritten von Arbeits- und Ausbildungsbiografien eng verknüpft und führte oft übergangslos in die jahrzehntelange, nicht zu jeder Zeit freudlose Mühle der Berufstätigkeit bei – gegebenenfalls - der Aufzucht von Kindern. Das Leben in einer Firma war häufig das Leben mit einer zweiten Familie, die einen täglichen Abgleich mit gesellschaftlichen Normen erlaubte, diese aber nicht einforderte. Dort wurde gelacht, gelästert, erklärt oder geneckt. Diese „zweiten" Familien aus nicht selbst gewählten Mitmenschen, also Kameraden, waren bisweilen Hilfe und

Beistand im Alltag der Erwerbstätigkeit. In den vielen Jahren unter vielen Menschen arbeitete man konzentriert an der Lösung verschiedener Aufgaben und schreckte jedes Mal dann auf, wenn jemand aus den Reihen der Kollegen starb. In einer solch resoluten Form an die Endlichkeit erinnert zu werden, ließ einen kurz aufblicken. Dann beugte man sich wieder über die Arbeit; der Fatalismus des Seins musste warten. Viele Kollegen verbreiteten in ihrem Umfeld heitere Motivation und Schaffensmut. Dazu kam mitunter ein von Vertrauen getragenes Umfeld, ein stilles Gut, das weder erzwingbar noch käuflich ist. Auch verkrachte Existenzen gehörten zeitweise dazu, die einem das Leben eher schwer machten. An das Wegbrechen familiärer Strukturen über viele Jahre konnte sich keiner gewöhnen; gleichermaßen wurde auch das eigene Spiegelbild grauer, doch bei der Ersatzfamilie im Büro fand man Ablenkung und mitunter Beistand. Wer dann seinen Berufsstand ohne schwere Krankheit und ohne größere finanzielle Einbußen nach einigen Jahrzehnten verlassen konnte, hatte allen Grund, befreit durchzuatmen.

Weil man dann mehr Zeit hatte und neben seiner Gesundheitspflege die Welt der anderen Leute aus einer besonnenen, eher statischen Perspektive betrachten konnte, erlaubte man sich einen Blick auf die nachwachsenden Generationen. Dabei boten die in zunehmender Anzahl um ihr Auskommen bemühten Menschen - oder sollte man besser sagen: boten die zunehmend enger werdenden zwischenmenschlichen Spielräume - dem Beobachter öfters erheiternde, mitunter aber auch erschütternde Anblicke, weil ihre Akteure auf unfreiwillige Weise komisch davonkamen. Seien es die unterschiedlichen, bereits von Kindheit her gewohnten

Vorstellungen von einer Haushaltsführung, verbunden mit einer ungleichen Verteilung der anfallenden Arbeit. Oder sei es der Versuch, sein Leben im Geiste einer perfekt organisierten Betriebswirtschaft bis ins Kleinste in ein Gerüst verschiedener Projekte und Verträge einzuflechten. Vieles war auf Kante genäht und ließ deshalb auf dem noch kurzen gemeinsamen Weg dieser jungen Menschen nur wenig Spielraum für die aus früheren Jahren gewohnte Entscheidungsfreiheit. Man sah sie bei zunehmender Ergrauung ihren Weg durch die begrenzte Zeit der Jugend und Kraft eilen. Dieser Weg glich einem langen Lied; es begann in hymnischem Dur und endete in einem dumpfen, leiser werdenden Moll.

***

Später überlegte ich dann, wie ein weiterer Brief von Gott an mich zu verfassen sei. Er sollte wie der Erste aus der kritischen Sicht des alten Herrn formuliert werden und keinesfalls eine Kommunikation fordern. Also fing ich an:

Lieber Piet,

Deine Neugier geht mir auf den Wecker. Vertraue dem eigenen Stand und mache ihm Ehre, aber versuche nicht, Gott zu spielen – das ist meine Sache! Überdenke dein Repertoire an Schimpfwörtern und lasse keines mit einem Bezug auf Tiere zu, denn auch sie sind meine Kinder. Deine spöttische Haltung ist eine ständige Herausforderung meines guten Willens, also halte dich zurück, bleibe ein einfacher, hilfreicher Mensch und rauche nicht so viel. Es ist ok, dass deine Frau dich „Mäuserich" nennt, aber sage nicht immer „der Alte", wenn du von mir sprichst, denn ich bin in Anbetracht der Ewigkeit noch sehr jung. Hier draußen ist

413

es bannig kalt und den Tag-Nacht-Umschalter habe ich auch noch nicht modernisiert. Dennoch bin ich zuversichtlich, dass du deinen Weg zur Erleuchtung findest. Ich segne dich und gebe dir die Kraft zur Erkenntnis, dass Charles Darwin ein Trottel war.

Viele Grüße vom Rand des Universums

Dein Gott

Diesen Brief schickte ich dann ohne Angabe des Absenders umgehend ab, ging zur Apotheke und kaufte ein Fläschchen »Grinsolin-Forte«-Tinktur. Damit machte ich eine Mundspülung, trank den Rest aus dem Fläschchen und strahlte wieder wie ein Honigkuchenpferd. So ließ es sich leben.

Epilog

„Geht auf die Welt, dort könnt ihr was erleben", hatten sie gesagt. *„Dort findet ihr alles, was die Sinne erfüllt"*, hatten sie gesagt. Doch ich war skeptisch, denn es gab warnende Stimmen. Die Neugier hingegen überwog alle Bedenken, und so ging ich das Risiko ein, entweder als Engel oder als Urian zurückzukehren, in den Hort der Unendlichkeit. So kam ich denn auf die Welt und konnte was erleben. Ich fand alles, was die Sinne erfüllte. Doch auch die Warner hatten recht, denn es gab viele Gefahren. Schließlich kehrte ich zurück in die Unendlichkeit, aber weder als Engel noch als Urian. *„Es sind die zwei Seiten derselben Medaille"*, haben sie gesagt.